SV

Marianne Fritz
Dessen Sprache
du nicht verstehst

Roman · Band 2

Suhrkamp

Ein Glossar, Register und Gesamtinhaltsverzeichnis
befinden sich am Schluß des zwölften Bandes.
Die Autorin dankt der Stadt Wien für die Zuerkennung des
Elias-Canetti-Stipendiums in der Zeit vom 1. 1. 83–31. 12. 85.

Erste Auflage 1986
© Suhrkamp Verlag Frankfurt am Main 1986
Alle Rechte vorbehalten
Druck: Wagner GmbH, Nördlingen
Printed in Germany

DRITTES KAPITEL:
Der Vogelfreie

1
Fallende

A
Der Fassadenkletterer

Der Boden, auf dem Johannes Null stand, trug ihn. Hatte es zu tun mit einem subjektiv stark ausgeprägten Gefühl, das nicht annähernd standhalten konnte, es erleichterte ihn, objektiv gegebener Bodenbeschaffenheit. Das unfreiwillige nicht gewünschte Eindringen in endlosen Sumpffeldern drohte ihm, noch nicht. Johannes war also hochbeschäftigt mit Fragen, die entlasteten doch: es waren seine momentan gegebenen Sorgen nicht. Unter sich nicht die weicheren Gattungen des stark mit Wasser gemischten Bodens: nicht Boden der nie und wenn ausnahmsweise trocken wird. Johannes war gerührt: Der Sumpftod, ein möglicher Tod, es war seiner nicht.

Was wußte er noch.

Hatte keinen Boden unter den Füßen, war ihm nicht genug Halt die Fassade, fiel der Kletterer. So einfach und übersichtlich war seine Lage. Kletterte hoch, die gnadenlos gerade gestaltete, senkrecht aufgerichtete und mehrere Stockwerke hohe Wand es gar nicht leugnete: Kletterer war er nie, weder auf die Berge in die eisigen Regionen kletterte, noch war er im sozialen Leben das kletternde Affentier geworden, es lag ihm nicht, nicht in der Wiege und war nicht als Sehnsucht eingeschrieben, eine kletternde Affengestalt verstand Johannes im Urwald.

Was wußte er noch.

Vertikale Flächen, die Mauern: stehende Menschen.
Horizontale Flächen, die Böden: liegende Menschen.

Fiel.

Der landete, der angekommen war auf dem Boden, Johannes Null war nicht mehr.

Bis zur Ankunft lebte er noch. Ein Bild; sehr rasch; das nächste Bild. Und verflog mit den Bildern die Gnadenfrist, aus. Vorbei.

B
Dann aber wären sie nicht mehr gewesen seine Söhne

Und das Haus des Pfarrers zu Nirgendwo hatte ein Gerüst, unten im Hof stand der Geselle, Abel.
Und Abel erklärte seinen eigenen Fall, stand im Hof und hielt, in seiner Hand, die Drahtbürste, denn er hatte den Kalkanstrich der Fassade entfernt und Johannes Null kommen sehen, war Abel heruntergeklettert, bester Laune, eine sehr staubige Arbeit. Und schauten alle aus wie Schneemänner, die oben standen auf den Gerüstbrettern genauso wie Abel neben Johannes und im Hof, überall; der Kalkgeschmack auf der Zunge; auf dem Haar, in den Nasenlöchern, auf und unter der Kleidung. Und während Abel neben Johannes im Hof stand, sah der Fallende, gleichzeitig den fallenden Abel, obwohl Abel erklärte, wie das gewesen und aber dann, doch anders geendet.
»Ich hab ein Glück g'habt; ich bin nicht vom G'rüst g'fallen; eigentlich habe, ICH zwei Mal ein Glück g'habt.«, es war ganz die Stimme Abels, es war sein Körper. Und der fiel.
»Ganz intelligent war das, also. Eine Kiste, darauf ein Kübel; natürlich umdrehter Kübel, die Kiste; weißt eh. Ein Mörtelstandel und immer darauf und darauf und, zum Schluß ich darauf. Der Kübel ist geworden umkippender Kübel; ja. Das geht, schnell. Und ich bin eine Etage weiter runter g'fallen. Und was tue ich, eine Etage tiefer.«
Der fallende Johannes Null sah es.
»Und mit die Kniekehlen hab ich mich: selbst, wieder eing'fangen. Und zwar: genaue, sehr genaue Maßarbeit geleistet, Präzision; Johannes. Kennst dich aus?
Genau in einer Armlehne, einen Stock tiefer. Weißt wie das ausg'schaut hat; ein ungeheures Glück g'habt weil; ich die Welt praktisch gesehen hab: wie, wenn man: ist, im Handstand. Wenn ich runterg'fallen wär wär ich praktisch tot gwesen. So leb ich aber noch.«
Bericht wurde von seinem Tod nicht ohne Genuß, nicht ohne die Worte:

jedes ein Zuckerl, das er zergehen ließ auf der Zunge und jedes Zuckerl der Kalkgeschmack umwickelt, eingewickelt. Abel Niemand hatte ihm gemeldet einen Vorfall aus seinem Tagesablauf und hinzugetreten war, der Mann in Soutane. Zupfte sich am rechten Ohr, sagte: »Ich dachte, mir bricht das Herz, als ich Abel so hängen sah; zuerst sah seine Geschwindigkeit im Fall nur mehr als Sterne vor meinen Augen, als fort waren diese Sterne, wußte ich. Abel und fallen; unmöglich; denn«, und sein Zeigefinger bedeutete, der Agitator Gottes wies hin auf die gnädige Allgegenwart Gottes und seine Willigkeit sofort erfassen die Stoßgebete eines Nirgendwoer Priesters gegen Himmel, unverzüglich erfassen die Situation und eine Zwischenstation einschalten, im Leben Abels, auf daß es sich fortsetzen ließ. Und nicht wurde, mit dieser Ankunft, sein Ende. Es war gepflasterter Boden. Da wie dort. Im Land des Chen und Lein wie im Hof des Nirgendwoer Pfarrers.
»Josef.«
Das sagte der fallende Johannes Null; Kopf voraus und als könnten abwehrend die Hände dem Boden zu, mildern den Aufprall, verhindern die unversöhnlicher, nicht denkbare Ankunft ohne Zwischenstation auf dem Boden. Und der Josef gesagt hatte, hatte vor sich nicht das Gesicht des Bruders, nicht das Gesicht des Vaters, das Gesicht des Nirgendwoer Priesters.
»Komm, ich fang dich auf!«, rief der Mann in Soutane. Die Hände ausgebreitet?! Stoßgebet für Abel.
Und aber der-fiel, war nicht in Nirgendwo. Trotzdem, fing ihn der Priester, das sonderbar war, auf: »Ich bin im Labyrinth der Krallen; du kannst mich gar nicht aufgefangen haben.«, sagte Johannes N.
»Bei der Ankunft schon«, sagte der Priester, »ich habe deinen Ruf gehört. Deswegen siehst du mich.«
»Du lügst; wo bin ich und wo ist Nirgendwo.«, sagte Johannes N.
»Sag einmal!«, wessen Stimme war das? Spürte, der angekommen war, wie das Sterben viel, um vieles leichter vor sich ging, als es, ihm gestattet die Phantasie zu fassen.
»Hiemit war nicht zu rechnen.«, sagte Johannes N. Zurückwies den scharfen, sehr empörten Ton des Vaters, dessen Ankunft ihn nicht wunderte. Denn sein Vater war tot wie er selbst.
Die Toten hatten andere Vorstellungen von Zeit und Entfernung, Kategorien, auch brauchbare Kategorien für den Alltag derer, die noch besaßen den weder zerschossenen Körper seines Vaters, noch den seine Rippen-und andere Brüche nicht ertragenden Körper des Sohnes der gestorben war trotzdem nicht an seinen Brüchen dessen Verbluten im Leib blieb, nicht wie beim Vater nach außen sichtbar wurde die Straße rot färbte und liegen blieb; in seinem Blut; denn gleich hatte man nicht Zeit

wegräumen die Toten, einer von diesen Toten, war Josef Null senior gewesen. Und Johannes, wie seine Brüder, hatten sich immer wieder beschwert, denn es war ein fehlender Vater, ein Vater, der unmöglich gerissen werden konnte aus dem eigenen Herzen, wollten die Söhne es probieren auskommen ohne diese Pumpe wäre es sicher möglich geworden; dann aber wären sie nicht mehr gewesen seine Söhne und Er, nicht Er.

»Ich hab es mir immer gesagt; Johannes, du brauchst nur sterben. Dann kommt Er gewatschelt wie eine Ente; vorher; nicht der Nackler.«

Der Vater kümmerte sich nicht um den Vorwurf und den Spott des Sohnes, der sich trotzdem gefreut; es war geworden ein sehr schöner Tod.

Und gewachsen war Josef Null senior, immer größer geworden, der Schatten und in seinen Händen hielt er den Sohn und trug ihn: höher, immer höher hinauf und diesem Ziel zu, das nicht erreicht der Sohn, denn ehe er angekommen war bei dieser großen Kugel auf der schlief der Adler und seine Krallen in der Kugel, war wahr geworden die ihn schon zuvor gepeinigt habende Erkenntnis.

Er war kein Kletterer, wird es nie werden, die Zeiten, als er der Knabe im Spießer Steinbruch herumgeturnt und akrobatische tollkühne Kletterleistungen hinter sich gebracht, ohne nur einmal hiebei zu fallen in die Tiefe, war vorbei; lange auch noch.

Ihn höher trug, ganz einfach: natürlich wuchs, Dimensionen annahm der Vater der zu Hilfe geeilt dem Sohn, den er gewußt im Land des Chen und im Land des Lein?

»Du bist im Land, wo deine Mutter herkommt und jetzt! Halt dich fest!«, dies geschah.

Auf der Höhe der Kugel hörte der Vater auf wachsen und der Sohn konnte es wagen, denn der Adler witterte: das Bündnis nicht, zwischen den Toten und den Lebenden, wußte sich sicher, schlief; tief und gut; und der in seine Hand, gedrückt bekam vom Vater den großen Schlüsselbund öffnete die vielen Türen.

Es waren, unglaublich viele Türen und herausflogen die Eingesperrten, die Weggesperrten und dies merkte der Adler nicht, denn er hatte die Kugel so lange festgehalten mit den Krallen, daß er sich die Zeit davor, genausowenig vorzustellen vermochte, genausowenig wie eine Zeit danach. Leer werden könnte seine Kugel?! Dies war unvorstellbar, denn der Adler hatte Krallen, was er hielt gab er nicht her, was nicht in seinem Kopfe war, auch nicht in seinen Träumen, es geschah Unmögliches und aber es geschah.

Flogen, es füllte die Luft und bald tätschten sie einander: »Tschuldigung.«, wurden viele gesagt, denn es fehlte die Erfahrung. Vogelfrei, man war es noch wirklich nie gewesen; die Tatsache war sehr neu, einige Erfahrungen wurden im eiligsten Tempo von Sekundenbruchteilen verschlingender Zeit nachgeholt; gemacht; empfunden als schmerzhafte Erfahrung: diese Zusammenstöße, ajai. Waren verdutzter mehr als erschrocken, verwundeter mehr als geängstigt, erstaunter mehr als voll des Grauens. Vogelfrei? In der Kugel war man eingesperrt aber es gab auswendig wie inwendig lernbare Spielregeln, einen Normenkatalog, ein in der Tat an tierischer Welt orientiertes Wertkoordinatensystem und als Korrelativ ein menschlich anmutendes Wertkoordinatensystem in der Welt der Worte. Und der Adler voll gewesen von Bildern, träumte gut und träumte Freundliches, träumte Entzückendes; es begann die nächste Operation: die Landung jener, die geworden vogelfrei. Wespen ähnlich. Ein Schwarm war es der herauskam aus den vielen verschlossen gewesenen Türen es war viel zum Aufsperren; verschiedenste Schlüssel. Die Türen zu finden war, nicht schwer und aber, man mußte abtasten die Kugel, hier eine winzige Tür, dort, diese Portalöffnung: welchen Schlüssel? Probieren. Und probierte. Bis geöffnet ausnahmslos alle Türen und ausgeflogen waren; ausnahmslos alle die weggesperrt, hinausgesperrt.

»Einiges konnte ich dir abnehmen.«, und der Vater begann wieder schrumpeln, ächzte und stöhnte.

»Du bist schwerer geworden; mein Sohn. Um einiges; wie soll ich dich tragen. Du wirst den Weg nach Nirgendwo finden, oder wohin willst du. Schau; daß du in meine Nähe kommst; ein Steinwurf weit entfernt vom Ecce homo, dort wohnt dein doch etwas Müdgewordener.«

Und die Landung auf dem Boden: der Fassadenkletterer Johannes Null blickte eine Gestalt an, die er gesehen; schon an die vielen Ewigkeiten waren vergangen.

»Wie du ausschaust; unmöglich; schau dich an. Sag einmal! Hättest dich... nicht herrichten können; heimkommen... so heimkommen.«, und ehe der Sohn, die Einwände gegen das Aussehen seines Vaters geltend machen konnte, der Vater abgeschnitten jedes weitere Wort mit einer Handbewegung, die gesagt, Folge mir. Wie du dieses anstellst, kommst da; heraus; nicht lebend.

»Das ist nicht meine Schuld!«

»Etwa meine!«

»Glasklar die Sache, wer ist nicht mehr zurückgekommen.«, und Johannes N. seine Füße nicht gebrauchen mußte: ihn wieder trug der Vater, der wieder wuchs, näher kamen denn die Stimmen und in der Ferne, sah man es, blieben stehen.

»Das hat ihn aber beleidigt.«, erstaunt doch war Johannes N. Über die heftig ... Gefühlsausbrüche, die sich leistete der Adler auf der Kugel. Blitzte, donnerte er kreischte auch; zerschlug mit seinen Krallen die eigene Kugel, blind vor Zornestränen und es nicht fassend.

»Auf einmal hat der gespürt, die Kugel fühlt sich an; so leicht, fast – als wär sie leer; da schaut er nach; ajai.«, und leise lachte der alte Null. Klopfte einem Sohn die Schulter.
»Das war anständig, daß DU nicht vergessen hast die Weggesperrten, dieses; eine Null-Leistung; sag einmal!«
Und so war es. Leer war seine Kugel und der Adler fühlte sich, als wäre es dies, der Weltuntergang. Denn seine Welt war geborsten, lag in Trümmer und gab es unmöglich; dies war nicht möglich!
»Haben!Haben!«, kreischte der alterswirr und fast senil, wäre es nicht er, hätt Johannes Null eine Regung gespürt; es war aber der Gefühlsausbruch in keine nur annähernd annehmbare Relation zu bringen zu dem, was geschehen war.
»Mehr!Mehr!Mehr! Nicht weniger!«, kreischte der und hackte mit seinem ureigenen Schnabel die Kugel, aus ihr schlug es, heiß und das, dessen Krallen wüteten, gegen die eigene Kugel: Krallen, die Feuer speien konnten und die Funken, dies geworden waren ein nicht zu löschender Brand und der Adler erfaßte es noch, immer nicht; kreischte und tobte auf der Kugel von Haben und nicht Verlieren, von Siegen und Mehr! Mehr!Mehr! Mehr kam aus dem Schnabel an Information nicht näher.
»Was hat er denn; was regt ihn so auf? Was wundert der sich noch.«, fragte der Sohn seinen Vater; der anblickte den Sohn.
»Sag einmal! Hast dir, von dem erwartet, daß er sich das gefallen läßt?«
Andererseits konnte er sich nicht beschweren. Betrachtete den Sohn, wußte, er lebte. Sie hatten ihn erschossen und aber er lebte in seinen Söhnen weiter. Diese waren geblieben die nicht Vergessenden, der Körperraub war geglückt, gezüchtet aber die Söhne, die niemals vergaben den geraubten Vater. Und wenn der Räuber auch war, der ärarische Adler selbst, umso schlimmer, für den ärarischen Adler.
»Wenn ich gewußt hätt, wie schön das Totsein ist, ich hätt mir das vorher, glasig, etwas hättest dich herrichten können«, sagte der Sohn, »jagrausig! Das war damals schon eine Leistung; so heimkommen!«, und spuckte aus.
»Wie schau; eigentlich ich selber aus. Wenn sie mich aufklauben, meine Bestandteile zusammensetzen; he! Sag was! Schau ich… auch… bin ich nicht schöner.«, der Sohn ihn haben wollte als Spiegel?
Der Sohn sah einen Vater, der ihn anblickte, als hätten im Sohn stattgefunden, einige Verrückungen, denen nicht folgen konnte, selbst ein solcher Vater nicht. Der doch einiges hinuntergeschluckt an Ideen von seinen Söhnen. Fünf Exemplare, anzündeten sich gegenseitig; andererseits konnte er sich nicht beschweren. War früh gegangen worden: »Was schaust mich so an; schau ich… bin ich… was; bin ich denn so ein Anblick.«, sagte der Sohn und witterte irgendeine Ausrede. Mißtrauen, dies war es, er mißtraute seinem Vater.

»Bist du da«, fragten seine Augen.
»Du bist unberechenbar«, klagten seine Augen.
»Du kommst, gehst, wie es dir paßt; kaum tot, kommst. Wo ich gelebt hab, bist ein äußerst sparsamer Besucher gewesen und wenn ich zu dir geh; wann sagst etwas wann. Nur, wenn es dir paßt; nur dann!«, eine Klagemauer die Augen des Sohnes und Josef Null senior faßte zusammen. Für Johannes, der; schon wieder; auf der Flucht war.
»Die Lage ist die; weit weit war der Weg von Nirgendwo in das Haus des Adlers und aber; zurück, du bist der Vogelfreie. Wie weit war der Weg vom Land des Chen und Lein nach Nirgendwo, das mußt du: erst, erfahren. Die Leistung steht aus; schau, daß du in meine Nähe kommst, aber oben! Hörst; Johannes; paß auf dich sehr auf, immer kann ich nicht kommen, immer bin ich nicht da; das war die Ausnahme ja, vergiß das nicht. Verlaß dich nicht auf mich!«
Und hielt ihn fest, der gehen hatte wollen, immer dünner werden, sich auflösen und nicht einmal: »He!«

2
Die Torfstecher

Hier war sie zuhause, die Birke wie die Kiefer, die Erle wie die Weide und die Pappel, selbst der Hollunder und der Haselnußstrauch, Himbeer- und Brombeerbrocken hier war der Boden hiefür; hier war aber auch das Riedgras und Moos, es bewuchs, war die Wir-decken-dich-zu-Schichte nicht kleiner Torfflächen und diese dicht und üppig bewachsenen Flächen, Traumernährer, es gäbe, auf der Erde noch Reste des paradiesischen Gartens, Wiesen: mit Farben, die mischen, erst einmal ein Maler versuchen sollte, hier wuchs es wild, hier war die unumschränkte Herrin – teils teils noch – die sich selbst regulierende von keinem denkenden Hirn umgestaltete, behandelte, nutzbar gemachte wie anderes mehr gemachte Natur. Das war der Ort fürs Bleiben, hier Sich-hinfallen-Lassen, atmen. Und Schlaf, aufstehen, nie mehr. Hier Dünger werden, nicht zurückkehren, was trieb ihn sinnlos es doch war dies weiter, weiter, immer weiter. Bleiben, sich vornüberfallenlassen, wie? Nie gewesen, nie gefehlt.
Und blieb liegen, spürte das Pochen, atmete, rührte sich nicht, war verschwunden in der Wiese, unmöglich, schon wieder »Ajaaajai!« und ein Hin und Her und ahnten sie ihn, wußten sie ihn, was meldete dieses weiter, dieses so viel bedeuten konnte. Was war dies ein Bett, was war dies, Schlaf. Das Bett hiefür, den Schlaf hiefür, wenn er wußte, was es hieß, dieses Ajai. Und erzählten einander: über große Entfernungen

hinweg, daß etwas geschehen war, das man nicht übergehen, nicht wegsehen durfte? War es gut für ihn, war es schlecht.
»Es sind Torfstecher; Vogelfreier. Steh auf.«, das meinte der Wind.
»Sei nicht leichtsinnig, bedenke, sie suchen dich; vielleicht fürchten sie dies: die Peitsche, vielleicht hoffen sie dies: den Lohn. Kennst du sie? Bleib liegen.«, das meinte der Schlag seines Herzens.
»Fünf Torfstecher, sie könnten dir raten, diese Gegend meide, dort ist der Adler. Jene Gegend ist gut für dich, hier entlang, siehst du, so kommst du weiter, aber laß dich nicht täuschen! Der Wald so still er ist, wie es wogt in ihm und nichts wird dir dort ein Jäger. Irrtum! Der Wald lebt, in ihm sind deine Jäger. Wir müssen es wissen, also...«, das meinte der Wind. Der Vogelfreie brauchte Hilfe, die Tochter der Ebene, den Sohn des Landes, der weder zitterte vor Strafe noch schielte nach Lohn.
Stechen, Fördern, Legen, Hiefeln, Magazinieren.
Sie trugen alle die Arbeitsuniform des Torfwerks.
Stechen, Fördern, Legen, Hiefeln, Magazinieren.
Und das den ganzen Tag; die einzelnen Arbeitsvorgänge hatten sich die Arbeiter untereinander aufgeteilt. Die Gewinnung des Torfs geschah mit der Schaufel, in also Etagen.
Ein Arbeiter stach senkrecht vor.
Zwei Arbeiter stachen waagrecht ab.
Der vorstechende Arbeiter bediente sich der Schaufel, ähnlich dem Gärtner, der sich bediente des Grabscheites. Das Abstechen der Ziegel und das Werfen derselben (auf den Förderplatz) besorgten zwei Arbeiter: Beide arbeiteten verhältnismäßig gleich rasch und aber nur der Kräftigere von beiden, bewältigte zwei Ziegel auf einmal.
Ein kleiner sehr kräftiger, stämmig gewachsener Arbeiter brachte die Ziegel in einem einrädigen Karren auf den Trockenplatz.
Stechen, Fördern, Legen, Hiefeln, Magazinieren.
Sie waren aufeinander angewiesen, denn sie arbeiteten in Kameradschaft.
Stechen, Fördern, Legen, Hiefeln, Magazinieren.
Und das den ganzen Tag.

Und fünf Torfstecher blieben in seinem Kopf, nicht ihre Worte, denn es fürchtete Johannes Null, sie könnten fürchten die Strafe, sie könnten erhoffen, einen zusätzlichen Lohn: Er war vogelfrei.
Weiter, weiter; immer weiter; denn weit weit war noch; der Weg zurück nach Nirgendwo.

Wo war das träg fließende Gewässer, das oft über die Ufer hinauswollte und dem das auch gelang; wo war die eher geringe Ausdehnung eines

Bodens, der abgesucht werden mußte nach begehbaren Stellen und die gefunden werden konnten, falls einem die Vorhänge der Nacht nicht entzogen den Boden, auf dem man sich vorwärtstastete, Suchender war nach den lichteren Färbungen der Masse, in der Hoffnung, man könnte gefunden haben mit diesen lichteren Stellen den festeren Untergrund, fest genug, gemessen, in Relation gebracht: zum üblichen Boden, der sich zu erkennen gab als die fette Erde und aber ihr beigemischt die nicht zu ignorierende und nicht zu unterschätzende Ansammlung: eine Quantität Wasser in der Erde, die verändert die Qualität des Bodens, unmerklich, so nach und nach schon: der Brei, dieses Nachgeben und nicht mehr Hergeben, was versäumt die Vorsicht und den Respekt, den sich verdiente der Boden, wollte gerettet sein mehr als nur die Erinnerung, daß irgendwann es gegeben: eine Zeit, in der man es selbst nicht für möglich hielt, versinken und sehr bald sein, selbst das nicht mehr: nicht einmal Erinnerung, wie; nie gewesen, nie gefehlt.

Das durfte; doch gar nicht wahr sein; solchen Boden hatte er doch nur geträumt. Das war gar nicht möglich; der Boden unter seinen Füßen gab nicht wirklich nach: niemals hielt ihn die Erde und zog ihn, zog ihn immer tiefer in ihren Bauch hinein; das durfte sie ja gar nicht. Und schrie Johannes Null: »Nein !«, brüllte es und der ihn aufgeweckt hatte, das war doch der Mensch: »August!«, brüllte Johannes und auch: die andere Seite, meldete sich: »Ich bin ein Alptraumspezialist.«, tröstete ihn der Gnomer; er hatte das nur alpgeträumt; wirklich konnte Johannes ein derartig hinterhältiger Tod nicht geschehen; warum eigentlich nicht? Tatsache war: der Boden unter seinen Füßen, er gab wirklich nach.

Und niemand weckte ihn auf.

Niemand rüttelte ihn wach. Es war schon so, wenn das so weiterging, versank der Alpträumer bis zur Mitte seines Leibes im Schlamm: »Ich werd; wohl noch schlechte Träume haben dürfen.«, murmelte der Vogelfreie und hoffte, spekulierte, wachte auf; sehr bald; alpträumen, es war doch, die Schande nicht. Und hörte seinen Vater: »Dein Kompaß sind die Sterne, paß auf, es ist das Land der Fallen; es –«, das hatte er doch nur geträumt; bald, sehr bald, war er wieder erwacht. Und der Vogelfreie brüllte: »Nein!«, und wieder er schrie, nach dem Mensch, der schlief noch immer, weckte ihn nicht auf, rüttelte ihn nicht wach: »August!«

3
Und hatte; fast erreicht das Tal des Echos

Und sie, die kannte die Nacht als relativ gute Mutter war stehengeblieben; als hätte der Wind ihr zugerufen:
»Stein im Kopf, Stein in der Brust, hörst du mich nicht.«
Und der Rest, er war laufen, rannte nach der Stimme, der war hinein in den Boden, der Boden gab nach, der hatte gemeint, naß die Wiese, mehr nicht.
Immer wieder sich einer verirrte; immer wieder und es hörte nicht auf, das Unterschätzen den Boden: »Ajaajai!« schrie sie und die Stimme, woher die Stimme

und Kehrtwende,

und die riskierte den Weg zu finden wußte, er zog in die Tiefe gab nicht wieder her, was er bekommen »Ajaajai!« schrie sie und ihr – antwortete, der versank im Schlamm »Josef!« brüllte er und immer wieder – Josef.
Josef?
Welcher Josef?!
War sie der Josef, das war sie nicht.
Und wollte sich retten und da war er wieder, der Wind: »Stein im Kopf, Stein in der Brust, hörst du mich nicht.«

Und Kehrtwende: »Stein in der Brust, Stein im Kopf; so geht sich das aus.«, murmelte sie und die Angst war groß und der Boden, der Boden: sie kannte ihn, unterschätzte ihn nicht.

Weder wach, auch nicht träumend, nur mehr: der Griff, nach dem rettenden Strick, ein Brett, ein Brett für mich, was brauch eine Insel ... ein Brett, es wäre mein Glück.

Und so ist es dann auch gewesen; mit dem Strick, der schon gelegt worden ihr, um den Hals, hat sie gerettet den Vogelfreien und das Brett, das sie stets bei sich. War sie in der Gegend, nahm sie auch mit den Vogelfreien. Es war; ein schwieriger Gang, sie führte ihn und es war Nacht.
»Es ist eine relativ gute Gegend; guter Boden.«, sagte sie.
»Wer bist du.«, fragte er.
»Die Nacht; ich frage dich auch nicht.«, sagte sie, dachte nach, lachte.
»Hierher kommen sie nicht, den Boden fürchten sie, das Tal, sie sind

abergläubisch, denn hier blieb schon vieles, kehrte nie wieder; versank; tauchte auf nie wieder. Ein hinterhältiger Tod; du bist sicher. Ungefähr eine halbe Stunde noch; dann nicht mehr.«
»Ich bin der Vogelfreie.«
»Natürlich aberja selbstverständlich sonst wärst du nicht; hier.«, und drückte das Brett an sich und aus ihrem Strick machte sie wieder den Gürtel, legte den stummen Zeugen ohne Augen und ohne Ohren war er, um ihre Mitte? Zum Verlieren nicht, so wie sie knotete, schaute ihn an, dachte nach und hatte: den Eindruck, es sei höchste Zeit dem zu helfen, der umständlich zu werden drohte.
»Du bist ein Tier, Tiere ziehen sich; zurück gerne ins Gebüsch, einige Tiere tun das; wenn es geht ums Sterben, dann tun sie das; dein Unglück: Sie wissen es auch, also; sei vorsichtig.«, sagte sie.
Und dann: »Hinter dir!«, wandte sich um, schnellte herum, was war hinter dem Vogelfreien, wer!
Und das Echo sagte es ihm: »Leb wohl!«
»He!«
Und er hatte; nicht einmal ihre Stimme draußen aus den Ohren, war sie schon?! Nicht mehr da, wo sie gerade noch gewesen.
»Drei ist eine gute Zahl. Da ist drinnen das Ich und das Du und das. Dazwischen auch.«, und hatte gelacht. Hatte sie nun zwei Bretter oder drei; ein Brett, das war, schier unglaublich.
»He!«
Und schon aus unglaublichen Entfernungen, aber es hatte ein Echo.
»Aberja! Aberja! Natürlich. Ich bin noch da. Selbstverständlich! Aberja!«, wollte sie, dem Vogelfreien hiemit sagen, falls er sich ein zweites Mal derartig ungeschickt durch die Gegend fortrettete, durfte er; sie; wieder rufen? Oder wie.

Wach ich oder träum ich, schlaf ich oder bin ich hellwach, Johannes rieb sich die Augen; gerade hätte er es schwören mögen, konnte sich auflösen so geschwind, vielleicht wenn man so schwerfällig war wie er und Johannes fluchte. Stolperte weiter. Stolperte sich durch die Nacht; weiter, immer weiter; denn weit, weit war der Weg nach Nirgendwo. Mied die Gegend, mied jene Gegend und wich aus den Sicherheitsmännern, wich aus den Männern des Adlers, den Dörfern, Städten und Märkten, wich aus allem, was werden konnte ... und fluchte. Das war ein Stein; mehr nicht; und aber er lag so, daß der Vogelfreie den Fuß hiefür zu wenig gehoben und auch, nicht ausgewichen: der Stein nicht, der Vogelfreie nicht.

Er stolperte noch oft.

Gleichmäßig gelb wogte es auf dem Feld hin und her und ließ sich vom Wind das Bewegtwerden gefallen.
Und zwei Punkte, was waren das für hüpfende, in Bewegung befindliche Punkte? Und Johannes verlangsamte den Schritt, bereit, ohne Verzögerung, den Haken zu schlagen und auszuweichen, selbst bisher von ihm geleistete Geschwindigkeitsrekorde zu brechen.
Und zwei Punkte wurden mit abnehmender Entfernung, wuchsen, veränderten sich, bekamen Hände, Füße, Gliedmaßen einen Kopf und Rumpf, ging Johannes noch weiter, auch Augen Mund und Nasen, wurden zunehmend Menschen, blieben aber eher, sehr klein?
Hatten keine Augen im Kopf für den Fremden, hatten großen Kummer, hatten große Sorge. Ein Roggenfeld sollte geschnitten werden, ein Roggenfeld sollte sich verwandeln in ein Stoppelfeld und auf ihm sollte bald stehen der Roggen zusammengebunden zu Garben. Selbst so Johannes weitergegangen wäre und nicht stehengeblieben, wären sie so klein, kaum größer geworden. Hatte es zu tun mit zwei Kindern.
Das Stroh hatte seine grünliche Farbe verloren, war gelblich geworden, der Inhalt des Korns kam Johannes weder milchig vor noch sah er die grünliche Farbe. Er griff nach einer anderen Ähre, die ihm besonders kräftig vorkam, trennte sie vom Halm und löste aus der Mitte ein volles Korn heraus und brach es über dem Fingernagel, die Probe bestätigte den zuerst gewonnenen Eindruck: eine weitere Ablagerung von Stoffen fand kaum mehr statt, der geeignetste Zeitpunkt des Schnittes war gekommen, wenn nicht bald versäumt. Ging weiter, entlang des Getreidefeldes, griff nach einer anderen Ähre, stellte dieselbe Probe wieder an, nickte. Es dürfte schon so sein. Noch ein bißchen zugewartet und es begann das Ausfallen der Körner. Verstand den Eifer der beiden Feldarbeiter um einiges besser, nur, waren sie hiefür nicht trotzdem etwas klein geraten? Weder Mißtrauen noch Neugierde, weder Vorsicht noch das zurückhaltende Abwarten gegenüber einem Fremden, weder höfliches noch freundliches den Fremden wie nichts und niemanden fürchtendes kurzes Aufschauen. Falls sie Johannes bereit waren zu sehen, bereit waren zu bemerken, hier war ja noch einer umeinander, dann erst hinterher, schon geworden war Hinteransicht, drehte sich noch einmal um. Blickten ihm nicht nach, dasselbe Bild der sich Entfernende sah, wie der sich Nähernde gesehen hatte?! Mißtraute dem Wind, der es zugeraunt hatte dem Vogelfreien, nicht mehr.
Und zwei kleine Kinder mit einer Sense und die Sense wollten sie heben, sie war ihnen zu schwer. Beratschlagten, wie man das Werkzeug handhaben muß und das eine Kind hielt mit beiden Händen den einen Sensengriff und das andere Kind hielt mit beiden Händen den anderen Griff, die Klinge war scharf.

Es waren die einzigen Arbeiter auf dem Felde, denn es gab viel Arbeit im Lande: brennt, sengt, niederrennt.
»Hab' ich gelogen?«, fragte der Wind.
»Nein; nein.«, murmelte der Vogelfreie: »Es war schon so.«

4
Eine Verfolgergestalt, die folgerichtig agierte und geschwind

So geschwind wie die Sternschnuppe teilte der Telegraph mit, unterwegs ist der Vogelfreie. Überall war vor ihm angekommen die schriftliche Mitteilung, so lange nicht unterbrochen wurde die elektrische Verbindung. Wer unterbrach die Verbindung? Niemand unterbrach sie und so hinkte er selbst hinterher seinem alleweil schon vor ihm eingetroffenen Vorläufer, sodaß er nur mehr war der Nachläufer, rannte er, war er noch immer sehr sehr langsam, raste er, war er noch vergleichbar mit der Schnecke, immer war er in den Köpfen seiner Verfolger bereits eingetroffen, wenn er noch gar nicht angekommen war und schon vorüber sein sollte, nicht mehr in Sichtweite, nicht mehr in Greifweite, wie verschluckt vom Erdboden, das sollte er sein.
Wenn erst ankam die Nachricht, unterwegs ist der Vogelfreie, sollte er schon längst wieder verlassen haben die Gegend und sich nähern einer anderen Gegend und aber er war nicht vorüber, das war er nicht, er kam erst dorthin wie dahin, dies war sein Fluch. Nur Zufall half ihm, Glück und die Greisin wie der Knabe, der Greis wie das Mädchen, die Töchter wie die Söhne dieses Landes, der Mensch half ihm, der nicht lang fragte, auch nicht fürchtete die Strafe, nicht schielte nach Lohn. So vieles mußte zusammenwirken gegen: die Geschwindigkeit des Telegraphen, gegen die Wachsamkeit der Sicherheitsmänner, es war verheerend, der Adler schlief nicht, jeder der ihn tottrat, wurde verstanden, jeder der den Vogelfreien schonte, war verdächtig. Er operieren mußte mit Dummheit, spekulieren mußte mit der unzuverlässigsten aller Hoffnungen, er habe es hier zu tun mit einem Langsamen, dort mit einem tschappeligen Sicherheitsmann, woanders mit einem Ängstlichen und mit allerlei Verfolgergestalten, ausgestattet die Männer des Adlers mit vielen, sehr sehr vielen Eigenschaften und Möglichkeiten und Unmöglichkeiten und nur mit einem habe der Vogelfreie es nicht zu tun, mit der auf alles unmittelbar, wie eine Sternschnuppe reagierenden(so geschwind) Verfolgergestalt, die zu allem hin noch folgerichtig agierte, nicht nur geschwind.

5
Hustende Schneemänner im August

Riesige Sandberge, es möglich wäre, daß so nahe neben den Bahngeleisen, neben der Bahnstation jemand loswerden hatte wollen Federweiß? Oder was waren denn das für Hügel? Und näherte sich der Bahnstation wie jemand, der nichts, auch niemanden zu fürchten hatte.

Sah aus wie Mehl, konnte nicht widerstehen, steckte der Vogelfreie den Finger in den Sand, kostete; doch lieber nicht; eine Handvoll Sand, ließ es hinunterrinnen, wie Mehl; kostete; es war Mehl.

Und sah Kinder neben dem Hügel, hatten entdeckt einen neuen Spielplatz, spielten mit dem Mehl, probierten einen Schneemann machen, wollten machen den Mehlmann, bauten Burgen. Und die Mehlberge waren so hoch, daß man von der Bahnstation her nicht sah, wenn auf dieser Seite die Kinder spielten und die Mehlberge wie ein langgezogener weißer Höhenrücken, vier, fünf, sechs – es waren sieben Hügel, die ineinander übergingen, sodaß es ein hinauf und hinab war, wenn man gehen hätte können auf ihnen, nicht versunken wäre. Mehltod, gab es schon diesen Mehltod, auch? Die Kinder waren vorsichtig, der Versuchung, zu steigen auf einen solchen Hügel widerstanden sie.

Kinder in Fetzen, Füße, wann sahen sie Wasser, Seife kaum, was war das – Seife. Wahrscheinlich Kostbarkeit. Das viel kostete, so etwas fein Riechendes wie Parfum. In dieser Größenkategorie wohl anzusiedeln war der Wert der Seife. Etwas Luxuriöses. Und Kinder?

Die wohl auf sich selber aufpaßten oder wie? Hatten etwas Krabbelndes, es flink war und krabbelte zu schon eine Weile es krabbelte so still als möglich, blickte um sich, mißtrauisch und krabbelte immer geschwinder, zu auf den Mehlberg, hatte endlich erreicht den so weißen Sand, schlug in den Sand, ruderte mit den Ärmchen, fast es gefallen wäre nach hinten, so aber fiel es nach vorne und schneller noch waren die Füßchen, es schon gepackt den Krabbler, ihn klopfte, der nicht ohne Erstaunen war, blickte auf, wehrte sich nicht, aber seine großen, kastanienbraunen Augen, etwas dünkler noch, beteuerten: »Ich bin unschuldig. Klopf dich selbst, du Böse.« Neben der Betonung, er sei artig, sehr nah daneben der Aufruhr gegen dies strenge und ihn klopfende Geschöpf, tätschte zurück: wollte, voll des guten, aufrichtigen Willens. Sich das dann – nach einigem Überlegen – doch nicht gefallen lassen wollte, wacker sich wehrte und aber die Gleichgewichtsproblematik konnte der kleine Kerl noch nicht zu seinen Gunsten bewältigen, überschattete seine Bemühung, der Bösen das abzugewöhnen. Es sonderbar war; er war zurecht erbost, immer mehr sich diese Überzeugung sichtbar durchsetzte auf dem Gesichtchen;

diese durfte mit dem wunderschönen weißen Sand spielen, er aber nicht! Er nicht! Alleweil durften die Großen, ihn so weit als möglich entfernt niedersetzten, nur zuschauen durfte, nicht selbst entdecken, nicht selbst sich erkundigen durfte, ob er damit eine Freude haben könnte oder Ärger und Kummer, die Erbosung wurde zornige Stimme, brüllte und ballte seine Händchen, denn immer wieder kam ihm in die Quere diese Gleichgewichtsproblematik. Das nutzten die Großen aus, schamlos nutzten sie das aus, vorläufig wehrte er sich nur mehr, indem er plärrte und trösten ihn mußte, die ihn zuvor geschlagen. Ihn nun streicheln mußte, das hatte sie, ja selbst so gewollt. Es dauerte, bis der kleine Rebell begütigt war. Und bauten ihre Burgen und bauten ihren Mehlmann. Blickte auf: die kleine Erzieherin, empfand sich angeschaut und zeigte dem Vogelfreien ihre kleinen Zähnchen, lächelte sie? Und erstarrte der Vogelfreie. Woher war der gekommen. Wie aus dem Nichts aufgetaucht, blickte an den Vogelfreien. Nichts in diesem Gesicht verraten, auch in mir ist der Sohn des Landes, der dir Retter werden kann und Wegweiser. Hinter ihm gegangen, wenn, dann hinter ihm gewesen, lautlos. Wer schlich? Schlichen Freunde, mögliche Freunde so still, wuchsen sie empor, blieben sie stehen und bohrten Gucklöcher in den Rücken bis man herumschnellte? Hätte schwören mögen, der war noch nicht so lange hinter ihm.

Standen sich gegenüber, prüften einander oder was sollte das.

»Ajaajai!«, die Kinder fürchteten ihn nicht, kannten sie ihn? Und von mehreren Seiten, aus den verschiedensten Windrichtungen antwortete es: »Ajaajai!«, warum waren die Kinder nicht zusammengezuckt, gehörte das zu ihrem Leben so selbstverständlich wie das Aufstehen und Schlafengehen oder wie?

Der Mann hatte kaum merklich genickt und das Kind, es war die kleine Erzieherin, antwortete, nickte kaum merklich; sprach sodann in Befehlston zu den anderen Kindern? Das Lächeln also galt nicht dem Vogelfreien, ein Mißverständnis.

Und die Kinder stürzten zu auf den Mehlberg, es ging sehr rasch, viel allzu geschwind – ehe Johannes es verstand, war er weiß, eine Mehlmanngestalt, auch der Mann war mit wenigen Schritten; beim Mehlberg angelangt; bestaubte sich selbst, hüllte sich ein; als wolle er sich mit Mehl waschen, so schaute das aus; bald unterschied er sich kaum, richtete sich auf, lauschte, schloß die Augen, lauschte wieder, blickte an den Vogelfreien, überrascht. Legte sein Ohr auf den Boden, die Kinder sahen es, nickten und taten dasselbe, lauschten mit einem Ohr sehr nahe dem Boden, erhoben sich und in der anderen Sprache teilten sie dem Mann mit: »Sie kommen; bald sind sie da!«, nickten eifrig und bestaubten sich gegenseitig, husten begann, verschluckten sich und bauten ihre Burgen und bauten ihren Mehlmann.

Das wußte der Vogelfreie. Den Mann fürchteten sie nicht, dem Mann vertrauten sie, kannten ihn? Es war anzunehmen.
Kein Streckenbegeher, kein Wärter, kein Stationsvorsteher; die Bahnstation wirkte verwaist.
Und die kommen sollten, deren Kommen sie angekündigt, zwar blieben die Kinder und aber Freude war nicht in diesem »... sie kommen bald« eher Warnung, Mahnung, Bestätigung, der Lauscher habe schon richtig gehört oder wie?
Und für den Weitertransport, das Mehl konnte nicht mehr Brot werden, denn es gab viel Arbeit im Land: brennt, sengt, niederrennt.
Wohin mit dem Mehl.
Transportiert konnte es nicht werden, dem Feind sollte es auch nicht überlassen werden.
Und es kamen dann die Soldaten, sehr viele Soldaten, und die stellten sich vor diesen Berg, einen riesigen Mehlberg und ein Offizier mit einem Säbel hat befohlen und jedes Mal, wenn der Säbel die Luft durchschnitt von oben nach unten, haben die Soldaten kräftig blasen müssen.
Und sie waren selbst alle schon schneeweiß, nicht nur die Kinder, husteten, röchelten, und das ganze Land war weiß, rundum den Bahnhof, der Bahnhof selbst, zugedeckt mit Mehl und die Soldaten, es waren sehr viele Soldaten, marschierten wieder, nun waren sie wie Schneemänner, und in den Dörfern staunten die Dorfbewohner, seit wann gab es hustende Schneemänner und das im August? Im Land des Chen und des Lein?
Unter diesen Soldaten waren zwei, einer, das war ER, der Sohn des Steinenmeers, der andere, das war ER, der Vogelfreie. Und die beiden mischten sich unter die Soldaten, es war nicht schwer, alle waren weiß und sie gehorchten wie die anderen Soldaten, bliesen, wenn der Säbel die Luft ...
Und so blieb es im Land. Denn die Kinder wußten es und die Kinder erzählten es weiter. Sie waren Zeugen geworden, konnten es später bezeugen, der Vogelfreie und der Sohn des Steinenmeers hatten sich gefunden, der eine suchte den Landeskundigen, der ihn führte durchs Land und der andere suchte den Vogelfreien, auf daß er ihn führe durch das Land des Feuers, das auch war das Land der Gewalt und aber auch das Land der Sehnsucht, nicht nur das Land der Galgen nicht nur das Land des Chen und Lein, denn trotzdem, es war ein gutes Land!

VIERTES KAPITEL:

Ausgang

I
Weiß noch nix, von seinem Glück

Durch einen schadhaften Abwasserkanal konnten die Ratten in die Wohnung gelangen. Donaublau beherbergte und nährte viele Millionen Ratten und für ein paar erschlagene Berufskollegen konnte leicht Ersatz gefunden werden. Die beiden Mädchen der Maria waren sehr altklug; und hatten den Fremden; verwickelt sehr bald in ein Gespräch. Wann war das nur? Auch schon; etwas her. Erzählte Franz von den Kindern der Maria, redete er, nur von den beiden Mäderln. Franz nannte die Kinder der Maria nur: »Die Mäderln.«
Der Baum nahm; noch immer; mit dem mageren Boden vorlieb, der fast nur noch, aus Steinen bestand. Sicher hatte er weithin verlaufende Wurzeln. Woher nahm er, die Kraft für seine wohlriechenden Blüten, die unpaarig gefiederten Blätter und dann, im Oktober, diese Unmenge von glatten, schwärzlichen Hülsenfrüchten. Rund um ihn nur zugemauerte (ihn beengende, beschneidende, begrenzende Mauern, drei Stockwerke, aber vier Fensterreihen durchbrachen eine Front, die Souterrainfenster nicht mitgerechnet) Natur und er aber bereitete jedes Jahr seinen Vermehrungsprozeß vor, die Erfolglosigkeit des Vorjahres ignorierend.
Die Kinder der Maria verdächtigte Johannes (sie konnten es; sehr lange; stundenlang) mit den Früchten des Baumes zu spielen auf eine die Fenster, den Hof, und überhaupt die Welt und Donaublau und allesamt vergessende Weise. Brachen beide Mäderln die holzige Wand der Hülsen, um zu den braunen Samen zu gelangen, geduldig gaben sie sich der Beschäftigung hin und als der Bruder des Franz Null, wieder gegangen war?
Saßen sie noch immer da und wollten zu den braunen Samen gelangen. Sie waren gesessen auf dem gepflasterten Verbindungsweg zwischen vorderem (und repräsentativer gestaltetem) und hinterem (und nicht so repräsentativ gestaltetem) Haus, als er gekommen war: genauso, wie es dann gewesen, als er wieder gegangen war: Die Beine gekrätscht sowie vollkommene Hingabe an das Geduldsspiel. Hiebei sangen beide.

Ein Lied, das vermutet worden war in nicht einem Schulbuch für Donaublauer Kinder und in keinem Schulbuch Gottes, Kaisers und des Vaterlandes, zumal es gewesen sein dürfte, deren eigenes Lied. Und der Fremde, der geöffnet die hintere (und der vorderen Ausgangstür gegenüberliegende) Eingangstür zum Hof, wirkte nicht wie einer, der unterwegs gewesen, es mochten die Götter wissen wie lange dem seine Nacht gedauert hat, die Frage sein Äußeres nicht anregte. Blieb kurz stehen vor dem hohen mit Efeu völlig eingekleidet wordenen Stamm, der erst, auf der Höhe. (Wo schon aufhörten: die Fenster des ersten Stockes, wenn nicht schon begannen die Fenster des zweiten Stockwerks) Ungefähr auf dieser Höhe, es war eine schwindelerregende Höhe, eine unvollständige Hand hatte: Zeigefinger und Mittelfinger, die gespreizt, parallel zu den Längstrakten sich teilende Stammfortsetzungen und selbst die, bis zur nächsten Gabelung (jede Astgabel gabelte sich wieder) noch zugedeckt waren mit Efeu; einige von der Hauptabzweigung erfolgten Nebenabzweigungen waren ihm bereits verdorrt. Den, in einem Innenhof wurzelnden Kerl, erst das erste Mal sah. Bis dato, hatte er den »begrünten Innenhof« nur gesehen mit den Augen Pietruccios, mit dem, seine Donaublauer Neuigkeiten ausbreitenden und sehr weitschweifig erzählenden und derartig umständlich werdenden Josef-Blick. Kam: vom Hundertsten ins Tausendste. Pietruccio hatte sogar zu kämpfen gegen die übliche Augenfeuchtigkeit, wenn er erzählte von dem Baum *in* Innenhof: »Efeu und Rinde kleideten den Dirigenten ja; und die Hände gingen stufenlos in die Dirigierstäbe über. Rund um ihn das Orchester. Je größer die Chöre und Orchester und je komplizierter die Partituren wurden, um so vergnügter fühlte er sich. Er war mehr als nur ein Taktschläger. Bei Gott; Johannes. Er war mehr.«, und Johannes hatte gedacht, doch sehr sonderbare Schwärmer wurden, Pietruccio nicht anders wie Josef, wenn sie wieder einmal bei dem Donaublauer gewesen; sodaß er den Baum relativ gut kannte, obzwar er selbst, ihn, auch die Kinder der Maria noch nicht gekannt hatte.

»Auch der Wind spielte gerne zusammen mit dem Baum; ließ die dürren Früchte: aneinanderklappern, der Takt – die Blätter sangen, die Äste gleich Dirigierstäben, der Baum als Dirigent; und erfreute sich an dem Konzert.« In dieser verqueren – schon sehr vertrackten – und vollkommen nicht zusammen stimmenden Tonleiter wurde Pietruccio zum Schwärmer.

»Wer erfreute sich an dem Konzert; der Baum oder der Wind – – – – –«, obzwar keinerlei Rede sein konnte von Spott, geschweige sonst Pietruccio verletzen sollenden Fragen, fauchte ihn; unverzüglich; Josef an und Pietruccio blickte derartig verwirrt und beleidigt, auch erbost wie gekränkt, den Frager an, daß Johannes sich nur mehr klarstellen getraute:

»Ich wollte doch nur verstehen, was du da erlebt hast; was dich da so beeindruckt hat.«, und redete sich in einen Wirbel, tiefer und tiefer in einen Wirbel hinein (denn Josef deutete Johannes ständig verkehrt) und Pietruccio konnte dann berechtigt feststellen, wie sollte er nicht durcheinanderkommen, wenn ihm alleweil Johannes dazwischen hineinmeinte, seine Eindrücke zerstörend hineinspottete: Womit er sich denn das verdient hatte? Ob denn Johannes nicht zufrieden sei, wenn Pietruccio nur Gutes zu berichten hatte? Dann mußte Johannes allen Ernstes, sich die Frage gefallen lassen, ob er denn dem Bruder nicht gönne, daß es dem Franz TROTZ der einen ungeklärten Frage relativ gut ging. Wenn er nicht aufstand, die Tür zuknallte; irgendwann wieder zurückkehrte; waren aus Donaublauer Erzählungen regelrecht strittige Themen herausfilterbar, was sonderbar war; nach mehreren Richtungen hin merkwürdig. Versuchte er es ohne Umwege zu erfahren (war Johannes bemüht, dem jeweilig Erzählenden wortwörtlich, aufmerksam zu folgen, hiebei hoffend, der verstricke sich derartig, bis ihm selbst, nur mehr eines übrig blieb: die Flucht nach vorne, zu der einfachen und nackten Wahrheit, wie sie Johannes erfahren wollte, jene Wahrheit, die FRANZ betraf, die von FRANZ erzählte und nicht mit tausenderlei Abzweigungen, den vielfältigsten, kaum enden wollenden Abzweigungen: Ausklammerten, zudeckten, zuschütteten das, was Johannes wissen wollte und was auch das war, was Pietruccio genauso wie Josef beim Franz vorbeischauen ließ, etwa nicht? Es war schon so: Mit dem »die Erzählenden wortwörtlich nehmen« kam er nicht weit) probierte er es: mit einem, sehr sanften und aber eindeutigen, »Da stimmt doch etwas nicht.«, kam er auch nicht besonders weit.
Efeu kletterte den Stamm empor, die unteren Äste waren abgestorben, der Stamm? Schien ewig lang zu sein und endete, in einer Krone? Die Relationen an dem Hinterhofbaum offenbarten, daß er sich seinen baumfeindlichen Umweltbedingungen angepaßt hatte; mehr sah Johannes nicht. Sodaß ihm noch unverständlicher wurde eine derartig geschwollene, Herumrederei Pietruccios, seit wann redete Pietruccio – ganz so, wie Johannes es nicht gewohnt war, Josef schien es nicht aufzufallen. Und wenn doch, dann fauchte er: Johannes an.
»Na; wie wars denn wirklich.«, hatte Johannes einmal gefragt und erntete hiefür stets nur eines, ob es jetzt Pietruccio war oder Josef, vollkommene Verständnislosigkeit: »Hab ich; bin ich nicht gerade dabei, dir das erzählen?«, auch Kränkung (betonten sie dann, allein durch den Gesichtsausdruck) sollte Johannes allweil nicht planen wider einen, der es nicht besser sagen konnte, welch gute Eindrücke er mitgebracht hatte; von Donaublau; auch immer viele herzliche und weiß welche Grüße noch Johannes: »Gerade von deiner prachtvollen Entwicklung läßt er

sich noch immer alles genau erklären; haargenau; zum Haarspalter wird er, derartig ausgeprägt fühlt er sich dir noch immer verbunden.« Natürlich war er nervös geworden; und nahm sich auch, immer wieder vor, einmal doch selbst in Donaublau vorüber zu schauen. Irgendetwas kam dann aber immer dazwischen. Auch wars, kein Katzensprung; doch sehr weit der Weg von Nirgendwo nach Donaublau. Und aber von Mal zu Mal (so viele Male gab es dann; auch wieder nicht) gesteigert wurde, seine Bereitschaft zum Mißtrauen, stutzig war er sehr bald geworden, das Stutzen? (Man brauchte eine sehr hohe Leiter, um den efeuumrankten Stamm emporzuklettern, die verdorrten Äste absägen, niemand hatte dem Baum bis dato den Gefallen getan) Es wurde Unbehagen. Das Unbehagen? Es wurde Angst, es könnte etwas sein, Johannes aber sollte es verheimlicht werden? Angst nicht; das nicht. Sie nannten ja Franz nicht zufällig »den Ältesten«, auch wenn die Geburtsurkunden es anders zu sagen wußten; die Geburtsurkunden waren nicht gefälscht.
Ließ sich dann; immer wieder; beruhigen und abhalten; der ungeklärten Sache endlich einmal ins Auge zu blicken, indem er Franz selbst besuchte. Kamen sie, von Donaublau zurück, schwiegen sie oder waren gleich derartig aufgekratzt, übervolle Säcke mitbrachten: gefüllt mit Neuigkeiten und sämtliche Neuigkeiten sollten aber (rückblickend kam es Johannes denn doch so vor) nur »den Ältesten« als den Franz vorstellen, den Johannes kannte. Aus ihm, nicht ganz erklärlichen Gründen, zögerte er, mit dem Betreten des hinteren Hauses. Doch einige Ungereimtheiten? Mehr noch; schon schrullig wurden und allerlei Verrenkungen anstellten, beim Erzählen, auf daß ja nur Johannes nicht nach Donaublau marschierte?!
Der Verdacht kam ihm, sehend den Innenhofbaum, gar nicht mehr so absurd vor und keinesfalls unberechtigt. Es auch denkbar war, daß Johannes erstmalig völlig bewußt geworden war, Pietruccio wie Josef könnten den Wunsch gehabt haben, er wandere nicht, er breche erst gar nicht auf, verzichte und verschiebe die Reise so lange; wie lange; wahrscheinlich bis die beiden überredet und überstimmt hatten den Franz und dazu bewegt hatten, mit dem oder jenem zurückzugehen nach Nirgendwo, wenigstens so lange, bis die eine ungeklärte Frage geklärt war; denn in dieser Lage konnte er doch genauso gut in Nirgendwo sein. Und gerade diese eine zu klärende Frage wurde nie geklärt.
Johannes schüttelte den Kopf und raffte sich dann auf fürs Hinein-ins-Haus, Hinunter zum Franz.
Und rückblickend, die Aussagen des Josef überprüfend, mußte Johannes feststellen, es stimmte zwar alles, was Josef berichtet hatte, auch die beiden Längstrakte waren so, wie Josef sie erwähnt hatte, ohne Eingangstüren für jene, die in den oberen Stockwerken wohnten, nur eine

Hinterfrontfensterwand links wie rechts, aufgebrochen durch eine Tür, die hinabführte zu einer Souterrainwohnung und vorne wie hinten hatte der Hof den unmittelbaren Zugang. Ein einfaches Holzkreuz: half Aufbrechen das Glas in gleich große Türglasscheiben und darunter, die untere Hälfte der Eingangstür.
Ein kleinwenig angefaultes Holz. Nicht aufbrechen; natürlich nicht; einteilen so auch gliedern. Es war ein in vier Scheiben zergliedertes Türglas; schüttelte den Kopf. Wer sollte böswillig Fensterglas zerschlagen haben? Außerdem war das eine zerschlagene Scheibe, wenn schon: zerschlagen, nicht aufgebrochen. Türen, die wurden aufgebrochen und Glas, es wurde zerschlagen. Warum sollten zwei Fensterflügel im Parterre ----- kaputtes Glas, na und?! Deswegen wittern, er sei in eine nicht ganz übersichtliche Gegend, in einen, nach Gewalt und anderem mehr riechenden Hof geraten?
Das war mehr denn als absurd; schon grotesk und er übermißtrauisch geworden. Überall witternd gleich wußteLuziferwas, überall witternd, das könnte anziehen Männer des Adlers und die harmlosesten Passanten auf der Straße verdächtigend, sie wären in der Lage, ihn zu erkennen auf Grund eines Steckbriefes, der johannesfreundlicher kaum denkbar war: Zum-Wiedererkennen-nicht. Nichteinmal er selbst hätte sich auf Grund seines Steckbriefes wiedererkannt.
Die beiden parallel zu der Kreuzgasse gelegenen (und nur in verschiedenen Abständen zu ihr errichteten) Häuser hatten den Eingang zu diesem Innenhof, waren also in Verbindung nach hinten zum hinteren Haus und nach vorne zur Kreuzgasse. Hinter dem hinteren Haus ein Hof, begrenzt von einer Mauer, das war kein Weg. Der Fluchtweg zur Kreuzgasse war beängstigend nicht, aber doch bedenklich lang; im Ernstfall; auch konnte er kaum ausweichen, es war ein rechteckiger Innenhof, die Fassaden hinaufklettern; nicht einmal irgendwo eine Feuerleiter. Da war nichts zum Klettern, nur eines war zu vermuten, daß sie ihn hier nicht suchten.
Es gab aber absurde Zufälle; groteskes Zusammenkommen und Zusammenwirken verschiedenster Umstände, die so hinterrücks und eher nebenbei zu seiner Ergreifung führen konnten. Das wars: Der Vogelfreie wurde mitgenommen, obzwar die Sicherheitsmänner gekommen, wegen anderen Vorfällen, die nichts, aber auch gar nichts mit ihm zu tun hatten. Diese Kombination beunruhigte ihn an der Gegend, in der Franz wohnte.
Im hinteren Haus wand sich, die freitragende Treppe, mit hufeisenförmigen Wendungen nach oben, hatte Treppenlicht. Alles war genau so von Josef, zuhause erwähnt worden: Der Vogelfreie hatte keine Schwierigkeiten: sofort, sich zurechtzufinden, was anging die äußeren Kommunikationsvoraussetzungen fürs Besuchen den Franz. Im Keller, die Wendel-

treppe hinab; auch sie war da. Warum sollte Franz akkurat dann nicht anzutreffen sein, wenn er kam? Warum sollte Franz justament dann anzutreffen sein, wenn er sich bequemte aufzukreuzen?
Der Rest, das waren Beklemmungszustände, wie sie aus seiner Lage kamen, an die er sich offenkundig; noch immer nicht; zu gewöhnen dachte.

> Leise schleicht sich an
> das Unglück, man kennt es nicht,
> fällt ein Blumentopf, man weiß
> noch nix, von seinem Glück.

Das war Franz; der singende Franz; hörbar in den Gewölbegängen des Kellers, regelrecht nur mehr nachzugehen brauchte der Stimme. Immerzu dasselbe sang, war das er, war das wirklich Franz? Das Lied kannte Johannes nicht, aber Franz sang es; sehr vergnügt. Und blieb stehen, vor der Tür, legte das Ohr an die Tür: Dahinter Franz nicht gerade leise sang; immer dasselbe; wie lang. War doch; dann wieder verdutzt.

> Leise schleicht sich an
> das Unglück, man kennt ...

Hörte Franz es nicht, wenn draußen jemand ging; war er nicht ein paar Mal ordentlich auch noch; da angerempelt, dann dort angestoßen; hatte er nichts gehört, weder scheppern noch anderes hörte, der konnte ja gestohlen werden, ohne daß er es selbst merkte. War das Franz?

Er war es.

In der Uniform des Hechtgrauen: »Bist es du; Schatz! Offen! Die Tür ist wie eine geöffnete zur Schale gewordene Faust!«, war Johannes der Schatz? Und so übervolle ----- drehte sich nicht um, hielt umschlossen den Hals eines Doppelliters, gestattete sich den kräftigen Löscher, als wäre Franz schon; gewesen am Verdursten.

2
»Heiliger Franz von Assisi!«

»Schatz! Nimm Platz! Ausgang; dann kommt der Franz; natürlich. Was ist!«, drehte sich nicht um: »Spür ich deine Hände nicht auf meinen Augen -----«, und wandzugewandt stehenblieb. Wahrscheinlich hatte er die Augen wirklich geschlossen. Johannes legte seine Hände (von hinten nach vorne greifend) auf die Augen des Bruders.

»Ich bin es.«, sagte Johannes und war froh, daß er eine Wendung gefunden hatte in der sein Name nicht vorkam.
»Wer; ich.«, wirkte, als wollte Franz erstarren, wirkte ewig lang begriffsstutzig.
»Weder schleich ich noch bin ich das Unglück, weder weiß ich nix noch bin ich ein Blumentopf; und trotzdem entkommst du mir nicht; wer ist das. Franz.«, sagte sein Bruder und lauschte nach der fremden Stimme, war das seine eigene Stimme? War es Johannes? Vielleicht war er; in vordenklichen Zeiten; sich wirklich selbst vorgekommen als Johannes und diese Selbstauskunft hatte ihm genügt. Einiges war dem Vogelfreien selbstverständlich gewesen, was nicht mehr so selbstverständlich und natürlich schon gar nicht mehr war.
»Ist dir meine Stimme so fremd. Sind dir; meine Hände; nicht ------«, wirkte Franz nicht eher sprungbereit? Bereit fürs plötzliche Herumschnellen und einen Verrückten, wenn nicht hinauszuwerfen so doch wenigstens zu überwältigen und erst hintennach zu fragen: »So; und jetzt sag mir; wer du bist. Was du willst. Warum du gerade zum Franz kommst, wenn du etwas willst; und jetzt, sei artig, heraus mit nicht halberten Wahrheiten; fasse dich kurz, denn Franz möchte dich nicht beuteln, möchte gut zu dir sein und sanft. Also; was ist!«
Ganz so, in der Haltung stand; Überlegung war; Abwarten des günstigen Momentes so auch das Zögern und das Nichtwissen, inwieferne es den noch günstigeren Moment jemals gab; angespannt also, jede Sehne und bemüht hiebei, gleichgültig und absolut nicht alarmiert zu wirken und schon gar nicht so, als empfinde er sich in eine Gefahrensituation geraten, die sich umschreiben auch ließ als prekärer als ursprünglich angenommen.
»Wer; ich.«, wiederholte seine Frage; sprach langsam und sagte es, sehr sanft. Erstaunt nicht; nur wünschte er Aufklärung.
Und als er sie, noch immer nicht bekam, fragte er ein drittes Mal, nun etwas deutlicher werdend: »Wenn Sie der Schatten sind; ja. Dann möchte ich Sie bitten, nett sein, ein bisserl mehr; und die Tür schließen; es zieht.«
Und aber die Tür war zu.
»Es kann nicht ziehen, die Tür ist zu.«, und Johannes schlug die Tür zu, mit dem Fuß, faßte es nicht, glaubte es noch immer nicht, daß seine Stimme für Franz derartig fremde Stimme geworden war. Er hatte ihn doch auch erkannt; sofort; ohne Zögern hatte er sich gesagt: »Das ist der Franz.«, Zweifel waren vorhanden; gewesen; nur die Zweifel des übermißtrauisch Gewordenen. Die Zweifel des Vogelfreien.
»Wie können Sie die Tür zuschlagen; geht Sie nach innen auf.«
»Sie ist schon zu; da kann man alles. Auch mit dem Fuß nach hinten ausschlagen.«

»Aja.«, und nickte; lauschte nach hinten; wollte offenkundig mit ihm ins Plaudern kommen und hiebei herausfinden, wer das sein könnte. Und oder den unachtsamen Verrückten abwarten? War das möglich; Franz erkannte Johannes nicht; das war doch unmöglich. Er war doch ––––– es war erst der Anfang. Und aber er hoffte, wollte nicht glauben, es war nicht glaubhaft, er konnte sich das selbst nicht erklären und aber es war so: Es war ihm sehr wichtig, daß ihn Franz wieder erkannte. Quälen wollte er Franz nicht; ihn nur zwingen; seinen Bruder wieder zu erkennen ohne Gesicht. Allein auf Grund der Stimme; sprach auch mit ihm; antwortete und kamen ins Plaudern. Ein Hin und Her; fast leichtfüßig; wirkte ewig lang, begriffsstutziger kaum denkbar und aber dann.
»Heiliger Franz von Assisi!«, rief Franz Null. Und umarmte den vogelfrei gewordenen: »Johannes!«
Sodaß Johannes (vorübergehend) doch glaubte; alles war wie immer und dazwischen: Nächte, Tage und so; aber sonst war alles wie immer.

3
Er ging ein nur statthafte Beziehungen

»Du siehst; ich hab mehr als einen Stuhl; alles macht Fortschritte.«, sagte der Älteste und zwinkerte; ganz so, wie immer gezwinkert hatte, der Märchenerzähler Franz.
»Was sagst du; ich habe es gewußt. Beim nächsten Besuch aus Nirgendwo, werde es so sein: Ein Ausgeruhter, ein Hellwacher empfängt den Bruder. Was sagst du; ach, laß dich anschauen. Prachtvoll; Pietruccio hat nicht gelogen. Und der Adler, er hat dich gesehen, Johannes. Und er war in dich verliebt.«, drückte gegen die Nasenspitze seines jüngsten Bruders.
»Jö schau!«, und Franz imitierte den Adler und spielte den Adler, der gesichtet hatte bei den Weißbemantelten eine den üblichen Überprüfungen unterzogene Seinsform männlichen Zuschnittes.
»Ich muß ... ich kann nicht anders!«, und spielte den schluchzenden Adler, eine zutiefst gerührte und erschütterte Adlergestalt hatte gesichtet den Nirgendwoer Johannes.
»Diese Gewandtheit! Jede Geste für sich ein Walzer! Jeder Blick für sich«, suchte nach einer Schneuzgelegenheit, denn er hatte einen verschnupften Tag, erlediget die Prozedur des Schneuzens (beim Adler eine Zeremonie, Franz führte sie Johannes vor), »ja, so ist es: Wahrhaftig. Jeder Blick, für sich ein feuriges Liebesabenteuer! Jeder Schritt für sich ein Tanz! Dieser Körperbau! Die vollendete, überaus vollkommen gewölbte Brust! Diese Lenden! Sehr einnehmend – ein ungemein kräftiger,

Ausdauer versprechender Liebhaber! Der Adler wird entzückt sein? Er ist es schon; er ist es schon.«, und rieb sich die Augen, so viel Glück stehend auf einem winzigen Fleck Erde, der Adler faßte es nicht: »Die Augen allein ersetzen ganze Bibliotheken! Da ist alles Kultur! Alles! Selbst die kleinste Zehe! Moralischere Unterstützung gegen meinen Schnupfen, vermochte ich mir, nicht einmal zu erträumen. AchGottchen; der Augenweide meine Zuneigung vorenthalten, dies, es wäre unverantwortlich! Du müßtest mich hiefür, hiefür hege ich vollstes Verständnis, schmoren lassen in der Hölle wenn ich widerstehen wollte dieser Schöpfung!«, und schluchzte.
Franz war vergnügt; Franz freute sich; sehr. Und auch Johannes mußte sehr lachen, bei dieser imaginierten Wirklichkeit, der Adler liebte ihn und aber der Liebende mußte sehen, den er liebte, der war ihm abhanden gekommen. Die Fortsetzung schauspielerte Franz nicht, die hatte Johannes nur gedacht. Der Verschmähte verfolgte ihn und im günstigen Moment, traf er ihn; war zufrieden; hatte erschossen den Geliebten, der von ihm nicht geliebt sein wollte. Sodaß der Geliebte so oder so erschossen wurde. Entweder von den Erdfarbenen oder vom Verschmähten.
Und leerten ein kleines bißchen mehr den Doppelliter; nicht viel; was den körperlichen Hunger anbelangt, durfte Johannes melden, er habe in Donaublau schon, die Gelegenheit erhalten zu speisen auf eine sättigende Weise. Solche guten und wohlmundenden Sachen hatte er noch gar nie in seinen Mund stopfen dürfen. Und erzählte also dem aufmerksam lauschenden Franz, was er alles vertilgt hatte. Selbst eine weiße Serviette auf einem Tischtuch, das so kostbar war ... er war satt, dies Angebot hatte er ohne Bedenken angenommen und Franz winkte dann ab; natürlich annahm das Angebot: Brauchte hiefür keine moralische Rechtfertigung. Hatte der Bruder Hunger, er durfte den Hunger stillen; das war nur vernünftig. Und auch diese »Na; wie wars denn.«-Frage des Franz, sah sie noch als den Ältesten und den Jüngsten, die einander erzählten; zwischen ihnen jene eigenwillige Entfernung wie sie schufen Nächte, Tage und so; aber sonst war alles wie immer: »Es muß doch gewirkt haben; irgendwie. Marschieren, durch das Land – wie lang war die Mamma eigentlich nicht mehr ...«, schaute hinauf zur Kellerdecke, »ja auch schon etwas her; möchte sie denn nicht mehr zurück?«, Johannes hob abwehrend die Hände, »Wenn; dann will sie es, uns nicht sagen.«, relativierte er seine eigene Handbewegung: So unberechtigt war die Frage des Ältesten gar nicht.
»Es erging dem Vogelfreien wie dem Hecht-Grauen. Mir graute; vor den seltsamen Gebilden. Es waren meine ureigensten Gehwerkzeuge; die ich gedacht ...«

»Die du gedacht, was weiter.«
»Irgendwanneinmal ich die gedacht als zu mir – gehörig; als bekannt, als vertraut. So also – dachte ich... und dann kam die Erlösung: Er. Er schielte weder nach dem einen noch nach dem anderen. Strafe-Lohn. Es berührte ihn nicht. Er bedankte sich bei mir, obzwar er ...«, schüttelte den Kopf.
»Ja ... und dann ...«
»Was dann.«
»Das Land des Chen und des Lein begann mir: Zerfallen, in Nasse Wiesen wie wasserarme Gegenden, in Wassergallen wie Sandfelder, im Sehen den Boden, war er bedeckt, wenn ja, war es der Baum, war es der Strauch, das Gras und neben den Gärten, diese Felder ohne Ende, bedeckte den Boden ein Bau, war es nicht der Hof, dann die Gehöfte und so der Weiler, wie das Dorf, der Markt wie die Stadt, begann benoten und sehen Wege wie die Straßen, Übergänge: Brücken zählen, Viadukte und die Furten, wachgeworden nie; sah so viel wie noch nie und selten so wenig, soff in mich förmliche Säufernatur geworden«, und betrachtete nachdenklich den Doppelliter, schaute nicht auf, »Bilder hinein wie andere Schnaps, sah«, und brach ab; abrupt. Zuckte die Achseln. Sah sich unterwegs: Als Vogelfreier artig er war, wie noch nie: War er nicht im Flachland, war er im Hügelland, nicht da oben?
Dann vielleicht ganz unten in der Ebene, nicht dort, dann vielleicht ganz oben, im Hochland und also sah sehr viel und so wenig wie noch nie.
»Und an deiner Seite die; diese Erlösung. War die Erlösung zufällig noch weibliche Vollendung oder so.«, Johannes durfte die Frage mit Kopfschütteln verneinen.
»War es ein Mann.«
»Ja – es war ein Mann. Er war meine Erlösung.«, und nickte eifrig, es bestätigend.
»Aber selbst Kinder; ach – es half vieles mit und wenn ich versagte, versagten andere nicht; und das war dann, mein Glück.«
»Und irgendetwas verstehst du; ganz besonders an deinem Erlöser nicht.«, sagte er, ganz der Älteste und Johannes nickte, bestätigend den Franz, der noch immer viele seiner Fragen gleich in Punkte verwandelte; er war es doch; allen zum Trotz. Auch die, an der Wand entlanggereihten Doppelliter sagten nicht viel. Es war er, es so offenkundig Franz war, der Älteste; folgend seiner Blickrichtung, erläuterte sein Bruder: »Die sind nur; noch nicht weggeräumt. Und aber, bevor wir zu mir – kommen, bleiben wir bei dir. Was hast du an deinem Erlöser nicht verstanden; daß er nicht fragte, was kostet es mich, wieviel bist du bereit für meine Kosten auszulegen?«, Franz lachte; sehr herzlich; rieb sich die Augen und sagte dann: »Du hattest wirklich sehr viel Glück. Einem Menschen begegnen;

so etwas muß einem erst einmal passieren.«, und dem überrascht aufblickenden Johannes antwortete der Älteste: Franz zuckte mit den Achseln. Aber er war es; unverkennbar. So viel Silber hatte er nicht im Haar; die tieferen Rillen, vier nicht gerade, etwas gewellte Furchen: Vier Falten durchquerten seine Stirn, hervorstechend, Johannes kannte nicht die eine Querfalte; die waagrecht in dessen Stirn Falte gewordene Wellenbewegung, hievon vier auf der Stirnwand festgehalten gewissermaßen eigene Zeichnung geworden, wie kam diese Zeichnung zustande: Johannes sah neben den neuen Bruchlinien der Haut, die alten, ihm vertrauten. Die nicht gleich lesbaren, dem Besucher (also vorläufig) sich als Endergebnisse einer Umbildung von Einzelzügen darstellenden vier waagrechten Stirnfalten waren vollendete Wellenbewegungen, ununterbrochene, also durch nichts unterbrochene, geschlossene, durchgehende, die ganze Stirn durchziehende Spuren; aber wenn Franz, die Augenbrauen etwas zusammenschob – das hatte sich auch nicht aufgehört: die Längsfalten zwischen den Augenbrauen, waren bei ihm, das begann sehr früh, besonders tief, sie entstanden nicht mehr durch Nurbewegungen im Gesicht, waren, nicht mehr löschbare Bruchlinien geworden, die durch Bewegung, nichts anderes mehr werden konnten, als tiefer; daß Franz schon mehrere Male glaubte: denkbare Variante auch sei, ein Franz Null verliere lieber den Verstand als sich weiter zu vergrübeln, das sagten die Falten. Und daß er Schwierigkeiten hatte mit dem Loswerden den eigenen, schon zum Schmerz werdenden Verstand, das sagten seine Falten auch. Die linke senkrecht eingekerbte Stirnfalte zwischen den Augenbrauen war tiefer als die rechte; auffallend tiefer. Von den Nasenflügeln zog zum Mundwinkel, schräg aber nicht wellenförmig, der für Gesichtshaut schon sehr tiefe Graben; auf beiden Seiten gleich, ziemlich gleich scharf gezeichnet und die eine Nasenfalte zum linken Mundwinkel, dort aufhörte; die andere Nasenfalte zum rechten Mundwinkel, dort endigte. Zu den Brauen konnte Johannes nur feststellen, sie waren wie immer: wellenförmig, dicht, wie früher; schwärzer kaum vorstellbar, heller nicht geworden. Teils teils doch, ganz der Franz, der Älteste. Ein besonders scharf gezeichnetes Gesicht, es fehlten ihm aber die Spuren geleerter Doppelliter. Das war es: die Spuren waren nicht sichtbare Geschichte geworden, die waren nur im Raum, entlang der Wand. Nichts schwammig oder aufgedunsen Wirkendes an ihm; eher das Gesicht eines nicht ganz freiwilligen Asketen, dessen Haarschopf manche Frau aufjauchzen hätte lassen: Ersparte das Kronentragen zum Friseur für kunstvoll gelegte Locken; er hatte sie von der Natur bekommen und konnte es sich leisten, die relativ kurz geschnitten zu halten und hiebei noch immer nicht zu wirken wie allzu sehr geschoren. Es war aber geworden das Gesicht, in dem nicht mehr verwischbar eingeschrieben eine Passionsgeschichte, eine

Geschichte tief empfundenen Leidens; das war auch eine Tatsache. Hiebei nichts anderes sich nach außen durchgefressen zu haben schien, an der Oberfläche sichtbarer wirkte, als Johannes es gewohnt war, nichts anderes schien sich in das Antlitz des Ältesten hineingearbeitet zu haben, nichts anderes aus diesem Gesicht herausgearbeitet wirkte als die Fähigkeit, sich mehr, in nicht für möglich Gehaltenes, hineinzufühlen und hiebei eine Spur vielleicht, dann doch, noch härter und wußteJohanneswasnochalles geworden zu sein.

»Erzähle; du hast ja noch gar nicht angefangen. Kannst doch nicht, bevor du beginnen magst, schon aufhören wollen.«, sagte Franz und wirkte selbst nicht besonders überzeugt von dem, was er sagte.

Und die menschliche Fähigkeit als Möglichkeit wurde sichtbar, im Gesicht des Ältesten: Zu sehen in den Unmöglichkeiten der nämlichen Gattung die zu Schande wie zu Schaden gekommenen Möglichkeiten; zu sehen in der Gattung, zu der er gehörte, aus der er hervorgegangen war, angereichert die Neigung an ihre Unmöglichkeiten gerne zu glauben, nicht aber an ihre grandiosen Möglichkeiten. Und die Ursachen, die Beweggründe dieses tiefen Unglaubens dürften Franz schon öfters aufgegeben haben regelrecht unlösbar wirkende Rätsel. Als gäbe es eine Nuß, die nicht zum Knacken war. Ein hervorragend arbeitender Verstand gepaart mit einem nicht unterentwickelten Gefühlsleben, allessamt angereichert mit einem ausgeprägten Vermögen an Phantasie und fertig war die höllische Mischung, wenn diese Mischung kam, in einen Keller, so wie der Franz. Möglich, daß er Franz besser verstand, solange Franz schwieg, irgendwann verstand er nämlich, Johannes war nicht erzählwütig. Johannes war nicht deswegen da, weil der Vogelfreie nun einmal da war; vielmehr wollte Johannes den Ältesten an seiner Seite wissen. Und als er das verstand und wußte, er konnte dem Vogelfreien nicht mehr ausweichen, da waren schlagartig die Tage und die Nächte umso vieles mächtiger, als alles dasjenige an Geschichten, als alles das, was sie einst verbunden hatte; sehr tief.

Und irgendwann war es Johannes zu dumm geworden, er wollte zum Eigentlichen kommen, ihm fehlte die Ruhe des Franz, er wollte endlich wieder aus Donaublau, hinaus; nach Nirgendwo wollte er und nicht ohne den Franz.

Und es begannen die Klarstellungen; etwas sehr Sonderbares war geschehen, Johannes mußte den Franz erinnern an den Franz. Als hätte er den in Donaublau verwurstelt. Nicht, daß Johannes dagegen etwas einzuwenden gehabt hätte, nur: Die Verwandlung, die Veränderung des Franz war so radikal nicht möglich, sie war unmöglich und deswegen stritten sie auch; so. Denn eines war besonders auffällig: Wäre Franz nicht in einem vorübergehenden Verwirrungszustand, hieße das konsequent zu Ende

gedacht, Franz war als sein Mörder denkbar. Das einzige, was Johannes in dieser Konsequenz zu Ende gedacht, geschützt, wäre demnach gewesen, daß sie eine gemeinsame Mutter, einen gemeinsamen Vater, gemeinsame Brüder hatten; Referenzen gewissermaßen an, im übrigen schon Geschichte gewordene Bande. Derselbe Johannes, als Vogelfreier und nicht der leibliche Bruder des Franz Null ————— nicht zum Ertragen, nichteinmal zum Derdenken war das. Ihn schützte vor Franz nur, das eine, als wären zwischen ihnen die Bande nicht immer tiefer gewesen, als wären sie Brüder im herkömmlichen Sinn; das waren sie doch nicht, bei ihnen, ach; das war derartig natürlich nicht. Und deswegen brauchten sie füreinander nur entwickeln, etwas mehr Geduld; und das war alles. Sie hatten; schon so lange; nichts mehr knüpfen können, neue gemeinsame Geschichten sich erschaffen, sie brauchten Zeit, das war es; die Zeitknappheit; sie war sowieso gegeben, sodaß ein ungeduldiger Johannes vollkommen unangebracht war.
Und er hatte begonnen mit dem Gusti; der Franz begann mit dem Gusti und dann sagte Franz ».....das ist so. Laß dir erzählen, allessamt, das ist so.«, und er war willig, sich das erzählen zu lassen. Er explodierte nicht gleich, er war willige und einsichtige Person; war auch bemüht, sich auf das zu konzentrieren, was, ihm also zu erläutern versuchte der Franz. Nachdem er, dem Franz das um die Ohren geschlagen, dann jenes und nicht aufhören hatte können, hatte Franz das Recht; glasklar. Was konnte Franz dafür, daß er vogelfrei geworden, Schwierigkeiten hatte, gewisse Bedürfnisse noch zu verstehen? Als könnte Franz ihm das nicht später, so umständlich als nur irgenddenkbar, vorkauen, immer wieder vorkauen, so lange bis es ihm selbst der Brei geworden war? Der Brei, den er ausspucken oder hinunterschlucken konnte.
Und also, hörte den Franz, die Stimme kam näher, kam wie von weither und war derartig schachmatt gesetzt von einander schlagenden Eindrükken, Empfindungen, Zweifeln, Fragen und einem unmöglichen inneren Kauderwelsch, daß er alleweil dem Bruder hintennach hetzte; förmlich hintennach rannte und war Franz schon ganz woanders bemühte Johannes sich noch immer, das zu ordnen und jenes und in einem zu mußte er ordnen und sich fragen: »Was hatte nun eigentlich der Franz gesagt?!«, anders es gesehen, er kam sich vor, wie einer, dessen Höllenstrafe es war, dies mußte er: Zum Zug kommen, den also erreichen sollte und es war, eminent wichtig, daß er den Zug erreichte, daß er nicht zu spät kam, das war Teil der Höllenstrafe; denn es ging vielleicht darum, einem sterbenden Menschen die Hand zu halten, weil das sein letzter Wunsch war und es war ein Mensch, der einem alles war nur nicht gleichgültig und dem man den letzten Wunsch unbedingt erfüllen wollte und aber man kam immer zu spät; das war der höllische Teil an der Strafe. Ein immerzu sich

wiederholender Vorgang, und immer wieder kam man zu spät, sodaß niemehr das Gefühl aufkommen konnte, wenn man wieder, einmal zu spät gekommen war, nächstes Mal versäume ich den Zug nicht und aber trotzdem, war beim nächsten Mal eine unausrottbare Hoffnung da, man käme dieses Mal, nicht zu spät zum Zug. Diese unausrottbare Hoffnung war auch Teil der Höllenstrafe und daß sie unausrottbare Hoffnung blieb wie nicht erfüllbar, denn es war ja die höllische Fortsetzung ohne Ende; das gehörte auch zur Höllenstrafe; ohne Ende. Und das Gefühl von nicht wieder gut zu machendem Versagen, denn jedes Mal starb ein Mensch mit, wenn man wieder versagt hatte; das war auch Teil der Höllenstrafe; man war Mitschuldiger geworden an dem qualvollen Tod eines anderen Menschen, denn dem Sterbenden, die Hand halten, hätte für den unter Umständen sogar bedeutet, er stand wieder, vom Sterbelager auf, derrappelte sich wieder, gesundete; und war kräftiger sogar geworden als er zuvor gewesen; trotzige und wieder, relativ qualfreie Natur geworden. Anders es gesehen: Johannes drohte zu kommen in einen verheerenden Zustand und das beim Ältesten, dem Franz. Und aber fand wieder den Anschluß zu dem, was eigentlich Franz zu erläutern gedachte.
Und zwar stiftete Franz nicht den Franziskaner Orden, das tat ein Null nicht, wurde Johannes informiert. Johannes nickte bejahend, denn es leuchtete ihm irgendwie ein.
Heiliger war er auch nicht. Und ging weder in schwarzer noch in brauner Kutte; trotzdem: Er hätte sich verbeugt vor jeder Erscheinung (glasklar; er war also im Zwölferjahr unterwegs; Johannes nickte mehrmals es bestätigend) die ihn erinnerte (Johannes nickte besonders eifrig) an diesen Franz; weder trug er eine Kapuze noch trug er keine Kapuze: sein Haar, seine natürliche Kapuze war sicher gegeben. (Und Johannes hatte gedacht; interessant, besonders im Vierzehner Jahr, im August, wenn der eigene Bruder vogelfrei war)
Und auch fehlte dem Franz der Strick: um die Lenden, Bartträger war er nicht, höchstens nicht rasiert, Wundmale fehlten ihm an den Händen wie an den Füßen, und umgaben ihn Vögel oder die Tiere des Waldes? Das taten sie nicht. (Glasklar; er war in Donaublau und aber Johannes nickte; denn er verstand auch das noch; irgendwie) Sogar gesprochen wurde: FREI, von diesem höchst schwerwiegenden Verdacht: Er habe eingegangen, eine nicht statthafte Beziehung mit diesem vierbeinigen Wesen, das man genannt; landauf landab eine Kuh. (Franz, das ist das Zwölferjahr; wir sind im Vierzehner Jahr und es ist Krieg und aber der Vogelfreie schwieg)
Franz Null wurde aus Mangel an Beweisen bestätigt, er ging ein nur statthafte Beziehungen. (Es stand, allen Ernstes zu befürchten und aber Johannes schwieg, Johannes nur nickte)

Stigmatisiert war Franz Null nicht mehr. Die Stigmatisation, den Beweis
– der Aufhebung nämlicher Stigmatisation hielt Franz in Händen.
Und zwar predigte Franz nicht den Vögeln, denn sie waren nicht da.
Aber da kam einer, und mit dem stieß er zusammen: und zwar umarmte
ihn nicht der Gekreuzigte, vielmehr umarmte ihn ein Ohne-Mit-Arbeit-
Mensch, auf daß er nicht falle, so angerempelt abrupt. Unerwartet, dieser
Zusammenstoß.
»Aja; jetzt hab ich den Faden verloren.«, sagte Franz und aber nahm an
das Angebot; sagte Johannes: »Mäßige dich; wir haben noch einen weiten
Weg vor uns; ja. Ausschlafen kannst du, wie den Faden finden; später.«,
und Franz nickte, kratzte sich die Stirn, suchte den Fadenanfang und so
dumpf erinnerte sich dann doch Johannes, das schon gehört zu haben.
Und aber er nickte nur.
Und der ist gewesen ein Heiliger ganz so wie ein Herzog, gestorben zwar
schon im Jahre siebzig und zwei des Sechszehnten Jahrhunderts, aber es
sicher geben wird wieder ein Jahr siebzig und zwei; auch im Zwanzigsten
Jahrhundert; sodaß er noch einige Lebens-Jahre zu erwarten hatte, etwa
nicht? Und Franz Null zufrieden nickte: So war es. Und wenn ihm auch
fehlte das schwarze Kleid und der Mantel mit dem aufrecht stehenden
Kragen dieses Heiligen, so fehlte es, diesem Franz nicht an Gesinnung, zu
werden regelrecht: gehorsam und General hin (denn Franz erinnerte sich
an den dritten General der Gesellschaft Jesu), General her (denn Franz
war nun gut gekleidet, er trug die Uniform des Hecht-Grauen), streitbar
waren die einen, gerade so wie die anderen.
Die bissige Bemerkung, das hätte Johannes aber denn doch nicht vermutet, unterdrückte Johannes.
Natürlich hatte der Nachläufer einen Vorläufer.
Und der Vorläufer des Nachläufers; je nun.
Und der also, schon gestorben ist, im Jahre sechs und zwanzig Jahre
dazu, im Jahrhundert mit der Zahl dreizehn. Franz war nicht abergläubisch. (Nur warum fand er das so wichtig; trotzdem. Johannes nickte, es
bestätigend, aber-gläubisch war Franz nie gewesen und Franz betonte;
Johannes schloß die Augen; es gestattete besseres Zuhören, mochte auch
nicht das Auf-und Abgehen des dozierenden Bruders). Das Dreizehnte
Jahrhundert war ein gutes Jahrhundert; genauso voll Güte wie voll
Schlechtigkeit, hievon war Franz überzeugt. (Im Zwölferjahr; denn das,
hatte er ihm gesagt; »....komm zurück mit mir ins Zwölferjahr« oder so
ähnlich)
»Daß du den Franziskaner Orden nicht gestiftet hast, das tut ein Null
nicht, so ist ein Null auch kein Heiliger und dann ... Zusammenstoß; ja.«
»Ach; so weit war ich schon.«, Franz staunte wirklich.
»Du bist etwas weiter zurückgelaufen.«, sagte Johannes. Und aber

schluckte beißwütige Wünsche artig hinunter; mit einem ganz kleinen Schluck.
Und daß er sich vermählt mit der Armut, es war übertrieben. Sie lag schon gewissermaßen als Beigabe in seiner Wiege (das war Johannes ja sehr neu) und das (es stand zu befürchten, Franz spekulierte, aus dem Vogelfreien zu gestalten den Johannes Null, der sich von selbst meldete; und sagte: »Da hab's mich.«) Dach dieser Wiege, war es das Himmelsgewölbe? Wie immer, er wurde geboren, während Mamma arbeitete. Sehr würdig: sodaß es, feststellen durfte Franz Null, gewisse Parallelitäten zwischen ihm und jenem Franz, den man heilig haben hat wollen, (ihn hat man ja nur verurteilt haben wollen; das aber wiederum sagte Franz nicht) was durchaus möglich war: wo die Verbannung Möglichkeit war, wohl auch möglich war diese ewige: »Bleib da, bleib da. Du guter Mann du guter Franz du heiliger Kerl!«, und Johannes war doch zusammengezuckt.
Und wurde informiert; vom sich im Keller drehenden Franz.
Und drehte sich, auf der Straße, wie ein Kreisel. Froh, daß von ihm genommen diese Stigmatisierung, auf die er verzichtete; sehr herzlich; und küßte, schließend, die Augen: die Kuh (und die aber gewesen in Nirgendwo, sodaß er öffnete die Augen) und sich entschuldigte: »Tschuldigung.«, sagte Franz, und hatte sich verbeugt (genaugenommen vor Johannes) dorthin, hiebei gelegt die Hand, wo schlug das Herz (Johannes stellte die Frage nicht: »Wo schlägt es denn; Franz.«); er hatte doch – gespürt harten Widerstand.
Blickte treuherzig auf. (Blickte treuherzig zum sitzenden Johannes herab) Blinzelte.
Der Mann war übellaunig.
»Heiliger Franz von Assisi!« (Und Johannes war aufgesprungen. Auf den Ausruf war er nicht gefaßt), rief Franz. Und umarmte den Mann. Der dann nicht war der Gekreuzigte, wie schon, es festgehalten, den er festhielt, dies war ein Ohne-Mit-Arbeit-Mensch.
»Das ist nicht mehr wahr.«, wollte Johannes nicht sagen und sagte es auch anders: »Und jetzt hältst du; nur mich fest. Das ist aber eine Enttäuschung.«, und Franz nickte. Es war schon so.
Das war nicht mehr wahr; aber im Zwölferjahr war es an einem ganz bestimmten Tag so und nicht anders; und daran erinnerte sich Franz Null.
Er erinnerte sich noch mehrere Male an einen Franz Null, den Johannes nicht mehr kannte. Und Franz Null erinnerte sich noch mehrere Male an einen Franz Null, den der, in der Uniform des Hecht-Grauen steckende Mann nicht eigentlich kannte. Hatte aber den Eindruck, daß neben dem ihm Unbekannten sehr nahe noch wohnte der Älteste. Und aber der

Entscheidung entkamen sie nicht: Zwischen dem »Weißt du noch von dir« des Jüngsten und dem »Das weißt du aber noch nicht« des Ältesten war etwas, was gegen eine Versöhnung arbeitete.
Nein! Mit diesem Franz konnte sich Johannes nicht versöhnen; nie! Und den gab auf, der Jüngste nicht. Der am allerwenigsten; den Ältesten ließ er nicht aus sich herausschneiden. Wobei, nüchtern es besehen, das Problem eigentlich nur war, der marschierende Märchenerzähler, Franz Null, bedeutete mehr oder weniger für ihn, dies war Johannes geworden: Tatsächlich so etwas wie unmöglich. Ein unmöglicher Mensch war er geworden. War es schon nicht faßbar, daß Marschierender geworden der Nichthieß, war es noch weniger faßbar, daß Brennender, Sengender und Niederrennender? Franz?! Der; nie!
Und Johannes sagte es laut und entschieden: »Nie!«, und Franz schaute sofort auf: hocherfreut; aufmerksamer Zuhörer; willig sofort aufzunehmen den neuen Faden, keinen Fehler zu machen, nur keine Fäden verwursteln, damit das Schweigen sich nicht ausbreiten konnte im Keller und das gleich einem überdimensionierten Schatten; an die Wand pressender Schatten, der nicht greifbar war und sich schamlos ausbreitete auf Kosten der Brüder; als hätte er einen Körper, der zwar sich ausdehnen, fühlbare Wirklichkeit, die Wirklichkeit eines Folternden werden konnte. Und aber gleichzeitig sich nicht ergreifen ließ, man wußte nicht, wie sich wehren gegen den Schatten und wußte doch, wenn er sich noch weiter ausdehnte, brachte er es zustande und er hatte zwei Brüder regelrecht zerquetscht, den einen, an der einen Wand. Und den anderen, gepreßt gegen die gegenüberliegende Wand. Denn auch so standen sie, einander gegenüber und suchten den neuen Anfang; immer wieder; oft und oft. Denn Ausdauer hatten beide und es war schwer; auseinandergehen; so. »Wir machen irgendetwas verkehrt.«, das war der Älteste. Und hatte; wieder endlich gefunden den brauchbaren Faden; Johannes lächelte; fast glücklich. Nickte auch, unverzüglich: »Wir tun; wie zwei Fliegen in einem Spinnennetz; wir gehen aufeinander los!«, und Franz nickte eifrig; meinte wie Johannes. Obzwar Johannes nicht gesehen hatte, wie Fliegen tun; aber er wollte die Brücke weiterbauen und Franz gefiel das auch; das Bild mit den Fliegen.
Es gab noch viele Anfänge; noch einige Versuche.

4
Lauter Mäderln

Und der das Haus, zuerst den Keller wieder verlassende Johannes Null wußte, ganz war es nicht mehr so; er verstand einiges nicht; und er mußte es ordnen. Neu ordnen. Organisieren lassen mußte sich doch dieser innere Durcheinander, mit dem Johannes fortging vom Franz und es war doch; sein Bruder; sie hatten ihn immer, genannt den Ältesten.
Den Baum zu seiner Linken sah Johannes nicht; er wäre in diesem Zustand, ohne besondere Schwierigkeiten einfangbar geworden, er hätte nicht einmal Widerstand geleistet, er wäre froh gewesen, er hätte mit niemandem mehr gesprochen, nicht ein Wort, selbst wenn sie hiefür große Mühe aufgewendet hätten und die Schwer-Arbeit auf sich genommen hätten, seinen Körper totzutreten, zu quälen, so lange bis der Vogelfreie nicht mehr wahr war; nur mehr eine körperliche Hülle, aus dem entfloh erfolgreich jegliches Empfinden, jeder Gedanke; und aber auch die Frage; was war nun wirklich im Keller beim Franz. Wer war das, was hatte er gesagt?! Was hatte Franz nicht gesagt. Und viele Menschen haben ihn gesehen; dann; auf den Straßen, den Gassen Donaublaus; diesen sonderbar erblindeten Mann, als führte ihn eine unsichtbare Hand. Einmal rannte er, zur falschen Zeit über die Straße, dann wieder: plötzliche Kehrtwende, ging die Gasse zurück, auch sah man einen jungen Mann mit sonderlinghaftem Betragen: er schlug dauernd die flache Hand gegen die Stirn. So sah man ihn auch: die Faust schlagend wider den Hinterkopf und Kopfschütteln und starr der Ausdruck, etwas in den Augen, das war düster, fast unheimlich, als hätte er den bösen Blick.
Auch so sah man ihn.
Etwas kam über die Wangen und er merkte es nicht; vielleicht war sein Bruder auf der Totentafel; gefallen? Und auch solche gab es, die wußten, sie waren, wieder so einem begegnet, der jung, kräftig, gesund. Und aber durch entsprechende Beziehungen, seine Vaterlandsverteidigung, weit ins Hinterland zurück hinein verlegen hatte können.
Eine Verfolgergestalt, die folgerichtig agierte, nicht nur geschwind; und jemand anderer war als der Sohn des Steinenmeers, hätte gespürt nicht das bißchen Widerstand, fast wirkte es so, als fordere er seine Festnahme, seine Ergreifung durch Ignorierung einiger Tatsachen; eine hievon war diese.
Und die Sicherheitswachen sowie die Sicherheitsposten riefen an die Menschen, wer nicht auf den ersten Anruf hin stehen blieb, sah vielleicht noch, wie sie Gebrauch machten von den Waffen, falls er es nicht erst spürte, wenn ihn traf der Schlag, das Brennen, der stechende Schmerz.

»Der tut so; als tät unsereiner; jawas!«, das war ein Sicherheitsmann.
»Wegen so einem reiß ich mir die Füß nicht aus.«, das war sein Kollege.
»Wenn er etwas ausg'fressen hätt, dann tät er nicht so.«, das war eine dritte Stimme. Denn es waren drei und sie einigten sich dann, die Null mit dem seltsamen Gebaren nicht zu sehen, mit der einleuchtenden Begründung: »Des is a Wahnsinn! Ein Rotzbub, jeder Dahergelaufener glaubt, er darf unsereins; ignorieren. Soll er.«, zuckte die Achseln.
»Außerdem einer aus der Provinz; mit so einem Pfeifendeckel sich anpatzen; ich bitt dich. Wer bin i denn.«
»Einen Verdacht muß man äußern dürfen; der will in den Kotter!«, und zwei nickten.
»Eine nackerte Existenz; und den soll'n wir füttern.«
»Ich täusch mich nicht selber mit einem Potemkinschen Dorf.«
»Was ist des.«
»Der da!«, und der da war; wieder einmal; zusammengestoßen mit einem Passanten. Und der Passant war ein sehr temperamentvoller und seinen Unmut nicht unterdrücken wollender Mann.
»Vielleicht kriegt er ein paar Pracker; wenn er's haben möcht.«
Und drei Sicherheitsmänner drehten sich um, ums Eck waren sie ihm noch nach. Und aber der wirkte nicht auf der Flucht, wirkte nicht einmal willig, Reißaus zu nehmen? Da kehrten sie; dann doch um. Bogen wieder ums Eck und überließen den, der sich von Irgendwoher nach Irgendwohin bewegte und hiebei wahrscheinlich Donaublau durchquerte, dem Mann, der ihm all-seine-Schand sehr wortgewaltig ins Gesicht hineinsagte.
Sie redeten; plauderten noch eine halbe Stunde ungefähr, einige Variationen durchprobierten, was das für einer gewesen sein könnte, der, trotz mehrmaligen Anrufes taub geblieben war. Die Variation: Der Vogelfreie war's; passierte nicht dem Übergeordneten und die beiden Untergeordneten waren auch nicht der Meinung, man sollt jeden Dahergelaufenen: perlustrieren und dann: »Ab in den Kotter!«, bis bezüglich seiner Identität Klarheit herrschte? Denn die Vermutung wurde auch geäußert: »So der seine Legitimationskart'n nicht vergessen hat; mit Absicht.«, zwei nickten.
»Und unsereins mit Papier zudecken; als wär es nicht höchste Zeit anfangen sparen mit dem Papier!«
»Einem Menschen; dem ein Kummer das Herz zerreißt, mag ich nicht lästig werden.«, sagte der Übergeordnete.
»Ein Mensch in so einem Zustand verstehst; der weiß gar nicht, was das ist, Identität; der«, und ließ kreisen die Faust vor seiner Stirn. Sein Übergeordneter erwiderte die Aussage mit einem gütigen Blick; der Untergeordnete strahlte. Daraufhin wirkte er wieder streng; der Übergeordnete.

»Vielleicht hätte man es ihm im Guten sagen können.«
»Wie denn.«
»Guter Mann. Lang, lang ist's her. Da ist das passiert. Spät nachts ....«, weiter sprach der Übergeordnete, »war es noch geschehen, alle persönlichen Rechte (beide Untergeordneten nickten) waren aufgehoben worden so auch die politischen Rechte!«, und er wurde, er schauspielerte das sehr gut, eine gestrenge Mahnung, »Und bedroht wurde«, und er rollte die Augäpfel, auf daß dem Landmenschen die Bedeutung des Kommenden wenigstens an Hand des Habitus begreiflich wurde, daß es etwas sehr Ernstes, sehr Furchtbares war, »jede Übertretung gegen die öffentliche Sicherheit! oder das Privateigentum mit dem Tode.«, und nickte bedeutungsvoll; dann weitersprach, wähle gegen es nicht besser wissende Menschen stets den milden und geduldigen Ton, wähle die Nachsicht und erachte das aufklärende Wort als bedürftig langsamer und einprägsamer Sprechweise, ganz so, er weitersprach.
»Gleichzeitig war entschieden worden, jeder Mann bis zum 50. Lebensjahr konnte herangezogen werden zum Kriegsdienst, für das große namenlose Sterben. Sämtliche Landtage Gottes, Kaisers und des Vaterlandes! (etwas donnern konnte nicht schaden, wieder Augäpfelrollen) wurden unter anderem geschlossen. Aufgehoben waren die Geschworenengerichte....«, und sprach mit erhobenem Zeigefinger.
»Das wird ihn überzeugen.«, zwei grinsten.
»Der versteht höchstens Bahnhof und ich rede von seiner Ankunft im Himmel. Es ist auch der Grund, warum ich so etwas; nicht aufhalten mag. Ich sage euch immer wieder! Eine Pizza und eine Pizzeria ist nicht dasselbe!«
»I wo. Ich sag; Bürscherl....«
»Und deswegen ist er nicht mehr da.«, zwinkerte; der Übergeordnete war gutgelaunt. Und außerdem hatte ihm sein Weiberl einen Sohn geboren, das hatte er nicht zu hoffen gewagt, denn bis dato hatte sie nur produziert; lauter Mäderln. Vier ganz große Hoffnungen.
Waren dem Sicherheitsmann zerronnen im wahrsten Sinne des Wortes. Denn die Tränen rannen jedes Mal und jedes Mal war die Enttäuschung um ein bißchen größer geworden. Und aber die Hoffnung nicht totschlagbar. Vier Mäderl, ein Bub; er hatte einen Tag, einen sanft stimmenden Tag, einen gütig stimmenden Tag; einen geschwätzig und plauderlich stimmenden Tag und aber jemanden jagen? Falls es nicht unbedingt sein mußte; und einen Unglücklichen schon gar nicht, denn er mochte nicht viel anders, auf Nichtwissende gewirkt haben, wenn er das Krankenhaus verließ, und wieder ärmer, um eine Hoffnung ärmer geworden; das schnitt, daran zerbrach man fast, man verlor den Glauben an das eigene Weib, den Glauben an den eigenen Samen.

FÜNFTES KAPITEL:

Was also er alles vergessen hatte erzählen dem August

I

Das Signalhäuschen

In der Nähe der Station, im Signalhäuschen, befand sich der alte Weichenwärter, er war allein. Zu bedienen hatte, es war seine Aufgabe, die verschiedenen Hebel durch die, die Wechsel gestellt wurden, sowie die Signalglocken.
Der Weichenwärter hatte keine Söhne, keine Töchter, und auch kein Weib. Wenn er starb, dann wurde er gelegt in ein Grab und niemand trauerte um ihn. Eine kleine Heimat, neben dem Signalhäuschen, diesem angebaut, in Holz aufgeführt, bestehend aus einem Zimmer, wurde die Heimat demjenigen, der noch nichts wußte von seinem Glück. Verwandte irgendwo? Dachte er nach, nein, Verwandte gab es keine.
Der Weichenwärter wartete auf das Signal, das von der Station, aus der gerade abgefahren war der Zug, gegeben werden sollte, damit er den Wechsel selbst im Schlafe schon stellen könne. Und ging geradewegs auf die Hebelreihe zu, viele Stunden, die meisten Stunden seines Lebens war er zugegangen auf die Hebelreihe, die sich in der Nähe des Fensters befand. Als nun das Signal ertönte, das ankündigte das Nahen des Schnellzuges, wollte er den Hebel stellen. Und in der Nähe, der Weichenwärter meinte, er träume, wie so oft dieses oder jenes Leben in seinem Kopf, denn das vermutete er schon lange, so hätte sein Lebenslauf nicht sein müssen, anderen Lebensläufen im Kopf nachgehend, fiel ihm auf, anders war es auch möglich, es verwunderte ihn im Laufe der Jahre, inzwischen waren es geworden schon Jahrzehnte, immer mehr, manchmal war es ihm, als wären die Schienen, die Signale, der Zug, die Hebel voll des Lebens, er aber leer.
Und in der Nähe, der Weichenwärter meinte nicht mehr, er träume, saß einer auf den Schienen, sich der Kleider entledigt hatte, wer setzte sich nackt auf die Schienen?
Und Leben war im alten Mann, rannte zu auf den Nackten, stieß ihn, rempelte an den Träumerich, wollte er?

»Wo sind mir denn, runter von meinen Geleisen; in meinem Revier wird gestorben, so nicht; runter von den Schienen, wo sind mir denn. Was meinst denn?!«, auch wurde schmerzhaft spürbar für den Nackten, ihn boxte, der nicht Bewegung werden wollte, sitzenbleiben, aufstehen und gehen, nie mehr.

Und als der Schnellzug kam, waren die Weichen richtig gestellt und hinabkollerte den Bahndamm früh genug, ein junger nackter Mann. Nicht einmal die Kleider wurden ihm gerädert, die hielt er umklammert, kollerten mit ihm, unten angekommen, kleidete er sich rasch an und entfernte sich, schämte sich vor dem alten Mann. Der Weichenwärter rief dem, den die Scham laufen machte, noch nach: »Das nächste Mal, so du kommst, leere mit mir ein Glas und trage deinen Kummer nicht auf die Schienen. Denn dort wird nicht gerädert der Kummer, du dummer Bub! Sondern du!«, denn er war gekommen an einen sehr klugen Weichenwärter, der stellte die Weichen seit Jahrzehnten und war voll jener Geschichten, die er gesehen vorüberfahren, in der Nacht wie am Tag, während er in der Stille regelrecht verbrannt und hiebei für manches Leben, so nebenbei, eine brauchbare Antwort fand; nur für sein eigenes nicht? Doch, auch für sein eigenes. Wie, das erzählte er vielleicht dem Streckenbegeher, wenn der kurz bei ihm verweilte und man sich erzählte, weshalb es trotzdem ein gutes Leben war. Je nachdem; manchmal erzählten sich die beiden, der Weichenwärter und der Streckenbegeher, weshalb sie da waren, trotzdem. Und stopften eine Pfeife; tiefe Ruhe ging von ihnen aus. Worte verbrauchten beide nicht viele, schauten um sich, bemerkten das, bemerkten jenes besser nicht und dann wieder: »Aja, gute Nacht.«, bis zum nächsten Plauscherl vor dem Signalhäuschen, oder in ihm.

Und der Vogelfreie blickte hinüber zu dem Signalhäuschen; er kannte den Weichenwärter nicht, den hatte er sich erfunden samt dem Nackten auf den Schienen, und den Streckenbegeher. Ob in diesem Signalhäuschen justament der Weichenwärter Gegenwart war, akkurat der seinen Dienst dort versah? Und in dem hölzernen Anbau lebte? Vielleicht aber hatte er auch einen Hund.

»Nackt war ich, nackt kommst du unter die Räder; das werden wir einmal sehen, ob das so ist.«, murmelte der Vogelfreie und blickte hin zu dem Signalhäuschen. Das aber war nicht unbesetzt, fünf Mann hatten mit dem Weichenwärter geschwätzt, und.

Und sahen den, auftauchen wie ein Phantom, von dem sie gerade geredet, ihn nicht auch vermutet schon bald angekommen in ihrer Gegend, angekündigt war sein Kommen, durfte man den eigenen Augen vertrauen? War es kein Trugbild. Wenn der keine Legitimation ... und waren schon in Bewegung: »Halt --- stehenbleiben oder ...!«, und Flüche und rannten hinterher, der sofort hinab den Bahndamm und

versuchte?! Sein Glück im Wettlauf mit den fünf Sicherheitsmännern, in der Hoffnung, hiebei vergrößere sich der Abstand bis zum Nichtmehrgesehensein, entzogen dem, was treffen konnte, werden in seinem Leib brennender, stechender Schmerz; daß sie wirklich, auf ihn schossen, er hörte es; er hörte es und faßte es nicht, grenzenlos war die Verwunderung in seinem Gesicht; denn an dies, der Vogelfreie gewöhnte sich daran, nicht und nicht. Obwohl er nicht das erste Mal geraten in eine Situation, von der man, könnte berichten: »Renne, renne, Vogelfreier, du rennst um dein Leben. Renne, renne, Vogelfreier, Fragen wird es an dich hintennach geben, wenn du gestellt bist und aus deinem Leib, das Leben fließt, renne, renne, Vogelfreier, der Adler liebt dich nicht. Der Adler will dich sehen, liegen auf dem Boden und ohne Leben. Renne, renne, Vogelfreier, du rennst um dein Leben.«
Fünf Jäger, gut ausgerüstet und sie jagten ihn, drei waren etwas langsam und aber zwei Sicherheitsmänner verfolgten ihn erfolgreich: waren daran, ihn einzuholen. Und da war er wieder, der Eisenbahndamm. Jenseits des Bahnkörpers im nahen Walde zu verschwinden, Hügel rücke näher, es wäre mein Glück.
Und Johannes Null hetzte dem Eisenbahndamm zu, kam über die Schienen, kollerte auf der anderen Seite hinab, als aus dem Tunnel ein Personenzug gefahren kam, die Lokomotive des heranbrausenden Personenzuges ——— blitzschnell stürzte sich Johannes N. unter die Lokomotive des heranbrausenden Personenzuges und wurde vor den Augen der entsetzten Sicherheitsmänner in Stücke zerrissen. Die verstreuten Leichenteile mußten gesammelt werden in einem Korbe. Johannes Null keuchte und lachte leise; schüttelte den Kopf; dem Schicksal war er entkommen: der Tod, es war ein möglicher Tod, es war seiner nicht. Und aber der mögliche Tod war Schmerzstille erzeugendes Wundermittel, ein Wunderkraut, den rasch anschwellenden Knöchel spüren, es gelang ihm nicht, möglich, daß er sich einen Knöchel verstaucht, nichts in ihm blieb als nur das Stechen tief empfundenen Glücks: »Spürst du mich Vogelfreier, spürst du mich.«, fragte der und jener beleidigte Nerv: »Aberja, selbstverständlich, natürlich spüre ich dich.«, antwortete er, dem und jenem empörten Nerv: »Dich will ich lehren ———!«, das war wieder ein Nerv, und aber das Gfrast antwortete ihm: »Ich lebe; spürst du nicht, wir leben.«, und der Nerv, so hatte er die Sache noch gar nicht betrachtet: »Auch wieder wahr.«, murmelte er, blieb aber trotzdem der stechende Schmerz, denn ihm kam vor, der Vogelfreie blieb keinen Moment stehen und er brauchte Ruhe, Ruhe und wieder Ruhe. Er wollte endlich haben seine Ruhe, der geschundene Nerv; hier und dort, dort und da meldete sich einer und der Vogelfreie spürte die Rebellion, doch er antwortete nur: »Bis zum Hügel, er ist schon so nahe und über den Hügel, dann

werden wir finden den stillen Ort, meine lieben Glieder, bis dorthin seid artig, bedenkt, zerrissen weder, auch nicht zerfetzt, alles ist ganz an euch, ihr dürft, bedenkt, noch Verletzungen und Beleidigungen wie Kränkungen und Schändungen weitermelden, bedenkt, das ist alles, aber selbstverständlich nicht.«

Groß und stämmig gebaut, Schnurrbart und über den Augen dicke Wulste, stechend sein Blick, die Nase gebogen, auf der Mitte der Stirn ein Stern mit sechs Zacken, denn es war einer von der tätowierten Sorte. Das war der gesuchte Mann, laut einem von fünf.

Fünf Mann, sie waren auf der richtigen Spur, doch dann kam ein Zug,
»Und benutzte den fahrenden Zug ...«
»Vorübergefahren der Zug, er hastete aber weiter ....«
»Aufgesprungen auf den Zug, ich sah sein Bein, sehr deutlich ...«
»Warum nicht gleich unter den Rädern hervorkam ein geräderter Mann und es war er, der sein gesuchtes Ende haben wollte und eben fand.«

die Meinungsverschiedenheiten zusammengefaßt, ergab sich das Resultat, der Mann wurde wieder gesucht und es war doch schade, denn sie hatten ihn schon; ja fast; gerade, daß kommen mußte im entscheidenden Moment der trennende Zug aus dem Tunnel. Fünf Mann haben geflucht.

2
Die Puppenmacher

Stechende Augustsonne; August Null; mit Strohhut auf dem Kopf. Zudeckten die Hocke mit einer aus Stroh geflochtenen Matte. Braungebrannt ihn schon hatte, stach sie noch immer vom Himmel herab.

Noch dünklere Haut für dich, mein Sohn, als sie dir schon mitgegeben hat die Mutter, o du lieber Augustin.

Hatte er denn wirklich geglaubt, er könnte August erzählen, ich habe dir, lieber August, geschrieben, so viele Briefe, keiner kam an. Jede Erinnerung, lieber August, an dich, ist eine Wunde; ach, heilt sie denn nie.

Wenn ich denke, ich darf, August, an dich nicht denken, ist in meinem Bauch schon das Feuer und verbrennen möchte ich von innen heraus ja nicht, ach August, wieviele Briefe ich dir seit den Junitagen schrieb, nicht einer, nicht einer kam an.

Wie ich auch hadere, lieber August, wie ich auch klage, fluche, mit dir teufle, manchmal dich tadle, wenn ich auch deine Tat nicht verstehen und nie billigen kann, so sei dir gesagt, lieber August, ich schrieb dir schon sehr viele Briefe, keiner kam an.

Johannes schaute hinauf zur heißen Herrin des Himmels, das hätte er nicht tun sollen, war schon blind, geblendet, schloß die Augen, nirgends war August und es war sein Bruder.

»Kind der Nacht, wo bist du; komm her. Hier steht dein Bruder. Erkennst du August nicht mehr. Er hat dir die Hock'n gebaut. Kind der Nacht, geh nicht weiter, geh nicht vorüber; hier krieche hinein. Bis niemand mehr nach Johannes ausschaut. Deine Hocke hat ihr Dach.«, und sich abgewandt, zugewandt den anderen, erzählte August: »Mein Bruder; der Johannes.«, sie nickten.

Und die draußen blieben, wie August, sangen: »Die Hocke bekam ihr Dach, eine aus Stroh geflochtene Matte, zudeckten die Hocke wir, unter anderem auch August. Die Hocke bekam ihr Dach.«

Und den Sicherheitsmännern, ihrem Eifer und ihrem Schauen war entzogen der Vogelfreie, denn die Irrenden, wohnhaft in der Festung zu Donaublau, waren auf seiner Seite, die Sicherheitsmänner witterten in der Hocke nicht verborgen den Vogelfreien, stellten nur mit Genugtuung fest, daß die Verrückten wie Narrischen Gottes, Kaisers und des Vaterlandes nicht nur die ärarischen Gelder fraßen, auch etwas dafür taten.

Und hielt: Ausschau nach den Garben, die paarweise, die Ähren dachförmig gegeneinander gerichtet, zu geschlossenen Hocken aufgestellt wurden: Eine Hocke mit Dach, das wäre mein Glück. Wo ist die Hocke mit Dach und sah, den Landarbeiter, August Null war es nicht.

»Während wir ratschlagen, durcheilt er den Buchenwald.«

»Dann steht er sehr bald vor hohen Mauern, kann nicht weiter, muß gerade zu uns zurückkehren.«, und strahlte wie die Sonne stach vom Himmel: »Wir brauchen nur zu warten.«

»Entlang den Geleisen, die wird er meiden; das ist es. Er wird sie meiden.«

»Auch wieder wahr; und aber, wenn er durch den Buchenwald die andere Windrichtung wählt«, und deutete die andere Windrichtung, »dann könnte er zwar sein in der Nähe der Mauer...«

»Die Felder!«, schlug sich die Stirn; blickte an den Mann, der vorläufig nur eines tat, er dachte nach, hörte sich die Meinungsvielfalt an.

»So nah wie er uns war, kann er nicht ferne sein.«, das war auch richtig.

Blond war er, groß und stämmig gebaut, Schnurrbart und über den buschigen Augenbrauen dicke Wulste, stechend sein Blick, die Nase gebogen, auf der Stirn eine Warze, Sommersprossen im Gesicht, dicht besät, ein Punkt neben dem anderen, laut einem von fünf.

Mit Sonnenhüten. Und auf dem Feld wurde gearbeitet, Johannes staunte. Und zwischendurch bewegte sich jemand, als wolle er tanzen, überlegte

es sich, arbeitete weiter. Ein paar hatten Schwierigkeiten mit dem Binden der Garbe; andere wirkten bemüht das Getreide um eine senkrecht stehende Garbe herum zu kegelförmigen Puppen setzen: »Eine senkrecht stehende Garbe bin ich nicht.«, es war eine sehr rhetorische Frage des Vogelfreien. Er gab ihr gleich den Punkt. Auch wenn er war so hoffnungsgierig geschreckt, niemand berührte den Vogelfreien mit dem Zauberstab, und sagte, vorübergehend bist du doch besser eine Garbe. Und die Schutzhaube bekam nicht er, die Schutzhauben bekamen die Puppen. Sie stülpten eine nahe am Stoppelende gebundene Garbe mit den Ähren nach unten über die Puppe: alle darunter stehenden Garben waren im oberen Abschnitt vollkommen bedeckt. Und die Schutzhaube aus gutem Getreide sah aus wie ein Kleid, ein Kleid mit Gürtel, es hörte auf in Achselhöhe und es fehlte nur das Weib, das nach oben in der Fortsetzung geworden wäre das Fleisch (ein Getreidehalm zwischen den Brüsten, die Ähre mit ihren Grannen, die der Wind kaum berührte, trotzdem sie zittern begannen, die Ähre schaute heraus, keck, etwas frech so auch nachdenklich, inwiefern es günstig war nur vorübergehend sein eine Ähre, und die zwischen die Brüste gesteckt, es war der mit einem Zauberstab berührte Vogelfreie) und nach unten Schenkel, Fessel, Fuß.
»Wir machen eine Puppe, eine Puppe nach der anderen; denn wir sind die Puppenmacher.«, sang ein tiefer Bariton, und waren hiemit befaßt, überzustülpen der Puppe die Schutzhaube.
»Ich bin der ›Ich-hab's-dir-g'sagt‹, sage nie, ich hätt's dir nicht g'sagt ja, und wenn du mir jetzt nicht folgst, dann werd ich ein Eierschwammerl, ja. Und tu ein bisserl reißen, halt das probieren kaputt machen; weil – dann habe ich einen Grund mit dir zum Teufeln. Ich brauch einen Grund, damit ich mit dir unz'frieden sein kann, ist das so schwer zum Verstehen! Hörst, reiß dich z'samm, sonst sitzt bald im Käfig; sag nicht, ich hätt's dir nicht g'sagt.«, und hatte ihm schon in die Hand gedrückt die Gabel und schob ihn, schob ihn, schob näher den Vogelfreien hin zum singenden Puppenmacher: »Im Stehen einschlafen, heutzutag; bist ja nicht im Busch, hörst! In der Zivilisation bist, im Abendland, im Dschungel, von mir aus, kannst auch im Kopfstand schlafen, eine Liane um deinen Fuß und dich schaukeln lassen, alles kannst; aber jetzt spekulier mit allem, nur nicht mit der Geistesgegenwart von Affen, die dich forttragen, wenn aufkreuzt ein zweifüßiger Pionier, ja. Die spucken Feuer, wenn nicht, sperrt dich so einer ein; glaubst, dann wirst ein Haar besser. Im Stehen einschlafen, neben dem Weißdorn; Schlafmütz'n. So wie du ausschaust, kannst dir das nicht leisten.«, und brauchte, bis er verstand, es gab jemand ihm Fremden, der fürsorglich auf ihn einschnatterte, herumpeckte auf dem Vogelfreien und aber es waren Worte, mit denen peckte er.

»Erzähl mir nix, erzähl mir später; sich blenden lassen von der Sonne, und einem ›Ich-hab's-dir-g'sagt‹ dann ins Gesicht hineinlügen wollen, nein, das hat Er nicht? Und außerdem vertrag ich nicht, wenn man macht so ein unglückliches Gesicht; weil, dann werd ich traurig und das vertrag ich nicht. Sag nie ...«, redete den Vogelfreien munter, die Fortsetzung kannte er schon: Sag nie, ich hätt's dir nicht g'sagt.
»Ich kenn meine Weiberln, alles die gleichen Tschapperln; glaubst denn, weil du ein Mannsbild bist, bist anders; höchstens noch etwas begrenzter in deinem Vermögen zu sammeln für wenige Minuten die Vernunft; siehst denn nicht, wer daher spaziert?!«, fauchte er und hatte den Ton erwischt, hellwach war er; der Null Johannes. Und empfand tiefe Verwunderung, denn andere dachten für ihn, als der Vogelfreie geworden etwas müde und die Fehler sich häuften, sprangen ein, zwei Pfleger der Festung, »Der jetzt probiert deine Schnitzer ausmerzen, genau! Das ist er, der Andere. Und der geht jetzt deinetwegen einen Deppen darstellen, so macht man des. Und du stellst einen Narrischen dar, ja? Bisserl mehr, lallall, das sind alles Aufgeklärte, brauchst dich nicht fürchten, die können sich, die Problematik von einem echten Tschapperl nicht vorstellen; kannst improvisieren, ja?«
Fünf Mann auf Patrouillengang, auf der Suche nach einem Mann, er ist mittelgroß, hat hohe breite Schultern, kurzen Hals, etwas auf die Seite geneigten Kopf, mageres Gesicht, es ist auch blaß, Backenknochen hervorstehend, rötlichblondes Haar, dichten blonden ausgedehnten Schnurrbart, große, gewöhnlich zu Boden gerichtete Augen von blaugrauer Farbe, die Fußspitzen ein wenig gegeneinander gerichtet. Er stottert, wenn er aufgeregt ist und spricht schnell. Er spricht die Sprache der Söhne des Steinenmeers, so wie die Sprache der Söhne der Ebene und versteht etwas neutsch und auch die Sprache der Erdfarbenen. Er trug aschgrauen Anzug, solchen Mantel. Möglich ist, daß er den Schnurrbart rasiert trägt oder Haar und Schnurrbart gefärbt hat. Das war der gesuchte Mann, laut Steckbrief.
Charakteristisches, hervorstechendes Merkmal: ein gefährlicher Mensch. Zu allem bereit, zu allem entschlossen, zu allem fähig.
Und auf dem Feld wurde gearbeitet, es sahen allsogleich fünf Mann auf Patrouillengang.
Und ein Pfleger setzte dem einen auf einen Sonnenhut, »laß den oben; wennst dich noch einmal traust ...«, und immer wollte der die Krallen auseinanderreißen, biegen, abbrechen? Und sie erklärten ihm, es sei an der Zeit, die Gabel in Ruhe zu lassen und verstehen, man sei schon längst befaßt, mit den Garben, und er sollte sich ja NUR vorübergehend trennen von seiner allerliebsten Gabel, die dürfte ER dann ja eh wieder nachhause tragen, niemand wolle ihm wegnehmen seine Gabel. Und

sagte zu dem anderen, der neben ihm stand: »Ich hab's dir g'sagt, den nehmen wir nicht mit; der ist IRR gefährlich! Noch nicht ausgehfähig, wie willst sowas einsetzen?!«, und einer von der Patrouille ging zu auf die beiden Männer, die verwickelet waren mit einem Renitenten in einer Auseinandersetzung, aufgereget waren und aber es gab Meinungsverschiedenheiten in der Frage, wie man diese Erscheinung hindern könnte, anzustecken die anderen, brauchten sie den Aufstand außerhalb der Mauern? Den brauchten sie nicht.
Und der eine Pfleger rief ihm zu (stockte sein Schritt, ein Selbstmörder war, der Sicherheitsmann ja nicht), der andere Pfleger setzte sich sofort in Bewegung. Ihm dankbarer war ein Sicherheitsmann.
»Irr gefährlich; sind Sie lebensmüd? Wissen S', wo Sie umeinander sind?«, war besorgt um seine Gesundheit, aber bei dem Renitenten blieb.
»Hab's einen Schwierigen.«
»Was; das ist der reinste Ballawatsch; ich sag. Tagdienst, nicht mein G'schäft. Ich bleib in der Nacht.«
»Nur die Vertretung?«
»Nur die Vertretung des Tages; weil, der ist krank; richtig. Gestatten, der Andere. Und der drüben, das ist der Krieg. Cornelius Krieg, so steht's im Taufregister.«, der Hund, das sagte sein Blick.
»Wickel?«
Verdrehte die Augäpfel. Der Sicherheitsmann verstand, der Krieg und der Andere mochten sich nicht; hatten beruflich verschiedene Linien verfochten. Ihm Assoziationen geschahen, die ihm sympathisch finden ließen, den Anderen mehr, als den Krieg.
Und ehe der Vogelfreie es verstand, war er flankiert, links so wie rechts von ihm, ein Mann. Und der eine hatte in seiner rechten Manteltasche eine Flasche, der Flaschenbesitzer redete mit dem Vogelfreien als wäre er ein besonders renitenter Fall; und der andere hatte schon genommen einem der Männer den Sonnenhut vom Kopf, der lächelte, er lächelte immer, war mit dem Sonnenhut zurückgekommen und setzte ihn auf dem Vogelfreien, der war nur mehr das Spiegelbild tiefer Verwunderung und der Flaschenbesitzer schob ihn ins Feld, redete auf ihn ein, auch so laut, daß es weithin hörbar wurde, während der andere, am Feldesrand entlang, entgegenging den Männern des Adlers. Und Johannes durfte helfen, der Puppe überstülpen die Schutzhaube, wurde betastet, befühlt, war bald so umstanden, daß er selbst für wachsame menschliche Augen sichtbar war als Ameise unter vielen Ameisen, das Sandkorn am Strand, der Kiesel unter vielen Kieselsteinen, der Faden im Webstoff, das Körnchen in der Sanduhr, es war auf einer grünen Tür, August hatte sie so gesehen: die vielen Körnchen nur mehr als geschlossene Fläche, in der Farbe des vollreifen Roggens, so malte sie August auf grünen Hintergrund.

Die fahle, graugelbliche Hautfärbung des Sicherheitsmannes regte den Mann an, der vorausgeeilet, einmal zu werden prinzipiell: »Bevor Sie uns etwas Wichtiges sagen, sage ich Ihnen etwas enorm Wichtiges.«, und betrachtete den Sicherheitsmann zutiefst erfasset von seiner Pflicht, denn aus seinem hohen Berufsethos resultierte, ganz natürlich, eine tiefe Besorgnis um das leibliche Wohlergehen --- und nach einigem, Hin und Her, durfte feststellen auch der Sicherheitsmann, ihn bewege eigentlich, sein leibliches Wohlergehen auch. Wurde aufgeklärt von einem Mann, der war gerade, was dieses besorgniserregende Symptom anbelangt, nicht nur begabt mit einem scharfen Blick für Symptome, betätigte sich auch erfolgreich als Ursachenforscher und der Ursache auf den Grund gekommen, wollte der Mann gleich zum Eigentlichen gelangen, und das war: die Behandlung. Für das Kommen zum Eigentlichen brauchte er, denn er hatte die Eigenheit sich selbst zu verstricken, verwuzeln in Sätzen, sodaß er immer wieder abbrach und von vorne begann.

Möglich, daß der Sicherheitsmann verwirrt war, auch verdutzt und sich fragte, inwiefern hier er geraten war an den richtigen Mann und aber, das leibliche Wohlergehen, so genau wußte man das nicht, wie das war, mit der eigenen Gesundheit und also hatte er, Geduld, denn dieses war auffällig, etwas war dran, etwas war dran, was ihm sagte der gute Mann.

»Ich könnt Ihnen jetzt sagen, das ist nichts anderes als die Folge unregelmäßigen Stuhlganges; ich könnte Ihnen in der Folge noch sagen, es sei nicht wichtig, dies klärt sich von selbst. Könnte ich. Tue ich nicht, denn ich sage Ihnen, es wär als würd ich damit das eins und eins eines guten Pflegers ---«, mehrere Anfänge, aber er kam auch zur Sache. War einer, der sich erst in Fluß reden mußte, einer, nicht selten hatte das der Menschenkenner in der Uniform des Adlers schon erlebt, wo es sehr leicht passierte, man sagte sich ein Strohkopf und aber, dabei war es ein so seltener Mensch, man brauchte nur, bis man: das entdecken konnte. Anders zusammengefaßt, einmal ausstrudeln lassen, der war aufgeregt; sonst nichts.

»Kurz und bündig. Es gibt nur ein natürliches Mittel«, wurde dozierend, war schon um vieles gelockerter, »wieder zu erhalten«, man merkte gleich, aus ihm sprach Erfahrung, nur Erfahrung gibt diese Selbstsicherheit, »eine gesunde Gesichtsfarbe und hiefür ist nötig, zur Bekämpfung der Magen-und Darmbeschwerden ein sanft ableitend wirksames Allheilmittel, ein langbewährtes, tatsächlich mild lösend wirkendes Hilfsmittel zu«, und blickte dem Sicherheitsmann ins Auge, kein Flackern, der Pfleger wußte, was er sagte, »zu erstehen.«, einmal kostenlos zu einem Fachmann kommen, dessen Triebmotor noch Berufsethos als ›Benzin‹ brauchte, das eine Traumsache war, ein seltenes Glück. Der Sicherheitsmann wußte es zu schätzen obzwar seine Mutter beteuerte, er sei einer,

dessen Krankheit sei, er fürchte sie. Auch Hypochonder genannt. Er habe die Gabe ——— ach, nun hatte er den Beweis. Es immer geahnt, mit seiner Gesundheit stimmte etwas nicht. Erfuhr, eine Apotheke, die nicht »Franz Josef«-Bitterwasser führt, solle der gute Sicherheitsmann meiden, aus Prinzip, eine solche auf den Hund gekommene, nicht am Laufenden seiende Apotheke nie mehr betreten. Es sei unverantwortlich, das von ihm verordnete Franz Josefs-Wasser nicht unverzüglich zu erstehen, denn wenn Zeiten kamen für das Große »Ich-bin-zu-sterben-bereit« war es höchste Pflicht so gesund als möglich seine eigene Wenigkeit zur Verfügung zu stellen. Ob er gedenke mehr Eifer im Dienste anzustreben und zu fördern die Beharrlichkeit bis zum Tode als nicht nur Phrase vielmehr aktives Losungswort?! (Hatte es eindeutig zu tun mit einem aktiven Vatterlandsverteidiger, einem aktiven Zivilisten, der noch wußte ——— er war gerührt)
»So eilt in den Dienst mit Gott für Thron und Vaterland! Der Segen des dreieinigen Gottes begleitet Euch.«, und blickte ihn an, man merkte sofort, er hätte es als tiefes Glück empfunden, hätte ihm das Schicksal die Uniform des Adlers, die der Menschenkenner trug, tragen dürfen.
Armer Hund, so begabt, und durfte sich nur mit den Narrischen herumschlagen. In dem schlummerte ein Redner, ein Politiker, ein ——— und aber, erinnerte sich, alsodann, ihn trieb eigentlich die Pflicht zu dem sympathischen Mann, der sicher! Bald als Freiwilliger selbst im Felde stand.
Anders es aufgefaßt, zwei Männer im Dienst, hatten miteinander zu tun, dienstlicher Natur lernte man sich kennen und bedauerte, daß man sich noch nicht früher begegnet war.
Und gekommen war auch er. Ein sekkanter Vorgesetzter, gleich wieder er es hatte mit dem Fauchen; sagte zu dem anderen, der neben ihm stand, dem jungen gewissenhaften Mann: »Ich hab's dir g'sagt, die sind IRR gefährlich!«, und man näherte sich dem Feldwege, am Waldesrand blieben sie stehen und er hängen: »Der Weißdorn klopft Ihnen auf die Schulter, was sagen S' jetzt.«, und hatte schon sanft, den Zweig wieder gelöst von seiner Uniform. Und dann kam man zur Sache.
Und faltete auf den Steckbrief, und las ihnen vor die Personenbeschreibung; zuvor salutierte er. Und ein paar Schritte gingen sie weg von dem Weißdorn, dann noch ein paar Schritte und hörten sich den Lebenslauf an, also: wie er ausschaut, der Böse. Den hatten sie nun wirklich nicht gesehen. Und blickten auch glaubwürdig, so verdutzt, ratlos und sehr erstaunt, tief war die Verwunderung, sehr tief und Blicketausch wurde geübt, nein: den hatten sie nun wirklich nicht gesehen und die Zwiderwurzen – durstig sein und aber jungen, strebsamen, hoffnungsträchtigen Nachwuchs sekkieren, das kam auch dem Sicherheitsmann sehr vertraut

vor – faßte das auf als logische Folge eines Umstandes, an dem nur eines wunderlich war, warum ihm der nicht gleich aufgefallen war: »Daher traut sich keiner, weil; die sind ja IRR gefährlich!«, und blickte seinen Untergebenen an, als wäre es seine Aufgabe gewesen, dies zu merken; die Patrouille entfernte sich.
Und blickten nach den Sicherheitsmännern.
»Die Rindsknödelsuppen auf vier Füßen und die braun.«, sagte der eine, deutete die Bewegung des Gurgeldurchschneidens mit dem Zeigefinger, »Sie machten muuuah!«, und zog aus seiner Manteltasche eine Flasche, »Weißt, was mit den Suppen für unsere Vatterlandsverteidiger-im-Feindesland, passiert ist?«, blickte fragend an den anderen, der zuckte mit den Achseln: »Kommen die Suppen nicht an?«, nickte der Flaschenbesitzer, ergänzte der andere, »Am Bestimmungsort; solltest nicht so laut daherreden; das ist Feindpropaganda.«
»Das ist eine bittere Wahrheit, vertragt unsere Vatterlandsbegeisterung nicht.«, pflichtete bei, genehmigte sich einen kräftigen Schluck, reichte das Angebot dem anderen weiter, der sagte: »Das ist'n Tagdienst.«, mußte als Ablehnung aufgefaßt worden sein, denn der Flaschenbesitzer steckte die Flasche, wieder in die Manteltasche: »Die Zeitungen werden uns das melden: ›Wie geht man, mit Rinderherden um, im Feindesland‹? Ich seh schon, die Schlagzeilen, ganz fett; verstehst. Hierauf wird ein Obergescheiter, eine Witzstudie betreiben, die darf sich sein Untergebener aus den Fingern zuzeln. Und dann sagt er sich, was ist meine Phantasie gegen das, was bei uns alles möglich ist und bleibt bei der Wahrheit. Rinderherden wie Mehlberge – – – allessamt nur passieren kann im Feindesland. Sag ich auch. Sag nie, daß ich dir das nicht g'sagt hätt; wenn die Unsrigen, im Feindesland, umeinander sind, ist das Alltag. Da bleib ich lieber bei mir in meiner Allnacht.«
Sagte der andere: »Am Anfang werden sie z'viel mitschleppen in die Nähe des Feindes, später, hierauf kannst Gift nehmen, werden sie z'wenig haben in der Nähe des Feindes.«, es war sein einziger Einwand?
Es war zwar richtig, Rindsknödelsuppen wurden die nicht: einige Rinderherden wurden Opfer der Maul-und Klauenseuche, was der Vogelfreie an diesem Gespräch nicht verstand: Weshalb wußten das die beiden? »Außerdem vergiß nicht, beim Operieren ist ein leerer Magen, leere Gedärme das allerbeste, was einem passieren kann. Außerdem vergiß nicht, zu einem Helden paßt nicht, find ich, die Rindsknödelsupp'n, die ihm fehlt und das Fluchen, weil er hat kein Mehl, grad, daß er noch plärrt; das ist die richtige Wut fürs vorwärts, sag ich, diese Sach paßt; wärs anders tät ich mich sehr wundern.«, und seine großen, sanften Augen blickten fast melancholisch verträumt nach den Sicherheitsmännern. Der Information, das sei der Andere, glaubte der Vogelfreie so sehr,

wie er dieser Vorstellung glaubte, der Durstigere von beiden sei der »Ichhab's-dir-g'sagt«. Der Puppenmacher sang noch immer: »Wir machen eine Puppe, eine Puppe nach der anderen; denn wir sind die Puppenmacher.«, und eine Puppe bekam wieder übergestülpt ihre Schutzhaube. Es war ja wahr. Trotzdem fragte sich der Vogelfreie, bin ich wach, träume ich; die Frage, ob einer von denen zufällig auch noch heiße, August Null? So genau zu werden, wagte er nicht. Auch die beiden Pfleger wagten ihn nicht anzureden. Die Frage: »Was hast ausg'fress'n.«, beschäftigte sie nicht. Und wenn doch, dem Vogelfreien teilten sie es nicht mit.
Und blickten nach den Sicherheitsmännern.
Und der eine griff in seinen Mantel, gab dem Vogelfreien einen Schluck: der kostete. Erdapfelschnaps.
»Das hab'n mir mustergiltig gelöst.«, sagte der Durstigere von beiden.
»Passen S' auf, die sind IRR gefährlich.«, sagte der andere und deutete in die Richtung, wo sich entfernte, schon nur mehr Punkte waren, die Patrouille.
»Bald sind mir wieder in der Nacht, weil, das lass'n mir zwei uns nicht gefallen.«, und das war ein ganz Durstiger, die Spuren von diesem Durst hatte der Ältere von beiden schon im Gesicht.
»Schau dir einmal den Hederich an und den Ackersenf; so schaut der Tagdienst.«, nickte.
»Den seine Augen möcht' ich nicht hab'n.«, nickte der andere.
Dann wurde noch untersucht sein Fuß und auch hiefür fanden die beiden Pfleger eine Lösung; fürs Verstauchen hatten sie immer etwas bei sich, es war, dieses Mal, auch sein Glück: »Des ist eine Sach', die braucht dich nicht aufregen.«, wurde aufgeklärt der Vogelfreie von dem Durstigeren: »Weil, das übertreibt ja, plustert sich auf; dann gibt's wieder eine Ruh.« Und der andere: »Außer Schmerzen wird's nichts gewesen sein. Damit kannst wandern bis zu die Eisschollen im Meer; solche Fußerln hast.«, und schaute schon wieder nach den Sicherheitsmännern, wich aus dem Blick des Vogelfreien.
Und als der Vogelfreie sich entfernte, dachte er.
Und blickten nach dem Vogelfreien, der sich entfernte, schon nur mehr war der Punkt.
»Und wenn S' mit aller Gewalt Dankbarkeit fühlen wollen, dann tun S' was, hiefür; schlafen S' nimmer mit offenen Augen, ja.«, das war gewesen der Durstigere.
»Passen S' auf, so gemütlich wie der war, weiß er, was sich g'hört.«, und deutete auf den Kragen, »ein Stern ist ihm das wert.«, und deutete, die Bewegung des Gurgeldurchschneidens, mit dem Zeigefinger: »Je gefährlicher du bist, vergiß das nicht, desto größer ist sein Verdienst, wenn du hingestreckt, auf dem Boden liegst. Außerdem vergiß nicht, dann kannst

nicht mehr sagen, wie der zu seinem Stern gekommen ist.«, das war gewesen der Abschied von dem anderen und dann er ausgestreckt die Hand und ihm gegeben die Flasche, sich genehmigt; einen Schluck; die Gelegenheit sogleich genutzt der Durstigere von beiden. Erst dann er wieder die Flasche gesteckt in seine rechte Manteltasche. So hatte es gesehen der Vogelfreie, als er konnte nicht widerstehen, sich noch einmal, umgedreht: Die Hand gehoben, das war sein Abschied. Worte hatte er nicht.

3
»Mamma, die Füß!«

Johannes war noch immer, voll der tief empfundenen Verwunderung, ein Durcheinander in ihm: »Kennt ihr meinen Bruder; o du lieber Augustin.«, murmelte der Vogelfreie. Und arbeiteten, gingen in den Dienst; hatten Tag und Nacht Zutritt zu dem dritten Stock, Nordtrakt. Wollten sie August sehen, öffneten sich die Türen, wollten sie wieder gehen, schlossen sich die Türen und sie waren draußen, August drinnen. Und viele hätte waren in ihm.

Hatte er denn wirklich geglaubt, er könnte zwei Pflegern der Festung erzählen, ich bin Johannes; der Null Johannes, ich bin sein Bruder, sagt es August, dem Null, im dritten Stock, Nordtrakt sitzt er, teilt es ihm mit, Johannes war da: Johannes ist vogelfrei, Franz brennt, sengt, niederrennt, stell dir vor, Gusti, der Franz folgt, unser Franz, unser Ältester, dem fallt nicht mehr ein als folgen, und Josef geht in die Fabrik, auch Pietruccio. Die Mamma geht noch immer, zu ihm, auf den Schuldigen Gottesacker und sagt ihm alles, was wir ausg'fress'n hab'n und schimpft uns noch immer, solche Gfraster. Auf der Wasserbank, sitzt sie auch noch immer und dann schaut sie hinaus; ich denk mir manchmal, sie ist unterwegs, weißt eh; weit, weit ist der Weg von Nirgendwo nach Donaublau, zu dir; lieber August. Da braucht sie was, bis sie wieder zurückkommt zu uns nach Nirgendwo. Auf meinem Schoß sitzt sie auch noch oft, dann schlenkert sie mit die Füß', weil sie marschiert ja, zu dir, nach Donaublau. Dann schreit der Pietruccio: »Mamma, die Füß!«, und blieb stehen; war zusammengezuckt. Schaute um sich. Das war die Stimme des Vogelfreien, er redete mit sich. Schüttelte den Kopf. Und was hätte, der Johannes bei etwas mehr Wendigkeit alles an Nachrichten mitgeben können den beiden Pflegern. Sie hätten es nicht vergessen, sagen dem August; hätte, hätte, so viele hätte. Und holte auf dem Weg, von Donaublau nach Nirgendwo nach, was also er alles vergessen hatte erzählen dem August; o du lieber Augustin. Jetzt möcht' die Mamma

Köchin werden, beim Fröschl, seit der einen Nacht, von der Nacht weißt du ja noch gar nichts; da hab'n der Josef und ich, die Mamma --- und erzählte erzählte erzählte dem lieben August allessamt, was er gemeint, es könnte irgendwie doch wissen mögen der Gusti.

»Da hättest einiges zum Knobeln.«, und lachte; blieb stehen. Fing das, schon wieder an; er sich ertappt beim Reden mit sich selbst. Als hätt der August, das tröstete den Vogelfreien doch, irgendetwas von seinen Geschichten, von dem, was ihm erzählt der Johannes. Als könnt er hiemit irgendetwas rückgängig machen, wo, einmal allessamt durchgestrichen, sollt man einen Menschen nicht billig trösten. Es war der Trost, er hielt an, solange bis es wieder begann mit dem Hätte ich Hätte August: Hätte, hätte, hätte. Denn weit, weit war noch der Weg von Donaublau nach Nirgendwo.

SECHSTES KAPITEL:

Eine Höhle

I

Im Buchenwald

Gewächse, sie liebten den Schatten: solche, hatten ihre Wurzeln in dem Boden. Es war nicht mehr die Zeit für das Blühen des Seidelbastes, die Schlüsselblumen wie das Windröschen und das Veilchen wie das Leberblümchen wirkten wie: »Hier nie geblüht, bis zum nächsten Frühling.«, murmelte der Vogelfreie. Der Sommer war auch hier eingezogen. Hinter jeder konnte jemand verborgen sein, das wäre übertrieben: hinter jeder Säule nicht. Wie riesige Säulen standen die Mächtigen; die Bäume mit ihren vorwiegend sehr schlanken, bräunlichen Zweigen; im dichten Unterholz, das als Bleibe bestimmt, für tauglich befunden von nicht Schatten fliehenden Gewächsen. Das Unterholz und Gestrüpp erschwerte; sein Vorwärtskommen; zurückschlagende Zweige wurden spürbar als zuschlagende Ruten, peitschten in das Gesicht, Dornen wirkten ein auf die Hände und der Wald: Hier nahm es zu an Steigung, vorwärtskommen war möglich: alles half eifrig mit, die Hilfe nahm dankend an der Vogelfreie, sich hochturnte an Ästen und Gestrüpp, Baumstämme brauchte er nicht suchen, konnte er aussuchen aus einer ihn beeindruckenden sowie bewegenden Vielzahl und suchte der Vogelfreie aus als neue Startplätze; immer wieder, ohne Unterlaß, ununterbrochen suchte, fand; fand, suchte, den neuen Startplatz. Schwerer Boden, der auf sich duldete so viel und in sich duldete nicht weniger, der Boden, der alle trug und nährte --- trotzdem: Spuren auf dem Boden sagten es.
»Hier muß schon jemand gegangen sein.«, murmelte der Vogelfreie; es beruhigte ihn nicht.
Dennoch schien alles zu rufen: das Moos, die Bäume, die Sträucher, der Boden und die unsichtbaren Bewohner des Waldes,
    der Erde wie dem Himmel zu, in lotrechter Richtung, ausgespannt
    war; das Netz der Spinne; blieb davor stehen,
was wurlte, wuchs,
    still ja geradezu lautlos verharrte, Fäden hatte sie sicher genug, diese

unsichtbare aber gewiß in der Nähe befindliche Flügellose, auf daß einer, selbst nicht flügellos, meine, ei, was habe ich da vor mir, da fliege ich hindurch wie durch Luft, eine Wand, daß ich nicht lache, sowie was Stimme hatte, alles war der Chor, der es Johannes sagte: »Gehe hier weiter, folge uns, wir schützen dich, wir sind der Buchenwald.« hoppla denn, du bleib hier, bei mir, auf daß ich dich fesseln kann, habe ich dir dieses Netz liebevoll gespannt; hoppla denn, bleib bei mir, noch etwas stürmischer, noch etwas verzweifelter, noch etwas müder, langsamer wirst du dich strampeln, treten, zappeln, dann werde ich kommen; denn gewiß bin ich wohlgenährt, ausgeruht, nicht ohne Waffen und aber auch sehr selten satt, was nicht als Leckerbissen taugt, taugt doch als Vorrat für schlechte Zeiten; dich beißen und dann in aller Ruhe fesseln; hierauf bin ich zufrieden, wenn ich dich aussauge: Zerkauen kann dich von mir aus, jemand anderer, wenn der dann noch an dir Kaufreude fand; und schon war sie behende über das Netz, die, selbst flügellos, doch spazieren ging in der Luft, so auch hing, denn es war ihre Luft. Hier bin ich zuhause, ein idealer Baugrund, das Gebüsch links, ein Strauch rechts, meine Fäden hineingespannt, hin und her zwischen den beiden, wurden sie, zuerst der Rahmen, alsodann dichter gewoben und den Fangfaden hineingewoben, gespannt, vielfach gerissen, ließ es sich wieder flicken: meine Heimat, Vogelfreier ja, ich bin sehr stolz auf sie, zerstöre sie nicht; viel Arbeit, viel Laufen, viel Knüpfen. Weiß ich, ob ich wieder einen so idealen windstillen Grund für mich finde? Und hörte sich also an den Standpunkt derjenigen, die, selbst flügellos doch spazieren ging in der Luft, auch hing in der Luft, so auch ––– einiges noch, was die Flügellose voraus hatte ––– rieb sich die Augen, weder ein Kampf auf Leben und Tod, weder die Bewohnerin ihres kunstvoll gespannten Netzes noch die Beute sah: die beiden waren nicht hier, vielleicht sie aber auch in irgendeinem sicheren Versteck gerade etwas verzehrte.

Als ich den Baugrund gefunden hatte, fehlte mir der Rahmen. Den alsodann ich schaffen mußte, Vogelfreier. Was sagst du, zu meinem Rahmen, erschuf ihn, es konnte nur ein brauchbarer Anfang sein, für meinen, eigentlichen Kummer, ich werde schwer satt; solange ich lebe, bin ich hungrig. Kennst du diesen Hunger? Er machte mich flink, denn meine Heimat, die auch ich schon verlor, zerstörte mir der Wind und mit ihm im Bündnis war der grausam auf meine Fäden herabprasselnde Regen, so dicht fiel er, er wurde zu schwer, da sagte ich mir, geh, das war der Baugrund für dich nicht, hier hast du, betrüge dich nicht selbst, du siehst es doch, einen falschen erwischt; zieh weiter, sei mutig, beginne von vorne. Das sagte ich mir oft,

immer wieder, Vogelfreier. Denn viele Netze mußte ich, wieder und wieder, dann kam ich hierher, nun du, Vogelfreier. Lasse es mir, ob ich bin oder nicht, was kümmert es dich; mir aber macht es Freude. Meinst du, weil eine Flügellose sich totstellt möchte sie nicht leben? Im Gegenteil; ganz im Gegenteil.
Er hatte sich in seinem Leben noch nie die Zeit genommen, einer Spinne zuschauen, wenn sie nachging ihrem Beruf, entfaltete ihre handwerklichen Fähigkeiten. Er war nur einmal Zeuge, wie sie die Fäden spann; und aber das lag zurück, wie weit, wußte nicht mehr, wie lang.
Zwischen zwei Sträuchern probte sie also, ihre Fortsetzung.
Johannes brach ab, ein Buchenblatt, den Stiel verwendete er: berührte, sehr vorsichtig das Netz. Die Fäden so fein gespannt und doch so stark; es bewegte sich, es zitterte, es war; so zart; ganz, er es doch lieber ganz ließ. Etwas zu fest, und diese hatte wieder ein zerrissenes Netz, wußte er, wie er sie verstörte, vielleicht diese Flügellose überbewertete den Besuch, nicht bedachte, sie hatte, in Fehleinschätzung eines Erlebnisses den idealen Baugrund verflucht. Ein Spinnenkenner, wer, der Vogelfreie ja nicht. Trotzdem, dieses Netz, die Art und Weise, wie sie es spann, könnte es sein, gerade die eine: Er mochte sie nicht. Von der Mitte hatte sie gezogen, einen Faden nach auswärts; dann war sie wieder sehr flink gelaufen in die Mitte, und zog wieder einen Faden nach auswärts; dann war ihr Ziel, wieder die Mitte, fußelte, als wäre sie sehr in Eile, dorthin, und zog wieder einen Faden nach auswärts; beim Zuschauen wurde man schon müde, sie aber fußelte noch immer, mit einem Eifer, rannte hinein zu ihrer Mitte, zog nach auswärts den Faden; und das Johannes danach zum Sehen bekam: strahlenförmig, das war geschaffen, nun noch die Runden gedreht; wo? Natürlich auf diesen Fäden, denn nur Strahlen, das war zu wenig: An jedem, hiebei vergaß sie nicht einen, nach außen reichenden Faden, geknüpft; und weiter, wieder geknüpft; und weiter, wieder geknüpft und von der Mitte aus trat sie an, ihre Rundreise, und wenn sie weiterzog, sichtbare Spur, blieb zurück ein Faden, daran Johannes sah, sie hatte das Netz ein Stückerl mehr vervollkommnet, bis sie draußen angekommen war und fand, es sei Zeit für dünne Fäden, die wurden nun ausgespannt, auch; zwischen den dicken Hauptfäden; eifrig war sie beschäftigt, fußelte, knüpfte, lief, knüpfte, zog hinterher den Faden, knüpfte, fußelte und zu guter Letzt? War sie weg, nicht zum Sehen, ließ allein zurück ihr Werk; nur scheinbar; hatte sich hinabgelassen auf den Boden, man sah, den Faden: Leitungsdrähte der Flügellosen, teilten ihr mit, in meinem Netz tut sich etwas, jetzt ist wieder einer angekommen, steht er?! Vor meiner Wand, zappelt in ihr, möcht anders als ich, hoppla denn, du bleibst bei mir ... so war es nicht; rieb sich die Augen; die Spinne kam nicht.

»Strohkopf!«, und funkelte ihn von irgendwoher böse an; erbost bis empört und oder nur gekränkt. Als hätte die Flügellose es gewußt; der Vogelfreie war es, der hat probiert; wollte mir allen Ernstes vorstellen den Stiel eines Buchenblattes als Fliege. Wartete.

2
Ausgewichen

Probierte es ein zweites Mal; konnte es nicht glauben, daß sie nicht Beute witterte, ließ sie sich anschauen; nicht. Er wollte eigentlich nur wissen, ob es die eine war, ob sich der Vogelfreie an einiges noch richtig erinnerte, was vor einigen, vielen Ewigkeiten, stehen bleiben ließ einen Lausbuben, namens Johannes Null, der unterwegs mit seiner Schultasche, entlang des Spießbaches, an seiner Seite die etwas ältere Freundin, Zeuge wurde, wie eine Kreuzspinne ihre Fäden spannte; hiebei bewegungslos verharrt, wie die Freundin, Respektabstand wahrend, und aber, der Respektabstand nützte nicht viel; plötzlich löste sich die Kreuzspinne, sprang flog oder ging durch die Luft und er hatte sie in seinem Gesicht, die Kreuzspinne, die wuchs, Johannes schrumpelte und die etwas ältere Freundin lief davon, er soll derartig geschrien haben, der ihn aufweckende Josef erfuhr: »Irgendein Vogel hat, angefangen mich auffressen.«, drehte sich auf die andere Seite und schlief, wach Josef blieb, konnte nicht einschlafen. Deswegen stritten sie am nächsten Tag, Josef schwor ihm, er lege ihn »aufs Kreuz«, falls er noch einmal so schrie. Weshalb der Traum noch in ihm war, etappenweise erinnerte er sich, wie das damals war, wie er Zeuge geworden war. Nicht in der Wirklichkeit, das war ein Traum der Nacht, genau, denn in Wirklichkeit war er nie Zeuge geworden, wie eine Kreuzspinne so lange und so oft gelaufen, geknüpft und hintennach gezogen den Faden, bis die Flügellose aber Hungrige beggenen konnte in der Luft den Beflügelten, sie schmeckten ihr sehr gut. Und wollte schon gehen; aber dann; hatte sich schon abgewandt, hatte vorgezogen einen Bogen machen und ausweichen dem Netz, dem nicht ausgewichen war die Fliege. Geraten in das Netz, sicher zerriß sie es, und drehte sich noch einmal um, es aussah, auch nur, daß es reißen wird; ja unglaublich! Jetzt sah er sie, groß und dick; das Rätsel, woher kam sie, löste der Vogelfreie nicht mehr. Sie war einfach da, die ignoriert sein Bemühen, sie herauszulocken, ignorierte nicht die Fliege; regungslose Stille blieb der Vogelfreie: Zerriß das Netz nicht, rüttelte, zappelte, zerrte und schlug um sich, wehrte sich verzweifelt, kam sofort sie herbeigeeilt, die Flügellose, die durfte zufrieden sein mit ihrem Netz, auf daß sie gefangen sei, wurde dies errichtet und es hielt; tötete? Fing sie eher, ein zweites Mal; ja allerhand! Der Vogelfreie hätte es schwören mögen, spann einen Faden darüber. Wie lange währte er, der Todeskampf für die Fliege; wohl die Ewigkeit; bis sie sich beruhigte, tot. Tot, war sie beruhigt. Ganz ruhig wurde. Und aber die Spinne, wo war sie. Schaute Johannes, konnte nicht wegschauen, wollte weiter und aber konnte nicht, festhalten sich ließ, seit wann, wider seinen Willen, wie gebannt, schauen mußte, etwas genauer sehen die Fliege? Entfernte sich die Spinne und kam, kam sie wieder; kam nicht mehr. War fortgegangen und hatte dem Vogelfreien nicht gesagt, wohin. Hatte ihre eigenen Geheimnisse, die sie wohl lieber mit niemandem teilte; so kam sie dem, der sich lösen konnte noch immer nicht von diesem Anblick, kaum vor, kam sie schon wieder. Er wollte wissen, was geschah, nichts hielt ihn, gewaltsam fest, nur das Wissenwollen, so war es. Fortgegangen, wähnte: die, siehst du nicht mehr, zögerte noch? Wartete zu und also, kam wieder und nahm die Fliege mit als mißtraute sie dem Vogelfreien; wie konnte die Spinne so schnell auf ihrem Netz herumlaufen, ohne es zu zerreißen, ohne selbst, fest kleben zu bleiben, in ihm sich verstricken, bis zur Selbstfesselung, das war ihre Leistung; natürlich, und der Vogelfreie nickte, hiefür spannte sie die Fäden, nicht, auf daß sie, sich selbst darin verfing, sondern andere. Während das fremde Tier überall klebenblieb oder wie; einfach hindurch, wie durch eine Mauer, die nur Luft war. »Die Fliege frißt du nicht; ist sie tot. Zum Fressen kriegst du sie nicht.«, sich erbost der Vogelfreie; nahm einen Stecken, zerschlug das Netz, trampelte auf dem Netz herum, es war schwer zu sagen warum, aber es entspannte ihn, zuckte die Achseln: »Du hast ein solides Handwerk gelernt; kannst ein neues Netz machen.«, hatte er sie totgetreten? Möglich; durchaus: »Ich muß weiter, denn ich bin, der Vogelfreie. Du kannst fressen, fressen und wieder fressen; wirst ja sowieso nie eine Satte sein, bis du tot bist; giftiges Luder.«, und spuckte aus, die Kreuzspinne, denn es war tatsächlich eine Kreuzspinne, mochte Johannes an diesem Tag, bis zum Totschlagen, nicht. Weshalb er sich ereifern konnte, gegen eine unschuldige Kreuzspinne, möglich, daß er sich das noch ein paar Mal selbst vorwarf und fragte, warum dieses Zerstören von etwas, was nicht dafür kann, daß es so und nicht anders gebaut ist; die Fragen nützten nichts, denn Antwort gab es, hiefür nicht, ausgenommen die eine: Er hatte sich vorübergehend empfunden, wie befreit, federleicht, erleichtert, fast entspannt. In Wirklichkeit aber, hatte er keinen Stecken genommen, sondern den ihn befremdenden Gefühlsaufwand gegen eine Kreuzspinne ignoriert, einen Bogen vorgezogen und nach kurzem Zögern geschlagen einen Bogen, ausgewichen dem Netz der Kreuzspinne.

3
Scholastika Peregrina

Abrupt endete der Wald, stand vor einer Felswand, die sich dem Vogelfreien regelrecht entgegenstellte: wäre fast in sie hineingerannt, verhinderte der Schreck? Der war's; der Schreck ließ ihn stolpern, denn vorübergehend war etwas krabbelnd unterwegs; im Nacken spürbar wurde; und er sofort: »Die Kreuzspinne!«, eine Bewegung, die erzwungen Furcht vor dem Ende: Totgebissen von einer Spinne fand Josef K., wegen den Pilzen des Waldes in Bewegung geraten und in diesem unterwegs, den Vogelfreien, Johannes N., im Buchenwald; er starb einen langsamen, einen entsetzlichen, einen qualvollen Tod. Diese Furcht agierte ohne Kopf, instinktiv, hiebei stolperte er über einen Stein, den er nicht sah, allzusehr mit seiner Furcht vor der Kreuzspinne beschäftigt, die ihn wacker kämpfen ließ gegen diesen Tod im Nacken ach, so schlimm war es nicht, stand ja schon wieder, aufrecht, ein Stolperer, deswegen sich den wunderschönen: Lauf durch Buchenwald verderben lassen, grillenreicher werden, dies gleich wieder deuten als böses Zeichen. Hatte Johannes Null nie etwas von derlei gehalten, brauchte er, vogelfrei, erst recht nicht, Grillen sammeln. Als wäre er nicht schwer genug bepackt mit Wanzen, Flöhen, Läusen, noch und noch Schwierigkeiten, auch das war übertrieben, halt ungelöst war einiges so aber einiges doch gelöst: bis hierher war er gekommen, war das etwa nichts, eben. Muscheln, Schnecken, Kopffüßer; ja allerhand! Auch Kohlenfragmente. Hier war einiges zu Stein geworden. Es herausbrechen. Und stand, möglich, daß er vorübergehend verdutzt war, vor der Felswand. Nachsinnieren begann, seit wann kam er ins Werden grüblerisch. Begann er nachgrübeln der Frage, vor wievielen Jahren fand hier, das große Massensterben statt, setzte die Meeresbewohner ins Trockene. Nur weiter, er sich von nichts mehr aufhalten ließ, weit, war der Weg noch nach Nirgendwo, am besten entlang der Felswand; links? Rechts? Zurück; nein, nie! Zurück nicht. Ging links entlang der Felswand, Steinschlag bleib oben, du fehlst mir noch, erschlage nicht den Wanderer, denn es ist der Vogelfreie, bedenke, er wertet alles nur mehr als böses Zeichen; erschlägst du ihn, wähnt er: Das war gegen mich gerichtet. Und jammerte einer Felswand seine neue Grille vor? So war es; nickte; legte die Hand aufs Herz, verbeugte sich vor der Felswand, es sollte werden eine elegante, besonders schwungvolle Verbeugung, auslöschen auch die Tölpel-Leistung von vorher, und wurde allsogleich die nächste Bestätigung, was er auch anfing, ausging es bestimmt verkehrt. Etwas mehr noch und er hätte leichtfertig seine Stirn spüren lassen: »Härter als du, ist meine

Wand.«, murmelte der Vogelfreie, als wäre er der Felsen. Das glaubte er dem Felsen im voraus; dann doch lieber. Deswegen kam diese schwungvolle Begrüßung zu ihrem vorzeitigen Ende; wurde permanent daran erfolgreich gehindert, sich holen ein Erfolgserlebnis, die wurden ihm konstant, dies durfte der Vogelfreie behaupten, ohne allzu weit fehlzugehen, verweigert. Aber, durfte er ergänzen, und erhob den rechten Zeigefinger, hiefür stand fest, hier war ein Spalt; im Felsen; den hätte er nicht bemerkt, wäre er nicht gestolpert, hätte er den Stolperer nicht ausgleichen wollen, sodaß einige hätte ausgeglichen wurden mit dem Erfolg, Johannes hatte eine Höhle gefunden; wenn das keine Höhle war? An der Spalte hatten Menschenhände herumgearbeitet. Es war eine eindeutig von Menschenhand erweiterte Spalte, daß sich ein Bär hierher zurückgezogen nahm er nicht an, obzwar, man wußte ja nie; die Neugierde war größer als das Mißtrauen. Ja allerhand! Stellte fest, der sich befand, schon in der Höhle, auf dem Boden eine Feuerstelle, sie war eingerahmt mit Steinen. Ein paar Scheit Holz lagen daneben; und ein Haufen dürres Astwerk. Das Gewölbe, schaute hinauf, rundum, war rußgeschwärzt. An der Wand, an einem Haken, ein Zettel; ging näher: »Ich bin unterwegs.«, verdutzt doch war, schaute noch einmal, las es mehrmals, es blieb immer dasselbe. Irgendjemandem war eingefallen die Nachricht hinterlassen, er sei, unterwegs? Die Unterschrift zwei Füß. Ein sehr geräumiger Raum. Dort, wo das Gestein noch hell war, hatte jemand mit einem Ziegelstein sehr groß »Auf einem Hügel, die Erinnerung« geschrieben, gut leserlich; befand er sich, in einem Orakelhaus? Ehe es ihm unheimlich wurde, setzte sich das Staunen, auch so etwas wie Noch-mehr-Neugierde durch. Mehrere Schichten Tannenreiser und Stroh bedeckten den hinteren Teil des Bodens. Daß er hier enden sollte als Braten, wollte er nicht annehmen.
In einer Ecke lehnte ein Stecken, daneben ein Porzellantopf, der mit zwei Löwenköpfen verziert war, auf dem ein Teller lag: leer.
Und wenn er nicht auf der Hut war, dann begann er gedanklich herumstolpern, auch noch in der Steinzeit. Obzwar; wie mochten die Leute in der Steinzeit, gelebt haben.
Warum sollte er sich das nicht fragen, immer auf der Flucht, vor dem Säbelzahntiger, in Höhlen wohnen, seine Lage dagegen aufmunternd, direkt hoffnungsvoll, nur auf der Flucht vor seinesgleichen, er fror nicht, der ärarische Adler bekleidete ihn und Häuser waren ihm bekannt, und der Säbelzahntiger wohnte schon lange nicht mehr in den Wäldern Gottes, Kaisers und des Vaterlandes, der hätte dem Vogelfreien gerade noch gefehlt. Aber was war der Speer und der Saft der Eiben gegen das Feuer, das aus den Gewehren und Kanonen kam und nicht gegen Tiere gerichtet war, sondern gegen seinesgleichen. Er als Meckerer und Nörg-

ler fand immer eine Borste, auch in der neuzeitlichen Suppe, selbst wenn die Borste nur ein Härchen war, das wars, außerdem sollt er nicht dahinstolpern und dorthinstolpern und sich dann umschauen müssen, wie er, wieder zurückfand zum Ausgangsort Nirgendwo.
Ein paar Kleider lagen da, wie sie zuerst ein Mensch, dann eine Vogelscheuche und jetzt niemand mehr trug. Darunter, zwei Kaffeehäferl. Eines mit Gotischen Buchstaben »Scholastika Peregrina« und goldenen Verzierungen, eines mit der Aufforderung »üb immer treu und redlichkeit«, die Buchstaben alle gleich groß, auf dem zweiten Heferl fehlte Groß-wie Kleinschreibung, der Henkel auch. Ach ja, eine Truhe, angefüllt mit Flaschen undefinierbaren Inhaltes; ein Sack Kukuruz, der erregte die ungeteilte Aufmerksamkeit seines Magens, denn der begann unverzüglich knurren, richtig, wie auf Bestellung, ein großer rußgeschwärzter Kessel, in dem sich angebrannte Reste befanden und einige, wußte Johannes was; verbeult, Gerümpel war es nicht, Geschirre, alle von verschiedenen Servicen stammend befanden sich noch in der Höhle. Stopfte eine Hand Kukuruz in den Mund, eine zweite Hand voll, kaute. Und füllte die Hand ein drittes Mal. Zwischen den Körnchen lag ein Stück Karton »Laß ein bißchen übrig, auch ich bin hungrig«, die Unterschrift zwei Füß. Johannes schluckte: den Kukuruz steckte er nicht mehr in den Mund.
Was sollte er dalassen für den Höhlenbewohner; von seiner Kleidung konnte der ja nicht gut herunterbeißen? Zudem war so eine Höhlenexistenz sicher Sicherheitsrufer anziehend, obrigkeitsgefährdet, jeder Versuch ärarisches Eigentum, in Kronen, in Lebensmittel umzuwandeln, könnte sofort mit Arrest bestraft werden. Bärendienste wollte er ja nicht erweisen; hatte der Kronen statt Heller, das war ja schon das große Geld; war er mit dem dann nicht gefährdet? Haltet den Dieb, mir fehlt; aber das haben Sie doch noch; neineinein, das hab ich nicht, wenn ich es der werten Obrigkeit nicht gemeldet hätte, es wäre mir sicher von diesem Individuum, gestohlen worden. Ab, marschmarschmarsch, in den Arrest, bei uns wird nicht gestohlen, ein Fußtritt, nach einer Woche Arreststudium entlassen, erfuhr sein Kukuruzspender, wenn wir nicht Gnade hätten, oder er wurde im Arrest vergessen, auch das kam sicher vor: Der verfluchte noch ewig den Tag, an dem er sich gefreut hat, daß ihm da jemand etwas hinterlassen zum es wieder Hergeben und hiefür bekommen, gute Sachen. Johannes kramte in seinen Taschen, fand noch ein paar Münzen und kam dann zum Schluß, aus den Münzen dem Zweifüß niemand einen Strick drehen konnte, an dem der Zweifüß dann gezogen wurde in den Arrest, und legte sie in den Kukuruzsack, ergänzte die Nachricht auf dem Karton mit der Antwort: »Paß auf deine Zähne auf«, es gefiel ihm nicht, strich es durch und verwendete die Rückseite, dachte

nach, etwas fiel ihm doch ein, schrieb dann, »Gib auf deine Zähne acht« Unterschrift (hier hatte er keine Schwierigkeiten) ein fliegender Vogel, verschloß die Truhe und zwängte sich aus der Höhle, denn weit, weit war der Weg noch nach Nirgendwo. Und erzählen mußte er dem August ja auch; nicht nur nachstudieren und fragen, immer wieder fragen: »Warum, Gusti; warum!«; dann war es wieder Zeit zum ein bißchen Halt denken und merken, man sollt so laut mit sich selbst nicht alleweil reden, und er einen Bogen vorgezogen und geschlagen einen Bogen, ausgewichen.

Dem wie jenem Dorf, und dieser wie jener Stadt, und den Märkten, den Gehöften, so auch dem Weiler; hatte auch noch genug hiefür Zeit: zwischenhineingeschoben, noch einmal dies und jenes, jenes und das, was er unterwegs gesehen hat, gehört und also es noch einmal zu sehen; wiederhergestellt wurde das in seinem Kopf, wie? Das wußte Johannes nicht, aber es war so. Und erzählend dem August, betrat er, gleichzeitig, noch einmal die Höhle; die nur mehr war in seinem Kopf Gegenwart. Das Signalhäuschen, Bahndamm, Buchenwald, der tiefe Bariton des Puppenmachers mit Sonnenhut, es war nicht August, zwei Pfleger, fünf Sicherheitsmänner werden Punkte, wieder Buchenwald, unterwegs, auf einem Hügel, stolperte er mehrmals, denn der Vogelfreie hatte in der Gegenwart Buchenwald die Vergangenheit zwei Pfleger; hievon einer gewesen der Durstigere, das Gesicht mit den Spuren des Durstes in sich, unähnlich nicht einer gestochen scharfen Aufnahme, stolperte er. So wird es gewesen ja ganzgenau! So wird es gewesen sein, während er erzählte August die Mamma will nimmer in den Himmel, jetzt hat sie angefangen sich fürchten, ihr könnt aus Versehen eine gute Tat passieren, die sie rettet, vor der ewigen Verdammnis. Seitdem haben wir das ungelöste Rätsel, ihre Logik, im Haus; die geht jetzt ganz eigenartige Wege, verschlungene, dunkle, unwegsame und kaum verfolgbare Wege, als müßte die Mamma ständig auf der Hut sein, besonders schlau und überlisten den Herrgott, droben im Himmel wohnt er, in ihrem Kopf noch immer. Und während er also erzählte August, die Mamma ––– hatte er vor sich den Mann, der von sich behauptet hatte, der Vogelfreie soll nie behaupten, daß er ihm nicht gesagt hätt, er sei der »Ich-hab's-dir -g'sagt«, einen Stecher im Nacken, wahrscheinlich ein Krabbeln, dann seine, einen munteren Krabbler erschreckende Pratzen, hierauf – ein Bißchen »der Kreuzspinne«, halt; mehrere Sachen gleichzeitig erledigte; stolperte. Auf dem Hügel. Im Buchenwald.

Wenn das nicht eine Aufforderung war: »Komm, Vogelfreier, hier hast du eine Heimat; bleibe in mir. Komm, Vogelfreier. Die zwei Füß an der Wand, wenn sie zurückkehren, ich verrate es dir im vorhinein, daß sie dir nix tun werden; höchstens, es werden, zwei, Höhlenbewohner sein.«

Ertappte sich wieder hiebei, diesem und jenem, Zusatzbedeutungen zuzumuten, denn er war wie eine Schwalbe und aber mit gestutzten Flügeln, die sich ständig zuredete, auch dies sei eine Lebensweise, der sich abringen ließ diese und jene ja voll der wunderschönen Seiten war das Leben mit gestutzten Flügeln, man brauchte diese Seiten nur suchen, wenn die Schwalbe suchte, lang genug, dann fand sie noch, tief Dankbarkeit, daß, wenn schon: gestutzt, die Flügel, hiemit sich Lebenserfahrungen sammeln ließen, die ohne gestutzte Flügel anders ausfielen, nur anders, nicht angenehmer, kurzum die Schwalbe war in die Situation geraten, alles einmal mehr zu betrachten von der philosophischen Seite, die irgendwie sich allem abringen ließ, gerade dann, wenn Empfehlung wurde einiges rundum, sich nicht hinzugeben einigen Tendenzen, die endeten hiemit, die Schwalbe legte sich, lag auf dem Rücken, hinaufstarrend zum Himmel, sagte, da oben flog ich einst, das ist nicht gelogen, hierauf es vorzog, Augenzu, Augenauf, immer wieder und schauen, war sie nicht tot, trieb sie sich da oben in den Lüften wieder herum? Nein; sofort wieder Augen zu oder lange genug geschaut, hatte man sich das Leben fortgeschaut, flog es aus den Augen heraus: Himmelzu, unten auf der Erde blieb nur ihr Leib mit den gestutzten Flügeln.

Hätte ihn jemand gesehen, er hätte festgestellt: der Vogelfreie spöttisch wirkte, Unmutsfalten zwischen den Augenbrauen, das spöttische Lächeln, eine Portion Selbstverhöhnung trieb ihn weiter, nichts er weniger leiden konnte als --- es wäre auch sein Untergang; vor allem den konnte er nicht leiden und deswegen nicht diese Hingabe an einen undefinierbaren Schmerz, der schon körperlich fühlbar wurde, in der Weise, daß er wähnte, Spannungen innerhalb des Leibes wurden so bewältigt, daß etwas in viele Fetzen: flog, geworden war, ein explodierender nicht mehr zusammensetzbarer Leib.

SIEBENTES KAPITEL:

Trotzdem, laß dich umarmen, Erde

1
»Du warst das also.«

Und Johannes näherte sich Nirgendwo von Südosten her; zwei nicht ausradierte »Punkte« des äußeren (im übrigen unsichtbaren) konzentrischen Kreises wurden dargestellt als Heilige, aus dem Stein herausgemeißelte Heilige, auf dem Sockel. Josef ließ er links nicht liegen, aber doch stehen, auch den Florian gedachte Johannes rechts nicht liegen, aber doch stehen zu lassen; er ging lieber hinein zur Veronika, denn sie war der nicht ausradierte »Punkt« des inneren (im übrigen unsichtbaren) konzentrischen Kreises, wurde dargestellt ebenso als die steinerne Veronika und die auf Sockel. Von Veronika weg kam er gerade hineingegangen zum Mittelpunkt Nirgendwos, dem Platz des Basilisken, es war eine relativ breite Gasse, eine Gasse ohne Windungen und Wendungen, ohne Ecken, Kurven und dergleichen: Eine gerade Kommunikation führte auch von der steinernen Veronika wie von den übrigen elf Grenzheiligen zum Platz des Basilisken. Veronikas steinerne Nachbarn auf Sockel waren auf dem äußeren konzentrischen Kreis Josef im Süden und Florian im Südosten, ihre beiden Nachbarn aus Stein und auf Sockel auf dem inneren konzentrischen Kreis aber waren, im Südwesten Matthias und im Osten Johannes, der Täufer; natürlich auch auf dem Sockel und die Erinnerung an die Heiligen aus dem Stein herausgeschlagen, gemeißelt und die Schäden; die Witterung und anderes mehr, weiter ausgestaltet, sowie umgestaltet, manchmal sogar amputiert hatte; blieben, denn Nirgendwos Gemeindekasse hatte nicht einmal Kronen für noch Wichtigeres. Das hieß nicht, daß einzelne Bürger Nirgendwos etwas anderes waren als sehr reich, auch mächtig und geschichtsbildende Kraft, so hieß das in Nirgendwo. Von Veronika wegführten die beiden Grenzstraßen, die Habnamenstraße zum Josef führte, die Nirgendwoer Straße zum Florian. Zu den Nachbarn aus Stein auf dem inneren konzentrischen Kreis hatte Veronika keine Straßenverbindung: zum Matthias gelangten Füße und nicht Flugbegabte am besten, indem sie entlang gingen den beiden Habnamenstraße-Armen, zum östlichen Nachbarn Veronikas marschiert und nicht flugbegabt, dasselbe gültig war, nur hieß die Straße zum Johannes, dem Täufer, anders: die beiden Nirgendwoer Straßen-Arme waren hier die kürzestmöglichen Verbindungshersteller. Ein Vogel hätte es näher gehabt, wenn er flog, zum Matthias hinüber und zum Täufer-Johannes, als zum Josef im Süden und dem Florian im Südosten. Und aber, ein Vogel war, der Vogelfreie ja nicht.

Jeder Punkt, der genaugenommen ein Heiliger war oder eine Heilige, hatte einen Platz vorgelagert, der gepflastert war wie die Straßen und bemüht waren die Nirgendwoer jedem Heiligen seine individuelle Note zu geben, indem jedem Heiligen noch außertürlich Sträucher, Bäume und dergleichen Blühbefähigtes zur Seite gepflanzt wurde, Veronika hatte Fliederbüsche bekommen, dunkle Blüten, sehr dunkles Lila. Vor dem Flieder, der links und rechts von der Statue gepflanzt worden war, eine Bank: einfache Bretter, hier waren sie schon morsch, etwas vernachlässigte Bänke. Veronika war der innere Grenzpunkt Sonnenklars, die beiden äußeren, das waren der Josef und der Florian. Und aber er wollte nach Sonnenklar, denn es war die erste Adresse: Veronika, das Mäuschen, die kleine Prinz. Einen Sendboten brauchte er, denn die grüne Haustür mit den Sanduhren auf dem unteren Abschnitt und der aufgehenden Sonne im oberen Abschnitt wagte Johannes nicht zu öffnen, Johannes aber dachte, das Mäuschen könnte laufen durch Nirgendwo, ein paar Mal, um ein paar Ecken getrippelt kommen, ein bisserl kreuz und quer fußeln und dann entlangtrippeln den Nullweg, das Mäuschen dürfte, am allerehesten eine realistische Einschätzung von einem Menschen und seiner Problemlage haben, dessen Bewegungsradius sich am besten so umschreiben ließ: Du bist vogelfrei. Außerdem hatte diese Tochter Sonnenklars schon gute Geschäfte getätigt mit der Familie Null, etwas Unvergeßliches und außerdem konnte das Mäuschen auf jeden Anruf hin, stehenbleiben, aufblicken zur Obrigkeit, daß es ins Herz schnitt; denn so viel Unschuld schaute einen an, aus diesen Augen: eines Lausmäderls, das höchstens, einen Herrn Gendarmen verwickelte in einen ernsthaften Meinungsaustausch, weshalb --- achMäuschen, diese schon aus überlebenstechnischen Erwägungen heraus zu Phantasiereichtum gefunden habende Veronika machte das schon, war nicht angewiesen: auf seine guten Ratschläge, vielmehr er angewiesen auf den guten Kopf, der sich auch in brenzligen Situationen nicht bestechen ließ, weder von der Angst noch von sonst irgendetwas, sodaß er, schon im Land des Chen und Lein, noch im Hause des Adlers, entschieden hatte: der erste Weg führt dich zur kleinen Prinz, das Mäuschen konnte werden: seine Verbindung zur Außenwelt Nirgendwo, dann aber hatte er vorgezogen, niemand seinen Aufenthaltsort zu verraten, aber dem Josef --- ach, Veronika wußte schon, was sie mit der Nachricht begann: »Ich bin wieder da.«, alles andere war überflüssig. Und ging schon durch Sonnenklar; bis zur Krötengasse aber sollte Johannes nicht kommen, denn er überlegte es sich, dann doch anders: »He! Hallo!«, verstand, daß er der Angerufene war und aber stellte sich taub, schon nur mehr Erkundigung war, wie er sich am schnellsten, wie nie gesehen, auflösen, unsichtbar werden könnte und dann aber, der wählte, die Sprache seiner Mutter, es war nicht die Sprache seines Vaters und aber Johannes verstand sie relativ gesehen, gut: »He! Willst du deine Mutter, Bube, hinaufschicken zum Mond! Denke, an deine Mutter; erbarme dich!«, aber beim Namen nannte er ihn nicht. Verlangsamte den Schritt, ließ sich einholen: »Du biegst jetzt ab, ja; folgst genau den, von mir empfohlenen Wegen.«, und keuchte nicht mehr so. Das, was er scheppern hörte, der Leiterwagen. Rußgeschwärzt das Gesicht, was hatte das zu bedeuten.

»Damit man mich nicht erkennt; links.«, Johannes bog links ab.
»Wir warten schon auf deine Ankunft, so lange.«, sagte es vorwurfsvoll.
Es verwirrte ihn, wollte es gar nicht leugnen.
»Rechts; jetzt halt dich rechts und vorne biegst du ab ---«, Johannes erinnerte sich, daß man nicht mit fremden Leuten; blieb stehen.
»Sie ist ungiftig.«, war gefolgt seiner Blickrichtung. Natürlich, es war nur eine Äskulapnatter; ein harmloses scheues Tier.
»Du hast nur einen Ort, der wird nicht durchsucht. Dorthin führt dich dein Engel. Aberja; ich bin dein Schutzengel. Einige in Sonnenklar wissen es, wenn sie, dich sehen, werden sie dir den Weg weisen, zum einzig Richtigen; derzeit sind sie bei uns sehr häufig. Sie werden von Mal zu Mal bösartiger und achten nichts: ›Wo ist er!‹, das ist hier zu hören oft und du kommst erst jetzt; einmal sahen sie, dich dort, dann wieder da.«
»Das ist sehr sonderbar; um so vieles ...«
Der Rußgeschwärzte nickte die Antwort: bestätigte es. Und trotzdem war es so und nicht anders? Trotzdem war es so.
»Wer ich bin? Nicht dein Feind; auch ich will, daß es gut ergehe dem Vogelfreien.«, wenn er täuschte, täuschte er sehr glaubhaft.
»Wo bin ich sicher, wo ist der Ort.«
»Bei unserem Sicherheitsmann; er sagte, nach meiner Berechnung kommt er in drei Tagen und du aber bist schon hier.«
»Warum suchen sie mich schon, wenn nach seiner Berechnung ich noch gar nicht angekommen bin; warum dein Vorwurf.«
»Sein Wort zählt nicht, wenn man dich schon überall sah, der eine berichtet, da war er, ich kanns beschwören, ein anderer berichtet, dort war er, Gott ist mein Zeuge; derlei Fehlmeldungen häuften sich, so sagten wir, er ist da und kommt ja kommt doch nicht! Auch wurde spekuliert, es könnte begegnet sein der Vogelfreie dem Pferdelosen auf vier Füßen und

die rund, es fehlte nur der Herr, stieg also ein, kam schneller vorwärts; auch das wurde erwogen.«

»Reichlich sonderbar ...«

»Nur, wenn man einiges nicht weiß; sei beruhigt. Du bist sicher, ich fand rechtzeitig heraus, der da läuft, frech bei Tageslicht durch Sonnenklar, das ist er!«, und blieb stehen, mußte schnaufen. Und über die rußgeschwärzten Wangen, verwirrte ihn noch mehr.

»Das sind die Tränen einer schlaflosen Nacht; mehr nicht. Sei unbesorgt, du irrtest schwer, wenn du wähnst, du hast keine Freunde; sieh, Sonnenklar. Viele ziehen sich zurück hinters Gebet und klagen hinauf zum großen, unbekannten Gott?! Andere wiederum warten auf die Ankunft des Menschensohns, denn sie sagen, keine Zweifel sind möglich, die Welt geht unter; das ist der Untergang der Welt. Auch das wird geglaubt, so oft wie sie kommen, zu ihnen, kommen, gehen, kommen, kann das nicht mehr Zufall sein und nicht die üblichen Besuche sind es der Nirgendwoer Sicherheitsmänner: das hat einen tieferen Grund, denn, lange genug hin es gewendet und her, warum sie so rastlos sind und ruhelos: ›Wo ist er!‹, es denkbar wäre, der Menschensohn kommt nach Sonnenklar. Denn wo hat der verfolgte Menschensohn ———«, brach ab und nickte, mehrmals etwas bekräftigend, was, wußte Johannes nicht.

»Nun; andere wiederum schwärzen sich das Gesicht und dann gibt es einen, der sagte sich: bei mir ist er gut aufgehoben, bei mir sucht man ihn nicht.«, sagte der Rußgeschwärzte zufrieden, auch nickte; und zog hinter sich her sein Leiterwagerl, in dem waren Schnüre so um das Glas; es war ein, an die fünfzig Liter, fassendes Glas; verknotet worden und verbunden mit dem Leiterwagerl, daß es ein bisserl fester stand und in einem Untersatz, in dem genug Stroh war, auf daß es, nicht zersprang: »Es ist einfach, die Schlangenattraktion kam an; beim Markt ——— es zieht das Publikum herbei...«, log schlecht. Blinzelte; brach ab.

»Es könnte aber so doch, auch sein.«, ergänzte er später, sehr sanft und war alsodann, stehengeblieben.

Und wer kam, heraus aus dem Haus, hielt es für nicht möglich, hatte einige innere Einwände gegen das, es jetzt erst recht wissen wollen, wie das war mit einem Rußgeschwärzten, der eine Äskulapnatter im Leiterwagerl spazieren führte, oder wie. Hatte gemeint, hinter dem Sicherheitsmann verberge sich ein anderer nicht beim Namen genannter Mann, den er kennen wollte, das war es. Er wollte es, einfach wissen, wer in Sonnenklar wähnte, er sei bei ihm gut aufgehoben und nicht wollte, daß dem Null Johannes etwas geschähe, obzwar der vogelfrei war. Wunderte sich dann doch, als sie stehengeblieben waren und wie auf Bestellung, geöffnet wurde das Haus, heraustrat er und bald war geöffnet das Türchen des Lattenzaunes; gewiß; einst waren die Latten in gleichmäßigen Abständen senkrecht auf die Riegel genagelt worden. Und das Gartentürchen war gebildet worden aus Latten, welche festgehalten wurden in ihrer Lage zueinander durch eine Strebeleiste und aufgenagelte Querleisten: eine oben, eine unten; Johannes hatte den Zaun nie anders gesehen als windschief und egal wie oft, zu welcher Jahreszeit und wann er vorbeikam, immer fehlten dem Zaun ein paar Latten (aber nicht immer an derselben Stelle) wirkten oft wie gewaltsam herausgebrochen aus dem Gesamtgefüge; öffnete ihm, verbeugte sich, es war nichts Beleidigendes in der Verbeugung, weder knapp noch unterwürfig, nichts Unangenehmes, hieß nur so viel, wie.

»Tritt ein, du bist erwartet.«, die Tür war hinter ihm zu, ehe er verstand, daß mitgekommen war, der Rußgeschwärzte nicht?
So gut sprach Johannes die Sprache nicht, seiner Mutter, daß er, wenn die gesprochen wurde so schnell, noch alles verstand; der Rußgeschwärzte und der Sonnenklarer Sicherheitsmann schienen diesen Mangel, zu berücksichtigen oder vergessen zu haben. Vielleicht sollte er gar nicht alles verstehen.

»Er ist zuverlässig.«, sagte der Sicherheitsmann Sonnenklars; Johannes schluckte, gleich mehrmals. Und wurde hinaufgebeten, eine knarrende Treppe, auf ihren Stufen: kam ihnen entgegen eine Katze, sie machte einen Buckel und aber kümmerte sich nicht weiter um den Fremden, den sie noch nie in diesem Hause gesichtet? Der Vogelfreie drehte sich auf der Treppe um; keine neugierige Katze; schaute genauer. Ein Tier, es lieferte Nachwuchs; schüttelte den Kopf; hinauslaufen? Fiel denn einem Strohkopf nichts mehr ein, die Ausnahme, ein Haus betreten, auf daß er es dann fluchtartig verließ, überstürzt, nur, weil in seinem Kopf der Sicherheitsmann nicht aufgetaucht war als Gesicht, als er sich gefragt hatte, neben dem Schlangenspazierenführer, wer der Sicherheitsmann sein könnte, alle möglichen Gesichter? Hauptsächlich Sonnenklarer Fabrikler, selbst an den Rundumadum hatte er gedacht; wenn Überraschung und Verwunderung und Nichtverstehen als Möglichkeit er einschließen wollte, sah er vor sich das Gesicht des Engelwirtes, den wohlgenährten Kern. Aber das nicht; das nicht. Und wenn der Sicherheitsmann, Spitzeldienste als patriotischere Variante sich vorgenommen: Zuerst einmal aushorchen den Null, gewinnen sein, auch ihm gegenüber wirksam werdendes Vertrauen und erst dann. Auch denkbar. Wenn diese Lösung nicht die Wahrscheinlichste war: schlußfolgerten mit üblicher messerscharf gehandhabten Logik, ihn aufplusternd zu einem Verbindungsmann wußte Johannes, wie sich die Männer des Adlers vorstellten, einen, der sich weder gegen Bezahlung noch durch schwere Drohungen umschulen ließ und einsetzen als Massenmörder. Und erst im zweiten Stock waren sie angekommen, wurde ihm eine Tür geöffnet und er wurde gebeten, sich zuhause zu fühlen. Es fiel ihm schwer und nahm dann doch an, nach einigem Überlegen das Angebot, sitzen in einem Schaff und planschen, sich nicht nein sagen getraute im Kopf, nahm es an, im Kopf und aber der Mund sagte, wider das, was der Kopf dachte: »Ich muß weiter; hier kann ich nicht bleiben.«, dieser Satz kam aus seinem Mund heraus; auch kam ihm die eigene Stimme sehr fremd klingend vor, fast unheimlich. Die inneren Alarmglocken läuteten ununterbrochen, bimmelten wie närrisch, als verkündigten sie: »Feuer!« und riefen nach den Männern gegen das Feuer, nach den Feuerlöschern und ein Kreuzlaufen wie Querlaufen, viele Stimmen, Flüche und der Durcheinander, den auslöste ein einschlagender, grausam die Heimat verbrennen wollender Blitz.

»Hier bist du sicher; niemand wird dich hier suchen. Immer weiß ich, wenn meine ––– eben, kommen.«, das Kollegen schluckte er, sprach er nicht aus. Und wirkten seine Augen auch nicht so, als hätten sie etwas zu verbergen, er glaubte, schon lange nicht mehr, an die Legende, in den Menschenaugen stehe es geschrieben gut leserlich; ob er log oder nicht? Obzwar Johannes einmal gewiß zu denen gehörte, die das allen Ernstes glaubten, während andere klug genug waren, das in den Phrasenkasten hineinzulegen und es zu verwenden je nachdem wie sie es brauchten. Sah vor sich sehr deutlich den alten Hochwürden. Auch Liesi Tatschkerl. Getränke mußte er dankend ablehnen (fürchtete auch, es könnte ein Schlafmittel sich hineinmischen lassen) Und erzählte dem Sicherheitsmann Sonnenklars das Märchen, er wolle Nirgendwo auf jeden Fall wieder verlassen, trotzdem möchte er ihn bitten, seinen Dank für das menschliche Angebot als das zu werten, was es war, tief empfundenes, aufrichtiges .... brach dann ab; der Heuchelei zu viel. Das war dann die Antwort: »Sie fragen sich, ob der Mann, der sie hierhergeführt hat, als nächstes ins Haus führt – wieviele Männer und die bewaffnet.«, nickte der Sicherheitsmann. Johannes leugnete, schauspielerte den Erstaunten und wies strikt das ab, denn in Wahrheit verhielt es sich so, wie es ihm der Sicherheitsmann nicht glaubte; nickte zu den Beteuerungen des Vogelfreien und sagte: »Wenn aber niemand mehr da ist und der Vogelfreie allein steht, dann möge Er sich erinnern, an Sonnenklars Sicherheitsmann.«, erhob sich. Johannes trieb es welche Röte auch immer ins Gesicht, wenn er kein Krebs geworden war, wußte er nicht.

»Trotzdem möchte ich den Vogelfreien bitten, sich noch etwas zu gedulden.«, er blickte auf die Uhr an der Wand, verwendete das Kinn als Aufforderung dort hinzuschauen, wo die Küchenuhr an der Wand befestigt war.

»Ich habe Ihnen noch nicht gesagt, es ist wichtig; ich weiß, viele Nirgendwoer Männer des Adlers werden, nicht lange fragen und es

wurden schon Wetten, nicht nur eine, abgeschlossen. Sie staunen? Das sollten Sie nicht. Sonnenklar mußte sich und muß sich jetzt, sehr viel gefallen lassen, denn es wird vermutet ---«
»Das ist nicht glaubhaft; warum sollt ich nach Sonnenklar, ich denke eher, hier sucht mich niemand; hier bin ich am ---«
»Dann denken Sie falsch; gerade in Sonnenklar. Teils Vorwand, das sehe ich auch so; teils aber wird es geglaubt, daß es so sei. Wo hier die Grenzen sind? Hier stützt das eine das andere ab...«, und hörte den Sicherheitsmann Sonnenklars, er verstand ihn nicht.
»Ich habe dieselbe Vorsicht, die Sie erst haben, seitdem Sie vogelfrei sind, Vogelfreier schon viele Jahre geübt; es ging nicht um mein Leben, in dieser unmittelbar nachvollziehbaren Weise. Aber fragen Sie sich, wie ich mich nährte, wäre ich nicht Sonnenklars Sicherheitsmann? Haben Sie noch immer nicht verstanden? Wie lange brauchen Sie; fürs Verstehen. Sie hören mich heute anders, Sie verstehen das noch immer nicht, Sie staunen? Das sollten Sie nicht. Meine Lage wurde ähnlicher Ihrer Lage oder wurde Ihre Lage ähnlicher meiner?«
»Jagt man Sie.«
»Nicht wenn ich habe ein doppeltes Gesicht; das eine für Nirgendwo, das andere für mich.«, nickte zufrieden.
»Das habe ich wohl versäumt, dieses doppelte Gesicht. Meine Hände, Füße, alles, was sich gebrauchen läßt vertraue ich dem Adler an und brenne, senge, niederrenne; das andere Gesicht behalte ich für mich: Es ist die Sehnsucht nach dem anderen Leben und das im Frieden; hiebei betretend das Land der Erdfarbenen, so ich es mir leisten kann, als ›Wohl auf Urlaub, der Mann in unserem Land? Heimnehme Er Erinnerungen an erholsame Tage, guten Schlaf, viel Freude und viele der Lust am Leben gewidmete Stunden.‹?«, und wie aber antwortete Sonnenklars Sicherheitsmann dem Hohn des Vogelfreien, der unausgesprochen ließ: »Im Herzen ließ ich den Vogelfreien laufen, die Pflicht zwang mich, mein Herz samt dem Vogelfreien, edel verkaufen.«
»Mein doppeltes Gesicht wird den Vogelfreien schützen.«, sagte es ernst, es wirkte fast glaubhaft in der Weise, daß er es ehrlich meinte: »Den Menschensohn, das tut er nicht, den verrät Sonnenklars Sicherheitsmann nicht.«
»Ich bin zwar eines Menschen Sohn, nicht aber Jesus; der wurde schon gekreuzigt. Ich fürchte kein Kreuz, ich fürchte das Feuer aus den Gewehrläufen, was fürchte ich noch.«
»Judas.«, nickte: »Und aber der bin ich nicht. Ihr Mißtrauen ist auch in meiner Seele. Es kränkt mich nicht. Es bestätigt mir nur, Nirgendwo glaubt mir, nichts anderes glaubt der ärarische Adler, der mich nährt: Ich verachte, meine eigenen Landsleute, deswegen ist er gut zu mir. Ich darf

bei ihnen bleiben, brauche keine Versetzung fürchten und auch nicht den Vorwurf: ›Du bist meiner nicht würdig. Von dir fühle ich mich nicht beschützt.‹ Es wäre ein mich vernichtender Vorwurf. Etwas, was einen Sohn Nirgendwos, nicht bewegen braucht, denn wenn du auch bist nur ein Prolet; so sage ich dir. Es ist nicht dasselbe, als wenn...«, zitterte irgendein Seufzer herauf; sah vor sich einen Topf, gut verschlossen, das Nachlegen von Holzscheiten wurde nicht vergessen, die Herdplatte glühte, der Topf, er blieb verschlossen und dann, flog der Deckel durch die Küche, herauszischte die heiße Brühe. Sah das vor sich, hielt es für übertrieben, denn es hieße, überwälzend das Bild auf Sonnenklars Sicherheitsmann: der kochte schon jahrelang? Das glaubte Johannes nicht; aber er war bemüht, diesen Gedankengang, im Vogelfreien zumindest zu fördern, bei dieser Förderung aber selbst im Hintergrund zu bleiben, sodaß Johannes wähnte, das sei sein eigener sehr gescheiter Gedankenblitz, hier und jetzt war er ihm geschehen, hiebei hatte er nur artig fertiggedacht, was gewünscht Sonnenklars Sicherheitsmann — — — rieb sich die Augen; war doch müde, das wars: die Müdigkeit wurde immer tiefer.
»Ich warne Sie. Die Aussage überprüfen Sie besser nicht: Viele Männer des Adlers, ich hörte es selbst, werden, nicht lange fragen...«
»Das sagten Sie schon.«, aufstehen, gehen. Warum stand er nicht auf, ging nicht.
»Mir war, als hörten Sie es nicht. Und wenn Sie es hörten, verstanden Sie den Inhalt dieser Aussage zu wenig.«, räusperte sich, schwieg. Suchte nach einem neuen Anfang.
»Es sind hier viele unterwegs, die Sie nicht kennen; fürchten Sie und werden Sie vorsichtig, wenn Sie in Ihrer Nähe sehen solche, die Sie kennen. Dann werden Sie vorsichtig. Der Steckbrief schützt Sie, aber nur vor den Sicherheitsmännern, die Ihr Gesicht noch nie gesehen haben, noch lange nicht vor jenen, die Johannes Null kennen. Geben Sie acht auf sich, wähnen Sie nicht, jemand, der Sie kennt, der ließe Sie rennen, ohne, dem fällt es schwerer; unter Umständen leicht! Leichter, als Sie es meinen, bevor Sie es erlebt haben. Ziehen Sie das zumindest als Möglichkeit in Erwägung.«, und Johannes schaute den Sicherheitsmann Sonnenklars an. Irgendetwas, verstand er, an dem Menschen, derartig nicht, und der nickte? Der nickte bestätigend: »Ich verstehe die Sprache zu sprechen: Der kleine Knirps«, und deutete die Körpergröße an, die ungefähr seine eigenen Füße erreichten, »wußte es schon: Lerne ihre Sprache, denn deine zählt nichts, sie hassen dich, wenn du deine eigene Sprache sprichst. Eine andere Summe von Lebenserfahrung gab mir niemand mit.«, und blickte zur Uhr an der Wand. Betrachtete Sie, und sprach weiter: »Einen übereifrigen, im übrigen nicht besonders mit Intelligenz belasteten Sohn Sonnenklars konnten sie sich vorstellen; einst litt ich darunter, später

verstand ich, es wäre klüger, mir die Meinungen Nirgendwos bezüglich eines Sonnenklarer Sohns aufzuschreiben«, und deutete auf die Schläfe, »ich mußte mich nur fragen, welche könnten mir weiterhelfen, welche Meinungen in den Herzen der Nirgendwoer...«, lachte, wirkte zufrieden und jetzt: das Gesicht, kannte er. Genau, das war er. Blinzelte, und sagte: »So kam ich zu meinem doppelten Gesicht, eines behielt ich für mich.«
»Sie brauchen Sich vor mir, nicht rechtfertigen.«
»Das tue ich auch nicht; ich will Ihnen erklären, wie ich zustande gekommen sein könnte, ungefähr. Damit Sie ruhigere Augen bekommen, Ihre Gedanken nicht einander jagen und Sie nicht unnötig sich fragen, welchen Haken könnte ich schlagen, hätte hiemit mir nicht geschadet, wie sieht dieser Haken aus.«, nickte zufrieden. Johannes dürfte Sonnenklars Sicherheitsmann angeblickt haben, als hätte ihm jemand das Gehirn aus dem Kopf herausgezogen, und er faßte es nicht, wie das möglich gewesen, nahm einer sein Gehirn mit und er schaute zu: »Wenn ich ein bisserl planschen, also...«, und war schon aufgestanden, aus dem Raum; und bald saß er nackt im Schaff des Sonnenklarer Sicherheitsmannes. Der wusch auch seinen Kopf, schrubbte ihm den Rücken, summte Lieder seiner Heimat, es war sehr bald der Vogelfreie nicht wieder zu erkennen. Betätigte sich auch als sein Barbier, auch wurde ihm empfohlen: Durfte sich umgekleidet betrachten, mit einer Hose, die er noch nie getragen, Hemd er hatte und darüber eine Jacke. Sein Unterleiberl wie die Unterhose, fast sonntägliche Erscheinung er geworden war, für Sonnenklarer Verhältnisse gewiß. So schön Johannes selbst nicht angezogen war, ging er in die Fabrik. Also wieder, ausgezogen, etwas anderes probiert. Und dann, verließ er das Haus des Sicherheitsmannes, eine bärtige Erscheinung, der Bart nicht mehr so wild, ähnelte sich nicht mehr, dem Vogelfreien war er unähnlicher geworden, ging durch Sonnenklar, gesehen wurde Johannes nicht: Sonnenklar verhielt sich so. Kinder wurden gerufen von ihren besorgten Aufsichtspersonen, meistens waren es Frauenstimmen, was schaute, schaute heimlich und konnte es schwören vor dem großen, unbekannten Gott: »Ich habe nicht den Sohn des Josef Null senior, den Johannes gesehen. Das weiß Er, Gott im Himmel weiß es! Das log ich nicht!«, denn in Wirklichkeit hatte das Weib gesehen den Menschensohn, und der wurde ja nicht gesucht. Sonnenklar log differenziert. Und auch hatte, ihm versprochen der Mann, in dessen Haus er bleiben hätte können, in dessen Haus aber er nicht blieb, das Mäuschen werde es von ihm zu hören bekommen, wer wieder gefunden hatte, zurück nach Nirgendwo. Es war der Null; der Johannes. Er war zuhause? Erstmalig, auch in Sonnenklar. Denn hier liebte, lebte, haßte, starb, gebar: fast jeder von ihnen für Nirgendwo nur Vieh war. Nun war er es auch; man durfte ihn jagen, als wäre er Vieh und hatte nur

gesprochen: Ich töte nicht. Sonnenklar merkte es sich. Es liebte den Menschensohn. Jenes Sonnenklar, daß ihn sah; nicht ein Sonnenklarer war ihm begegnet, der in Frage gekommen wäre als sein Judas. Das werten nicht als gutes Omen, Johannes Null war es nicht gegeben; er fühlte sich, als hätte ihn eine Mutter geboren, hineingelegt in eine Wiege und schaukle ihn, sei wirklich nicht nur willig gut zu sein zu ihm, vielmehr auch in der Lage, ihm zu geben den Eindruck: Es war schön zu leben; vor kurzem warst du noch gar nicht auf der Welt jetzt ginge es dir schon ab dieses wunderschöne Leben und staunte in die Augen der Mutter, die ihn geboren hat: »Du warst das also.«

»Aberja, selbstverständlich. Natürlich; ich freute mich sehr, daß du angekommen bist.«

»Ich mich auch.«, das war der Knirps in der Wiege, schloß die Augen, ließ sich schaukeln. Dann schrie er nach ihrer Brust; die bekam er. Es ging ihm sehr gut. Die Heiligen des inneren konzentrischen Kreises waren, stand man, wie der Vogelfreie vor der steinernen Veronika, dem Uhrzeigersinn nach gesehen, Matthias und dann kam Magdalena, und nach Magdalena kam der Franz, alsodann noch die Barbara und im Osten angelangt, stand er vor Johannes, dem Täufer. Das waren die Heiligen des inneren konzentrischen Kreises; der Vogelfreie vergaß nicht einen, grüßen mußte er alle. Begrüßte sie und zwar so: legte die Hand aufs Herz und fünf Mal verbeugte er sich, denn Veronika hatte er schon begrüßt: »Guten Tag, Johannes Null meldet sich zurück.«, daß die Heiligen antworteten, möglich, aber die Entfernung: »Ich habe ihre Antworten, Vogelfreier, vergib mir, versehentlich in die falsche Richtung geblasen.«, das war der Wind.

»Zerstreuter Kerl.«, murmelte der Vogelfreie.

»Ich werde mich bessern.«, versprach der Wind.

»Das versprichst du schon Jahrtausende; Bube.«

»Ach; dann gewöhnt es euch ab, auf mich angewiesen zu sein, als Nachrichtenübermittler; daß ich sein kann; nur ein schlechter Ersatz, ist mir bekannt.«, bedauerte der Wind; es irgendwie klang, spitz.

»Natürlich, aber selbstverständlich. Daß mir kaum etwas Neues einfällt, ich bin ja nur der Wind; aber euresgleichen versteh ich nicht. Alles bleibt bei euch ja schon alles beim Alten; wieviele Vogelfreie ich schon ———«

»Schon gut; werd nicht geschwätzig, alter Wind.«, und blies auf die Backen, das mußte er dem Wind noch beweisen, so gut wie der, blies er schon lange. Anders es zusammengefaßt; der Vogelfreie war übermütig und war schon hinunter, hinter sich zurückließ Veronika, winkte sie? Möglich; und schon umging die beiden Arme, den Josef besuchte er nicht, wollte hinein, lieber zum Matthias und aber, das gab er dann auch auf.

Einige Ratschläge hatte er noch mitbekommen, einer hieß: »Wenn du Nirgendwo verläßt, wähle Veronika, hier könntest du am ehesten Glück haben.«, er folgte dem Rat, hatte dies nicht bereut. Was ihn so übermütig gestimmt, er begann (es hatte zur Folge, er ignorierte einen guten Rat des Sicherheitsmannes) schon wieder glauben, sofort begann er wieder glauben, wenn er dachte an Sonnenklars Sicherheitsmann, den Rußgeschwärzten und zu zählen begann, wer alles fand, der Vogelfreie soll leben. Es machte ihm Mut, es machte ihn; vorübergehend; auch wieder munter und etwas leichtsinnig. Das Gesträuch war nicht so, miteinander verwachsen, daß es undurchdringlich war: eignete sich, vorbildlich fürs Vorwärts, wie fürs Verkriechen; dann und wann, ein Bäumchen.

2

»Magst nicht Himbeerbrocken gehen?«

A
Eine zu brennende Sache

»So leichtsinnig sein.«, murmelte sie, die ihn gesehen hat: »Ich brauch etwas, was brauch ich nur.«, studierte dem dringend Gebrauchten nach und dann, wußte sie es. Sie brauchte etwas Großes, das auf den Johannes aufpaßt. Faßte es die Veronika nicht, wie man sein kann, vogelfrei, und so leichtsinnig. Entgegengelaufen war sie ihm nicht, denn lange genug hin und her gesucht, nachgegrübelt, wer der Mensch sein könnte, der da was macht, war sie gekommen auf die Tatschkerl; mit der hatte Veronika schon sehr gute Geschäfte gemacht. Und bald trippelte sie, quer durch Nirgendwo, denn das Mäuschen war in Eile, falls sie dem seine Richtung ——— rechnete nach, was hatte sie gemacht, alles bedacht, nicht etwas Wichtiges vergessen (hiebei vergaß sie nicht, machen auf Nirgendwo, den ganz guten Eindruck: Unterwegs war zwar ein Sonnenklarer Fratz, aber er plant momentan weder ein Attentat auf diesen Apfel noch auf die Zwetschken noch auf sonst etwas, was sie könnte: gut gebrauchen, denn hungrig war sie auch, schielte aber weder dahin noch dorthin, nicht eine Gelegenheit nahm sie wahr, hüten sich mußte sehr, aber mit dem Johannes hatte sie schon besonders gute Geschäfte gemacht, brauchte nur das und jenes schnattern: Hiebei durfte das Mäuschen selbst aussuchen, was es wollte, ausplappern und was nicht, und wurde, hievon schon satt, wenn das nicht war ein besonders gutes Geschäft, deswegen Befehle an sich selbst richtete, sehr strenge Befehle, die sagten: Alles brauchst auf einmal nicht tun, alles der Reihe nach, laß dich nicht aufhalten, verwikkelst dich und der Hunger ist ja dann auch noch da, tröstete sie sich) zuerst hatte Veronika (im Kopf) den Ulrich gesucht, dann hatte sie festgestellt: Wennst den brauchst, findest ihn nicht; gib's also vorher schon auf, bevor du dich wegen dem Ulrich verlaufst, eine Erfahrung, die man nicht vergessen sollte; daß der Ludwig –? Nein, zählte die Gründe zusammen, die gegen Ludwig geltend gemacht werden mußten: Der war zu eifersüchtig; man wußte nie, hier ist Vorsicht wichtig. Josef? Das war der erste, aber: Ist er in der Fabrik, kommt man wie hinein, man kommt nicht hinein, zu der Liesi hat man näher. Die Mamma, auch erwogen wurde: Alsodann durchgestrichen, wie der Josef, denn dagegen mußte gesagt werden, war vor allem, wo Null anwesend waren, gesichtet waren, war die Umgebung verdächtig und das Mäuschen brauchte jemanden, der Umgebung unverdächtiger gestalten könnte und hiefür kam besonders in Frage: Es blieb bei der Rechnung? Es blieb dabei. Pepi-Hochwürden: Auch Umgebung unverdächtig gestaltend, trotzdem, das Mäuschen blieb lieber beim Findengehen die junge Frau mit den wunderschönen großen Augen und der schmalen Taille, eine Frau, und Veronika verdrehte die Augäpfel: Brust, alles da, zum Anbeißen, unwiderstehlich, sie brauchte etwas Unwiderstehliches, das auch: bereit war, das zu bedenken, wenn Johannes wieder da war und vielleicht eher auf Liesi hörte als auf eine kleine Trottelklaßlerin. Zum Erfahrungsvermögen des Mäuschens gehörte das Wissen: Es mußten die richtigen Leute zum richtigen Zeitpunkt gegenwärtig sein, dann kam man weiter; sonst nicht. Sonst war alles für die Katz. Kurzum, das Mäuschen wußte, es mußte jetzt weiterhin die Lage überblicken, denn es war eine sehr ernste Sache, vogelfrei sein. Und hatte schon, seit erstmalig das Gerücht rundum ›Hört, Hört‹ marschiert war, entschieden. Wenn er kommt nach Nirgendwo, dann über Sonnenklar, denn er geht zur Veronika; das war logisch, das war folgerichtig gedacht, falls Johannes vernünftig war, kam er zu ihr und sie wartete auf ihn, teilten ihre Arbeit des Wartens, hiebei wurden nur besonders Zuverlässige, aus der Krötengasse, für einsatzfähig erachtet; einige Warter auf Johannes, in der Nähe der Veronika, lieferte Ludwig, er selbst? Wartete auch, und dann aber, hatten sie gestritten. Was sagte Ludwig? Seitdem er trug die große Mütze, plusterte er sich auf, meinte, er dürfe auch ihr Vorschriften machen? Das durfte er nicht. Deswegen stritten sie und der schlechte Mensch sagte: »Wart nur, wenn er kommt; dann lauf, ja, dann lauf ich – – –«, und deutete an einen Menschen, der baumelt, weil er, um seinen Hals hat, einen Strick. Das vergaß ihm das Mäuschen nicht, auch wenn er sagte, das war der Zorn, weil mit: schon jedem, das Mäuschen lieber Treubruch übte, als mit dem Ludwig. Denn allen Ernstes konnte das von Ludwig doch niemand vermuten, er könnte! Gut, wenn er ernst war nicht, und aber, wenn er zornig war. Was nützte es, wenn es Ludwig hintennach wieder bereute, hiefür war es eine zu brennende Sache, vogelfrei sein. Und sie war sehr glücklich, daß in ihrer Wartezeit hineinstolperte wie ein Traumwandler der Vogelfreie. Hatte sie nichteinmal, in seiner Nähe gespürt, das war bedenklich. So etwas mußte man doch »riechen«, das hatte sie auch stutzig gemacht, daß Johannes nicht roch, hier war ein Mensch umeinander, Achtung, aufgepaßt, Gefahr. So etwas »roch« man früh genug oder es war zu spät. Und war auch gleich gerannt zu Sonnenklars Sicherheitsmann, schon lange vor ihm angekommen und hatte es dem gesagt: »Der macht das nicht richtig.«, auch der hatte so seine Bedenken, beratschlagten etwas, nachdem er gefragt (sich alsodann alles erklären ließ) hatte: »Ist er angekommen.«, und das Mäuschen es bestätigt, genickt ernst und nicht gezwinkert, war sie hinaus aus der Wachstube, findbar war der beängstigend leicht, gar nicht auf der Hut, das Mäuschen war sehr besorgt. Wenn man so müde war, wie der Vogelfreie, dann mußte man sich Verkriechen, nicht zeigen! Selbst in der Nacht, hatten sie gewartet, gewacht und aber es abgeschaut den Großen, ein paar Stunden schläfst du, ein paar Stunden ich, so war es gewesen, bei der Veronika, seitdem das erste Mal das Gerücht umgegangen war, der Vogelfreie, er ist wieder da, kam es nicht mehr vor, daß drei Nachtdienstübenden die Augen zufielen und alle drei schliefen; das waren das Mäuschen mit dem etwas schwierigen Ludwig zur Linken und ihrem Bruder, den Ulrich, zur Rechten. Auf daß es in der Mitte geschützt war; etwas Zusammengeknäueltes, auf der Nirgendwo abgewandten Seite, so sah es die Nacht, schlief und wäre stehlbar geworden, aber das hätten abgestritten der Nacht drei Wächter, drei Warter auf Johannes, denn vogelfrei sein, es war eine viel zu schwerwiegende Sache, da schliefen die drei nicht ein, denn einer war immer wach; gegenteilige Berichterstattung hätte nur liefern können die Nacht und die schwieg. Und wollte auch, daß die drei schliefen, denn sie wußte es, sah den Vogelfreien, er war unterwegs; sein Weg war nicht mehr so weit nach Nirgendwo und aber, noch weit genug, daß seine Heimkehr nicht versäumten drei Kinder aus der Krötengasse, und alle drei wohnhaft beim Rundumadum, so sie nicht draußen unterwegs waren, so wie in den Nächten, in denen: schon erwartet wurde die Ankunft des vogelfrei gewordenen Johannes Null; viele, in der Krötengasse wie in Sonnenklar, es war den Kindern bekannt, sagten, die Ankunft des Menschensohns stehe bevor und aber für sie war er, der Johannes, der sich nicht beeindrucken ließ, von der Ausrede: »Ich bin ein Trottelklaßler.«, das vergaßen weder der Ulrich noch das Mäuschen, auch nicht Ludwig. Und das Mäuschen war die Glückliche, sie hatte gesehen, wie er heimgekommen war, hinein, nach Sonnenklar, hinaus auch wieder, wie es zu erwarten stand, denn der ging zum Pepi-Hochwürden, etwas, was Ulrich weder erfuhr noch Ludwig, denn das behielt das Mäuschen inwendig bei sich. Der verließ wieder Nirgendwo, das glaubte das Mäuschen nicht, ein kleines Täuschungsmanöver, spätestens: beim Matthias, kam er wieder herein, das mußte sie melden, der Liesi, denn ehe der herunter kam von Schluckenau (war der liebe Gott auf ihrer Seite, dann war es so) sollte Liesi oben sein. Und wenn sodann rissen: alle Stricke, hatte er noch einen, die unwiderstehliche Frau? Ein vernünftigerer Plan fiel dem Mäuschen, vorläufig, nicht ein und aber vielleicht erfuhr sie einen von der Kräuterlfrau.

Die gute Mutter, im löchrigen Topf; das war die nächste Adresse und aber, näher hatte sie zur Liesi, trippelte zuerst dorthin; so oft konnte sie gar nicht nachrechnen, Veronika fand, sie hatten beim Warten auf Johannes etwas vergessen: So er zurückkam, was dann? Ihre Vermutung, in Sonnenklar blieb Johannes nicht, inzwischen war sie geworden eine Tatsache.

Und trippelte durch Arkadengänge, marschierte entlang Gassen, wählte Abkürzungsmöglichkeiten, vergaß nicht eine, trippelte durch das und jenes Durchhaus? Wurde gesichtet an diesem Tag in Nirgendwo ein Sonnenklarer Fratz, es war Veronika, das Mäuschen, die kleine Prinz. Und aber selbst, so man wachsam geworden war in Erwägung, wie flink diese kleinen Geschöpfe werden konnten und Argusaugen, ihre Bewegungen kontrollierten, wenn sie nicht trippelte, hopste sie auf einem Bein, und oder sie drehte sich im Kreis, wie ein Kreisel, lief weiter und summte, dieses Lied: »Wo ich gehe, wo ich stehe, was ich sehe, wenn ich draußen bin.«, und war sehr munter. Gesungen hatte sie dieses Lied auch schon: Nicht nur einmal er es mit ihr gesungen, der Johannes.

Und Liesi erfuhr es dann so: »Es ist die Himbeerzeit; was meinst. Magst nicht – Himbeerbrocken gehen?«, und neigte schief das Köpfchen.

»Wohin denn.«, das war die erste Frage.

»Die ideale Himbeergegend, ober Schluckenau.«, nickte und war schon wieder marschiert. Und Liesi Tatschkerl überlegte hin und her, wie sie ihrer Chefin, die freien Stunden erklären sollte, die sie dringend brauchte. Und bald klopfte es gegen die Tür der Chefin, ein »Herein!« gestattete Eintritt und die Chefin der Liesi Tatschkerl erfuhr.

»Frau Chefin; mir ist nicht wohl.«

»Du wirst unzuverlässig; Liesi!«, ein strenger Blick.

»Dann müssen Sie mich kündigen, weil, mir ist nicht wohl. Bitt vielmals um...«, und Tränen. Zittern in den Lippen. Ein Hin und Her, Her und Hin. Dann wurde in gnädiger Ausnahme verzichtet, auf die unzuverlässig gewordene Liesi Tatschkerl. Mit der nachdrücklich geäußerten Hoffnung, das reiße nicht ein, diese Hoffnung bestätigte die Unzuverlässige als berechtigt.

Sie durfte heimgehen und war sehr flink, denn ober Schluckenau, »Bei

der oben: bei der Verrückten.«, das war ihre zweite Frage gewesen, ihr antwortete Nicken und Achselzucken: »Die Lichtungen in den Wäldern, dort werd ich am meisten finden; was meinst.«, das war die dritte Frage gewesen.
Arme ausgebreitet, Augen weit geöffnet, Achselzucken und das Gesichtchen antwortete: »Mehr weiß ich nicht. Fallt der Rest vielleicht dir selbst ein?«, nichts anderes als die Hoffnung stand geschrieben in dem Gesicht, auch die Furcht, das Mäuschen könnte noch mehrere Fragen beantworten sollen: Dem entzog sie sich, indem sie so plötzlich nicht mehr da war, wie sie plötzlich da gewesen und zurück ließ Liesi, die von sich nur wußte, sie sollte werden eine Himbeerbrockerin und nicht einmal genaue Ortsangabe.
Und außerdem, mußte sie, weitertrippeln, nun zum löchrigen Topf, sie war, sehr gescheit, die gute Mutter und wußte immer noch etwas: Wenn dem Mäuschen nichts mehr einfiel, war es immer ein gutes Geschäft, so sie weiterlief, sich erkundigen ging bei der sehr, sehr alten Frau.
Und Liesi, umgekleidet, mit Schnecken auf den Ohren, einem der Aufgabe Himbeerbrocken entsprechendes Geschirr, marschierte Richtung Schluckenau, verließ Nirgendwo beim Matthias. Und wenn ihre Mutter nachhause kam, hoffte sie, auch wieder zurück zu sein und im Bett zu liegen, gut schlafend. Schlief sie, wurde ihre Mutter nicht neugierig; wartete auf die wachgewordene Liesi, erst dann ging es rundum, immer dieselben Fragen: Warum, Weshalb, Wieso. Wann, Seit wann, Bis wann.
Und überlegte, schon verlassend Nirgendwo, ob es nicht doch besser sei, einmal vorerst gehen zur Kräuterlfrau, aufs Geradewohl zuwandern Schluckenau, es sollte justament in der Umgebung der Schluckenauer Verrückten Liesi Himbeerpflückerin sein, wenn das nicht sehr vage Ortsangaben waren. Und auch erläuterte Veronika nicht, wie diese Idee geboren worden war, denn nachrechnend, gesehen dürfte sie nicht haben, eher spekuliert? Und sah sich betreten den löchrigen Topf, haderte mit sich, warum sie das einzig Vernünftige nicht tat, und ging weiter: folgte den Anweisungen des Mäuschens und tadelte sich gleichzeitig dafür, nannte sich selbst verrückt und schalt sich eine Närrin und aber ging weiter.

B
Zwischen der Habnamenstraße und Heißnichtstraße: Schluckenau

Und Johannes Null durchquerte die Schonung, es war ein noch sehr junges Wäldchen. Die Kirche ›Zum Johannes, dem Täufer‹, Nirgendwos Kirche war noch in Ordnung. Der Chor und der Altarraum war, woher das Licht kommt, gegen Sonnenaufgang, zugekehrt. Die Kirche war mit dem Altarraum gegen Westen gerichtet, der Turm stand: im Osten. Eine solche war Schluckenau passiert. Die Schluckenauer waren mit ihrer Kirche unzufrieden, marschierten gerne nach Nirgendwo; die Sache mit der Schluckenauer Kirchenstellung wurde als nicht in Ordnung erachtet. Die Neigung der Schluckenauer nach Nirgendwo zu wandern, legte den Grundstein zu einer tiefen Feindschaft zwischen dem Nirgendwoer Priester und dem von Schluckenau. Daß, auf die Empfindungen der Schluckenauer, keine Rücksicht genommen worden war, bei der Errichtung ihrer Kirche, klassifizierten die als bedenklich, als Abkehr von den Altvordern.
Das Glasgemälde wirkte tot, kein Sonnenlicht hinter ihnen es verlebendigte. Kaum ließen die Sonnenstrahlen: die bunten Gläser erglühen und dem Kirchenraum fehlte die Erfüllung von spielenden farbigen Lichtern. Begann in Schluckenau der Gottesdienst, stand die Sonne im Südosten, sodaß die Strahlen: nicht einfallen konnten, seitlich durch die farbigen Fenster und hervorbringen: die Wirkungen, die Schluckenau liebte. Nach den »übrigen« Himmelsrichtungen gekehrt war die Schluckenauer Kirche, waren die Fenster also in den Vormittagsstunden tot.
In der Nirgendwoer Kirche war die Blendungsfrage tadellos gelöst. Die Kanzel seitlich an die Nordseite des Triumphbogens gestellt, sodaß der Priester als Prediger nach Süd-West sah, die Gemeinde nach Nordost und beide waren nicht geblendet. Bei Wendung des Chores gegen Westen tritt die Umkehrung ein: Blendung wurde in Schluckenau ebenfalls vermieden, die Schönheit der Chorfensterbeleuchtung aber kam, wie gesagt, nicht in der richtigen Tageszeit zur Geltung. Auch klagte Schluckenau über die Freilegungssucht: ruhten nicht eher, bis nicht vollständig tabula rasa gemacht war, bis nicht dalag der Platz nackt und kahl, vorher gaben sie nicht auf. Bei der Errichtung der neuen Schluckenauer Kirche wurde mit der größtmöglichen Kurzsichtigkeit frei-und geradegelegt, heruntergerissen und weggeräumt, damit wollte man »der Sache, erweisen einen Dienst«, »besonders würdevoll gestalten« und jene Lobadjektiva auf die Errichtung der neuen Kirche ziehen, die mit »erhaben« wie »würdevoll die Umgebung bereiten« angedeutet werden, aber nicht näher spezifiziert werden sollten: von dem, seine Feinde sich rekapitulierenden Priester.
Auf dem Feldweg marschierte der Vogelfreie, links und rechts die Felder,

er näherte sich wieder dem Wald, den es zu durchqueren galt, denn er ging zu auf die Ortschaft, es war das Dorf, liegend zwischen der Habnamenstraße und Heißnichtstraße, in dieser geöffneten Zange waren die ziemlich eng aneinander liegenden Häuser der Schluckenauer, ihre Ställe, Stadel, Remisen, Werkstätten waren gleichzeitig Wohnstätten, ihre Erzeugnisse boten sie an auf dem Nirgendwoer Markt. Allein von den Landwirtschaftserträgnissen leben, wenige konnten das in Schluckenau. Das Sägewerk, auf das waren die Schluckenauer stolz. Arbeitslose hatte Schluckenau keine. Was nicht Bauer sich nannte, verstand sich als Händler oder als Gewerbetreibender; im Bewußtsein der allermeisten Schluckenauer war das Selbstverständnis verankert, das nicht unbedingt den ökonomischen Tatsachen entsprach, mit denen man sich auch in Schluckenau, sonderbarer Weise herumschlagen mußte, obzwar man eindeutig, schon in der Schule hörte, man gehörte an, einem, nicht nur haushälterischen auch arbeitsamen und was besonders auffiel, tüchtigen Menschenschlag.

Die Schluckenauer, war verrückt worden, hatte ihren angestammten Platz verlassen, nachdem in ihr eingeschlagen eine sehr seltene Blitzform: der Kugelblitz, und erregte sehr lange die Gemüter in Schluckenau und rundum bis in die Fast-Stadt Nirgendwo; über die Schluckenauer Verrückte wurden stundenlang Debatten geführt und sie war oft zum Anlaß geworden: Doch einige Male gab es wegen ihr Raufhändel mit Schlagringen (er wußte es nicht, wer schon alles wegen der Schluckenauer Verrückten zum Dreschflegel für einen anderen geworden war) und nicht nur Wortgefechte; die Schluckenauer klagten, über die Beschwerlichkeit des Aufstieges für alte Leute, die Bildung von Glatteis, die Abgelegenheit aus der Dorfmitte: hätten den angestammten, bequemeren Ort zu würdigen gewußt, mitten in Schluckenau, an einem Platze, wo sich an Sonntagen und Feierabenden das Dorfleben leicht organisieren konnte, abspielen, wo die Kirchgänger sich versammeln konnten, nach dem Gottesdienste Meinungsaustausch huldigen und Nachrichtenaustausch: dem üblichen, von Mund zu Mund, auch besprechbar war, die nach Schluckenau Nachrichten aus der großen Welt liefernde Zeitung, der Schatten der Linde war groß und man entkam dort der Sonne, dem Brüten in der Hitze; draußen war sie, öde und nackt, am Ende des Dorfes gelegen, dafür in einer erhöhten, beherrschenden Lage. So verteidigten einige die Mißgeburt, willens ihr auch einige Vorzüge abzuringen, wo sie nun einmal da war, Wirklichkeit: sich verkörperte, gestaltlich und ein jammervoller Anblick, außerhalb des Dorfes. Richtig an ihr Dorfende gequetscht, nach oben zu. Darüber Wald, Wald und wieder Wald.

Das alte bäuerliche Selbstbewußtsein war in Schluckenau noch tief gewurzelt; zumindest in den Alten, die Jungen hatten auch schon die

Köpfe voll: neuer, unverdauter Ideen. Einwände derart, daß Ideen im verdauten Zustande den üblichen Weg alles Irdischen gehen mußten, ließen die Altvordern nicht gelten. An Stelle der ehemaligen »Feueranzieher«, so hatten sie ihre Dächer genannt, waren sie übergegangen ––– doch schon einige Bauten mit Ziegeldächern offenbarten, daß die sogenannten: Alleweil die besseren Zeiten in der Vergangenheit suchenden Altvordern durchaus bestehen konnten vor den Jungen; waren doch aufgeschlossen, nahmen Neues durchaus an, falls es sich einmal eine Zeitlang bewährt hatte wie die Ziegeldächer zum Beispiel und aber die Jungen kamen mit Sachen daher, die sich keinesfalls noch behauptet in der Welt.

Und war schon wieder im Wald, näherte sich Schluckenau. Pfiff vergnügt vor sich hin; vergaß seine neue Existenz vorübergehend, fast; und aber im Wald fanden sowieso kaum Patrouillen statt. Wer sollte von den Wäldern her kommen, die hinter Schluckenau gelegen, er sicher nicht, trotzdem wurde er wieder vorsichtiger und wachsamer. Der Nirgendwoer Gottesmann wollte es nicht wahrhaben und doch war es so und nicht eine Marotte des Null Johannes gleich weiß Gott wie, Meinungsdifferenzen und dergleichen, vollkommen übertrieben zu bewerten.

Die Neigung der Schluckenauer nach Nirgendwo zu wandern, legte den Grundstein zu einem abgrundtiefen Haß, zwischen dem Nirgendwoer Priester und dem von Schluckenau. Hochwürden Kaulquappe und Hochwürden Fröschl waren bekannt als einander sehr zugetan: »Jemandem spinnefeind sein, das ist eine Zumutung.«, zupfte sich am Ohr, hiemit wollte er nichts mehr hören von der Theorie eines Null Johannes, wenn ihn jemand vernadert hat beim Dechanten, ist es gewesen der Kaulquappe. Sah ihn sehr deutlich vor sich, mattes Glas in einer Brille, denn er war der Einäugige, hatte es hinnehmen müssen, daß man ihm sein linkes Auge fortnahm, hiefür bekam er dann ein Glasauge; Hochwürden Kaulquappe ohne Stock nicht gesichtet ward: »Einen derartig schwer geprüften Mann verdächtigen!«, auch das hatte er schon gehört, obzwar Johannes: nie mehr, zurückgekommen war auf den Kaulquappe als Informationsträger.

»Was hast; laß mich in Ruh mit dem Kaulquappe! Sieben Pfarrer treffen sich jeden Donnerstag; ja. Laß mich in Ruh mit deiner Runde und warum es der gewesen und jener absolut nicht gewesen sein kann; leg dir zu eine andere Monologwand.«, fauchte. Möglich, daß er manchmal sehr grob werden konnte. Ständig klagte über die unzumutbare donnerstägliche Verpflichtung und wehe, er sagte dem Gottesmann, warum er denn dort nicht fehlen könne, womit Johannes ihm eindeutig gesagt hatte, bist ja kein Kasperl, kannst doch nein sagen. Denn er verdächtigte ihn, bei aller Wut und Beteuerung, der Donnerstag liege ihm wie unverdautes Sauerkraut im Magen, wäre der Gottesmann sehr agil geworden und wendig, wenn es darauf ankam, seinen angegriffenen Donnerstag zu verteidigen: »Was hast du gegen den Donnerstag; es ist gelinde gesagt, mein Tag; ja. So wie du deine Tage hast, habe ich meine Tage. Es ist, hoffentlich, auch vom – gnädigen Herrn Null nachvollziehbar.«, und der sich erinnernde Null, murmelte: »Ajai; ajai.«, und schaute auf zu einem der hauptsächlich in diesem Wald wachsenden Repräsentanten: »Wenn du meinst, deine Nadeln rühren mich; wennst meinst, du kannst mich stechen ---«, und hielt dem entgegen seinen Zeigefinger; der klopfte ihn nicht. Und hielt dem Tannenbaum einen Vortrag? So war es. Und als er es bemerkte, blickte er erstaunt um sich; seit wann wirft ein Johannes Null in letzter Instanz unwesentliche Differenzen, natürlich, nicht wichtige und keinesfalls ins Gewicht fallende Meinungsverschiedenheiten mit Pepi Fröschl einer Tanne vor; spuckte aus. Und marschierte; weiter; durch diesen Wald.

C
»Hörst du was; ist jemand da.«

Und ehe er verließ den Wald, ungefähr müßte er nach seinen Berechnungen hinausgelangen, wo die Verrückte ihren Standort hatte, war eine Lichtung, daß er träumte, es war anzunehmen, eine Halluzination. Hörte eine Frauenstimme, sang unbekümmert, wahrscheinlich irgendeine Brombeer-wie Himbeer --- niemals, das war sie nie. Das war ja gar nicht möglich!
Und doch war es sie. Schaute kurz auf, dann brockte sie weiter, sang und kümmerte sich nicht um ihn. Blieb neben ihr stehen, sagte: »Liesi.«, und begann, auch Himbeerbrocken, oder wie. Legte Himbeeren in ihr Geschirr, denn das dürfte gewesen sein keine Halluzination: Die Himbeeren fielen nicht auf den Boden, fing also ein Zwischenboden die Himbeeren auf; der vogelfrei gewordene Johannes nickte. Liesi sang und Johannes brockte Himbeeren, dann und wann, tat auch sie eine Himbeere in ihr Geschirr.
»Wenn ich nicht mehr weiterkann, fang ich Himbeer brocken an.«, sang sie, wirkte nicht so, als wäre sie besonders überrascht. Vielleicht dachte auch sie, halluzinieren tust, Liesi, sonst nichts. Halluzinationen ignorierte sie, nichts deutete darauf hin, daß sie erschrocken war, war da, so selbstverständlich wie der Tag? Und so selbstverständlich neben ihr, Johannes: Vogelfrei, was war das. Höchstens, daß er noch ihr erklären mußte, was das war. Obzwar er annehmen mußte, daß Liesi es auch schon wußte, wenn es wußte offenkundig ganz Sonnenklar.

»Dann gibt es noch immer gute Marmelade, Marmelade, Marmelade.«, und sang herzergreifend ergeben: ihrer Himbeermarmelade. Und erst als genug gebrockt waren, Himbeeren keine mehr in ihrem Geschirr Platz hatten, durfte er ihre Hand festhalten, auch den Himbeerschatz tragen, denn sie hatten den gleichen Weg, gemeinsam waren sie gekommen, gemeinsam gingen sie, es war ein Augusttag wie es viele Augusttage gegeben hatte; ein junges Paar, waren sie, so Johannes verstand, war ihr Problem nur eines: Dem jungen Paar begegneten am besten Sicherheitsmänner, die ihn nicht kannten. Sah sie es anders, sah sie es gleich, schwer zu sagen, denn sie war ein gesprächiges Geschöpf nicht, wenn sie nicht sang, schwieg sie, im übrigen was er dauernd hatte mit dem Sagen und etwas Meinen, man kannte sich doch gut, schon einige Jahre, ganz so war sie an seiner Seite und auf ihren Ohren die Haarschnecke links, die Haarschnecke rechts, so brach sie um ihre Mitte auch nicht ab, wirkte nur sehr zart und war aber sehr stark; das auch: laufbegabt, wenn es nötig wurde, konnte Liesi sehr flink laufen, auf ihre Füße durfte er sich verlassen, ihr Problem war höchstens momentan sie festnagelnder Schreck, dann konnte sie Stoßgebete schicken eines nach dem anderen hinauf »du lieber Himmel!« es waren innige, tief aus dem Herzen kommende Stoßgebete und sie aber kam nicht und nicht vom Fleck?! Hintennach mußte er ihr erklären, wie das möglich gewesen sein könnte, was hatte sie nicht laufen lassen? Es stimmte sie untröstlich. Viele gemeinsam bewältigte Erlebnisse waren eingeschrieben unauslöschbar nicht nur in seiner Seele. Wenn in ihr Furcht war oder Angst, dann sang sie beides fort. Und hatten verlassen diese Lichtung, gingen gemeinsam; weiter; durch den Wald, bei der Verrückten verließen sie ihn nicht, denn die Nirgendwoer Lichtfrau wünschte etwas weiter westlich, zurückzukehren nach Nirgendwo, höhere Begründung als daß sie es so wünschte, wurde ihm nicht mitgeteilt; ihr Zeigefinger; deutete und also blieben sie noch länger in dem Wald, später wanderten sie entlang am Waldesrand; die Schluckenauer, sah er nur mehr, aus der Entfernung. Eigentlich wollte er der Verrückten einen Kurz-Besuch abstatten, sie betreten, hier hatten sie sich auch einmal; zufällig; zur gleichen Zeit eingefunden, der Gottesmann Nirgendwos und der Fabrikler Johannes Null: Einige Umstände zwangen sie dann, umzudisponieren. Johannes hatte das Gotteshaus Schluckenaus eigentlich nur mehr betreten, in Erinnerung an einen nicht unangenehme Empfindungen auslösenden Spaziergang mit einem sehr jungen Lichtmädchen, das inzwischen geworden war die Lichtfrau an seiner Seite? Die Stille im Gotteshaus, das war es, die Stille hatte in ihm ausgelöst Erinnerungen an einen Ausflug, der sie auch geführt hatte in die Schluckenauer Kirche und aber damals war sie noch nicht verrückt gewesen: Er betrat die neue Kirche oder wie war das. Sich erkundigen

sich von ihr auseinanderfilzen lassen einige, in verschiedenen Vergangenheiten eingebettete Erinnerungen, die sich so dicht: ineinanderschoben, daß er --- sie anschauen wagte er nicht, nur dann und wann wurde er, tollkühner, nicht denkbar, und schielte sie vorsichtig; sehr vorsichtig; von der Seite, merken sollte sie es ja nicht, an. Die Erinnerungen hatten sich zugelegt, Johannes kam es so vor, eine neue Zeittafel: hielten sich nicht an die Chronologie, dürften zur Zeit, wenn kein gebrochenes, so dann einfach: ein anderes Verhältnis haben, eines, das sich nicht orientiert zeigte an der chronologischen Reihung von Jahren und dergleichen? Auch Ortsverrückungen wurden vorgenommen, selbst in Geschichten Verwickelte und Mitgestaltende, also Geschichtengestalter, wurden verrückt, neu gruppiert, anders geordnet und es war mit Mühsal verbunden, geduldig brauchte er nicht sein, denn während er neben ihr ging, gruppierte sich das, in ihm, schon wieder um, ohne sein Zutun, ohne ihm bewußt werdendes Arbeiten mußte sein Gehirn selbst vorgenommen haben, hatte es ihm aber nicht weitergemeldet?! Nur das Resultat: wußte, der Schatten, es war nicht der Schatten des Gottesmannes, der ihn so verwirrt hatte, es war sein eigener Schatten. Nicht, auf einmal merkte er einen Schatten auf dem Boden, herumschnellend, stand hinter ihm? Nirgendwos Gottesmann und das in Schluckenau, in der Schluckenauer?! Nein, ein Zusammenstoß hatte stattgefunden, in der Nirgendwoer Kirche, und Erinnerungen wurden wach, regelrecht schmerzhaft spürbar als Gegenwart längst Verschollenes, so lange schon Vergangenes, nie mehr Wiederholbares, wenn er stand, im Nirgendwoer Gotteshaus und das passierte sehr selten, häufiger seit den Junitagen, seit das gewesen mit Gusti; o du lieber Augustin; und spürte in der Hand, ihre Hand, was summte sie? Es kam ihm sehr bekannt vor, die Melodie war in ihm, nur welche Melodie war es; die Zeilen fielen ihm nicht ein; er selbst merkte es plötzlich und aber nicht gleich, daß er auch summte und sie gingen nicht mehr entlang dem Waldesrand, waren wieder im Wald verschwunden und verließen ihn, wo er wurde diese große Wiese, mitten im Wald; daß Johannes sich noch verstand, wollte er niemals, weder in diesem Moment noch später behaupten; Tatsache war, er hielt sie zurück, ließ sie nicht weiter gehen und was dann geschah, zuerst sie erschrak, aufschaute:
»Hörst du was; ist jemand da.«, flüsterte sie. Ehe sie, um sich schaute, Johannes festhielt ihr Gesicht.
Auf der Wiese hielten sie sich länger auf.

D
Abel und der Gottesmann

Aufstehen nie mehr, weitergehen wozu, was er spürte auf seiner Brust, das waren nicht Felsbrocken, so schwer, daß er meinte, dieser Druck zerquetsche ihn. Es war ihr Kopf; einfiel ihr nicht viel, ihm fiel noch weniger ein. Worte und Beteuerungen irgendwelcher Art: Die Sonne hatte noch eine weite Rundreise, wollte sie auch an diesem Tag untergehen, vorläufig war sie noch voll Kraft, weit entfernt vom Wirken: stehend im Zenit, glühender Ball über ihm, hineinschauen, er konnte sich der Blendung nicht entziehen, wollte es auch nicht, brauchte? Dringend einen Grund, denn warum wurden ihm feucht die Augen, er brauchte, alsodann auch einen Grund, zurückkehren in das Vierzehner Jahr, denn der August war nicht irgendein August, diese Selbstbestechung mußte er überwinden; natürlich, selbstverständlich, aberja; und schaute sie an, lieber nicht, die so erschrocken zur Seite ebenso geblickt: »Liebst du mich, liebst du mich nicht?«, das war es nicht. Das Zurückkehren in das Vierzehner Jahr, in den August, die Rückkehr wurde verschoben; nicht nur einmal; auf der Wiese hielten sie sich am längsten auf. Und sie wieder gingen, unterwegs waren, hielt er fest ihre Hand, aber neben ihr ging Abel und neben ihm ging der Gottesmann. Und Abel hatte um ihre Schulter den Arm gelegt, schaute Johannes, ihn an, nahm Abel den Arm weg, steckte die Hände in die Hosentaschen, sang: »Vorher nachher in der Mitten irgendwo kreuz und quer.«, und Johannes wußte, das war sie, die hatte er gesummt.

»Aja, das wars.«, sagte Johannes und Liesi blickte ihn an, legte er den Arm um ihre Schulter, sagen, was sagen, ihm fiel nichts ein: Auch fürchtete er, diese Reibbürsten-Stimme, von der er dann hintennach meinen sollte, es sein soll seine eigene Stimme, obzwar die ganz anders war. Im Kopf aber antwortete er ihrer Frage: »Mir ist eingefallen, welche Melodie du gesummt hast.«

Und Johannes, den Arm um Liesis Schulter legend, erfuhr: »Wenn wir kein, also, falls wir kein Pech haben, haben wir Glück g'habt.«, und nickte, eifrig es bestätigend. Und dann, blickte sie erschrocken auf, blieb kurz stehen: »Fortlaufen, das tu ich nicht. Nicht, daß d' meinst, ich fürcht mich.«, und griff Liesi nach seiner Hand, legte sich den Arm um die Schulter und überlegte es sich dann; doch lieber nur die Hand: »Wenn wir plötzlich laufen sollen, sind wir so nicht schneller?«, und schaute ihn an, »Du bist noch immer nicht erwachsen.«, sagte er, »Warum.«, fragte sie, »Weil du schaust, noch immer so.«

»Wie schau ich.«

»So; ich weiß nicht.«

Das war schon viel gesagt. Wenn sie so weitermachten, kamen sie miteinander wieder ins Reden. Und ihr zur Seite blieb Abel, an seiner Seite der Gottesmann. Pepi Fröschl sagte: »Es ist verantwortungslos, Johannes; du weißt nicht, was noch alles dir geschehen kann und an deiner Seite dieses halbe Kind!«, er wirkte zornig weniger, aber erregt. »Sind ja drei da; da kann nix schiefgehen. Was soll ihr passieren.«, verteidigte ihn Abel vor dem Angriff des Gottesmannes, er gefährde leichtsinnig einen jungen Menschen, der vollkommen unschuldig war, daß er vogelfrei geworden und hiemit er zumindest bemüht sein sollte, sich alles ferne zu halten, was durch ihn, durch seine Gegenwart gefährdet werden konnte: »Nicht nur schaden nehmen kann ihre Seele – ja; auch ihr Leib. Hast du das bedacht; nein. Natürlich nicht. Anders erwartet hätte es jeder, der dich nicht kennt.«, und der Blick des Gottesmannes maß ihm nach seine Körperlänge.
Abel aber sagte: »Wenn S' ihn in Ruh lassen täten, der vierte im Bund ist Gott höchstpersönlich. Da kann nix schiefgehen.«
Und Liesi? Wirkte nicht so, als wäre ihr bewußt, was es hieß, gehen an seiner Seite, gehen an der Seite eines Vogelfreien.
Und plötzlich, er hatte nichts gesagt, fauchte sie: »Ich bin ja nicht, auf den Kopf g'fallen! Das Unglück ist mir ja nicht passiert!«, und funkelte ihn an?!
»Ich hab' ja nichts g'sagt.«, das war seine Verteidigung.
»So wie du deine Augäpfel ... mich mußt jetzt dulden; weil, ich möcht nicht allein weiter gehen. Das möcht ich nicht.«
Dem Gesichtsausdruck nach zu schließen, war sie entschlossen, zu bocken, allessamt an ihr dokumentierte ihm, sie hatte sich vorgenommen, stur zu sein, nicht nachzugeben: »Weil, du gehst jetzt mit mir zur guten Mutter.«
»Zu wem?!«
»Zur Kräuterlfrau!«, fauchte sie und schielte ihn, von so unten herauf, an. Etwas kriegerisch stand sie vor ihm. Die Hartnäckigkeit hatte er nicht vergessen, trotzdem antwortete er ihrer Frage: »Oder meinst, ich gib nach?!«
»Wieso soll ich mir alles merken, wie das mit dir war.«, zuckte die Achseln.
»Sei nicht so grob zu ihr.«, das war die Stimme Abels.
»Es ist das Vernünftigste.«, das antwortete der Gottesmann hinüber zum Abel.
»Ich möcht nicht mehr zurück nach Nirgendwo.«, sagte es leise, sagte es sanft, sagte es bestimmt und sie blieb stehen, war verdutzt: »Wegen dem Abel: Daß eure Geschicht nicht worden ist, es war nicht meine Schuld.«
»Wie meinst das.«

»So wie ich's sag.«
»Was sagst nicht.«
»Immer willst das wissen; ich sag ja, ich bin nicht auf den Kopf g'fallen und wennst meinst, das wegen dem Fröschl. Ich halt das nicht für wichtig. Wichtig kommt mir vor, daß du mit mir gehst, zur Kräuterlfrau; weil, solche Geschichten und solche Sachen; ja, das kannst später wieder einmal wichtig sein lassen, derzeit und überhaupt, ich denk da anders.«
»Hörst?«, das war Abel.
»Das nennt man Diplomatie.«, das war der Gottesmann.
»Man spürt so etwas einfach.«, sagte sie. Und gingen, Hand in Hand, kamen zurück vom Himbeerbrocken; beim Matthias gingen sie nicht hinein.
»Seit wann spürst denn.«, er blickte sie nicht an.
»Wennst meinst, ich erzähle und komm ins Reden; die Sach ist bei mir geblieben.«, sie blickte ihn nicht an; mußte aber dann husten.
»Und im Beichtstuhl?«, die Antwort, ein Blick, als zweifle sie an seinem Verstand.
»Wilhelmine?«, derselbe Blick.
»Ja, mit irgendjemandem wirst ja darüber geredet haben.«
»Mit dir; ja.«
»Wann.«
»Grad jetzt!«, fauchte sie; und verdrehte die Augäpfel. Ach Liesi, er schämte sich nicht, ließ es rinnen über die Wangen, erschrocken war sie und er stehen blieb, sie umarmte, festhielt, die er genannt hatte Miststück, ach Liesi. Und als nächstes sagte sie: »Komm mir nicht allen Ernstes mit der alten Glatzsach; der alten Geschicht. Weil, dem so etwas sagen.«, und etwas später, sagte Liesi.
»Weißt.«, sagte es allen Ernstes, »Ich bin auch älter word'n.«, es klang, tief überzeugt.
»Alles aber schon alles spricht dagegen; du machst dir Illusionen. Liesi, inzwischen, ist einiges passiert.«
»Ich sag ja; ich fürcht mich nicht!«
»Sie kann sich nicht helfen.«, sagte Abel, »Stur; weißt.«
»Dann ist es seine Pflicht, ihr zu helfen.«, sagte der Gottesmann: »Es ist eine Bockigkeit, wie sie bei halsstarrigen Kinder ---«, zupfte sich am Ohr, hüstelte.
»Wenn Hochwürden von Verantwortung spricht, frag ich mich, ob das wirklich eine Einsicht ist in Zusammenhänge. Oder der Versuch, es nie genau erfahren, wie das sein könnte, mit dem Johannes und der Liesi.«, hiezu der Gottesmann schwieg. Weder gekränkt wirkte geschweige erbost, es berührte ihn nicht.
»Der Mensch sei eine Sache, die Frau ein seelenloses Tier.«, sagte Abel

und der Gottesmann: »Das ist eine Unterstellung, lieber – Abel.«, und Abel sagte, hörte er nicht, den Gottesmann, blickte stur geradeaus: »Ich hab's nie geglaubt.«
»Und aber.«, sagte Johannes.
»Eigene Menschen sind s' schon.«, das war Abel.
»Und aber?«, das war Liesi.
»Wie?«
»Du hast gesagt; und aber.«, sagte es sehr sanft, schon wieder so kriegerisch war. Sich zurückzog hinter der Position: »Unter den Umständen sag ich; nix.«, und küßte sie auf die Stirn.
»Er kann's nicht lassen.«, so der Gottesmann, »Keine Selbstbeherrschung; viehische ---«, brach ab.
»Wäre Hochwürden das Vieh, das er auf die Stirn küßt, hätt Hochwürden, dagegen etwas einzuwenden?«, das war Abel. Und sang wieder: »Vorher nachher in der Mitten irgendwo kreuz und quer.«
Und schon umgangen war die beiden Arme, den Josef besuchte er nicht, wollte hinein, lieber zum Matthias und aber, das gab er dann auch auf. Die Heißnichtstraße umging Johannes, die Heißnichtstraße betrat, Johannes nicht. Denn da oben sah er gehen sieben Mann auf Patrouillengang. Und näherte sich Nirgendwo wieder von Rundum her. Um Rundum machte er einen Bogen, wich aus dem Dorf.

E

»Ist das denn möglich.«

Ungefähr eine halbe Wegstunde von Rundum entfernt, näherte er sich Magdalena. Zu ihrem Platz verbrauchte er fünf Minuten, wenn er gerade auf sie zuging, und aber er ging im Zickzack, Umwege, schlug Haken und dann wurde es ihm zu dumm. Die Vorsicht brachte nichts: Liesi ließ sich nicht von ihrer Furcht bestechen; so hatte sie es ihm, unterwegs, schon mehrmals glaubhaft geoffenbart; auch nicht abschütteln.
Und ihr sagen: »Geh; bitte geh. Bleib nicht in meiner Nähe. Ich ertrage dich, in meiner Nähe nicht. Sei nicht so stur; geh; bitte geh.«, im Kopf war es, allessamt schon gesagt, im Kopf hatte er sich von ihr getrennt, unterwegs, schon sehr, sehr oft; und aber in seiner Hand spürte er ihre Hand und in der anderen Hand trug der Vogelfreie die schrumpelnde Himbeerausbeute; denn Liesi blieb immer wieder stehen, eifrig, sie naschte. Die Himbeeren fürs Werden Marmelade? Hegte so seine Zweifel. Und dann, ehe sie gekommen zur steinernen Magdalena, blieb Liesi stehen, Flüstern in der Nähe oder – wie?
»Johannes; das sind Nirgendwoer; du!«, und wollte nicht weiter: Dann

wollte Johannes eben allein weiter: »Dann trennen sich hier also unsere Wege.«, lächelte: Das war der günstige Augenblick, fürs Abschiednehmen und sie bringen aus der Gefahrenzone.
»Die Sieben; Johannes!«, und Johannes schloß die Augen, erinnerte sich; hatte das schon einmal gehört, die Sieben: »Einen denkbaren ungünstigen Augenblick erwischt man, wenn man erwischt die Sieben.« Auch das hatte gesagt Sonnenklars Sicherheitsmann: »Merke es dir.« Er dachte bei sich: abergläubischer Mann. Und aber sagte artig: »Auch das will ich mir merken.«
»Wenn ich in deiner Nähe bin, werden Sie nicht; auf dich schießen; auf Frauen ---«, und dann, sagte sie nichts mehr, er hielt sie fest und beide rannten, denn irgendetwas hatte einer gerufen und ehe sie fragen konnte, was kracht so, hatte sie verstanden, sieben Mann auf Patrouillengang hatten gewarnt, man sollte ihre Gegenwart mehr respektieren. Das auch geschah und es begann der Wettlauf, der übliche Renner, wo man bemüht war, den Abstand zwischen sich und dem siebenköpfigen Tod optimal zu vergrößern. Er kannte es und aber sie, sie kannte nur das Laufen um ihr Leben, wie sie gerannt waren, Hand und Hand, und damals, das war noch etwas anderes. Ihr, den Unterschied erklären, wenn sie ihn nicht verstehen wollte, war vergeblich. Und als sie verstand, war es zu spät, alleinlassen wollte er sie nicht, mit sieben Männern. Wußte Johannes, wieviel Achtung sie hatten vor einer Frau, das wußte er nicht, und sagte sich, selbst wenn in Gefahr, bei mir ist sie noch besser aufgehoben, anderes fiel ihm nicht ein, sodaß er sie wieder nicht abschütteln konnte und war voll, der Vorwürfe, wie ihm geschehen konnte die Verirrung auf der Wiese, mitten im Wald und das in so einer Zeit. Zwar lief sie, sehr schnell, war aber langsamer und also mußte er sie etwas ziehen: »Johannes; die schießen! Sie schießen!«, das kam immer wieder und in ihrem Gesicht das Grauen vor den schießenden Männern: »Das sind Nirgendwoer; aber sie schießen!«, und faßte es nicht, und faßte es nicht. Immer wieder es wiederholte und er sich den Kopf zerbrach, wie er ihr einige Illusionen zusammengeschlagen hatte, allein mit der Tatsache, daß es ihn gab und an ihrer Seite. Selbstverständlich war ihm diese Verwunderung bekannt, denn zwischen Wissen und es Erfahren, war noch etwas; das hatte er erst unterwegs verstanden und hatte jetzt an seiner Seite eine Frau, die sich einbildete, sie müßte ihn unbedingt führen zur guten Mutter, der Kräuterlfrau im löchrigen Topf. Denn das stand fest, ehe Johannes sich bei ihr nicht gemeldet hatte und gezeigt, ging sie nicht, wich sie nicht von einer doch sie bedrohenden Gefahrenquelle; fauchte er auf sie ein, sie hörte nicht, drohte er, er überlasse sie dem Schicksal mit den Sieben, sagte sie: »Das kannst du ja gar nicht.«, und ließ sich weder von Bitten noch Drohungen auch nicht Schmeichelbemühungen wie

Gurrtönen beeindrucken, selbst Flehen rührte sie nicht, es blieb also dabei.

»Was du dann tust, ist deine Sach; aber zur guten Mutter gehst du mit.«, eine Idee, eine für Liesi typische Idee; und aber seit wann war sie so stur, gab sie zwischendurch nicht ihre Ideen auf, wenn sich diesen etwas entgegenstemmte? Rannten beide ja nicht weg nur vor Klopfern, Schlägen ins Gesicht und Haareziehen und Schelte sowie Ohrenumdrehen, ihre Schnecken hatten sich geöffnet; zerzaust war sie, Kratzspuren von Dornen selbst in ihrem Gesicht.

»Weiter; weiter! Was schaust!«, das war ihre Stimme, »Sie schießen da; schon – was meinst! Sie tun's wirklich!«, und während sie rannten, stolperten, sich keinerlei: Seitenstechenjammereien erlaubte, war sehr diszipliniert und manchmal sie Fluchende wurde, sich ihr Gesicht verzog und aber kaum schaute er sie an, weinte sie nicht?

»Weiter; was schaust!«, und rannten. Ach Liesi, tapfer, das war sie; gewiß, es keinesfalls bestreiten wollte der Vogelfreie, aber das war kein Dauerzustand, kein Leben, eine Zumutung und er sagte: »Wenn du nicht einschlägst eine andere Richtung!«, und sie antwortete, während sie rannten und keuchten, sodaß die Sätze, das Hin wie das Her der Hackerei, der Peckerei etwas auseinandergezogener war: »Hast einen Depscher!«, das war Liesi, »Ich ergib mich. Ich bleib stehen.«, das war der Vogelfreie und Liesi fauchte: »Daß ich dich nicht erwürg!«, und funkelte ihn böse an und fast mit Genugtuung fauchte er zurück: »Wenn du wüßtest, wie du ausschaust, dann tätest vor dir selbst davonlaufen.«, und da konnte sie nur mehr lachen: »Du bist auch, ja, eingebildeter Lackel, du bist auch nicht mehr viel schöner.«, zeigte ihm die Zunge, das hätte sie nicht tun sollen, denn im nächsten Augenblick es geschah, sie biß in die eigene Zunge; Johannes schloß die Augen, das hatte weh getan, war auch zusammengezuckt und sodann gestolpert. Wieder Grund zum Fauchen: »Dich hintennach ziehen!«, das sagte sie, er nur mehr schluckte und weiter, denn es war ein Wettlauf und beide fühlten sich nicht zum Lachen, wenn sie auch manchmal gewiß den Eindruck hatten, es sei nicht nur absurd, einfach grotesk, sogar komisch und aber eines kam es ihm nie vor, eigentlich traurig. Auch Liesi nicht. Denn traurig war es nicht, denn trotzdem, auch wenn es nicht mehr war, die Geschichte von ihrem gemeinsamen Damals, das wußten sie doch, die Lichtfrau wußte es vom Vogelfreien und der auch umgekehrt es von ihr wußte. Es war ihnen nicht gleichgültig, jeder wollte, den anderen in Sicherheit wissen, selbst wenn der Tod als Dritter mitlief und eine siebenköpfige, vierzehnfüßige, brennenden Schmerz bringende wie Leben fortrinnen lassende Nirgendwoer Erscheinung war. Inzwischen war dem Vogelfreien (der Verdacht kam ihm erst unterwegs: wurde zuerst wie eine Vermutung mit Wenn wie Aber und Dafür wie Dawider im Kopf hin und her gewälzt, alsodann aber mehr eine Gewißheit, der nur der Bestätigungscharakter fehlte, dieses »Ja« oder eine Indiziensammlung, die ihr das Geständnis ermöglichte: Zufall war diese Begegnung im Wald nicht) das nicht mehr so wichtig, ob sie sich zufällig begegnet waren oder nicht. Und gewannen diesen Wettlauf gegen Sieben, kamen an, gesund, nicht verletzt, es waren nur die Kleinigkeiten, die man sich in der Eile auch Panik genannt, selbst zufügt, wenn alles weniger weh tut als das Wissen, eine siebenköpfige, unmögliche Erscheinung durfte den Wettlauf gewinnen, wenn groß wurde diese letzte Frage: »Ist das denn möglich.«, und die Antwort, das unauslöschliche Wissen: »Ja.«, und wenn dieses Wissen nicht mehr da war, war nicht mehr da, derjenige, der es gefragt hatte: »Ist das denn möglich.« Die Kräuterlfrau sagte nur: »Aja; da seid ihr ja.«, und nickte: Überraschung war keine in ihrem Gesicht. Das überraschte Liesi? Dann blickte sie verdutzt und verlegen war sie auch: »Das Mäuschen hat mir alles gesagt; ich sagte. Veronika, klagen sollst du nicht, daß dir nicht Besseres einfiel; in solchen Situationen, sage, sage ich, ist etwas immer besser als nichts.«

F
»Aber ich möcht's verstehen!«

Ungewaschene Flaschen in jeder Form und Gattung, wie Tinten-und Medizinalflaschen, teilweise noch inkrustiert oder behaftet mit fremden Gerüchen; ältere bis sehr alte angebohrte Korken, wenn zu klein, notdürftig umwickelt mit einem Streifen schmutzigen Papieres, trübe dicke Flüssigkeiten, die Johannes genausowenig wie Liesi den Lippen zu nähern wagte; Liesi war sehr verlegen, hätte wohl im Boden des löchrigen Topfes versinken mögen; gehörten durchaus nicht zu den Seltenheiten auf den Regalen, die sich die Kräuterlfrau teils teils selbst zusammengebastelt hatte.

Und Fässer, die zumeist mit Türchen versehen waren ... Aufbewahrungsort für Käse, Fleisch, Schuhe, allerlei Werkzeuge und Gebrauchsgegenstände ... oder dienten die Fässer zur Abwechslung wieder einmal als Spielhöhlen für Kinder, nicht auch als Nest für Katzen? Doch; erinnerte sich schon richtig. Waren beide hineingekrochen, einmal in so ein Faß, fauchte eine Katze, die sich gestört wußte: »Mein Reich!«, so fauchte sie, sie waren, damals, beide, sehr erschrocken, die Katze hatte ihr Faß erfolgreich verteidigt. Und aber verließ es trotzdem, machte Platz und die Kinder, ein Stöpsel hieß Liesi, einer Johannes, waren wie Sieger, triumphierend, eingezogen in ein Faß. Und der Vogelfreie hatte nicht mehr den

Eindruck, daß er weiter wollte: Eigentlich wollte er leben, das war es. Es war das Beste, er stellte sich selbst.
»Melde dich, Johannes. Kehr zurück in die Welt. Du bist erlöst, Johannes. Melde dich.«, sagte der Mann, der gelegen war. Also, da war so eine Geschichte. Liesi Tatschkerl und der Mann auf ihr, wer war das?
»Sie kommen; es sind sieben.«, sagte die Kräuterlfrau. Und Liesi war, schon verschwunden: »Ich bin da.«, in einem Faß; neben ihr hatte er nicht mehr Platz und ihr Zeigefinger deutete auf das Faß neben ihr, es war leer.
»Begrabe mich, laß mich sterben; erlöse mich, melde mich. Ich bin kein Held.«, und wollte verlassen den löchrigen Topf: Entgegengehen den Sieben. Die ihn, zurückhielt, das war die Kräuterlfrau. Sah ihre Hand auf seinem Arm, zuckte, mit den Achseln.
»Mag nicht sein der Vogelfreie.«, sagte er; sagte es ruhig, sagte es bestimmt. Und die ihn schlug, erinnerte ihn: an seinen Vater.
Bis zum Ausgang kam er nicht, und die ihn geschlagen hatte, fest zugeschlagen hatte, sagte zu ihm: »Das ist die Erschöpfung; weiter nichts.«, und erhob die Hand zum nächsten Schlag; denn daß er nachgab der Erschöpfung, duldete, diese gute Mutter nicht. Mußte doch grinsen. Der kräftige Zuschlag, der zweite Handschlag in sein ungeschütztes, nacktes Gesicht blieb aus. Denn sie war, obwohl sie zuschlug, sehr ruhig. Es war ein gezielter Schlag.
»Schon besser.«, sagte sie und blickte beim Fenster hinaus. Vorher hatte eine gute Mutter ihm in die Hand gedrückt die Flasche: »Wenn die Uhr geht nach dem Mond.«, er durfte sich stärken.
»Aber nicht zu viel.«, sagte sie, die hinausschaute, sich nicht umdrehte. Der Vogelfreie fragte: »Wie war das mit dem Schweiger.«, die Kräuterlfrau antwortete ihm nicht, wandte sich kurz ihm zu, dann schüttelte sie den Kopf:
»War das mit dem Hund ein Zufall.«
»Nein.«, sagte sie und schaute beim Fenster hinaus: »Aber das weißt du doch.«
»Die im Faß sitzt, versteht die ein Wort, von dem, was ich die gute Mutter gefragt habe.«
»Nein.«, antwortete die Kräuterlfrau.
»Aber ich möcht's verstehen!«, das kam aus dem Faß; Johannes schloß die Augen. Liesi und erwachsen geworden; das schaffte sie nie.
»Komm; es ist Zeit. Nicht die Zeit für deine Fragen.«, die Stimme im Faß, der Kräuterlfrau gehorchte sie, schwieg; schnabelte nicht zurück.
Die Fensterscheiben aber waren geputzt; sogar weiße Vorhänge, so weiß wie der Schnee, wenn er vom Himmel fiel und in wenigen Stunden zudeckte Nirgendwo. Im Vorhang (Johannes hatte den Store noch nie

gesehen; seit wann hatte sie einen so schönen Store?) weit geöffnete Blüten, so geöffnet, wie sie aussehen mochten, bevor sie verblühten (woher hatte sie den Store?) und ehe er sich, über einige Kontraste im Raum wundern konnte, war es Zeit geworden.

G
Vorwärts, Sprung, Deckung

Sieben Mann auf Patrouillengang. Alle kannten die Kräuterlfrau. Vom Eingang wußten sie, der war verhängt, indem die alte Hexe Fetzen hingehängt. Der Weg allgemein bekannt war, für sieben Mann war es klar: die Fenster zum Teil verschlossen mit Pappendeckel, zugenagelt, außen sichtbar Reißnägel wie Nägel und zum Teil es eine blinde Scheibe war; sehr schmutzig; dicht die Staubschicht und selbst Vögel hinterließen ihren Beweis: für die erhellende Tatsache, irgendwo landet auch ihr Ausscheiden der irdischen Speisen, irgendwo kam es an und blieb liegen, wurde alsodann steinhart auf dem Fensterglas. Dem Dach fehlten wesentliche Teile der notwendigen Bedeckung, das war ihnen auch bekannt, es bestand wie aus Teerpappe, so auch aus Ziegel wie Schindeln und Stroh, selbst Blech und immer kam wieder etwas Neues dazu und aber es blieb, der löchrige Topf. Zusammenfassend ließ sich sagen von diesem: Da wohnt nur eine alte Hexe und flucht und spuckt, mehr kann sie leider nicht, sterben, hiemit läßt sie sich Zeit, Engerln macht sie auch, das, überzeugt waren hievon die Sieben, verstand sie. Unter ihren Händen starb keine Frau, nur die unerwünschten Früchte, mit diesen gingen sie hinein, ohne diese kamen alle wieder heraus. Wer sich hielt an ihre Anweisungen war nicht verloren, dem war geholfen.

»Wenn wir die Hütte anzünden, haben wir ihn.«

»Wenn er drinnen ist.«

»Und wenn wir ihn nicht haben; die Hütt'n gehört eh schon längst weg. Was da alles an Ungeborenem gemeuchelt wird.«, bekreuzigte sich.

»Niemand schützt was so unschuldig ist; und im Bauch. Manche Weiber, dies ist; mir graust.«, und spuckte aus.

Und der Offizier schaute durch das Fernglas, hin zu ihrer Behausung. Entzogen einem nicht Ortskundigen durch Sträucher, Baumgruppen wie teils teils dichtes, als lebendiger Zaun wirksam werdendes Gebüsch. Viele Dornen. Dicht verwachsen, im Süden das Fenster, Westwand die Tür, Nordwand wie Ostwand ohne Öffnung, Einzingeln kein Problem.

»Das ausgewitterte Holz brennt wie Zunder.«

»Tiefe Auswitterung; sehr tiefe Auswitterung.«, das war nicht gelogen. Er nickte; so ausgewittert das Holz, daß die Oberfläche rauh erschien, ausgelaugt, geschwärzt. Vor dem Haus ein kleiner Kräutergarten, ein paar Gewürze; Suppengewürze und unbekannte, dem Soldaten unbekannte Pflanzen. Einer Verehelichung wurde er durch Hinführung des leichtsinnigen Weibes, das es nicht fassen wollte, entzogen. Von ihm nahm sie die Kronen, ihr drückte? Es war nicht faßbar, aber es war so. Drückte dem Weib die Kronen in ihren Busenschlitz und sagte: »Den Schmerz laß hier, das nimm mit.« War das verrückt oder logisch? Normal war es nicht.

Sechs Soldaten und ein Offizier, alle hatten ein Bild von ihr; der Offizier meinte, ausräuchern, das wäre übertrieben. Was, wenn ... Es gab viele, was wenn, sie entschieden zu Gunsten dessen, was regelrecht danach schrie verschwinden zu dürfen von diesem Erdboden. Jedes ordnungsliebende Auge schmerzte dieses Haus, es verletzte das Gefühl für Ordnung, Reinlichkeit wie Sauberkeit und Schönheit, es verletzte jeden zivilisierten Menschen Nirgendwos. So auch sechs Männer und den Offizier. Und aber, es gab auch sehr viele aber. Die Lagebesprechung ergab, man räuchere den Vogelfreien, falls er sich in den löchrigen Topf zurückgezogen besser nicht aus, man mache das anders und zwar so.

Von vier Seiten her sich nähern, teils robbend, teils Vorwärts, Sprung, Deckung; während der Offizier den Teil des Mutes auf sich nahm und sich aufrecht gehender Weise der Hütte näherte, weithin sichtbar, für die Alte.

Und so war es dann auch.

Postierten sich; liegend; hinter Bäumen und selbst eine Mulde bot sich an, fürs in ihr liegen und den Lauf des Gewehres auf die baufällige Behausung zu richten. Zur selben Zeit näherte sich der Mann mit den Sternen auf dem Kragen. Es war eine vorsichtige Erscheinung geplant vor dem Fenster, wunderte sich auch, daß die Alte nicht herauskam, ihn empfing und fragte, keinerlei Bemühungen, die Männer des Adlers aus dem Hause draußen zu halten, natürlich. Dann hätten sie es nicht nur vermutet, sondern gewußt: Der Null ist drinnen, deswegen sollen wir draußen bleiben. In anderer Hinsicht, dachte man an dessen Bruder, war denkbar, er nahm den Kampf mit ihnen auf, sozusagen Sieben gegen Einen und aber wieviele von den Sieben stehen mit mir, nie mehr auf. Bleiben liegen, wie ich, und aus denen wie aus mir, rinnt das Leben heraus. So starb es sich besser. Das zu vergessen, hieße nicht tollkühn sein, sondern leichtsinnig.

Und also, der Offizier war der Mutigste von ihnen, er wollte das Leben nicht gefährden: seiner Männer; stieß mit dem Stiefel die Tür auf, die Pistole als Fühler (im Anschlag) voraus. Das war schon verwunderlich. Er erinnerte sich an groben Stoff, wenn nicht gar ein Segeltuch, das gedient hatte zur Anfertigung, des Türvorhanges.

Auf der offenen Feuerstelle dampfte ein Wasserkessel, nicht der Kessel, das Wasser in ihm. Die Kräuterlfrau zeigte auf den Kessel, zeigte auf die Frau, Deutende war sie, was deutete sie? Deutete mit dem Finger auf seine Lippen, dann auf ihre eigenen Lippen: »Schweigen.«, das forderte sie. Man sah sehr deutlich, die Wölbungen der Brust, und langes schwarzes Haar, das reichte fürs Zudecken schon fast den Boden, so lang war dieses Haar; gepflegtes, kunstvoll in Locken gelegt, wunderschön, seidig glänzendes schwarzes Haar. Die Nägel der Zehen waren rot lackiert, entzogen das Gesicht, entzogen die Fesseln auch die Sohle, der Fensterwand ihre Fußsohlen zeigte, diese fast berührte, sie schlief? Das Gesicht war bedeckt. Und sah, den Unterrock; blickte sofort weg und hatte aber gesehen, das war teuer bezahlt, Qualität; auch die Schuhe; der Offizier entschuldigte sich wortlos, die Kräuterlfrau strafte ihn mit Verachtung, eine Geste des Bedauerns und tiefen Mitleides mit der Kranken gestaltete ihr strenges Gesicht freundlicher, nachsichtig aber wurde es nicht, hiefür war die Situation zu zugespitzt, schloß vorsichtig die Tür; sehr leise, sehr sanft, sehr rücksichtsvoll. Auf dem Tisch lag, seine Visitenkarte, darunter hatte er hingelegt einen großen Geldschein, darauf eine Orange und entfernte sich?
So war es; er entfernte sich wirklich.
Der wunderschönen Frau, einer Dame wahrscheinlich aus Nirgendwos geschichtsbildenden Kreisen, selbst eine solche zog vor die Hände der Alten, das war, nicht unwahrscheinlich, das wußte er selbst sehr gut, derartige Früchte ihr anvertrauen, hieß, sie waren gut aufgehoben; einer solchen Unglücklichen mit diesem peinlichen Mißgeschick konnte er derartig unritterlich nicht in Erinnerung bleiben, das beruhigte ihn; denn sie schlief. Den regelmäßigen Atemzügen nach, wahrscheinlich ein Getränk, das erst zu wirken begonnen hatte, nach und nach. Es war ihm dieser Zwischenfall sehr peinlich; die Männer zogen sich zurück, rasch, weshalb, hiezu gab der Sternenmann diesen Kommentar ab: »Marschmarsch!«, denn er war verärgert, andererseits, doch auch wieder. Wie konnte ihm das nur passieren, dieses Hineinrumpeln, achGott! Und aber sie schlief.

H
Kostet es viel, kostet es wenig?

Und aufstand Liesi Tatschkerl, eine Weile war sie noch liegengeblieben, denn es hatte ihr fortgenommen das weiße, kostbare Tuch; mit dem sie zugedeckt war, als wäre sie eine Leiche; die Kräuterlfrau, und Liesi nahm ab die schwarze Perücke; Johannes kroch aus dem Faß heraus, das im

Nebenraum gerollt worden war, zur Truhe hin, die gegenüber der Tür in der Südwand, wer versteckte sich dort, niemand, denn man sah das Faß auf den ersten Blick, darauf stand eine Serie von verschiedenen Töpfen, ein Kastenersatz.

»Mir war, als wollt die Perücke zum Rutschen anfangen.«, und ein tiefer Seufzer zitterte aus ihr heraus.

»Du hast sehr gut geatmet.«, lobte sie die Kräuterlfrau.

»Die weißen Tücher kannst wieder nehmen; deinen Vorhang auch. Es ist doch, dein Store?«, und drückte ihr Gesicht an sich, auf daß er nicht sehen konnte, Liesi konnte also ungestört lügen und hiebei werden so rot, Johannes sah es nicht und hörte ihren Herzschlag, das wurde von irgendetwas gejagt, denn es schlug schneller kaum denkbar. Hielt fest ihren Kopf und die Kräuterlfrau sagte, denn es war schon so, wie sie es ahnte. Johannes gedachte, allein und so rasch als möglich: Entfernen sich und wiederzukehren, nie mehr; zumindest so lange nicht, bis rehabilitiert war ein Johannes Null und nicht mehr vogelfrei.

»Willst du nicht bedenken. Von der Zuckerrübe ragt nur der Kopf aus der Erde?«

»Ich bin keine Zuckerrübe.«, sagte es sanft, sagte es leise, sagte es bestimmt. Und aber sie sprach weiter, schaute durch ihn hindurch, hörte seinen berechtigten Einwand nicht.

»Er ist weitaus zuckerärmer und salzreicher als der übrige Rübenkörper. Er wird deshalb bei der Ernte geköpft und als Futter verwertet. Willst du enden, wie eine Zuckerrübe? Weißt du, wann ihre Ernte erfolgt, wenn die Herzblätter angenommen haben, eine gelbgrüne Färbung, je nach Sorte und aber bis spätestens Ende September oder bis Ende November ist es der Fall.«, und hob auf, eine Tür. Johannes schaute, die Tür hatte er noch nie gesehen. In dem Boden, auf dem standen, mit ihm zwei Frauen, war eine Tür?!

»Siehst du; dorthin kannst du dich zurückziehen; wohnlicher wird es sehr bald. Und wenn ---«

»Warum zeigst du das erst jetzt.«, das war Johannes; den Mundbewegungen nach, war es er; obzwar die Stimme, war das auch seine Stimme? Wer hat jetzt geredet, das Fragen wagte er nicht, er fürchtete hiemit wurde ein für allemal es klargestellt, das war, Johannes, deine eigene Stimme.

»Ihr seid die ersten, die es sehen; hoffentlich auch die letzten.«

»Weib, ich soll, hier; da unten; also wohnen.«

»Das ist richtig.«

»Johannes! Sag nicht nein! Ich bring dir immer gute Sachen; bald hast du eine Tuchent; und das alles, so nach und nach, wird das eine richtige Wohnung! Und warum willst du zum Gottesmann, der wohnt mit Gott ---«, und ein strenger, tadelnder Blick brachte ihren Eifer zum Verstummen.

»Willst du dich fühlen wie ein Schwein im Winter, wenn es schneit und alles zu frieren beginnt, rund-um-dich und in dir nur mehr Kälte. Und du siehst, liegen da zwei Schweine, wirf dich hin, sagst du, ein drittes kommt dazu, es bedeutet nur mehr Wärme. Im Sommer liegen wir wieder auseinander; wirf dich hin und wärme dich und siehe, so weit kam das Schwein gar nicht. Als es schrie, wußte das Schwein, es schrie um sein Leben, doch es sollte geschlachtet sein.«
»Erstens, ich bin kein Rübenkopf; zweitens, ich bin kein Schwein und drittens, wo sind die beiden Schweine. Welche Schweine meint die gute Mutter.«
»Ich meine, die beiden Schweine können dem dritten nicht helfen, denn: Sie alle drei gehören einem und der ist etwas anderes, etwas ganz ganz anderes.«
»Das ist zu dunkel gesprochen.«
»Willst du es wirklich wissen? Dorthin willst du gehen, wo so viel zu verlieren ist? Warum bleibst du nicht dort, wo dich schützt: Hier kämpft alles nur ums Leben, das Bleiben dürfen, bleib bei jenen, die noch wissen, was es heißt, fast vogelfrei, das bin ich; sie ist ein Weib. Und aber, viel besser ist, sie nicht bekleidet; jetzt ist sie noch schön und aber wie lange, kann sie das?! Es ist anzunehmen, sie kann sich nicht versorgen, denn sie kann nicht rechnen, es ist etwas, sie lernt es nicht und nicht. Wie wird das enden, mit ihr?«
»Besser, als wenn sie ist mit mir; ich bin vogelfrei.«
»Lebte Abel noch – ich soll dir den Abel ersetzen.«, und wandte sich an Liesi.
»Was?! Das muß ich mir sagen lassen; du Lügner! Genau umgekehrt ist es, denn ich wett was, wenn du mich küßt, steht hinter mir Abel und fragt: Und ich. So es aber nicht Abel ist, ist es Hochwürden!«, und funkelte ihn an, zitterte erbost und erzürnt; wie der log.
»Du falsches Luder!«, fauchte Johannes: »Was willst denn wissen!«
»Eine Frau«, und das war die Kräuterlfrau, »spürt unter Umständen sehr gut. Es muß nicht sein, aber es ist möglich.«, und lächelte: »Werdet mir nicht wie die Kleinen.«, und deutete eine Größe an, aus der sie, wahrlich herausgewachsen waren, beide: Zeigte sie mit dem Zeigefinger auf ihn: »Er lügt!« Und blickte die gute Mutter an, und aber Johannes schlug auf ihren Finger: »Du weißt genau, daß sowas! Ich nicht vertrag!«, und sie hielt fest, ihren Zeigefinger und sagte, wie damals: »Au!«, und er zur guten Mutter: »Wer plärrt!«
»Es wäre gut, könntest du es auch.«, sagte die Kräuterlfrau.
»Ich kann es nicht anders.«, sagte Johannes.
»Ich fürchte auch.«, sagte Liesi.
»Vielleicht, weil du zu wenig weißt?«, fragte die Kräuterlfrau.

»Hast du die Ersatzfrage an sie gestellt, sie hat die Ersatzfrage an dich gestellt. Warum geschieht dasselbe nicht dem Gottesmann?«

»Ich weiß nicht; was ihr dauernd mit dem Gottesmann habt?! Was geht mich ja also.«, schüttelte den Kopf; und zog sich zurück ins Schweigen. Indignierter und ahnungsloser ein Mensch schwer wirken konnte, so hoffte es, Johannes. Er hoffte oft. Ob er seine Hoffnungen überbewerten sollte? Trotzdem, sie wollte ihm gefallen; die Imagination, er könnte glaubhaft schauspielern gefiel Johannes sehr; dagegen war das falsche Luder eine Schmierenkomödiantin! Und zog eine Hand auf, als wollte er zuschlagen; sie blinzelte; er ließ die Hand sinken, und sagte: »Ich weiß nicht, was das soll.«

»Einem Mann gegenüber traust dich das nicht; das imponiert dir!«

»Ah, das willst wissen, was ich mich einem Mann gegenüber trau und was nicht! Du ganz Siebeng'scheite.«

»Sieh, mir ist mein Mund versiegelt; ich kann nicht sprechen. Und aber, falls jemand sprechen könnte, wäre es möglich, willst du wissen, was dir, ein alter Mann anvertrauen ---«

»Der Todt?!«, verstand seine Antwort nicht, wußte nicht, wer sie ihm in den Mund gelegt, als Frage. Er hatte nicht an den Uhrmachermeister Todt gedacht: wahrlich, das hatte er nicht.

»Ich kann ja nur sagen; ihr habt es auf einmal sehr wichtig mit allerlei Wissen, was euch VORHER nie ein Kopfzerbrechen gemacht hat!«

»Die Frage war nicht, lebst du oder bist du tot. Die Frage war nicht, es ist schwer etwas sagen, hinein in deinen Spott. Du meinst, ich bin eifersüchtig! Gut; es wäre mir lieber, es wäre anders, das stimmt.«, und dann es schon wieder begann, das Kollern; und wandte sich zu der Kräuterlfrau.

»Dein Spott schützt dich nicht, Johannes. Du bist vogelfrei. Du weißt einiges nicht und gehst hinein in Tage, wo Wissen und Erfahrung das Leben kosten kann. Das ist das einzig Schlimme; ansonst ist nichts auszusetzen daran, daß du das wissen willst, wie das ist mit dir, wie das ist mit dem Gottesmann. Was diese Macht alles kann. Du möchtest wissen, was euch bindet und wie, was euch trennt und wie es euch trennt. Du forderst eine Kraft, ich glaube, daß du sie hast es ist denkbar, hat er sie?«, blickte ihn fragend an, hob abwehrend die Hände.

»Antworte nicht voreilig. Ich weiß, daß hinter deinem Spott das ist, was du gelernt hast nie und was du ihr vorwirfst, daß sie es noch immer kann.«

»Auch er kanns.«, sagte Liesi.

»Wenn mich die Sonne blendet!«, und tippte sich die Schläfe.

»Kinder; fangt nicht schon wieder so an!«, das klang nun wirklich verärgert.

»Ihr wollt nicht fassen die Lage? Du faßt deine Lage noch nicht,

Johannes. Du wähnst, weil du einmal oder zwei Mal oder vielleicht sogar noch öfters, gejagt worden bist, wie ein kleines Häschen, weißt du schon alles. Nein. Du bist erst am Anfang angelangt.«
»Und sie?«, und deutete mit dem Daumen auf das Miststück: »Sie etwa?!«
»Neinein! Natürlich nicht!«, und blickte ihn erschrocken an, das erboste, den Vogelfreien noch mehr: »Was bist schon wieder so diplomatisch; wennst es doch anders siehst!«
Verstand sich selbst nicht, hörte sich zu, warum stritt er mit ihr, warum gab er nicht Ruh. Wer war das, der mit ihr stritt, der Vogelfreie sicher, der war es nicht.
»Meinst, weil man mich derzeit abknallen darf wie einen Hasen, bin ich froh – kann ich froh sein – darf ich froh sein, weil das gnädige Lichtfräulein, mich durch die Zeit transferiert wie ein Vermögen, das über die Grenzen soll? Wie! Was meinst; zu so einer Zeit, ich mich, mit dir versöhnen! Ja schon gar nicht!«, und die Handbewegung, allesamt, er konnte nicht anders.
»Dieselbe Lage stellt sich dem Vogelfreien auch im Pfarrhof; wenn er dort wohnt, genau dasselbe – Johannes; oder lebtest du mit dem Gottesmann in Frieden?«, es sehr sanft sagte, die alte Kräuterlfrau und aber: »Johannes!« Und warf sich ihm entgegen, das war sie, die Liesi.
»Laß ihn, alles auf einmal, es war ihm zu viel; er hätte mir nichts getan, Kind. Sei ruhig!«, und das war scharf, doch Liesi wimmerte still vor sich hin. Ein auf die gute Mutter losgehen wollender Johannes, das verstand Liesi nicht mehr. Auch Johannes blickte mit weit geöffneten Augen die alte Frau an; ihm graute vor sich selbst und verstand auch, wußte aber, daß der Wunsch in ihm gewesen war, sie würgen, auf sie zu und sie zum Schweigen bringen, sie zappeln sehen und die riesige Furcht in ihr, er könnte sie erwürgen; der aus dem löchrigen Topf hinaustaumelte: Irgendetwas Unverständliches hatte er gestammelt, dann war er blind, denn es war die Sonne, er schaute hinein in die herabstechende Augustsonne und war geblendet.
»Was hat er gesagt; das war nicht mehr zum Verstehen.«, das sagte die Liesi. Und verstand es noch nicht, daß er wirklich gegangen war, nicht mehr wiederkehrte?! Staunte noch.
»Er bat mich um Vergebung.«, zuckte die Achseln, »So etwas von Unsinn.«, schüttelte den Kopf. Und da verstand Liesi: Zu gleichmütig wurde sie angeschaut von der guten Mutter. So schaute sie immer, wenn sie besorgt war um Liesi und nicht den Eindruck hatte, es sollte bemerkt sein von ihr. Und da begann Liesi zittern und hörte nicht auf zittern und wimmerte still vor sich hin. Neben dem Herd, im Winkel hockte sie und wenn sie, die Kräuterlfrau angriff, dann schlug sie auf ihre Hand; sehr

fest: »Was mußt du deinen Kopf festhalten; wir sind ja noch gar nicht an unserem Ende angelangt. Uns fällt noch einiges ein.«, und schon, war sie, getröstet? Sie war. Und blickte erwartungsvoll und mit großen Augen die Kräuterlfrau an. Wie geht's weiter, das wollte sie wissen und folgte den Anweisungen unverzüglich. Zivilisierte sich, ließ sich auch wieder die Haare flechten und wurden wieder die Schnecken auf ihren Ohren; hatten noch genug zu tun, und schnell sollte alles geschehen: »Er wollte mich nicht schlagen; er ist aber auch schlau und sagt sich, geht es mit mir schlecht, aus, dann grollen die beiden mir wenigstens ordentlich. Und ich werde sein, nie gewesen nie gefehlt. So ähnlich sieht er das.«
»Du lügst das um!«
»Nein.«, und flocht ihr Haar, »Es ist auch wahr.«
»Liebt er ihn?«, das war Liesi.
»Wenn, dann hat er es ihm nie gesagt.«
»Aber wie ist es!«
»Das möchte er wissen.«
Und herumschnellte eine erstaunte Liesi: »Weiß er das nicht?«
»Die Frage, wie tief. Es gibt schließlich andere Mächte auch.«
»Du sprichst so dunkel.«
»Das sagte er auch.«, und etwas später ergänzte sie, »Vielleicht irre ich. Dies wäre denkbar. Wünschen wir es.«
»Du glaubst nicht, daß du irrst.«
»Ich weiß es nicht; wüßte ich, daß er bestimmt irrt, ich hätte ihn hinunter ja gesperrt, hinuntergezwungen hätte ich ihn; mit dir gemeinsam; wir wären mit ihm fertig geworden.«
»Im Grunde willst du es auch wissen.«, das sagte Liesi.
»Und du?«
»Ich auch.«, und nickte: »Das muß ich wissen!«
»Wenn wir nur den Preis im vorhinein ––– das stört mich; man müßte wissen, wieviel kostet es. Kostet es viel, kostet es wenig? Für solche Sachen, für solch ein Verfahren, für das alles, deucht mich, ist rundum zu viel Tod, zu viel gnadenlose Menschenjagd; das ist es, unmenschliche ––– achGott, malen wir beide? Ich sage dir, wir sehen schwarz; und er wird uns belehren.«
»Glaubst du es.«
»Er hat Johannes Todt nicht umgebracht; er war es nicht; der Gottesmann nicht.«
»Was?!«, und die Kräuterlfrau antwortete: »Das ist doch gut; Kind. Das macht uns Hoffnung, dies spricht für den Priester.« Und Liesi sagte: »Mehr nicht?«
Die Kräuterlfrau schwieg, dann sagte sie: »Gib Ruh; ich muß ja noch flechten!«

3
Die Rundum

Und blickten alle zur Tür, denn es hatte geklopft. Der Bauer war harthörig, er hörte es nicht. Die Bäurin hörte auch nicht. Bauer und Bäurin nickten einander zu, die Knödel schmeckten, auch der warme Krautsalat war gut. Die Kinder kicherten, tuschelten und ein strenger Blick der Frau Mutter lehrte sie Tisch-Sitten. Eingetreten war die Obrigkeit, hatte sich geöffnet selbst die Tür.
»Franzi, mach dem Papa keine Schande.«, sagte die Rundum.
»Guten Tag Herr Obrigkeit.«, ein artiger Knicks, zwei Buben, ein Mäderl. Franzi machte es vor, ein Bub und ein Mäderl machten es nach. Fast wäre das geworden ein richtiger Chor.
Und es waren Männer, nicht aus Nirgendwo, die Rundum sah es, nickte, auch der Bauer nickte; die Kinder kicherten, denn fremde Leut bei ihnen, stimmte sie lustig und scheu waren sie auch, teils frech teils gut erzogen teils wissend, es könnte Strafe geben, falls sie sich nicht benahmen, wie es sich gehörte, falls kam so hoher Besuch, das wußten sie, mußte man sich benehmen.
Der Bauer halbierte einen der Knödel; es war ein ruhiger und bedächtiger Mann, man sah es mit einem Blick.
»Haben Sie einen Deserteur gesehen?«
»Bei uns wird nicht desertiert.«, sagte die Rundum und wiederholte die Aussage, blickte fragend an den Bauern, sprach sehr laut die Rundum, denn der Bauer, es entschuldigend meinte, hin zur Obrigkeit, hörte noch schlechter als sein Weib.
»Glasklar.«, sagte der Bauer.
»Ich mein ja nicht...«, wollte beginnen die Obrigkeit.
»Dann sagen Sie nicht.«, wollte die Rundum, daß die Obrigkeit blieb immer bei der Sach', die sie meinte.
Und einer hatte ihn: den Steckbrief, legte ihn auf den Tisch, über die Falten strich, glatt strich den Steckbrief, auf daß sie ihn besser sähen.
»So sieht er aus.«
»Darf man das angreifen?«, fragte die Rundum und wischte ihre Hände in der Kittelschürze schöner, obwohl sie nicht fett waren, es gab Semmelknödel, im Salat fehlte das Öl, Essig nicht; Kümmel war auch im Krautsalat.
Und die Rundum schaute, schaute, stutzte, blickte auf, dachte nach, schaute wieder, irgendetwas verstand sie an dem Steckbrief nicht. Blickte an den einen Soldaten, blickte an den Steckbrief und verglich: schaute, hin und her zwischen einen gezeichneten Deserteur und einen Soldaten im Dienst.

»Das sind ja Sie selber.«, sagte die Rundum; sagte es bedächtig und Zweifel gekommen waren der guten Frau. Gab weiter den Steckbrief dem Bauern und laut, sehr laut es sagte: »So soll er ausschauen. Der Deserteur.«
»Glasklar.«, sagte der Bauer. Nickte, stutzte, dachte nach, auch ihn verwirrte die Logik. Der Deserteur also, das war der im Dienst? Und deutete auf den Mann, auch: die Rundum faßte es nicht, zuckte die Achseln, es hieß.
Zwar gleicht der Soldat bis ins kleinste Detail dem Gesuchten, aber was willst machen. Wenn Sie es so wollen, man soll der Obrigkeit nicht dreinreden. Denn das ist die Obrigkeit. Sie weiß immer, was sie macht.
»Aber den können wir ja gar nicht suchen, wenn er nicht desertiert ist.«, stutzte ein noch sehr eifriger junger Mann.
Die Rundum wiederholte die Auffassung, die auch ihre Auffassung war. Der harthörige Bauer antwortete.
»Glasklar.«
Und die Rundum ging zu einem Schnapsflascherl, das auf der Kredenz stand und bot der Obrigkeit an. Für jeden gab es ein Stamperl voll. Tranken. Sagten danke, vergelt's auch Gott und entschuldigten sich vielmals. Der als Deserteur verdächtigte Soldat schämte sich, wirkte verwirrt.
»Ja, ja. Wie man sich täuschen kann.«, sagte die Rundum, »Der vermeintliche Deserteur...«, und zwinkerte zu, der Patrouillenführer dürfte es gewesen sein, dem Deserteur im Dienst, »Ich kann doch ... gar nicht ...«, verteidigte sich der und Gelächter antwortete ihm.
»Wenn ich etwas Verdächtiges sehe melde ich es der Obrigkeit.«, die Rundum und sagte dem harthörigen Bauern: »Sie wollen gehen und ich hab Ihnen gesagt ....«, kaute bedächtig fertig seinen Knödel, dann sagte der Bauer: »Glasklar.«, und nickte. Die Obrigkeit war wieder unterwegs, auf der Suche nach dem Deserteur, der sein hätt --- es sich vor dem Haustor bestätigten, tatsächlich der Zwillingsbruder von dem einen und der war doch einer von ihnen.
Dürften den deswegen noch ein bisserl sekkiert haben, die Bäurin blickte ihnen eine Weile nach, drehte sich um: Die Kinder waren wieder entlassen und durften, dem alten Bauern berichten, sie seien wieder da, seine kleinen Feldarbeiter. Zwei Buben und ein Mäderl. Den Sohn hatte gerufen Gott, Kaiser und Vaterland. Man kam nicht nach. Es fehlten einige Arbeitskräfte: »Wenn's; nur meinen Lauser nicht einfangen. Ein schwieriger Teifl!«, spuckte in die Hände und war bemüht, sich nicht mehr vergrübeln wegen dem Schwierigen; denn das wußte der alte Rundum. Der Lauser war auf und davon; der Bauer tröstete sich: »Mach ich's nicht verkehrt, vielleicht ... ah, der Lauser; der Lauser!«, und aber

der andere Bub war das, was er werden hat auch selber wollen: Ein richtiger Bulle; beste Zucht und aber der Lauser; der schwierige Teifl!

Selbst ein Grasmäher mit Anhaublech hatte ihn entzogen, wachsamen, die Gegend absuchenden Augen; der Rundum sagte es seinen Kindern so: »Gehts mit ihm zur Mamma und der Mamma sagt, das ist euer Papa; dann kommts wieder.«, und brummte etwas von: »Was ich dir tu, mög mir meinen Bub'n wieder bringen.«, ruppig war; der alte Rundum; kurz angebunden, die Sachlage sofort überblickend, dankbar war hiefür der Vogelfreie. Und ein Mäderl und zwei Buben mahnten den Träumerich: »Komm Papa!«
»Papa, he!«, und das Mäderl streckte ihm die Hände entgegen, es wollte getragen sein: »Papa!«, bettelte es.
Auch die Rundum war nicht umständlicher gewesen, hatte nur gemeint: »Ein Herrichten kann nicht schaden; ein bisserl müssen wir dich älter machen. Ein bisserl anders ausschauen; das mußt. Sonst kennt dich ein jeder.«, hatte sie entschuldigt; (als es schon geschehen war, schon künstlich unterstützt worden war der Alterungsprozeß des vogelfrei gewordenen Johannes, es war der Jüngste der Barbara Null) ihre unvollkommenen Umgestaltungs-Bemühungen; wollte auch hingewiesen haben auf den vorübergehenden Charakter dieses nicht kontinuierlich gewordenen und auch sichtbaren Alters: »Ein Ruckzuck-Alter.«, zuckte die Achseln, der Bauer nickte. Und dann, war sie schon da? Sehr in der Nähe; die Obrigkeit.

Und nun studierte er wieder nach dem Schwierigen; und wie das gekommen mit seinem Lauser; zuerst den eigenen Großvater und allweil auf und davon; auf und davon! Es schon ein ganz Schwieriger: »Nie magst zu dem Stehen, was du angerichtet hast! Zuerst gleich Verschwinden wollen; du Lauser; in der Grub'n und nimmer – Auftauchen! Und dann; wieder; auf und davon! Nur nicht folgen; dir sagen hätt müss'n, Bub, du wirst mir ein Lamperl und du wärst word'n ein Bulle!«
Und wollt sich nicht weiter zerdenken den Kopf; obwohl. Irgendwo war er unterwegs. Irgendwo war er umeinander. Der Null Johannes wars ja auch. Und der alte Rundum – er tat hiemit nur das, was geworden für ihn das Übliche – war hiemit befaßt, sich zerstudieren, ein Martyrium war es und ein Stich nach dem anderen ins Herz, wenn er sich noch länger zermarterte ... es blieb bei den guten Vorsätzen, es nicht zu tun. Die Kinder wunderten sich nicht: Er redete immer mit ihm. Und deswegen waren sie auch wissend, sie wußten was sie werden sollten: Lamperl sollten sie deswegen werden, weil, er noch ein paar Bullen brauchte. Der Bauer war schlau geworden und die Kinder; die auch.

Und der Vogelfreie war dankbar gewesen, es hatte erleichtert seinen Alterungs-Prozeß.

Der gute Vorsatz Sonnenklars Sicherheitsmann, zu sein der Barbier des Vogelfreien und aber der hatte sich, rechtzeitig noch erinnert, daß sein Wildwuchernder, auch seine Vorteile hatte und sie hatten den Kompromiß gewählt, nur ein bisserl dem Wuchernden mit einer Schere, näherzurücken.

Und deswegen: »Den möcht ich noch behalten; ich weiß nicht; vielleicht brauch ich ihn noch.«, und die Rundum hatte das verstanden: »Trotzdem; schlupf in die ——— es ist die Hosen von dem Lauser; dem Schwierigen.«, und drehte sich um; abrupt. Auch hinausging, auf daß sie später wiederkam und sah, sie paßte sogar. Und wie: »Wenn ich sie nicht kennen tät; die Hosen. Hätt ich gemeint.«, und dann nickte sie noch, »Ja; sie paßt.«, und als der Vogelfreie sich entfernte, dachte er.

Und blickte nach dem Vogelfreien, der sich entfernte, schon nur mehr war der Punkt.

4
Weißer Vogel

A
Der sich im Nirgendwoer Grenzgebiet umeinandertrieb

In ihrer Fabrik war für jeden Abort ein Raum von eins Komma zehn Quadratmeter zur Verfügung gestellt worden. Die kleinsten, gerade noch zulässigen Abmessungen dürften die Grundlage gebildet haben für den Stuhl in der Mitte des Raumes. Äußerlich war der Stuhl nicht rechteckig sondern rund. Hergestellt worden war auch die Sitzfläche abgerundet und schmäler schwer vorstellbar; der Auftrag dürfte gelautet haben: Möglichst schmal, bitte; wenn Sie verstehen, ja? Hiemit wurde entsprochen dem Wunsche nach Unbequemlichkeit beim Sitzen auf dem Stuhle; auch fehlte dem Rücken wie den Füßen jeder Halt. Getrennt waren die Aborträume voneinander durch Wände, die bis unter das Dach reichten. Anders war es mit der Vordermauer: die Füße des im Abort Befindlichen wurden unverzüglich gesichtet, auch Johannes durfte sich hievon überzeugen lassen, man sah die Füße sehr gut, hiezu war nicht einmal das Betreten der Anlage Voraussetzung und die Aborte selbst waren nur eins Komma fünfzigundfünf Meter hoch abgeschlossen, sodaß nur eher kleine Leute darin, aufrecht zu stehen vermochten. Es wurden keine Gedankenmühen gescheut, um eine möglichst unbequeme, gemiedene Einzelhaft-

stimmung den Arbeitern zu erzeugen. Selbst der Befürchtung wurde Rechnung getragen, Arbeiter könnten sich zurückziehen in den Abort und dort, falls nicht gar lesend so doch zumindest grübelnd, die Zeit vertrödeln. Dem Lesehunger wurde hiedurch vorgebeugt, daß ob Tag ob Nacht, die Lichtzufuhr stimmte, indem sie dermaßen minimal war, daß jegliche Leselust bevor sie entstand schon wieder vergangen war und was das Grübeln anging, Nichtstun auf dem Abort wurde ausgestaltet zu einer derartig Rheuma wie Erkältungen fördernden unangenehmen Arbeit, daß man gerne wieder verließ den möglichen Zurückziehungsraum und ihn eher mied.
Die Stühle hatten keinen Deckel erhalten, selbstverständlich aberja natürlich nicht. Hätten sich auf diese Weise einen Stuhl künstlich erschaffen, eine zum Nichtstun geradezu auffordernde, aufreizende Sitzgelegenheit.
Bei den Pissoirs waren ähnliche Überlegungen maßgebende, maßbildende und Pissoirs gestaltende Kraft. Die Vorderwand der Pissoirs begann in einer Höhe von null Komma sechs Meter über dem Boden und reichte bis eins Komma fünf Meter über diesen hinaus, sodaß jederzeit die in dem Pissoirs befindlichen Nichtstuer und nicht die rechte Arbeitsmoral besitzenden Arbeiter erkannt werden konnten. Auch lagen die Pissoirs so, daß Kontrollorgane sie gar nicht zu betreten brauchten, wollten sie Übersicht über die Anlage für die Ausscheidungsprodukte flüssiger Art erhalten. Ihre Fabrik hatte eine eigene Tischlerei, sie bildete die nördliche Grenze des Fabriksgeländes und diesem Modellschuppen wurde gegen Westen angeschlossen die Abortanlage, sie bildete auch den Abschluß auf dieser Seite des langgezogenen von der übrigen Fabriksanlage etwas entfernter gelegenen Gebäudetraktes.
Und der im Norden stand, von Irgendwo her gekommen war nach Nirgendwo, staunte doch: unglaublich, der Gefühlsdurcheinander, den auslöste so eine Fabrik, fast es schwer war: verstehen, daß er nicht mehr in die Frühschicht ging, nicht verfluchte die Nachtschicht und im Winter sich stets gefreut hatte über die Nachmittagsschicht. Im Sommer war ihm die Frühschicht lieber. Auch im Früh-Herbst wie im Frühling hatte er so seine Schwierigkeiten mit den Schichten. Je nachdem, einige Male doch verflucht hatte die Frühschicht, erinnerte er sich nicht auch an Tage in diesen Übergangs-Jahreszeiten, doch, es war tatsächlich so. Auch die Nachmittagsschicht war ihm sehr lästig geworden, derlei kleine Ärgernisse des Alltags: wäre es möglich, daß er sich wünschte? Einiges sich wünschte, was er vor noch gar nicht allzu langer Zeit für unzumutbar gehalten hätte. Es waren Gefühlsbindungen entstanden, in all diesen vorangegangenen Jahren hatte er nicht verstanden, hatte er nicht einmal

bemerkt wie sehr diese Fabrik in seinem Kopf geworden war, so nach und nach? Seine Fabrik? Konstatierte, es könnte so sein, auch seine Fabrik und hatte solche »Bindungen« doch eher stets belächelt und abgetan als Sentimentalitäten, die im vollkommenen Widerspruch standen zu einigen Tatsachen. Und fühlte sich nicht angeschaut, fühlte sich nicht betrachtet, der er selbst hinabschaute, dorthin, wo die Fabriksanlagen sich deutlich vom übrigen Nirgendwo abhoben: schon äußerlich gesehen, architektonisch. Die Schlote, die unglaublich langen Hallen. Das Bürogebäude war mehrgeschoßig. Eine eigene Welt für sich, fast eine kleine Stadt, in die man hineingelangte, indem man vorüber ging an dem Häuschen mit den Glasscheiben rundum, der Portier war auch verantwortlich für das Hochgehen und Niedergehen des Schrankens. Konnte Johannes sich nicht lösen.
Stand sehr gut sichtbar und sein Gesicht wirkte durch das Fernglas spöttisch, wirkte, als wüßte er sich beobachtet und als mache er sich lustig über einen, der da meinte, er habe in dem Mann erkannt Johannes Null. Ein Mißverständnis, denn Johannes dachte eigentlich nur, ihm ergehe es mit der Fabrik fast so wie einem geschmähten Liebhaber, dessen verschmähte Liebe umschlug in Haß gegen die ihn verschmähende Schöne: Irgendwieso ähnlich, nur etwas widersprüchlicher. Und ein explosives Gefühlsgemisch, wenn es so etwas gab, dann hatte es Johannes in sich. Und war noch nie innen emporgeklettert den Schornstein. Obwohl die doch Steigeisen hatten. Und selbst den Blitzableiter auf dem Schornstein sah er von da oben relativ gut.
Hinter ihm, am Ende des gepflasterten Platzes, stand Johannes, der Evangelist auf dem Sockel und sehr nahe wußte er die Irgendwoer Müllhalden. Gegenüber, am südlichen Ende Nirgendwos, wußte er den Schutzpatron der Arbeiter, den Josef, möglich, daß Der-Weg-im-Kopf weit, weniger war, von dort zum Pfarrhof. Sah ihn von da oben, relativ gut: Den steinernen Heiligen wie den Pfarrhof unten, mehr im Osten gelegen Nirgendwos.
Es war eine ganz Nirgendwo – fast – anschauen lassende Erhebung. Keine gache Steigung, geschweige steil. Um genau das höher, daß man alles sehr gut überblicken konnte.
Zwischen Josef, dem Schutzpatron auch der Sterbenden, auf dem Sockel und dem Vogelfreien – ausgenommen Nirgendwo – nichts lag. Standen sich gegenüber und wenn er Nirgendwo wegdachte, dürfte er ziemlich genau vor dem steinernen Heiligen stehen. Johannes kehrte also dem Johannes der Apokalypse den Rücken zu und dem Schutzpatron der Sterbenden sein Antlitz. Hob die Hand, grüßte den steinernen Heiligen, verbeugte sich, legte seine Hand aufs Herz, verbeugte sich wieder und sagte es, hörbar zumindest für den Heiligen hinter ihm,

dem er zukehrte den Rücken: »Guten Abend, das ist zu viel gesagt; guten Nachmittag, das ist zu wenig gesagt. Also, grüß dich Gott, lieber Josef. Grüß dich Gott.«, war übermütig und fühlte sich, vorübergehend, fast befähigt, zu manchem Bubenstreich, auch eher eine andere seine Heimkehr mit Worten einkleidende Begrüßung sich vorstellen konnte?
Durchaus.
Verbeugte sich abermals, Richtung Josef, der gar nicht anders konnte als nach Norden schauen, genauso wie der Steinheilige auf seinem Platz Wahlfreiheit kaum hatte: schauen mußte nach Süden, denn so war er aufgestellt worden.
»Weit, weit war der Weg von Nirgendwo in das Land des Chen und Lein. Wie weit war der Weg von diesem Land, es ist auch das Land der Galgen, des Feuers, wie der Gewalt und aber auch der Sehnsucht, nach Nirgendwo. Sage es mir, Josef?«, und hinter ihm antwortete. Antwortete?! Johannes rührte sich nicht.
»Bei der geringsten Bewegung wird scharf geschossen; ich habe kein Spielzeug in meinen Händen; ich verstehe auch Scherze nicht, harthörig bin ich auch.«, Johannes rührte sich nicht. Und spürte etwas. In seinem Rücken?
»Gut; mein Sohn. Plötzliche Drehungen deinerseits erschüttern mein Nervenkostüm. Ich habe ein sehr zartes Nervenkostüm; ajai. Ich muß es hegen, es gut behandeln und pflegen, tue ich es nicht, bekomme ich das Gliederreißen, das Gliederzerren.«, bohrte den Lauf eines Gewehrs in seinen Rücken? Nüchternen Tag hatte der Mann hinter ihm nicht, Schnaps. Roch sehr stark, Johannes rührte sich nicht. Daß Betrunkene derartig leise, derartig hinterhältig anschleichen sich konnten, ohne daß sein inneres Warnsystem ihn rechtzeitig alarmiert hatte, unruhig gestimmt, wachsam, war dies möglich. War er leichtsinnig geworden? Johannes blickte ungläubig Richtung Süden, ungläubig zum Steinernen auf dem Sockel, es nicht faßte. Nirgendwo. So nah und unerreichbar, schloß die Augen. Ruhig; der Druck in seinem Rücken hörte nicht auf, wollte ihn der betrunkene aber nichtsdestotrotz erfolgreich ihn gestellt habende Sicherheitsmann – durchbohren.
»Noch etwas höher die Arme, nicht so zögernd; mein Sohn. Mut, nur Mut. Höher, noch etwas höher und keine Bewegung! Wie gesagt ... und nun vertrauen Sie mir an, mit wem ich es zu tun habe.«, nicht unfern die Irgendwoer Müllhalden. Verrückt, es war zum Werden verrückt. Schloß die Augen, rechnete nach, atmete, sofort verstärkte sich der Druck gegen seinen Rücken.
»Wenn Sie mich ausrauben wollen; mehr als nackt ausziehen können S' mich nicht. Wenn Sie wissen wollen, ob ich Ihr Mörder bin, das bin ich

nicht.«, und kicherte hinter ihm? Also doch, es einer sein mußte von Nirgendwo oder zumindest einer, dem bekannt war die Legende von dem Ermordeten, der weder hineinfand nach Nirgendwo, aber auch nicht fort, der sich im Nirgendwoer Grenzgebiet umeinandertrieb, auf daß er jeden befrage, inwiefern er in Frage käme als sein Mörder ... anno dazumal ...

B
Er war wieder da: »Laß dich nicht täuschen.«

Öffnete die Augen.
»Wenn Sie der Schatten sind, der mir mit aller Gewalt rauben möchte meine leibliche Existenz, ja?«, wieder kicherte. Auch die Schatten-Legende war ihm also bekannt, das Kichern, sollte es ihn beruhigen? »Keine Bewegung!«
»Sie sind wirklich sehr empfindsam, aber ich wollt sagen, wenn Sie es auf mein Fleisch abgesehen haben, das kriegen Sie nur tot. Das rinnt dann aus und armer Schatten Sie, ich sag Ihnen, mehr als vergeblich war die Operation nicht. Mehr nicht.«
»Sie meinen, Sie haben mir nur anzubieten abgetötetes Fleisch?«, kicherte und da wußte Johannes, schnellte herum: »Sag einmal!«, fauchte er.
Der Mann nickte, kicherte und Johannes sah, mehr als einen Stecken hatte diese alleweil zu einem Schabernack aufgelegte liederliche Gestalt nicht bereit. Der Pimpf nickte, winzige Äuglein, listig zu ihm aufblickten, zwinkerte mehrmals? So war es. Dem Pimpf war es gelungen, was keinem Sicherheitsmann gelungen war: »Nicht gekränkt sein; Johannes. Nicht beleidigt sein, ich wollt dich nicht aber auf keinen Fall übertölpeln; das ist meine Art nit.«, sagte der Pimpf und Johannes verstand den Wink: »Komm, hilf mir lieber.«, und so war es auch: Hinter dem Steinheiligen hatte der Pimpf sein Hab und Gut aufgeschichtet und unten: »Schau mein Phänomobil nicht so streng an; leih mir deine Jugend.«, und Johannes schon hinunter den Hügel und hinaufzog den Karren, hinten anschob der Pimpf und dauerte es etwas; eine eigenwillige umständliche Art, den Karren hinaufzuzwingen, wofür eigentlich? Als hätte der nicht auf dem Weg unten, den üblichen ...
»Ich hab gern, wenn die Herrschaften den Pimpf von aller weiten sehen; du weißt nicht, wie es bei uns wimmelt in einem fort heißt's. Halt ... kaum hast dich zu erkennen gegeben als unverdächtig, bist schon wieder verdächtig und wieder Halt!Halt!Halt!«, keuchte und zwinkerte; dem sich umwendenden Johannes zu: »Ist dein Phänomobil neu.«, fragte Johannes. Nickte eifrig: »Das auch; das auch.«, und deutete hinüber zu

den Müllhalden; seine von ihm hochgeschätzte Kaufhausanlage. Sagte der Pimpf, er gehe einkaufen, dann war er irgendwo bei den Müllhalden und zahlen keinen Heller, derlei Einkäufe kamen seinem Budget, wie er zu sagen pflegte, sehr entgegen. Von dort brachte er auch die Geschenke mit für die Prinz, die er nur nannte »meine unsterbliche Geliebte«, übersetzt in den Alltag hieß das, der Pimpf und die Tage des Eisprunges der Prinz, das war ein so häufig zustande kommendes Ereignis, daß es die einen nannten »eine geheimnisvolle Sach«, andere umschrieben das Phänomen als »das ist eine verhexte Geschicht« und die Null faßten diese Geschichte so zusammen: jedes Jahr ein Kind. Hiebei hatte es in der Tat schon Jahre gegeben, in denen ausblieb der wachsende Bauch?! Zweifler wurden aufgeklärt, weshalb dies möglich sei, denn manches Jahr sah man den Pimpf nicht, dann blieb auch aus der Bauch.

Sein Beruf war nicht Da-und-Dort, Dort-und-Da gesichtet worden, dies war anders; ja ganz anders! Nämlich so. Und zwar so. Der Pimpf war alles und auch nix, ganz so wie er nix war, war er auch alles. Kesselflicker, Schuhmacher, selbst Instrumente waren mit ihm nicht unglücklich, ließen sich gerne streicheln von ihm und er entlockte ihnen die seltsamsten, sonderbarsten und das war auch wahr: die traurigen Weisen verstand er derartig mitzuteilen, Johannes wollte es nicht leugnen, regelrecht damisch wurde einem hiebei. Wundern passierte ihm selbst, denn eigentlich hatte Johannes eine Scheu gegen diese Gefühlssachen, damisch werden ob so oder anders, derlei konnte er nicht leiden, kurzum, der Pimpf war eine vielgesichtige Gestalt und hatte viele Berufe, sehr, sehr viele Berufe und je nachdem, im übrigen, er war ja noch ganz munter, noch nicht verhungert, oder? Das war das entscheidende Argument, es war der stichhältigste Beweis, er kehrte immer wieder und brachte mit die beglückende Botschaft für »meine unsterbliche Geliebte«, er war wieder da. Das war auch gewiß, einige Berufe kamen für den Pimpf absolut nicht in Frage, es war dies Räuber und Mörder, derlei hatte er noch nie als Möglichkeit sich beruflich weiter auszubilden angesehen: »Ich bin ein Reisender mit Prinzipien.«, auch so definierte er sich schon. Und hatte, das vor allem, schon sehr viele »sehr, sehr sonderbare Geschichten« erlebt, »Johannes, hab ich dir schon die sehr, sehr sonderbare Geschichte erzählt?«, zwinkerte und Johannes bezahlte ihm gerne ein Achterl oder ein Vierterl, denn er mochte die Geschichten, der Pimpf war kein Menschenverächter, aber für die Prinz und die Kinder, die ihn leider Gottes als Vater geerbt hatten, war er ein tief empfundenes Leid, ein Kreuz. Das war auch wieder wahr. Halt schon sehr vielgesichtig. Sein Ehrenkodex war nicht auszusöhnen mit so etwas wie Seßhaftigkeit. In Plänen ihn fest einbauen, unmöglich. Da bekam der Pimpf das Wurlen, er mußte fußeln, das mußte er dürfen. Aufeinmal da sein und aufeinmal nicht mehr da sein. Dieses

Phänomen faßte er selbst einmal zusammen für ein Töchterchen: »Siehst du, Frechdachs; deinem Schnabel antwortet meine Weisheit so. Und zwar so. Also höre – wenn ich nicht da bin, dann bin ich woanders; so einfach ist das.«, für eine jeden Tag hungrige Tochter eine bittere Antwort. Und zogen den Karren hinauf und oben half ihm Johannes, sein Hab und Gut unterbringen im Karren.
»Kommst du oder gehst du.«, fragte Johannes und betrachtete eine wunderschön mit Hand bemalte Vase, der abgesehen die beiden Henkel nichts fehlte und das war ein wunderschöner Unterrock. Die Spitzen fehlten ihm, aber doch fast wie Seide, nicht?
»Deine Geschenke.«, fragte Johannes und der Pimpf schluckte, er war selbst zutiefst ergriffen von den günstig getätigten Einkäufen.
»Ich muß einen besonders guten Tag erwischt haben. Was sagst du zu den Sandalen für mein Mäuschen?«
Johannes nahm die sogenannten Sandalen auf, wendete sie und sagte: »In diese Sonntagsschuh wirst ––––«, hörte auf, höflich weiterlügen, denn es war so, etwas störte den Pimpf?
So war es: »Mach; mach!«, sagte er, wurde ungeduldig, beeilte sich: »Wir werden beobachtet.«, sagte der Pimpf und ergänzte: »Dreh deinen Kopf nicht, tue weiter; natürlich hinter dir und wenn ich ihn nicht sehe, ich spüre so etwas. Ich spüre auch, daß es kein Freund ist.«, richtete sich auf, zwinkerte, wollte, daß Johannes lächle, Johannes mußte ob er wollte oder nicht lächeln, dann sagte der Pimpf: »Wahrscheinlich einer von den Sekkanten.«, und schnürte sein Hab und Gut fest, rüttelte daran: »Der Steckbrief ist sehr günstig.«, auch er es schon wußte. Johannes sagte, seine Stimme klang rauher als gewünscht, erinnert wohl wurde, daß er vogelfrei war: »Vergiß es nicht; du hast in Nirgendwo nicht nur Freunde. Dich lieben ist nicht achGottchen; mir fällt es nicht absolut nicht schwer und aber ...«
»Und aber?«
»Ich weiß, daß es Menschen gibt, die deinen Namen hören und all die Niederungen menschlicher ... achGottchen; du weißt doch. Warum soll es dich nicht treffen? Frage doch einmal umgekehrt; weshalb sollst du die Ausnahme sein? Siehst du Johannes, dann verstehst du das schon viel besser; aberja natürlich – Sonnenklar: Vergiß unseren Posten nicht. Unser Mann des Adlers hat ein Herz; er wird selbst den Vogelfreien aufnehmen. In seiner Wohnung wird man dich auch nicht suchen – denke rechtzeitig daran; ja?«, tätschelte die Wange, umarmte ihn, küßte den Vogelfreien links, küßte den Vogelfreien rechts: »Und jetzt beuge dich; die Stirn ist noch ungeschützt.«, und küßte auch seine Stirn.
»Als sähe ich dich zum letzten Mal.«, und war es möglich? »AchGottchen; jammerschade, es ist jammerschade um diese Jugend!«, hielt sich

fest den Kopf, eifrig wurde, flink und schon unterwegs war mit seinem Karren, entlang fuhr die Allee, sich näherte Sonnenklar von Osten her, denn das war immer so, heimkehrte er aus Prinzip nur von der Seite her, wo die Sonne aufging, aus der Gegend kam er. Ausnahmen? Johannes konnte sich an Ausnahmen nicht erinnern.
Es war möglich. In diesem Menschen, der unterwegs war nach Sonnenklar zu seiner Prinz sagen wird »meine unsterbliche Geliebte«, schlug etwas, auch für den Null Johannes, der geworden war zum Vogelfreien. Johannes nahm zur Kenntnis, nicht unangenehm berührt: selbst er hatte Freunde, selbst er.
Und nickte, nicht ohne Genugtuung. Blieb stehen, wußte nicht weshalb, als könnte er nicht mit dem Pimpf ... und aber wollte das Leben des Reisenden mit Prinzipien nicht gefährden. Und schaute nach dem Mann, Hefendeckel und Reinderl gegeneinander schlugen, auch die Deckel, die er beisammen hielt mittels einer alle verbindenden und zusammen zwingenden Schnur, hatten noch genug Bewegungsmöglichkeit: fürs Werden eine eigenwillige und an Scheppern erinnernde Musik. Hab und Gut des Mannes mit Karren war voll Stimmen verschiedener Lautstärke, nicht auch die Räder? Ächzten und stöhnten, ein Knarren und aber sie waren zuverlässiger als man es ihnen zugetraut hätte; der Pimpf hatte es gleich gesehen; schaute aus, als wolle der Karren auseinanderfallen, als wolle das eine Rad dorthin und das andere Rad dahin, als wolle, was nicht entzwei brechen wollte, sich zumindest verselbständigen, dem war nicht so, denn es war so. Und zwar so. Johannes sah es. Der Karren war zuverlässig, der Karren hatte den Beweis angetreten; ganz gerührt, daß er eingekauft worden war bei den Irgendwoer Müllhalden, zeigte sich willig, zeigte sich gutartig und aber weithin hörbar, ächzte und stöhnte, wollte aber den Glauben des guten Mannes, der noch an die Möglichkeiten eines ausgedienten Karrens glaubte, als ihn selbst: der Besitzer, dem er so lang gedient hatte, schon geworfen zu den »Taugt-auch-nix-Mehr«-Sachen. Johannes so wie viele Nirgendwoer es wußte, daß der Pimpf zu gerade mißachteten, weggeworfenen Sachen eine liebevolle Beziehung entwickeln konnte: die belebte er alsodann, denen gab er eine Seele, als wären's Menschen, die Sachen. Und der Vogelfreie rief: »Ajaajai!«, der Pimpf tat dasselbe und aber drehte sich nicht um; das tat er nicht. Es war der Übermut, es war der Ruf auch wie der Ruf des Pimpf geblieben zur Vorsicht nur im Kopf des Vogelfreien und inwendig war er voll von einer erdliebkosen wollenden Verfassung. Wußte nicht wohin mit dem – schwer Definierbaren, wovon einem nur damisch wurde. War er in seinem Kopf schon angelangt bei der Prinz, umarmte er dies gute, warme und weiche Fleisch: »Meine unsterbliche Geliebte«, es hatte eine andere Seite auch, vermehrte das Unglück des Weibes und war doch die kurze

Zeitspanne Wohlbehagen auch; schon sehr teuer bezahlt; Johannes fröstelte, obwohl es ein sehr heißer Tag war. Die Augustsonne stach regelrecht vom Himmel herunter; die Äste des Haselnußstrauches hinter ihm warfen ihre Schatten; lachte leise, als gäbe es nur feindliche Schattenwerfer; überallso-rund-um-ihn die Schatten. Die Mitglieder der Höllenvereinigung wurden jaauch Schattenmänner genannt, hiemit war Johannes jaselbst ein Schattenmann, denn ein Lichtmann war er janicht, nie gewesen, nie geworden. Und war mit wenigen Schritten, wieder oben angelangt, auf der Straße, die Allee, niemand traute ihm diese Frechheit zu; vielleicht war er hier doch sicherer, als wenn er schnurstracks? Neinein; blieb vorläufig lieber auf der Allee: »Johannes; geh nicht weiter, geh nicht hinein; laß dich nicht täuschen. Eine Häuserzeile links, eine Häuserzeile rechts. Laß dich nicht täuschen.«, flüsterte der Wind und streichelte den Vogelfreien: »Möglich; möglich.«, murmelte der die Antwort.

C
Auf der Himmelswiese

Und von oben sah der Vogelfreie die Vorteile des Gebüsches: in ihm wurde er unsichtbar, in ihm konnte er sich zurückziehen und einmal nachdenken, einmal wieder zur Ruhe kommen. Den damischen Zustand überwinden, nur nicht leichtsinnig werden, nur nicht sich hinreißen lassen von dem Übermut. Die Warnung des Pimpf, der ihm schon erzählt hatte die sonderbarsten Geschichten, die man nicht gehalten für möglich und die dann doch möglich gewesen. Verließ sich lieber auf den Pimpf und seine Sinne, dessen Erfahrungsschatz doch um einiges größer sein dürfte, vielfältiger und also auf vieles rascher, folgerichtiger; unter Umständen doch; reagieren konnte als er: »Als sähe ich dich zum letzten Mal.«, hatte also gesagt der Pimpf. In anderer Hinsicht brauchte er da nix hineingeheimnissen, es nüchtern besehen, durchaus denkbar war; aberja selbstverständlich natürlich! Johannes schlug sich die Stirn. Wähnte sich angekommen, wähnte sich in Sicherheit, auf was hinauf? War er erlegen der vorübergehend ihn erfassenden größenwahnsinnigen Einbildung, ausgenommen den üblichen Mißgeschicken, die jederzeit den Menschen treffen konnten, wofür er nicht zu sein brauchte vogelfrei, konnte ihm eigentlich nix mehr passieren. Vogelfrei, das war seine Sorge, in Nirgendwo nicht mehr.

Und war bemüht, nicht von dem einen damischen Zustand in den nächsten damischen Zustand zu kommen. Es war nur das noch nicht »Sich daran gewöhnt Haben«, daß er selbst in Nirgendwo, gerade in

Nirgendwo besonders vorsichtig sein mußte, besonders, zurückhaltend sein mußte und die absurdesten Zufälle? Auch die mußte er bedenken, groteske Zusammenfügungen von Ereignissen, die den Vogelfreien justament hier, akkurat in seiner Heimatgemeinde zum Verhängnis werden könnten. Das einmal verstanden, das einmal sich gemerkt, war alles halbsowild, deswegen mußte er sich nicht aufregen, deswegen brauchte er nicht – ja, aberwoherdenn! Einmal wissen, wie das war, wenn alles nur mehr Gnade, Glück und Zufall und nicht das Recht auf seiner Seite war, ja auch nicht uninteressant.

Und hatte schon wieder verlassen die Allee, in der Wiese sich doch, um einiges besser aufgehoben empfand, die Geborgenheits-wie Heimatempfindungen ließen, also im Gebüsch, sich steigern. Johannes wurde, wenn er so weitermachte, noch eine nackte Schwärmergestalt, hatte bis dato nicht gewußt, daß in ihm steckte der nackte Schwärmer, fuhr über den Wuchernden im Gesicht, das Borstige wurde schon wieder weich und noch etwas wuchern lassen und er konnte sich einmal bewerben – warum eigentlich nicht – im Himmel als Stellvertreter für den Himmelsaufsperrer und Himmelszusperrer mit dem riesigen Schlüssel, vielleicht war der hocherfreut: »Das ist aber eine liebe Idee; wenn ich einmal muß auf die Seite und du bist so gut? Ach; das freut mich aber, das freut mich aber!«, ganz aufgekratzt der altgediente Petrus, daß endlich einem Nirgendwoer passierte die nächstliegende und wirklich brauchbare Idee. Ihn ablösen. Nicht Tag und Nacht bereit sein müssen – und war bemüht, nicht wachsen zu lassen in sich den damischen Zustand, den andere vielleicht geschwollen Grauen genannt hätten.

Und wenn Johannes kein Hindernis in den Weg gekommen wäre, wäre er in gerader Linie bis zum Mittelpunkt der Erde gefallen; dort, wo das Feuer ist und alles verbrennt und nichts wie niemanden schont. War er nicht unscheinbar und grünlich gefärbt?

War er nicht ein Staubkätzchen und ließ sich vom Wind hin und her bewegen. Schüttelte ihn der Wind, rüttelte ihn der Wind. So könnte es gewesen sein. Er duftete nicht und sein Blütenstaub war so trocken, daß der Wind mit ihm keine Schwierigkeiten hatte. Frühling war auch. Johannes war ein Haselnußstrauch, also ein Kätzchenträger und die Zeit bis zu seinen Nüssen war noch weit und der Sommer, achGottchen, wo war der Sommer, irgendwann kam sicher auch der Sommer des Vierzehner Jahres und aber nun war es noch weit bis zum August, hatten ja nicht einmal den Juni, dann achGottchen; alles kam anders und er wachte auf im Gebüsch und hatte geträumt schauerlich; er sei heimgekehrt als Vogelfreier und habe nicht einmal das Haus der Null betreten dürfen, denn das wurde kontrolliert, auch der Nullweg wurde kontrolliert, ob er nicht daherspaziert, der Vogelfreie. Ob es ihn trieb zurück in das Haus

seines Vaters; in die engste Heimat zogen sich diese Leut gerade in schwieriger Zeit gerne zurück. In das Haus seiner Brüder, in das Haus der Barbara Null.
War er nicht eine Haselnuß und ihn umgab ein Fruchtbecher, der grün war und zerschlitzt. Sehr nah neben ihm noch zwei hartschalige Nüsse, waren umhüllt wie er von einer blattähnlichen Fruchthülle, die ebenso zerschlitzt war: Pietruccio, das war die Nuß rechts von ihm, Josef, das war die Nuß, auf der anderen Seite. Ungleich gesägte Blätter, der Form nach wie ein plattgedrücktes breites Herz und aber grün. Ein nicht kleiner Strauch und es waren sehr viele, anders seine Lage rekapituliert, er war verboten und aber relativ in Sicherheit. Wäre er entlang gegangen die Heerstraße, wäre er zum Nirgendwoer Mittelpunkt gekommen, rechts eine Häuserzeile, links eine Häuserzeile, angelangt, wäre er zum Stehen gekommen vor dem Brunnen, denn das war der eigentliche Mittelpunkt Nirgendwos. Der Brunnen, auf dem sogenannten Platz des Basilisken, natürlich hätte er ausweichen können, Ausweichmöglichkeiten hätten sich angeboten einige, ja Ausweichmöglichkeiten noch und noch, er war ja ein Mensch und hatte so viele Möglichkeiten, so viele wie die Windrose Richtungen offen gelassen auch für ihn. Mehrmals seine Runden gedreht um den Brunnen bis ihm schwindlig wurde und dann die Augen geschlossen, einmal schauen, wohin er blind geführt wurde?
Auf die Augen – und Johannes schloß die Augen unverzüglich wieder. Bis zum Brunnen war er janicht gekommen, rund-um-ihn, das merkte er sich am besten schleunigst, noch immer dasselbe Bild; wahrscheinlich dauerte es etwas, wahrscheinlich verstand man derlei nur ruckartig; immer ein kleines bißchen besser, immer ein bißchen mehr es verstand: Heimkehr und Heimkehr, es war nicht dasselbe. Genau im Kopf Ausgerechnetes und lang genug im Kopf Geschobenes, hin und her Gewälztes, es war nicht dasselbe als wenn es dann, tatsächlich so war. Und Johannes staunte hinauf, staunte zur Seite und drehen er mußte sich doch einmal drehen und schauen, hinter ihm nix anderes? Auch dort dasselbe, nix Neues, er hockerlte, das tat er nicht; er saß, spürte nackte Erde nichteinmal, das waren Blümchen ohne Blüten, saß auf ihren Blättern, wahrscheinlich blühten die erst wieder im nächsten Frühling, auf denen saß er und rund-um-ihn, ihn schützendes Gebüsch. Schwarzer Holunder wurde in seiner Nähe, selbst der Schneeball wuchs hier wild und wenn Johannes sich nicht irrte, hatte er auch die Sahlweide in der Nachbarschaft; einiges, was rund-um-ihn wuchs, werden durfte, ja geradezu wucherte, kannte er dem Namen nach nicht, es giftete ihn immer wieder, wenn er etwas anschaute, sah und sprachlos blieb, hiefür nie gefunden hätte die Wörter und das In-sich-Hineinschauen, sich volltrinken mit Bildern um ihn herum wuchs es frech, unaufgehalten, nicht verboten,

nicht verdrängt, durfte sich zeigen, entfalten und fast so etwas wie Neid, eher das tief empfundene Empörung war, empfand es wie einen Nadelstich, wie viele kleine Nadelstiche --- einmal nüchtern, wer sagte ihm, daß der Pimpf sich keinen Scherz mit ihm erlaubt? Ertrug Johannes nicht, empfand Johannes es schon als Qual, so er angeschaut wurde und nicht wußte von wem, nicht kannte den Standort und das Sinnen dessen, der ihn wußte, einfach anschaute, obwohl --- Wurde er zimperlich, wurde er ein anderer, hatte er nicht seine Lage schon erwogen um einiges ruhiger, nüchterner Kräfteverhältnisse abgewogen, Umstände bedacht und hatte er nicht schon schwierigere Situationen --- und so nah vor dem Ziel, vor sich schon sah das Ziel, er geworden einem Lausbuben nicht unähnlich, den Entsetzen wie Angst und Grauen anfiel wie ein hungriges, reißwütiges Raubtier, so er bedachte, daß er etwas getan, was verboten war; eigentlich verboten war?! Wie war das; hielt seinen Kopf mit beiden Händen, auf den Knien die Ellenbogen; er konnte nicht anders und anders als vogelfrei fand er im August des Vierzehner Jahres --- also eigentlich sehr übersichtlich die Lage war, verriet er seinen Glauben an den Menschen im Menschen nicht, dann war er verboten. Er blieb doch besser bei dem Johannes, den er kannte und gestattete seine Ermordung nicht; weshalb sollte der sein Wissen und Gewissen unterwerfen, war er etwa der Schatten des Adlers, war er etwa --- kein Grund, er brauchte sich, nicht rechtfertigen, er hintreten konnte ruhig vor jedermann und antworten: »Jawohl; so ist es. Solchen Geschäften zeigt der Gestrige mit dem Brand im Herzen nach einem anderen Morgen den hintenwärts Befindlichen. Diese Selbstachtung gestatte ich mir; mein Nein und das Nein der Millionen, wo ist das Nein der Millionen?«, blickte auf, schaute um sich, erstaunt und es war schon so, nix Neues. »Johannes; Vogelfreier, komm heraus. Geh nachhause, der Spuk ist vorüber. Warte nicht bis die Nacht kommt, warte nicht bis die Dunkelheit dich schützt. Es ist der Millionenfüßler, der mit dem Vogelfreien spricht, er schützt dich besser als die Nacht.«, wie?! Die Situation war doch übersichtlich, was störte ihn. Was verstand Johannes nicht. »Johannes; Vogelfreier, komm heraus. Geh nachhause, du bist müde, du bist hungrig nach Schlaf und hungrig nach Frieden; es ist Frieden. Wir haben eine Feier gehabt, du hast unsere Rückkehr versäumt. Und als wir zurückkamen feierten wir, denn wir weihten ein --- eine neue Tradition hat begonnen. Der Mensch steht unter Naturschutz, für den Schutz dieser Gattung zeichnet verantwortlich der Millionenfüßler. Bedenke es, deine Brüder warten auf deine Heimkehr, deine Mutter. Dein Vater ruft: Sag einmal! Johannes; Vogelfreier, komm heraus.«, wie?! Die Aufforderung war doch eindeutiger gar nicht formulierbar! Und Johannes sprang auf, etwas zu hastig, taumelte, hatte sich selbst gepeitscht und wußte, daß

einer Erschöpfung nachgeben nie das Richtige war, javerheerend, was man davon bekam? Nur einen damischen Schädel.
Vogelfrei, das war kein Zustand, und stolperte sich quer über die Wiese, blind war er und taub, ähnelte einem Betrunkenen, der seinen Rausch ausgeschlafen etwas nüchterner beschaute den Tag, einen Brummschädel hatte, im übrigen hatte? Er geschlafen; das wars. Den Rausch vernünftiger Weise losgeworden auf der Himmelswiese in der Nähe des Buschwerkes, nicht unferne der Heerstraße, auch nahe der sternzackförmig gebogenen Niemandstraße, in der sich auflöste die Heerstraße, wurde zu dem großen Platz vor dem Steinheiligen auf dem Sockel, namens: Johannes, es also war der Johannes der Apokalypse und zu dem wollte er, dem mußte er Bescheid stoßen; blieb doch lieber in der Wiese, hockerlte sich, setzte sich. Nirgendwo. Das wars. Er hatte es nicht für möglich gehalten, aber er war tatsächlich wieder da, wieder zuhause, er war daheim. Und staunte um sich. Saß, die Beine gekrätscht, auf der Himmelswiese und viele Farben, jaunglaublich wieviele Farben auf so einem kleinen dreieckigen Wiesenfleck unterzubringen waren.
Hatte schon ganz andere Wiesenflächen überquert, da wurde die Wiese, einst war sie ihm groß vorgekommen, ein winziges Fleckerl, alles relativ, alles; außerdem, er lebte ja noch. Und verdutzt stellte der Vogelfreie fest, er könnte, es könnte möglich sein, empfand es sehr, sehr tief, daß er noch lebte und er lebte gerne; sehr, sehr gerne. Fast feierliche Stimmung fiel ihn an, fast Andacht. Wenn er nicht von dem einen Zustand wieder zurück --- neinein; er war ja viel vernünftiger, zumindest sollte er sich das zutrauen, auf daß es auch möglich wurde. Übermut in allen Ehren aber.
Einmal nüchtern. Das Ziel hatte er noch nicht erreicht; vorläufig trieb er sich noch im Grenzgebiet Nirgendwos herum? Kopfwendung, die Allee hinter ihm, seitwärts geblickt, die Heerstraße rechts von ihm und die Heerstraße mit den Augen gewissermaßen überquert, wieder ein dreieckiger Wiesenfleck und etwas nach oben geblickt, auch die Niemandstraße. Alles da, wie immer; blickte hinauf zum Himmel. Die aber schon ordentlich herunterstach --- irgendwann hatte sie es getan, ließ nach, auch das Stechen; es auch irgendwann wahr gewesen sein wird.
Eine kleine Pforte gestattete Eintritt in den Pfarrhof in der Nähe jenes Abschnittes der Umfassungsmauer, die am dichtesten bewachsen war mit Dornengestrüpp.
Solange sich Nirgendwo zurückerinnerte, wurde diese Eintritts-Öffnung nicht durchschritten. Es war eine vergessene Tür. Anfangs wunderte Nirgendwo sich, dann hieß es, der alte Hochwürden habe den Schlüssel verlegt oder andere es noch besser wußten, habe nie einen besessen. Nirgendwo hatte eine plausible Erklärung und konnte über Wichtigeres nachdenken.

Die Tür war so sehr verzogen, daß sie als geschlossen betrachtet wurde. Es war ihr ganzes Geheimnis. Wenn er auf früheren Rundgängen innerhalb und außerhalb der Umfassungsmauer aus einigen Beobachtungen folgerichtig geschlußfolgert, wenn er sich nicht getäuscht hatte, so hoffnungsgierig geschreckt und die Tür wirklich nur verzogen war, wird es so gewesen sein. Mit einem kräftigen Fußtritt öffnete Johannes die Tür.
Vorläufig streckte er die Glieder, legte die Hände so, daß er endlich einmal einen Kopfpolster hatte und spielte den Mann von anno dazumal, der sich, hineinlegen konnte in eine Wiese und ––– öffnete die Augen; leichtsinnig sollte er nicht werden.
Hörte Stimmen? Lauschte, das war von der Heerstraße her, irgendwo zwischen den Häusern waren Menschen unterwegs. Und der Vogelfreie fragte sich, ob er verrückt geworden war; niederer liegen, sodaß man von der Allee her, in der Wiese, also so sah man jeden ––– unter Umständen wurde er sehr flink, keine Müdigkeit war mehr in ihm.
Bald hastete er über die Allee, hinunter die andere Seite, rannte den Irgendwoer Müllhalden zu, verschwand im Gebüsch und die Zweige peitschten ihn, so tölpelhaft wie er sich vorwärts bewegte, fort, nur fort; in einiger Entfernung, leistete er sich den Luxus, nachzugeben seiner Neugierde, hinaufschauen zur Allee. Das war ein eigener Sinn; staunte; woher waren die Männer gekommen, sieben Mann auf Patrouillengang. War das nicht etwas viel? Und erinnerte sich an die Äußerungen des Pimpf: ».... wimmelt....«
Aja, das hatte er fast vergessen! Ging er weiter, kam er zu – dem Wasserfall? Wenn sie dort nicht hatten ihre Brückenschützer. Kehrtwende und lief kreuz so, quer so, bis er stehenblieb und den Eindruck hatte, seinem Fußeln fehlte eine brauchbare Einstellung, was brauchte er? Ein Ziel! Das wars. Ein Ziel. Nickte, war wieder, so nach und nach doch der geworden, der ihm bekannter vorkam, weniger zerstreut, weniger verwirrt. Ruhiger geworden war; nicht so kopflos. Lachte leise, bestätigte sich, daß man sich immer besser kennen lernte in je mehr Lebenssituationen man geriet; jaunglaublich. Hatte gar nicht gewußt wie kopflos er umeinander laufen konnte, gerade dann, wenn der Kopf am wichtigsten war, schon die Überlebensfrage.
»Johannes Null! Es ist zwecklos! Du bist umstellt; ergib dich! Du bist eingezingelt! Du kommst so nicht weiter!«
Hörte er richtig? Blieb stehen; rund-um-ihn nur Gebüsch, zog sich besser zurück etwas tiefer hinein in den Wald.
»Johannes Null! Sei vernünftig! Ergibst du dich nicht, wird scharf geschossen! Du kannst nur gewinnen, wenn du dich freiwillig ergiiiiebst!«
Sah er richtig? Standen oben, es war schon so: kehrten ihm den Rücken

zu, also umstellt hatten die Himmelswiese oder wie? Suchten sie ihn – – – aja, Haselnüsse wollten sie essen und aber fürchteten im Gebüsch ein gefährliches Vögelchen, frei hockerlte es im Gebüsch, schepperte, rührte sich nicht, stellte eine Vogelart sich tot? Starrten allesamt wie fasziniert zu dem Holzgewächs mit den vielen gertenförmigen Zweigen und witterten wohl, er könnte sich versteckt haben in einer Haselnuß? Schloß die Augen; war das möglich? Hörte er Schüsse? Spürte er einen Schlag, brannte es, war – – – betastete sich, er war ganz. Wandte sich um, lauschte, es denkbar war, daß Nirgendwoer – – – und rannte. Entfernte sich wieder von Nirgendwo, zog vor einen Bogen, wich aus bis hinter Irgendwo und hinter Irgendwo; der Vogelfreie sich wieder näherte, etwas naß war er geworden, gestolpert und aber nicht eingesunken in den nassen Wiesen, es war die Gegend, die er sehr gut eingeschrieben hatte im Gedächtnisbuch seiner Erinnerungen, hier war er nicht einmal nachts verloren, hier war er das Wild, schwer zu finden, schwer zu treffen und hatte den Vorsprung, den ungefähr der Vogelfreie hat, falls man ihn wähnte woanders und immer dort, wo er gerade nicht war und aber dürften sich genähert haben, irgendwann nach so vielen Schüssen hofften sie die Gegenwehr des Waffenlosen, nicht mehr fürchten zu müssen? Vermuteten den Widerstand des Wehrlosen, im Haselnuß-Gebüsch auf der Himmelswiese Kauernden endgültig gebrochen, endgültig – – – die hatten den Verstand verloren, die hatten allesamt im Hirn nicht einen Gramm Mensch zurückbehalten; Raubtiere jagten ihn, begabt mit – – – ja unmöglich – – – und aber es war gut zu wissen, daß es so war. Fühlte sich um einiges schwerer geworden, war gewatet durch Schlamm auch, aja, über eine Müllhalde war er auch gestolpert, hinauf so auch hinunter und der Aussichtsturm hatte auch einen Vorteil, hatte auch seine Vermutung bestätigt, näherten sich, Totspender mit Lauf voran, bereit, unverzüglich, bei der geringsten Regung aus dem Gebüsch, wieder zu werden Tod, brennende Wunde im Fleisch des Vogelfreien. Dieses Mal witterten sie ihn auf der anderen Seite, der Nirgendwo abgewandten Seite der Erhebung. Sieben Mann auf Patrouillengang stürmten die Erhebung hinab, auf daß sie dann sich näherten im Laufschritt, hoch, alsodann nieder, wieder hoch und wieder nieder; griffen ihn an, den imaginären Vogelfreien, hatten den aber ausgebaut in ihren Köpfen zu einem regelrecht schwer zu Fassenden? Schwer zu fassenden und aber gefährlichen Menschen. Sicherlich, da drüben, mehr im Westen, dort war er tatsächlich verschwunden: Hatte sich zurückgezogen, wähnte den Wald brauchbar als Schutzwall, doch war das nicht schon etwas her? Also wieder hinunter von der Halde und nur fort von dem Aussichtsturm, weiter, wieder näher: Suche wurde der Vierzehnfüßler draußen, sodaß er – – – blieb stehen, schaute hinauf, das dürfte sein die Rückansicht der heiligen

Barbara, den Lebensbäumen nach, denn in vordenklichen Zeiten war irgendjemand die sublime Idee passiert, hinter unserer steinernen Heiligen sollen Lebensbäume wachsen. Nirgendwo abgewandt wurden eingepflanzt, links von ihr und rechts von ihr ein Lebensbaum. Und sitzen sollte man dort auch können. Eine Bank zwischen den Lebensbäumen hinter Barbara.

D
Vorübergehend

Waren dort oben auch gesessen und hatten geschaut nach Nordosten wie nach Norden. Irgendwann war sie der Übermut angefallen, wie auch immer, es war die nächste Idee gewesen: zum Wasserfall. Hinab den Hügel, die Wiese war geworden ein vorübergehender Aufenthaltsort, schaute hinauf: sah das weiße Holz; glatt; in papierartigen Fetzen sich ablösende Rinde, die dünnen und herabhängenden so biegsamen, geschmeidig wirkenden Zweige. Dieses zähe und harte Holz der Birke.
»Mindestens vierundzwanzig Meter; was sagst du.«, Johannes hatte nichts gesagt, ihren Stamm verwendet als brauchbare Rückenlehne, von der Bank zur Birkengruppe jaauch ein weiter Weg, mindestens dreißig, wenn nicht gar fünfzig Schritte, Johannes mußte ausruhen, die Augen schließen und sich wohlfühlen.
»Sie ist sehr schön. Hellschimmerndes Weiß, es ist ihre Rinde.«, begann lauter nette Sachen sagen, der Birke.
»Sag noch blendendweiß und die Birken erzählen dir etwas anderes.«, wollte nur einen Punkt haben.
»Du erinnerst mich sehr an den stacheligen Wacholder.«, etwas spitz aber nicht wirklich verärgert.
»Ich möchte wissen, welche von den Birken herbeigezogen hat die ganze Birkengesellschaft.«, sagte Johannes, blinzelte, sah schon richtig: zupfte sich am Ohr, wo hinaufschaute? Zum nächtlichen Himmel oder sich sagte, die größte Birke natürlich; welche sonst. Hatte geirrt. Deutete auf eine – Birke: »Wo.«, Johannes verstand nicht gleich. Denn der Zeigefinger deutete so, daß eher --- »Sag einmal!« --- dort nichts war, ausgenommen Nacht, Luft.
»Die du nicht siehst, die wird es gewesen sein.«, orakelte? Und konnte werden ein liebenswerter Kindskopf.
»Willst du mich zu der Birke führen.«, sagte er, bejahendes Nicken antwortete. Das war gewünscht: »Sag einmal; nicht fünf Minuten darf man bei dir ausrasten. Und aber ich steh auf ---«, so war es, saß er dort, lehnte sich an den Stamm, sagte sehr sanft: »Ich sagte doch, eine

mindestens vierundzwanzig Meter hohe Rückenlehne, ein seltenes Vergnügen --- äußerst selten.«
Von den Birken hatten sie sich: vorübergehend, aufhalten lassen, durch das Gebüsch und mehr nach Westen, am westlichen Ende der Halden-Gegend, dort suchte der Vierzehnfüßler jetzt mit größter Wahrscheinlichkeit den Vogelfreien, eine sehr gemiedene Gegend --- im schützenden Wald:

E
Zwei Füße hatte und nicht die langen Löffel eines Sonntagsbraten

Wo die wellige Erhebung wurde wieder der Wald, dort stieg Johannes langsam höher. War nur mehr ein riesiges Ohr, Auge, war nur mehr Sinne, bereit sofort Fehlender zu werden, in wenigen Bruchteilen von Sekunden zu sein wie nie gewesen, nie gefehlt. Eine nicht existente --- wahrscheinlich Halluzination, denn so geschwind konnten Menschen?! Nie, Menschen nicht. Das Rascheln, das Knacken, wenn er stieg auf Holz, jedes Geräusch, jedes Anzeichen, das Verkündigung werden konnte von seiner Gegenwart, konnte werden die unheilbare, brennende Wunde im Fleisch des Vogelfreien. Null Johannes tat gut daran, sich nicht zu verwechseln mit einem Menschen, tat sehr gut daran, das nicht Faßbare zu fassen, er durfte mit allem rechnen, nur nicht mit Erinnerungen an einen, den er gewähnt, verteidigen zu müssen, den gab, das war sehr merkwürdig, den gab es nicht mehr. Vogelfrei, das war etwas anderes? Es war etwas, was er bis dato trotz alledem sich noch nicht so vorstellen hatte können. Und indem er geworden war vogelfrei, war er geworden ein anderer. Johannes spürte es an allen Ecken und Enden. Selbst in seine Erinnerungen wirkte der neue Situationsbericht hinein. Allessamt, egal was er betrachtete, ob es Vergangenes war, ob sich Vergangenes in Gegenwärtiges hineinschob, oder Gegenwärtiges in Vergangenes, die Blickrichtung war eine andere geworden. Und sah schon, könnte besser im Wald bleiben und sich nicht allzu nah heranwagen an die Allee, wußteJohanneswie, woher, unvermutet wieder auftauchten die Schießwütigen, die nicht in der Lage waren einen Feldhasen zu unterscheiden von etwas, was aufrecht ging, zwei Füße hatte und nicht die langen Löffel eines Sonntagsbraten.
Hier dürften einige Sicherheitsmänner von dem Ehrgeiz gepackt worden sein, sich einen Stern verdienen mit dem Vogelfreien oder wie? Am meisten hatte ihn gewissermaßen doch verletzt: Einer von den sogenannten Sicherheitsmännern war, nicht immer so gewesen. Jaganz anders, jagarkein Vergleich! Und es hätte gegen seinen Ehrenkodex verstoßen,

damals, selbst unbewaffnet; bewaffnet nur mit den Fäusten, Zähnen und Füßen; zumarschieren mit sechs anderen auf einen, der sich schon ins Gebüsch verkrochen hatte. Das Wissen, es könnte ihn nur gerettet haben, der Irrtum dieser Männer, es war ihm nicht gleichgültig. Auch war er ein Hammergänger, saß aus Prinzip in ihrem Gasthaus und war ––– das war er; gewesen ––– einer von den Sicherheitsmännern erwies sich als ––– so eben, wie er vorher; rieb die Sentimentalität fort, jalächerlich. Sich wegen so etwas noch aufregen. Und der hatte ihn damals so schwer verdächtigt, o du lieber Augustin. Der hatte August nur mehr ––– nur mehr den Namen gehört und schon war der wie ausgewechselt. Schonender man das nicht umschreiben konnte. Vielleicht aber hatte gerade der ihn dorthinein gesehen, behauptet, er habe ihn dort gesehen, auf daß er besser ––– auch möglich; durchaus! Das wollte Johannes nicht ausgeschlossen haben. Vielleicht? Jasehr wahrscheinlich! Schlug sich die Stirn. So verstand er die Situation doch um einiges besser. Jaraffiniert! Der hatte ihm ganz gewiß sublim eine Rückendeckung ––– nickte eifrig; das wars. Er konnte beruhigt mit den anderen hinein ins Gebüsch ––– schießen, er wußte ja, daß Johannes nicht mehr ––– er mußteja aufhalten! Das wars. Und er hatte ihn verdächtigt. Auch das war an ihm anders geworden: Er hielt für möglich so vieles, was er früher, vor noch gar nicht allzu langer Zeit nie, niemals für möglich gehalten hätte. Vielleicht auch deswegen, weil alles, was er nicht rechtzeitig für möglich hielt, das Leben kosten konnte und das war doch; ein sehr hoher Preis. Diesen kostbarsten, unbezahlbaren Schatz Leben verlieren, es war der Alltag des Vogelfreien? Es war, sowie der Alltag auch die Allnacht des Vogelfreien. Vielleicht steigerte gerade der Zustand der Rechtlosigkeit; auch was anging das Verdächtigen, Verleumden auch mit Mißtrauen betrachten unter Umständen den besten Freund; die Grillen-Pflege. Begann Johannes als Vogelfreier Grillen hätscheln, Grillen verwöhnen, entwickelte er neue Mucken, neue ––– achGottchen, schaute seine Hosenröhren an, die Schuhe; so konnte er bei Tag nicht hinein. War schon äußerlich ein Blickfänger. Zerschlissen, zerrissen, Fast-in-Fetzen, Lehm, Erde, Wiese, Blutflecken und fuhr über eine sprießende Pracht im Gesicht: Wahrscheinlich war sein eigener Großvater ihm ähnlicher als der Enkel sich selbst. Warum war er auch so begierig auf Schlammpackungen. Doch grinsen mußte; ja allerhand was er alles mitbrachte aus dem Land des Chen und Lein nicht; von den Irgendwoer Müllhalden, den nassen Wiesen, hiebei hatte Johannes sich schon mehrere Male unterwegs umkleiden dürfen. Es war ja nicht so, es gab ja auch Menschen, die wollten, daß dem Vogelfreien – lachte leise; nicht wenige es gab, die seine Sehnsucht verstanden, die auf seiner Seite waren. Und mit ihm. Und ihm die Daumen drückten wie die Zehen, Mutlose auch nur beteten, auch tollkühne Menschen wurden, nur damit einer durchkam, der vogelfrei war, das war ihnen Lohn genug gewesen; nickte. Und sah die Pappeln der Irgendwoer Straße. Die Nirgendwoer Grenzstraßen hatten keine schönere Allee, es war die schönste, Johannes am meisten ansprechende, entsprechende Allee. Und der Pimpf war auf ihr nicht mehr, vielleicht war er schon, war das möglich? Abgezweigt und hinein nach Nirgendwo bei der Barbara?! Doch eher entlang zog mit seinen Karren die Grenzstraße oder hatten ihn --- aja, die Schüsse. Könnte aber schon gehen auf dem anderen Arm, sich schon wieder nähern dem inneren konzentrischen Kreis, während Johannes erst zuging auf den äußeren konzentrischen Kreis.

Zwei konzentrische Kreise: Der innere Kreis entsprach den innersten Grenzpunkten Nirgendwos, hievon gab es sechs, der äußere Kreis entsprach den äußersten Grenzpunkten Nirgendwos, hievon gab es auch sechs. Die sechs Plätze waren die sozusagen nicht ausradierten Punkte. Das konnte Johannes behaupten von den äußeren sowie von den inneren Plätzen. Sechs »Punkte« waren übriggeblieben vom inneren sowie vom äußeren Kreis. Der gemeinsame Mittelpunkt war der Platz des Basilisken. Anders es sich rekapituliert, Nirgendwos Grenze hatte zwölf gepflasterte Plätze, jeder Platz einen Steinheiligen oder eine Heilige, von sechs Plätzen (die Punkte des inneren konzentrischen Kreises) führten zwei Grenzstraßen zu einem Punkt des äußeren konzentrischen Kreises, die hießen verschieden. Von sechs Plätzen (waren die Punkte des äußeren konzentrischen Kreises) führten zwei Grenzstraßen zu einem Punkt des inneren konzentrischen Kreises, die hießen gleich. Ein übersichtliches, sublim Verwirrung stiftendes Namengeben war da einigen Nirgendwoer Herrschaften passiert; machte nix. Wahrscheinlich hatten sie sich, zergrübelt und lange genug den Kopf zerbrochen, wie sie die Grenzkommunikation Nirgendwos heißen sollten. Sechs Namen ließen sich leichter finden als wenn sie jedem Straßenarm gegeben hätten einen eigenen Namen und hiemit wohl der Sterncharakter der Grenzkommunikation, selbst in der Namensgebung besonders betont bleiben sollte? Wie auch immer; was daran beruhigen sollte? Bedachten die Namensgeber, daß Sterne eigentlich --- sollte er gleich einen Untergang vorwegnehmen, ersinnen den Nachruf, welchen Nachruf hätte der Sohn eines Josef Null senior verfaßt?

Und ging durch die Pappel-Allee.

F
Trotzdem hat sie gewartet

Als wäre er nicht vogelfrei, als fürchte er eigentlich den Tod nicht, als wolle er nicht verhindern seine Ermordung. Hatte ihn erfaßt die Empfindung »mir-kann-nix-geschehen« wie auch immer, er entlang ging der Irgendwoer Straße, nicht wissend, wer nicht wirklich war, ging er in einer untergegangenen Welt, ging er oder war er längst schon Vergangenheit, nur mehr Erinnerung an Johannes Null, die sich Pappeln einander erzählten: »So viel wißt ihr von mir auch wieder nicht.«, murmelte Johannes Null.
Die Pappeln antworteten dem Vogelfreien, aberja natürlich selbstverständlich.
»Auch du weißt von uns nicht besonders viel.«, kicherten und waren gar nicht so traurig, zitterten im Winde oder war es ein besonders anmutiger Tanz? Johannes es nicht wußte, wanderte wie auf einem anderen Stern, enthoben all jener Niedertracht, die ihn vogelfrei gemacht.
Welchen Nachruf und wofür, für wen.
»Ihr, die ihr noch nicht geboren seid. Der Vogelfreie hat auf eure Ankunft gewartet. Wie eine Mutter hineinwartet in die Zukunft, sitzt auf der Wasserbank und wartet auf den heimkehrenden Sohn, der gestern erschossen worden ist. Das Warten war auch im Vogelfreien.«, murmelte er und wartete auf den Einwand, sicher empörten sich die Pappeln und sagten: »Das stimmt nicht; das ist anders. Ganz, ganz anders. Warum? Weil es nämlich so ist. Und zwar so.«, blieb einen Augenblick lang stehen, lauschte nach links, lauschte nach rechts, ging, denn es war ihm als hätten die Pappeln geschwiegen.
»Natürlich aberja selbstverständlich. Wir tanzen!«, und kicherten und muntere fast silbrig glänzende ––– »Der Wind spielt mit uns, wir schäkern gerne. Hast du gemeint, wir lassen uns von dir etwa die Freude verderben? Sieh doch, was das für ein Tag ist!«, waren wirklich übermütig und aufgelegt ––– »Schabernack heißt du das? Abernein; das ist anders, ganz, ganz anders. Weil es nämlich so ist. Und zwar so.«, blieb wieder stehen, willig zu hören wie es sein könnte.
»Geh nur, laß dich nicht aufhalten –––«, präziser wurden sie nicht?
»Liebe Grüße, Vogelfreier, von deiner Mutter. Wir sind deine Mutter!«, wurden noch frech.
»Trotzdem hat sie gewartet. Denn Johannes hat kommen müssen, auch wenn Johannes nicht gekommen ist.«
Blieb stehen, war das ein Anknüpfungspunkt?
»Weil er vogelfrei war?«, fragte und schaute hinauf. Die Blätter waren ziemlich hoch oben.

»Er will uns aushorchen.«, kicherten und also, so munter wie sie waren, wären sie etwa so munter gewesen, wäre auf der Grenzstraße gegangen ein schon Toter, ein schon ---
»Aberja, natürlich, selbstverständlich! Du kommst ja wieder; immer wieder; so oft wie du schon hier gegangen bist --- herrjemine! Du glaubst nicht, wieviele Vogelfreie wir kennen. Daran haben wir uns gewöhnt.«
Und wiesen ihn höflich darauf hin, daß sie doch schon um einiges älter waren, die Pappeln dieser Nirgendwoer Grenzstraße?
»Ach nein; das ist viel einfacher. Wir plappern mit dir, plaudern tun wir! So ist es, denn du bist vogelfrei. Mit dir können wir uns besonders gut unterhalten. Findest du nicht auch, daß wir uns jetzt viel, viel besser verstehen. Vogelfreier, schwindle nicht! Leugne es nicht! So nah warst du unsereins niemals. Ganz im Gegenteil! Du hast dich gerne von uns distanziert und gesagt. Aufgeklärter Kopf der ich bin, was gehen mich die dummen Blätter und Zweige und Äste einer Pappel an? Ach, wir haben auf den Grund geblickt deiner Seele.«
»Was war dort.«, murmelte der Vogelfreie.
»Schlamm, viel, viel Schlamm, Sumpf, eine Kloake und ein riesengroßer schwarzer Teich. In ihm starben die Fische, in ihm starb das Leben, in ihm starb jede Art Leben, falls es hineinstieg, es war wie verseucht!«
»Das ist gelogen!«, war stehengeblieben.
»Aberja selbstverständlich natürlich. Denn in Wahrheit war es nämlich so. Höre. Und zwar so.«
Nickte, kannte das schon. Wenn sie sagten, so war es, dann sagten sie nix mehr. Wie die Mamma: »Was sag ich.«, und sagte nix mehr. Und mußte eine umarmen, und umarmte eine der Pappeln, stellvertretend für alle. Wählte aus eine besonders schlanke Pappel, eine die kaum schlanker denkbar war, so hoch wie sie gewachsen war, seine Schöne, konnte er ihre Blätter nicht einmal küssen. War auch nicht nötig, verstand ihn auch so.
»Nicht nötig; nicht nötig. Wären wir auf euch angewiesen, wir müßten ständig Trauer tragen. Wir halten es lieber mit dem Wind. Er ist sehr gut zu uns, wir mögen ihn sehr. Er hat noch keine Generation verraten, immer wieder kam er, er ist zuverlässig. Aberja! Schau nicht so ungläubig herauf; natürlich ziehen wir den Wind vor. Aber dich, mögen wir auch.«
Und schaute nach vorne, schaute Nirgendwo zu, die Hände um den Stamm der Pappel, welchen Nachruf hätte der Sohn der Barbara Null verfaßt für die noch nicht Geborenen? Und blickte auf Dächer, Straßen, selbst Bänke und Wäscheleinen, Balkons, Dachrinnen, Schneegitter wie Kaminreiter und Blitzableiter und geschlossene Fensterläden wie geöffnete Fensterläden, herabgezogene Rollbalken, Mauerfraß, frisch Renoviertes, verfallendes Mauerwerk und zerfiel ihm die Einheit Nirgendwo.

G
Daß d' es nicht vergißt: es war der 6. Juni 1914, ein Samstag.

Und der Turm, über der westlichen Giebel-Fassade streckte Gott seinen Finger in Form eines Turmes – Richtung Himmel. Und der, von Menschen geformte Finger Gottes ist geschieden worden in vier Geschoße, durch Bandstreifen. Und seitliche Einfassung hat man auch gehalten für schön, denn ist eingefaßt worden von gekuppelten Lisenen. Und in der Mittelachse war sie, die rechteckige Tür, und ihr hat man den Schmuck zugedacht: mit kreuzförmig verkröpfter Umrahmung müßt sie, ganz besonders betont sein und halt, etwas darstellen. Hiefür, für diese Etwas-Darstellungs-Sucht; trotzdem. Worden ist auch darüber, eine breit-rechteckige Oberlichte. Und am Sturz: eine Jahreszahl, die betonte, urururalt. Und Draperie mit Früchtebüscheln. Im übrigen Rundgiebelverdachung mit Cherubskopf im Feld. Und darüber noch die Rundbogennische und die ist umgeben gewesen von einer Flammenmandorla, auf dieser eine Inschrift.
Heiliger Johannes der Täufer bitte für uns.
Diese Bitte wurde gehalten in einer der beiden für das Abendland bedeutenden toten Sprachen. Und in der Nische ist sie gestanden: die Stein-Figur des Täufers. Auf Volutensockel. Und mit Inschrift in Kartusche, die betont, daß der Meister, der sich ersonnen diesen Johannes den Täufer, gewesen, auch, ein Johannes. Getaufet auch, als Johannes. In der Wölbung Muschel.
Und gewesen sind: Wandschlitze, auch – mit Umrahmung. Mit rechteckiger, verkröpfter Umrahmung. Am zweiten und dritten Stockwerk waren sie sichtbar. Und die Glockenstube, für sie hat man ersonnen und dann gemacht rundbogige Schallfenster mit Steinbalustrade, mit vorgeblendeter Stein-Balustrade. Darüber die Uhr. Wenn er durch den Mond griff, konnte er die Zeit richtig stellen. Mit einem winzigen Türchen konnte er den Mond öffnen. Seit Ikarus das Ziffernblatt der Kirchturmuhr frisch gestrichen, verschönert auch hatte, liebte er die Uhr schon fast kindisch und schaute manchmal zu ihr hinauf, als hätte er es zu tun mit etwas sehr Lebendigem, als wäre da oben seine Geliebte, was sehr sonderbar war, denn gleichzeitig übte er sich in ständiger Betonung zu sein eigentlich in letzter Instanz immer »der über die Friedhofsmauern des Nurgeschichtlichen hinausschaute«.
»Wie stellst du das an.« Hatte er einmal gefragt den Priester und hatte erhalten die Antwort: Lachte leise, zupfte sich am rechten Ohr und sagte nur: »Aja. Daß ich es nicht vergeß.«, mehr sagte er nicht, ging dann vorüber am Nußbaum, der für ihn die Eiche war, betrat das Pfarrhaus und Johannes folgte ihm, die Sternentür mit dem Korbgitter; der Pfarr-

hof sah schon ganz anders aus. Überall war an den Wänden, unter anderem auch Abel; schloß die Augen, hätte sich nicht gewundert, wenn Abel um ihn gelegt hätte den Arm und gemeint hätte: »Da kannst ewig stehen, hinunterschauen. Einiges wirst trotzdem nicht verstehen; mach dir nix draus. Mir gehts nicht anders.«, nickte Abel und blieb an seiner Seite.
»Abel.«, murmelte der Vogelfreie.
»Wennst schon wieder heimkommst, ein Stückerl entgegen gehen hab ich dir doch ja auch wieder müssen.«, sagte Abel.
»Brauchst dich nicht entschuldigen.«, sagte Johannes.
»Freut mich doch, daß d' wieder da bist; kannst ja mein Grab auch ein bisserl besuchen in der Nacht.«, sagte Abel, klopfte ihm auf die Schulter, »Nix für ungut. Daß aus unserer Geschicht sowieso nix worden ist; ob mir das jetzt passiert wäre oder nicht. Also, ich leb mit dem August im Frieden; nicht daß d' meinst. August und ich haben uns versöhnt; schon lang. Ja, das ist auch schon wieder eine Ewigkeit her.«, steckte die Hände in die Hosentaschen und der Vogelfreie sah ihn, er kehrte zurück, aufhalten sich nicht allzulange wollte draußen: »Weißt eh; von wegen --- ich verkühl mich so leicht.«, deutete mit dem Zeigefinger auf seinen Hals und Johannes doch grinsen mußte.
»Ausred.«, murmelte er und schaute nirgends hin, hielt die Augen geschlossen.
Hatte ihn doch gefreut, daß Abel gekommen war.
»Irgendwann mußt die Pappel wieder loslassen; daß d' es nicht vergißt.«
»Deswegen bist kommen.«
»Auch; deswegen auch.«
»Daß so etwas schnell passiert, brauchst mir nicht ---«
»Hab ich ja auch nicht; hab ich ja auch nicht!«, abwehrend die Hände nach vorne, aber nicht, als wollte Abel Johannes in Distanz halten, eher so, als sollte Nirgendwo in die Ferne geschoben werden, etwas weiter weg.
Öffnete die Augen, wollte etwas sagen, rufen, schreien, brüllen: »Abel!«, ihm befehlen: »Zurück; herda! Auf der Stell herda! Unverzüglich!«, doch Abel ging, kam nicht mehr, drehte sich nicht um, ging durch Wände hindurch, auf geraden Weg kehrte er zurück, sah ihn jeden Umweg meiden, nicht einmal die Häuserfassaden hinaufkletterte, über Dächer spazierte, sprang, von einem Dach zum anderen, nein, Abel ging, als gäbe es für ihn keine Mauern, als wäre für ihn alles nur Luft und Luft durchqueren, kein Problem.
Vielleicht hätte es mit Abel gegeben einen neuen Anfang; hintennach ließ sich so etwas schwer sagen. Eher tendierte Johannes der Auffassung zu --- je nachdem. Er hätte sich gewünscht, das schon, den neuen Anfang,

den anderen Anfang. Ob man so etwas »bestellen« konnte wie neue Schuhe? Oder einen Regenmantel oder --- kaum. Und über dem Kranzgesims war er, der Balkon, mit Stein-Balustrade. Der Pyramidenhelm ist gewesen ausgestattet mit einem Knauf und sein Kreuz schmiedeeisern mit der Figur des Täufers einerseits. Und andererseits aber mit Sonne und mit Mond.
Ein achtseitiger Pyramidenhelm.
Und dort oben, auf dem Turm ist gestanden, August Null. O du lieber Augustin --- Sentimentalitäten, alles vorüber.
Der Nirgendwoer Kirchturm schwamm, warum sollte er nicht schwimmen? Sintflutartige Regengüsse sollen ja manches schon --- und in der Südwand sie gewesen ist: die Tür mit den vier Stufen, reckteckig gerahmt. Auf der Seite war auch die Kapelle angebaut. Mamma war immer bei der flach gedeckten Kapelle vorübergegangen, bekreuzigte sich auf der Höhe drei Mal, dann erst trat sie ein und immer bei ihrer Kirchentür, der Tür neben der Kapelle. Johannes bevorzugte die Turmtür, sonderbar, fiel ihm erst jetzt auf, daß er auch stur dieselbe Tür verwendete, fürs Hineingehen. Auch hinausging immer hinten. Sodaß Johannes zusammenfassen konnte, der eine Sohn der Barbara Null bevorzugte den Hinterausgang, während dessen Mutter den Seitenausgang neben der Kapelle bevorzugte. Und der Gottesmann? Wetzte hinein, wetzte hinaus – eigentlich auch immer auf derselben Seite. Der Nordseite, er betrat die Kirche durch die Sakristei, stur immer durch diesen Anbau, der ein Pultdach hatte.
Und die Langhausfronten-und Chorwand. Strebepfeiler, einmal abgetreppt; erinnerte sich richtig; abgedacht pultartig mit vorgesetztem Steil-Giebel und.
Und dieses Ende, es hatte auch ein Datum.
Es war der 6. Juni 1914, ein Samstag; zum Vergessen kaum. Gelyncht ist August also, das ist Gusti nicht worden. Dies hat der Gottesmann; verhindern können. Wenn nicht alles, dies schon.
Und ihre Lage: hinter der Häuser-Flucht der Sternstraße auf einem kleinen Platz, orientiert nach Osten. Eine, in den entscheidenden Stunden des Tages, von Sonne durchflutete Kirche.
Und schaute nach vorne, schaute Richtung Glockenstube, schaute zu der Kirchturmuhr, darunter --- darüber --- und schaute selbst den achtseitigen Pyramidenhelm an, als könnte er nachträglich noch aus ihm herauslesen --- und dort oben? Auf dem Turm ist gestanden, August Null.
Schaute, die Hände um den Stamm der Pappel, seine Wange spürte angenehm die Rinde, welchen Nachruf hätte der Bruder des August Null verfaßt für die noch nicht Geborenen? Und blickte hinab, zu dem kleinen Platz, sah nichts, schwamm, allessamt schwamm, die Häuser wackelten, verwischten sich, Farben und alles wurde so sonderbar überzogen ---

*

Nirgendwo ist verbrannt.
Untergegangen.
Und wieder aufgebaut worden. Und gewebt worden ist eine Legende, die nix gewußt hat von einer Barbara Null und auch nicht von ihren fünf Söhnen. Denn die, dies hat gewußt der Franz, in der Zeitung gestanden sind. Sind es gewesen, allesamt: nicht. Dies hat auch gewußt der Priester.
Und war ihm – ein merkwürdiger Nachruf. Als wär er nicht, als wär Josef nicht, da waren doch einige Söhne noch außer dem Franz. Bei aller Nachruferei, nicht das übertrieben war? Wenn der Vogelfreie selbst nicht zu den überlebenden Söhnen sich zählte, aber der Josef! Pietruccio! August! O du lieber Augustin. Und lachte, strahlte hinunter nach Nirgendwo, blinzelte, einmal mehr sich bewahrheitete was Johannes von sich sowieso wußte: Nachruf, hiefür taugte er nicht. Das aber war gewiß wahr.
Neugierig wäre er doch gewesen auf den Nachruf, welchen Nachruf hätte der, hiefür nicht taugende Johannes Null verfaßt.

*

Nirgendwo war reich an Alleen, Nirgendwo war reich an Gärten, Blumen und wirkte sehr naturfreundlich. Hatte viel Sinn für die schweigenden Schönheiten, die nur sprachen, indem sie wuchsen, wurden, Farben wechselten und vor allem Farben hatten. Vier Straßen hatte Nirgendwo, die flankiert waren von der Roßkastanie, die Nirgendwoer hatten auch eine Pappel-Allee, auf der man sich bewegte, sehr lange, bis man kam nach Sonnenklar. Pepi Fröschl nannte diese Straße, Null Johannes gegenüber »die Straße in die Ewigkeit«, so lange kam sie ihm vor, Johannes nannte sie »die Straße in die Hölle«, denn an ihrem Ende war man angelangt: in Sonnenklarer Grenzgebiet geraten. Die Nirgendwoer Straße war es, so berichtet es jede offizielle Chronik. Auch war Johannes willig geworden, mit dem Priester einen Kompromiß-Namen zu finden für die Nirgendwoer Straße. Sie nannten sie weder Straße in die Hölle noch Straße in die Ewigkeit, sondern schlicht und einfach: ein Vorhöllen Straßenzug, nur; so sie niemand hörte. Lange, ehe kam, das Vorhöllischen Gebiet, war das Gebiet des Fegefeuers: Dies war Sonnenklar. Beide waren übereingekommen, es könnte möglich sein, daß sie das Vorhöllischen Gebiet gar nicht beanspruchen wollten als von ihnen gekannt, geschweige nur annähernd erfaßt. Eine Vermutung teilten beide: unter Nirgendwo befand sich eine begrabene Stadt, dies war eine Auffassung, die Archäologen nicht teilten mit dem Priester und dem Sohne der Barbara Null, namens Johannes.

Tatsache war, daß die Marktgemeinde Nirgendwo zu finden auf keiner Landkarte es nur mehr Berichte darüber gab, Überlebender und die hatte es zerstreut in alle denkmöglichen Windrichtungen. Nirgendwo war verschwunden von den Landkarten der Erde. Nichts blieb zurück, nur mehr Erinnerungen an längst Verschollenes, fiel in Schutt, fiel in Asche. Zurückblieben die Legenden von der Eisheiligen; zurückblieben die Legenden von dem Bürgermeister Alexander Glatz senior, die den Charakter erhielten: Im Laufe der Jahre war geworden aus dem anno dazumaligen Nirgendwo ein wieder wirkliches Nirgendwo, zumindest für die Kinder in der Schule, die hörten es, als gäbe es – dieses Nirgendwo noch immer.
Die Aussagen der Lehrer, des historischen Schul-Planes hatten solche suggestive Wirkung, da er operierte sehr gekonnt mit Jahreszahlen, Namen und dergleichen Oberflächen, daß die Kinder vermeinten, Irrtum ausgeschlossen, Nirgendwo war ganz so, und zwar so.
Wie es in diesem Menschen, der die Pappel umarmt, nicht ist.

H
Der Stuhl des Beichtvaters

Die Nirgendwoer Kirche hatte Charakter, passend eingefügt dem Landschaftsbild, inwiefern sie Heimatgefühl erweckte: Es wurde erzählt, daß dem so sei. Die Sakristei, durch Südlage, Wärme und Sonnenschein genießen ließ den Mann Gottes, das ließ sich nicht behaupten, denn die Sakristei war im Norden angebaut. Obwohl er ein den irdischen Genüssen nicht abgeneigter, äußerst dem Leben zugewandter Charakter war, hatte er sich darüber noch nicht beklagt. Mehr hatte er sich beklagt über die Vandalen, die in seiner Kirche gehaust hätten; wie die Barbaren. Konnte sich hierüber sehr ereifern, das war eine sonderbare, merkwürdige Vandalengeschichte, in dem Vandalenakt war also: zertrümmert worden? Ein Beichtstuhl? Und ein Beichtgitter, der Stuhl des Beichtvaters ——— und nach diesem Vandalenakt hatte der Gottesmann sich ernsthaft überlegt, ob nicht auch die Nirgendwoer Pfarrkirche brauchte das Absperrgitter? Den rückwärtigen Teil unter der Orgelempore für die Zeit, in der stattfand kein Gottesdienst abschließen ——— durch ein Gitter: warum nicht, eine städtische Maßnahme, schützte das Gotteshaus nicht nur vor Diebstahl, auch vor Unfug. Hoch und fest das Gitter, es mußte langen, mußte möglicherweise wirklich ernsthaft erwogen werden.
Johannes war bekannt, daß der Mann Gottes glaubte, die beste Taktik gegen gewisse Leute könnte sicherlich sein die nie wirklich verletzende Ironie, also: die feine Ironie; ankommen gegen eine Idee, die jemand

ernst nahm selber nicht, mit der Leidenschaftlichkeit eines donnerbegabten Wesens, reizte eher den Widerstand (als daß er ihn hätte gebrochen) überzeugend sowieso nicht gewinnen wird und oft echt unnötig in Verwirrung brachte, religiöses, wenn auch mißdeutetes Gefühl. Er hatte sich auch in diesem Zusammenhang mit dem Vandalenakt erinnert: an eine seiner in ihm tief verankerten »Weisheiten« und aber wußte nicht so recht, was dies zu bedeuten hatte. Blickte ihn auch an, wollte ihn sichtbar, wollte ihn auf alle Fälle herausfordern irgendeine Stellungnahme provozieren, Johannes sollte, es zu offensichtlich war, irgendetwas sagen zu dem Vandalenakt. Er hatte auch etwas gesagt. So er sich das gemerkt hatte: »Das Gebäude, in welchem gefeiert wird: jaja, das ist schon so. Das Geheimnis, des Leibes und Blutes Christi.«, und hatte auch hiezu bestätigend genickt, natürlich, aberja selbstverständlich war es eine merkwürdige Antwort: Johannes fand, die einzig angepaßte Antwort, wollte er nicht explodieren, wollte er nicht ––– einiges an dem Mann Gottes war ihm geblieben, das ungelöste Rätsel. Im Land des Chen und Lein war ihm alles so klar gewesen, hatte gewußt, hatte gekannt seinen Weg und sich allesamt sehr gut überlegt, sah unten den Pfarrhof, konnte sich aber nicht aufraffen, die Schwere in den Gliedern, als könnte er ewig umarmt halten die Pappel, werden selbst Baumstamm und gar nicht – das wars; erst gar nicht hinein nach Nirgendwo.
Und zog dann doch vor, die geduckte Haltung, verwendete den Pappelstamm, denselben, als Rückenlehne und Kopfpolster in einem, schloß die Augen. Was war ihm abhanden gekommen, was trieb ihn noch. Und Josef wandte sich der Anatomie des Menschen zu. Und Franz marschierte.
Er mußte es wissen. Er mußte? Er wollte es wissen. Es gab den Widerstand, das war gewiß. Immer wieder, unterwegs, es ihm bestätigt wurde. Es gab das überzeugende, das eindeutige »Nein.«
»Vogelfreier; das ist ein Zustand, weiter nichts. Du bist müde. Komm, schaue! Wir tanzen für dich; Vogelfreier. Er wartet auf dich. Er wird dich aufnehmen – aberja! Selbstverständlich! All das Ungeklärte zwischen dir und dem Gottesmann, es ist so wichtig nicht, es tritt zurück, das ›Nein.‹ es ist euer Band, wenig! Es ist viel!«, und der Vogelfreie antwortete dem Wogen und Zittern, dem munteren Windtreiben zwischen den Pappelblättern über ihm: »Es ist alles; ihr sagt es.«, lachte, hatten doch recht. Sollte endlich aufhören mit dem Grillenfangen, aufhören mit all den Mustern, die doch nur strickte der Stolz, dieser verheerende, Menschen in Kleiderständer, Heuchler, Lügner und wußte Johannes was noch alles verwandelnde Stolz. Eine abgewandelte Form von Größenwahn, das war der Stolz; nicht der Sonnenklarer Josef! Diese Eigenschaft Stolz, was anderes hatte sie zum Hintergrund als Vorstellungen von Menschen, die doch nicht die seinen waren.

»Vogelfreier; wir erinnern dich an dein eigenes Lied, wir singen es für dich. Hörst du uns zu?«
»Aberja, selbstverständlich, natürlich.«, murmelte er. Und war neugierig, welches sie ihm vortanzten und vorsangen. Und summte es mit ihnen mit: In meiner Welt sind auch die Nackten schön Niemand fragt in meiner Welt Wer liebt da wen. Ajai. In meiner Welt, es ist nicht die ... und summte dieses Lied, dann wieder ein anderes, summte eigene Lieder, summte Abel-Lieder und suchte den brauchbaren Anfang fürs Aufstehen und wieder weiter, weiter, immer weiter gehen – halt endlich wirklich hinunter nach Nirgendwo und da sein, einfach vor ihm stehen? Oder wie?
Und summte jenes Lied, dieses Lied und suchte den brauchbaren Anfang: Erinnerungen erwiesen sich hiebei als Bremse.

I
Wo treibst denn du dich umeinander: Goldregen

Und ging wie immer, als wäre nichts gewesen, in die Nachmittagschicht. Ikarus und das Fahrrad, auch ein eigenes Kapitel. Justament dort mußten die gewissermaßen zu dritt stehen: Der Priester, Ikarus und das Fahrrad. Links eine Aneinanderreihung von Häusern, rechts eine ununterbrochene Häuserzeile, ausweichen war nicht möglich, ging weiter, außerdem hatte er keinen Grund auszuweichen? Nämlich ER und nicht Johannes. Das Fahrrad mit Silberbronze angestrichen, mit schwarzem Lack, in gotischen Buchstaben auf dem oberen Rahmenrohr, dem Scheitelrohr, dem Oberrohr: Ikarus, Dekorationsmaler Nirgendwo. Las Johannes und war schon vorüber. Der Mann Gottes zupfte sich am rechten Ohr, auch schon nimmer wahr, alles schon hinter sich, ein Mann in Priesterkleidung, ein Malermeister mit seinem Silberpfeil, immer weiter und weiter wegrückte. Später – überholte ihn Ikarus. Aufrecht saß er, auf seinem Fahrrad, ganz steif, bewegte den Kopf nur manchmal, eher etwas ruckartig. Bewunderung erheischend. Die hölzernen Handgriffe festhaltend: umkrampft, und nur manchmal den Daumen leicht bewegte, um die Klingel zu betätigen.
Um das Fahrrad nicht frühzeitigen, unnötigen Abnützungs-und Gefahrenmomenten auszusetzen, verwendete Ikarus es selbstverständlich, natürlich nur, bei schönem Wetter. Die riesige Fahrradpumpe, mit der man ohne weiteres einen Autoreifen aufpumpen konnte, führte er immer mit: auf dem Gepäckstäger war sie. Das Fahrrad war so groß, daß er, bei der unterstmöglichen Sattel-Einstellung, nur mit den Schuhspitzen die Pedale, gerade noch berühren konnte, sodaß Ikarus meistens stehend fuhr; ein unbequemes Fahren.

Johannes widerstand der Versuchung, hartnäckig wühlte und arbeitete sie in ihm und aber er widerstand ihr: drehte sich nicht um, schaute dem Ikarus nach, wetten hätte mögen und so war es dann auch. Spätestens dort mußte es ihm zu steil werden, wobei steil in der Kombination Ikarus-steil-Silberpfeil --- auf der Höhe des Goldregens war es so weit; wo vor dem Haus der Goldregen üppig wucherte, stieg Ikarus ab.
Schob das Fahrrad, Fahrradspangen um die Hosenröhren. Äußerst ungünstig; immer dasselbe Problem. Die Übersetzungsverhältnisse vom vorderen Zahnrad zum hinteren Zahnradkranz waren dergestalt, daß das Fahrrad für den Gebrauch im Flachland geeignet war, aber für die doch eher hügeligen Landschaftsverhältnisse zu Nirgendwo doch: eher ungeeignet war.
Körpergewicht und Kraft wie Muskelapparat des Ikarus junior war so gestaltet, daß er es nicht dertreten konnte.
Sah Ikarus Radfahrer, schaute er immer, wie der Fuß auf der *Pedale* auflag, ob sie mit den Schuhspitzen --- oder die Fersen benutzten: »Der kann ja gar nicht RADfahren.«, war sein fachmännisches Urteil über den an seinem Meister vorbeiradelnden Ludwig Mensch. Eine Äußerung, die vielen Fahrradfahrern --- im Prinzip konnten sie alle nicht radfahren: Ikarus schon.
Im Herbst, Spätherbst wurden alle Bestandteile des Fahrrades sorgfältigst gereinigt. Die Gummiteile mit Glyzerin behandelt und das Fahrrad in einer mühseligen Prozedur auf den Dachboden transportiert.
Fragte man den Prinz, wie lang er schon bei der Firma sei, antwortete er: »Hab schon ZWEI Mal das Rad auf den Dachboden tragen müssen.« (Die Betonung zwei Ulrich Prinz deswegen für wichtig hielt, weil die Neigung in seiner Firma schwer auszurotten war, immer blieb er erstens der Pimpf obwohl er der Prinz war, die zweite schwere Versündigung seines Meisters wider den Lehrling, allweil ihn ansiedelte wahrscheinlich im Kopf wie im Gespräch, im ERSTEN Lehrjahr). Die schmale, sehr steile Holztreppe und die enge Falltür zum Dachboden erforderten beinahe akrobatische Leistungen um nicht mit samt dem Silberpfeil auf den Boden, hinunterzupoltern und hintennach der Silberpfeil: Man war zumindest in Gefahr (auch eine Geschichte, die dem Lehrling keine Ruh ließ und die ihn sehr beschäftigt) erschlagen zu werden: »Hallo, da bin ich!« Ulrich liebte solche Begrüßungsformeln nicht. Zweiundeinhalb Meter, wenn nicht drei Meter, ohne Geländer, zum sich Totstolpern und »...und toterschlagen lassen; Johannes!«, sah das junge Gesicht mit den großen Augen. Ulrich konnte sehr staunen und sich sehr aufregen. Und hatte ein ausgeprägtes Gerechtigkeitsempfinden. Und Ulrich hatte es sehr wichtig gefunden, seine Gedankenarbeit bezüglich des Silberpfeils immer und immer wieder --- aja, das wars. Ulrich war ja gesessen auf dem

Schoß seiner Herzensdame mit Schnecken auf den Ohren. Mit Schnecken auf den Ohren war sie gekommen zum justament Engel; was tat eine gnädige Tatschkerl beim Engel, hatte er gedacht, was tat ein Lichtweib beim Engel? Doch eine berechtigte in jeder Weise angebrachte Frage. Und in dieser Nacht hatte Ulrich, ein Weilchen sitzen dürfen auf dem Schoß ––– Und er war gesessen auf dem Schoß Abels, ajai. In der Nacht war es dann geworden sehr lustig. Hiebei dürften sich alle besonders bemüht haben, sich regelrecht angestrengt haben gerade das zu verhindern, wahrscheinlich war deswegen Ulrich zurückgekommen auf den Silberpfeil, wollte helfen der Dame, auf deren Schoß er sitzen durfte und aber Johannes wollte ja auch helfen: dem Abel, auf dessen Schoß er saß. Sodaß sie zueinander beschwerlich kommen konnten: Ulrich mußte also wacker und er tat es auch, tapfer ganz so wie vergeblich, verteidigen und das falls möglich auf sublime Weise, gnädiges Fräulein Tatschkerl.
Ulrich auch schauen wird, wenn heimkommt sein Vater, der Pimpf.
Und damals: Johannes hatte sich nicht umgedreht, auch wenn er, ihn sofort erkannt hatte an der Stimme: »Johannes; he! Wart doch!«, und in einem fort; es nicht fassend, daß er seine Stimme nicht hörte; Ulrich brüllte.
Auf der Höhe des Goldregens holte ihn dann der Lehrling auch ein: »Wo treibst denn du dich umeinander.«, er sagte und in das erboste Gesicht blickte, zuckte mit den Achseln: »Ich muß in die Schicht, ich kann mir einfach umeinandersein nicht leisten.«, als hätte Johannes nicht gewußt, daß der Pimpf, hintennach wetzte dem Meister, also auch dienstlich unterwegs war.
Und kämpfte noch immer gegen das Feuchtwerden der Augen; ein verkehrtes Wort und er neutralisierte, den inneren Durcheinander, indem er ein bisserl durcheinander wirbelte ––– schaute streng den Prinz an, überlegte es sich dann anders und sagte: »An jedem Tag gelingt mir eine freundliche Visage nicht; ja.«
Die Entschuldigung nahm der Lehrling an, unverzüglich.
»Ich hab ihr Vergißmeinnicht gebracht.«, sagte Ulrich. Möglich, daß er Schwierigkeiten hatte, einige Sachen, die er gerne verstanden hätte, zu verstehen? Johannes hatte es gehört und aber sich dann doch taub gestellt. Wahrscheinlich war Ulrich auf die Vergißmeinnicht gekommen von wegen den Blumen auf ihrem wunderschönen Kleid, das sie getragen hatte beim Engel. Ulrich gehörte zu den Menschen, den unglücklichen Tröpfen, die sich vieles merkten, so schwer vergessen konnten und hiezu noch belastet waren, mit einer Hellhörigkeit, die schon eine Strafe war, Schmerz wurde. Ein kleiner giftiger Baum neben dem anderen, hintereinander, nebeneinander, schon sehr dicht und üppig – mit den vielen, langen Trauben, dieser Pracht in Gelb, wie sie herauswuchs aus dem grünen Kelch mit den Staubblättern und dem herausragenden Griffel.

Auch eigenwillige Blüten.
Ulrich folgte seiner Blickrichtung, seufzte, verdrehte die Augäpfel. Blühende Goldregenzweige und jede Blüte hatte eine Fahne, zwei Flügel, ein Schiffchen.
»Meinst, ich hätt ihr besser einen Goldregen bracht.«, bohrte Ulrich und hätte ja gleich fragen können, eine Fangfrage war's ja, jetzt verkehrt geantwortet und Ulrich fragte: »Wie gut kennst du eigentlich die Liesi; weil du, wie kannst denn du sagen, daß ---«, Johannes nickte, »Ja; das ist sehr schwierig. Da müßt man immer wissen? Was so eine Lichtfrau will.«, zuckte die Achseln.
»Von den Himmelswiesen.«, fragte er rück und Ulrich verneinte. Erbost, natürlich war Ulrich empört.
»Na, weiß ich, wo man überall hinlauft, wegen so einem ---«, das Weiberrock hatte Johannes hinuntergeschluckt; wollt ja auch nicht den falschen Eindruck erwecken, man könnt nicht genausogut, wegen, eine Geschlechterfrage war das nicht.
»Warum sagst mir nicht, ich bin zu jung für Vergißmeinnicht.«, bohrte, keine Ruh gab.
»Solche Sachen vertragen keine Schablonen; sag ich.«, die Antwort wurde? Ulrich verstand nicht nur, er nickte sogar eifrig, schaute zu Johannes auf, es machte ihn bald krawutisch, fast so etwas wie Dankbarkeit, wofür eigentlich: »Das war jetzt aber eine Hummel.«, sagte er und er hatte gehört und der Lehrling hatte gesehen: »Da; schau!«, und stellte ab, seine Lasten, den Zeigefinger ausstreckte; auch Johannes sah es. War die Hummel zugeflogen, wahrscheinlich weitergeflogen zum nächsten Schiffchen, ein Schiffchen gesucht, das ihr gefiel und dort wurde sie seßhaft, vorläufig, für das Schiffchen hatten wahrscheinlich selbst die Füße einer Hummel Gewicht: »Nektar, laß dich erreichen. Ich weiß dich doch, auf dem Grunde des Teiches nicht, o nein! Auf dem Grunde der Fahne du bist; Nektar ...«, sang Johannes und Ulrich summte, brummte und spielte Hummel. Auch das war das Vierzehner Jahr. Und aber da wußte er, einiges wußte er noch nicht; weder die Juni --- o du lieber Augustin.
»Probiers einmal mit Flieder.«, hatte er dann dem Ulrich gesagt: »Gehst, die Himmelswiesen; dort kannst dir den Flieder kostenlos holen.«
»Wie kommst auf Flieder.«, das war der Ulrich.
»Wie kommst auf Vergißmeinnicht.«, das war? Damals war er noch nicht vogelfrei.
»Weil sie auf dem Kleid waren --- beim Engel; weißt es nicht mehr?«
»Hat der Flieder nicht eine Ähnlichkeit; sind die Blüten denn so verschieden. Also ICH hätt mich über einen Flieder narrisch g'freut; die Mamma auch. Auch der Vlado bringt der Sophie gern Flieder.«, zuckte die

Achseln, schaute hinauf zum Himmel und sagte: »Ich glaub, wenn ich so weitermach, komm ich z'spät. Das kann ich mir nicht leisten.«, ihre Wege trennten sich und aber umgedreht hatte der Null, der in die Schicht ging, sich nicht einmal. Auch ein Ergebnis dessen, daß er war der Sohn eines Josef Null senior und der Bruder eines Josef Null junior. Beides war aber dem Mann Gottes der Dorn im Auge, die Hummel im Ohr, die Biene auf dem Augenlid, die Kreuzotter geringelt um die nackte Wade, bereit zu werden, die Erinnerung an einen Schlangenbiß. Disziplin, ajai. Sie waren gerne in der Nähe des Flieders; das wars. Den hatte er vergessen. In dem Gebüsch war er gewesen und hatte in der Nachbarschaft auch den Flieder, auf die Himmelswiesen hatten sie sich sehr oft verirrt, auf ihr war es ihr auch schwer gefallen Klage zu werden, ihr sei langweilig.
Mit einem kräftigen Fußtritt öffnete Johannes die Tür. Es unterwegs schon getan sehr oft, immer wieder, in seinem Kopf, er geöffnet die kleine Pforte, die wirklich vergessene Pforte in der Umfassungsmauer des Nirgendwoer Pfarrhofes. Verzogene Türen öffnete man am besten mit einem kräftigen Fußtritt, alles weitere eh nur mehr die Fortsetzung war, schnell wieder zugemacht die Tür, so wird es gewesen sein. Es sich schon oft bestätigt hatte, daß es so gewesen sein wird. Hegte er Zweifel, fürchtete er, es könnte ganz anders kommen, was hielt ihn fest, was ließ ihn zögern. Und sah von seinem Sitzort aus das Haus (des Uhrmachermeisters Todt) zwischen den Obstbäumen, selbst die Kiefer wie die Weißtanne, auch Föhren hatte der Todt in seinem Garten, rundum der unvermeidliche Zaun, es war ein seltenes, phantasieanregendes Eingangstor, eher eine Eingangstür, auf dieser Seite, der Nirgendwoer Grenze zugewandten Seite und wenn der Uhrmachermeister nicht geschlossen hätte sämtliche Fensterläden, das hieß, er war dabei, sie zu öffnen? Es war doch der alte Todt? Schaute er herauf zur Pappel-Allee? Johannes rührte sich nicht.

J
Weißt eh, was das Abflußrohr verstopft hat

Es war ihm als hätte der Uhrmachermeister ihn angeschaut, sehr lange, ihn gesehen, gestockt und geschaut, schon sehr; genau geschaut und aber Johannes fürchtete den Mann nicht. Weshalb auch, der Todt war bekannt hiefür, daß er froh war, wenn er nicht in Nirgendwoer Geschichten verwickelet wurde. Er war kein Nirgendwoer, wahrscheinlich nie ein Nirgendwoer geworden; anders ließ sich seine zurückgezogene Art schwer erklären. Der Besitz verfiel zunehmend; verwilderte fast. Einst waren die Todt zu Nirgendwo, wie man zu sagen pflegte, noch wer gewesen also: stellten etwas dar. Von diesem »Etwas darstellen« war geblieben das würfelartige Haus auf einem relativ großen Grundstück, dasselbe abgegrenzt rundum, Leben, wie es in diesem Haus gelebt wurde, das wußte eigentlich niemand so genau. Hatte nie wieder geheiratet, hatte niemanden, dem er das Haus mit der --- selten so eine liebevolle Eingangstür Gestaltung gesehen hatte, es wurde in Nirgendwo behauptet, der junge Todt sei da hinausgegangen mit seinem Koffer und dann hat der eingeheiratete Uhrmachergeselle, denn das war der Todt, ein Eingeheirateter, selbst diesen Zaunabschnitt umgestaltet; immer wieder umgestaltet; so lange bis er eine Eingangslösung gefunden hat. Johannes sah also die letzte Eingangslösung, eine andere hatte der alte Todt nicht mehr probiert. War auch nicht mehr so wichtig, denn der junge Todt kam nicht mehr. Er kam schon wieder nach Nirgendwo und aber durch die Eingangstür ging er nicht mehr, weder hinein noch hinaus. Emporgeklettert schon seit vielen Jahren dem Haus immergrüne Blätter; einige Fensterläden auf dieser Seite waren ausgehängt; das wars – das war Johannes aufgefallen. Nur eine Fensterreihe hatte Fensterläden, das eine Fenster schaute aus wie ein Schädel ohne Augen; dem fehlte etwas – nur Glas, keine Vorhänge, keine Fensterläden, nicht einmal ein Fensterkreuz. Ein Fenster ohne Gliederung, stach regelrecht ab und fiel auf. Das erste Mal sah Johannes dieses Fenster. Vielleicht war es unbewohnt, das wars auf jeden Fall. Es wohnte in diesem Haus doch nur mehr der alte Todt. Mit ihm die Uhren, deren Meister er war, reparieren es war sein Brot, dessen Sohn hat aber Priester werden wollen. Nirgendwo wußte darüber so viele, all die Geschichten hatte Johannes gar nicht im Kopf, einige bei angestrengtem Nachdenken ihm wieder gegenwärtig wurden. Die vielen Geschichten (einander schlagende also sich wieder aufhebende Geschichten noch und noch) informierten ihn, nur in der Weise, daß sie ihm mitgeteilt hatten, das Haus und sein Bewohner beschäftigte die Nirgendwoer, regte ihre Phantasie an, der sie aber lieber freien Lauf ließen, ganz genau wollten die Nirgendwoer es nur in der Weise wissen, daß eine Phantasiequelle nicht verstopft wurde, nicht versehentlich zum Versiegen kam also das wollten die Nirgendwoer auf keinen Fall: Johannes verdächtigte den Bewohner des Pfarrhofes, den Mann Gottes, einiges beschäftigte auch ihn. Was tat der Mann Gottes vor dem Grab eines --- einmal fragte er Johannes, was wohl die Leut denn meinten, wenn er die Eicheln blau anmalte? Hatte wieder einmal, vollzogen die von ihm schon häufig geübte Verwandlung: die Nüsse waren Eicheln, denn: der Nußbaum war eine Eiche, eine urururalte Eiche. Verwirrend an der Verwandlung Johannes fand, daß sie sich, immer und immer, wieder und wieder, wiederholte. Das schien den Mann Gottes zu freuen, er giftete sich und der neben ihm stehende Geselle sagte: »Wurmstichig ist das Holz nicht;

nix genagelt, alles gebunden, stabile Bretter, daß es nicht wackelt. Ein zweites Mal mag ich da oben, so verkehrte Ansicht --- verstehst eh; das mag ich nicht. Einmal so hängen, das langt mir. Weißt eh, was das Abflußrohr verstopft hat, ein toter Vogel wars.«, und schaute Abel ihn kurz an, als wollte er sagen: »Was giftest dich so. Er hat doch nur einen Witz probiert; was hast denn.«
Johannes sah das Schneegeländer auf dem Dach: hatte auch Abel gestrichen und geschliffen, selbst Ziegel besserte er aus und Schindeln unterlegte er, betätigte sich auch als Dachdecker. Wollte mit Abel etwas reden. Und schon war Hochwürden --- und nannte ihn Abel. War ja auch kein Zufall, nicht? Johannes war der Herr Null und Abel war Abel und nicht der Herr Niemand. Es fiel ihm nur auf, überall Herr und Frau und aber Abel war Abel, nichts war daran aufregend, es war völlig nebensächlich; natürlich war es nebensächlich.
Nicht grün und nicht blau, das war die Farbe des Schmiedeeisens und wirkte der untere Teil des Gartentores wie Stäbe (die Machart und nicht die Farbe berücksichtigend der Stäbe, wie sie hatten, vielleicht jene Menschen, die wegen irgendwelchen eher ungünstig getroffenen Lebenslösungen hinausgesperrt wurden und eingesperrt waren, im Haus der Käfige ihr Dasein fristeten oder wie der Rundum sagte, im Haus der Schubladen, Ludwig wieder nannte es das Haus der Gitterstäbe und Gusti hätte das Nirgendwoer Gefängnis genannt vielleicht das Haus der langen Nächte, Josef nannte es in der Regel das Haus der Bewachten und Pietruccio faßte es so auf: das Haus, es ernährt redlich die Bewacher und Johannes, je nach Gemütsverfassung übernahm er, einmal die Betrachtungsweise dann wieder eine andere, dann wieder – halt je nachdem) und himmelzu, nach oben waren die Gitterstäbe (in Entfernung voneinander, daß das Kopf hineinstecken sich schwer ausging, vielleicht könnte der Kopf steckenbleiben eines Kleinkindes, das schrie dann bestimmt aus Leibeskräften um Hilfe, denn leicht wars ihm schon nicht da hineinkommen und aber wieder herauskommen, es konnte nur hoffen, es werde gesichtet früh genug und auf daß dem so sei, der kleine Lauser oder wars ein Lausermädel lauthals schrie, unermüdlich, tapfer und verteidigend den Kopf, den es verständlicher Weise wieder haben wollte?
In der Nachbarschaft, irgendwo schrie wirklich ein Kind, zuerst kräftig, dann leiser, wurde eher stilles – wimmerte und probierte es noch einmal; schrie so wirklich zum nicht Überhören; den weiteren Kundgebungen nach dürfte es irgendwie zum Schweigen gebracht worden sein, hörte eine andere Stimme, energischer und eher erzürnt, auf jeden Fall war es dann sehr still) zum Abschluß gebracht worden durch die formale Lösung: ein Gottesauge, auch, natürlich, aus Schmiedeeisen und das Gottesauge reichte von einem Ende des Gartentores bis zum anderen

Ende, Gottesauge war nicht richtig, mandelförmiges Auge: das Gottesauge war ja ein Dreieck, dies aber abgerundet, und statt Wimpern war es mit schmiedeeisernen Blättern weder grün noch blau, aber schon eher grünlicher als das übrige Gartentor gehalten, es waren stark gesägte Blätter, spitze Ränder hatten die Blätter und gebogen, nicht flach, und mehrere Blüten, grüngelbblaue Blüten, nicht geöffnet, nicht geschlossen, weder Knospen noch --- im Aufmachen Befindliche, waren gerade damit beschäftigt ihre Blüten zu öffnen, so war es; nickte und was das Johannes Berührende war, es war der Vogel in diesem Mandelauge, immerzu, ohne Unterbrechung flog ein weißer, wunderschöner Vogel durch das Auge, kam nicht vom Fleck und aber die Schwingen waren geöffnet, die Vogelfüße nach hinten, sichtlich in Flugbewegung (erstarrt), der Schnabel ein bißchen geöffnet und Johannes hatte zu dem Vogel, auch wenn er nur schmiedeeisern war, sofort so etwas Unglaubliches entwickelt wie Zuneigung? Wie auch immer, Johannes hatte mit dem Vogel einen zusätzlichen Ruhepunkt angeboten bekommen, nur mit dem Stamm einer Allee-Pappel und soliden Wiesengrund in sitzender Haltung einen Ruhepunkt finden dürfen, für den menschlichen Körper, den er fast als Anhängsel empfand, ein sehr lästiges Zubehör, wer war er denn. Er mußte mehrere Ruhepunkte für sich beanspruchen dürfen, glasklar; verwöhnter Fratz, hatte mit einem Ruhepunkt nicht genug, wollte noch immer beharren auf vollkommen unangebrachter Unruhe, hatte für sich den Idealplatz gefunden, hier konnte eine Ortsveränderung nicht mehr angestrebt werden, denn hier, genau dieser und nur dieser Platz war sein Ziel; nickte.

Der Vogel paßte so gut zu dem Durcheinander, dem bunten, ungeordneten Vielerlei; es mußte in ihm sein, denn hier war er in einer besonders geordneten Gegend, alles sehr sauber und seinesgleichen wohnte in der Gegend ja nicht. Kannte keinen einzigen Fabrikler, der hier zuhause war und das mandelförmige schmiedeeiserne Auge hatte eine Augenbraue, immer den gleichen Abstand hielt zum oberen Augenlid und es war dazwischen auch etwas hineingeschnörkelt worden, vielleicht, daß der Raum nicht so leer aussah und über der schmiedeeisernen Augenbraue, stand in der Mitte eine Blumenvase und die hatte vorne, also nach Norden, der Pappel-Allee-Seite zugewandt eine Sonnenuhr, genau in der Mitte ihres Bauches, es war eine sehr bauchige Vase; eine unverrückbare Vase und der Blumenstrauß in der Vase kam nicht aus dem Garten, aus der Werkstätte, sozusagen mehr als nur eine Jahreszeit überdauernde Blumen; die waren noch da, wenn ein Mensch schon längst – aja, deswegen kam der Vogel --- an dem einen grünen Zweig, der quer durch das Mandelauge angebracht worden war, dürfte der Vogel befestigt sein, sodaß es ausschaute als fliege er aus einem Auge heraus, als fliege er

zwischen Zweigen durch und hiebei war er hängengeblieben, wirkte eher so, als könnte der weiße Vogel ohne weiteres die Blätter aus Schmiedeeisen mit den Schwingen zum Ausweichen zwingen und aber, es war ja ein Vogel, der --- ja schon wunderschön; ein kleines Meisterwerk, ein ihn nicht gleichgültig lassender Vogel. Hätte den sofort mitgenommen überallhin und ihm ein biblisches Alter garantiert. Wären sicher Freunde geworden. So viel Anmut hatte Johannes gesehen, also schon sehr selten; wenn überhaupt jemals, es erstaunte ihn, daß er zwanzig und vier Jahre brauchte, um Ruhe zu finden, in einem weißen Vogel, dessen Schwingen ausgebreitet waren, wie lange schon. Niemals noch hatte Johannes die Eingangstür gesehen, dunkles, kräftiges Grün, angenehme Farbe für die Augen und die Tür war gleichzeitig Lichtquelle, so genau zum Prüfen war das Muster nicht und aber er hätte hiefür fast die Wette abgeschlossen, griff einen heißen Erdapfel an, wenn hinter dem Glas der Eingangstür nicht vorgespannt worden war eine Stickereiarbeit, mit sternförmigem Muster. So gefühlsmäßig tippte Johannes auf Sternenmuster. August hatte ihre Eingangstür zum Hause auch einmal verschönern müssen. Grün war sie daraufhin gewesen, hiezu hatte er sich einen Sonnenaufgang gewünscht, hiefür eine Farbe ähnlich dem Roggen ihre Sonne auf der Tür aufging, Roggen, der schon die Gelbreife hinter sich hatte und also aufgehende Sonne in der Farbe des vollreifen Roggens und auch die Sanduhren auf der unteren Hälfte der Tür gefielen dem August, wobei seine Sanduhren, aja, nicht durchgehend waren, wie in der Mitte auseinandergeschlagen, das wurde von keinem Null so empfunden, denn der Hintergrund war ja grün und sie hatten nicht den Eindruck, August habe zwei, in zwei Hälften geteilte Sanduhren unter der aufgehenden Sonne angeordnet (nebeneinander waren die Sanduhren), voneinander getrennt durch viele Steine, viele an Kieswege erinnernde Steine; grün, das war die Grundfarbe der Tür und die Farbe des Roggens verwendete August für seine Türmalereien; hatten alle die Tür um einiges schöner empfunden »Was sag ich.«, das war die Mamma, »Ja wunderwunderschön!«, das war Pietruccio und Josef sagte: »Sag einmal!«, Johannes, er mochte die Tür sehr. Und als ihn August fragend anblickte, grinste er. Gusti nickte zufrieden; möglich, daß Johannes sehr gerührt war: »Ja allerhand.«, begann dann Josef und Gusti, wäre dann nicht, einiges dazwischen gekommen, hätte sicher --- auf jeden Fall angefangen hatte er, es war ja ein guter Anfang. Unter den beiden Sanduhren wieder derselbe »Kiesweg«, das wars. Zwei Kieswege, einer unter der aufgehenden Sonne, einer unter den beiden Sanduhren.
Und der Kiesweg führte von der Tür mit dem Vogel ziemlich gerade zum Haus, die beiden kleinen Fensterchen ungefähr auf Augenhöhe (neben der Eingangstür zu sehen waren) wirkten etwas ins Mauerwerk zurück

hineingezogen, sodaß dort standen sehr gut »die winzigen Blumengärtchen vor den Fenstern«, schmale, schon winzige Blumenbeete, der alte Todt übte sich also auch im Blühenlassen vor den Fenstern. Ochsenblutrot die Blüten, wie die Blumen hießen, wußte Johannes nicht.
Und Johannes hatte sehr nahe, hier wuchsen sie wild. Die hellblau Blühende, die bleiche Schwertlilie. Wem der Grund gehörte, auf dem Johannes saß, der Gemeinde, dem Todt? Kaum. Wahrscheinlich wohnte der Besitzer woanders, vielleicht, gewundert hätte es Johannes nicht, wenn der Glatz auch auf diesem Grundstück ––– der Gottesmann hatte den Grund, zumindest ihm gegenüber, noch nie zugezählt dem eifrigen Grundstücksammler zu Nirgendwo. Aber was wußte Johannes schon?
Hund, keiner in der Nähe; nix kläffte. Auch etwas, was doch einwirken könnte auf das sonderbare Wurlen in ihm, als wollte ihn etwas zerreißen, als wollte ihn etwas zerrupfen.
Links ein kleines Fensterchen, rechts ein kleines Fensterchen; obwohl sich dort nichts bewegte. War es die Stille? Als hätte sich hier alles zurückgezogen ins Innere der Häuser und dort verkrochen; was nicht in der Arbeit war oder Nirgendwo verlassen hatte, gemäß des Auftrages: brennt, sengt, niederrennt, wirkte wie nicht zuhause. Selbst der kleine Schreihals hatte sich nicht mehr gemeldet, das Efeu war hier geworden die zweite Mauer; es war doch Efeu?
Der Vogel flog noch immer durch das schmiedeeiserne Auge, ausgebreitet die ––– schloß die Augen; seit wann vertrug er den Duft nicht, was hier alles ausströmte einen Duft zum Damisch werden, Hummeln, Bienen, Schmetterlinge geschäftiger man kaum in einer Wiese zuhause sein konnte und selbst grün glänzende Käfer beschäftigten sich miteinander, als hätten sie sich spiegelblank geputzt, sauber waren sie beieinander, ja geradezu fesch! Sollte er Käfern nette Sachen sagen?

*

Hiebei war es sehr einfach, watscheleinfach: Vom Apokalypsen-Johannes waren sie weggegangen, es war die erste Sternenwanderung, die sie vom nördlichsten Punkt Nirgendwos führte also
Richtung Osten (Irgendwo, Rundumadum),
dann Süden (Sonnenklar, Schluckenau)
sodann Westen (Rundum)
wieder weiter nach Norden (Wo).
Das schützende Gebüsch entzog sie Nirgendwoer Wertmaßstäben.

*

Auch die Fortsetzung war sehr einfach, watscheleinfach.
Vom Nährvater des Menschensohns, dem Josef, waren sie weggegangen,

es war also die zweite Sternenwanderung, die sie vom südlichsten Punkt Nirgendwos führen einmal sollte — — — neinein! Auch NACH dem Versehgang, er hatte eine berufliche Verpflichtung zu erfüllen und DANACH waren sie innerhalb Nirgendwos gewandert nach Norden und wieder vom Apokalypsen-Johannes weggegangen, nur nun umgekehrt, also
Richtung Westen (Wo, Rundum),
dann Süden (Schluckenau, Sonnenklar),
sodann Osten (Rundumadum)
wieder weiter nach Norden (Irgendwo).
So weit waren sie aber nicht gekommen, konsequent den Weg fortgesetzt, wären sie wieder gestanden vor dem Apokalypsen-Johannes.

*

Dritte Sternenwanderung fand nicht statt? Fand nicht statt. So einfach, verblüffend wie einfach das alles war, watscheleinfach.

*

Trotzdem hätte er einiges gerne gewußt; hiefür fehlte die Zeit, was fehlte? Nur die Zeit hiefür? Möglich, daß sich auch einige Ungereimtheiten so leicht erklären ließen, möglich schon. Und aber, ob es so war, es war doch die Frage. Wenn es nicht die Frage war, in ihm arbeitete sie. Wenigstens das war feststehend, in ihm arbeitete einiges, das er selbst nicht verstand, es wirkte gegen das Aufstehen, gegen — — — und er sah schon richtig. Das war der Reisende mit Prinzipien, der Pimpf war nur bis zum Haus des Uhrmachermeisters, in dem Haus eingetreten, der Uhrmachermeister öffnete ihm sogar die Gartentür, denn wollt nun ernstlich aufbrechen nach Sonnenklar oder wie? Standen dort, beide, schauten zu ihm herauf.

K
Ein präzis laufendes Uhrwerk oder
Warum war Johannes Todt nicht älter geworden

Der Pimpf wirkte sehr glücklich, fast strahlende Sonne war, der Zeigefinger des Uhrmachermeisters deutete Richtung Boden, auf den Gehsteig deutete er, was sollte das. Schauten um sich, deutete wieder, auch der Pimpf krümmte den Zeigefinger, ein Haken, sollte das heißen, komm? Johannes kam, zögerte, dann lief er, die letzten paar Schritte rannte er und für Klarstellungen egal welcher Art fehlte die Zeit; kaum hatte er geschlossen die Tür, noch nicht verstand, was das sollte, sah er, links und rechts von der Haustür winzige Fensterchen, davor das Korbgitter für die Blumen, auf daß der Wind ihnen nix anhaben konnte, deutete der alte Todt als wäre er stumm, fehlten ihm die Worte und über die Wangen des alten Mannes rannen die Tränen. Der Vogelfreie schaute hinaus: Der Pimpf, wo hatte der Pimpf seinen Karren?

»Er sagte, Ihr Schicksal soll mir nicht gleichgültig sein; ich sagte ihm --- ja, wenn das so ist.«, sagte der Todt, blickte ihn hiebei nicht an, schaute, beobachtete die Männer des Adlers: »Man sieht von hier bis hinauf ---«, war verdutzt erstaunt und fragte sich, wie gekommen der Vogelfreie ins Haus des Uhrmachers? Johannes vermuten durfte, die beiden seien im Haus gewesen und hätten hier nachdenken geübt bezüglich seines weiteren Werdeganges in Nirgendwo?

Gewehrschrank in Nuß ausgeführt; im oberen Raum hinter Glas die Gewehre. Die oberen zwei Laden, unterhalb der Gewehre, gehörten sicher den Patronen, die untere lange Lade nahm auf die Lederumhüllungen der einzelnen Gewehre? Unten hatte der Gewehrschrank zwei Türen, oben auch; die beiden oberen mit Glas versehen waren. Dachte, eine Anrichte mit Aufsatz, umgemodelt zu einem Gewehrschrank und dürfte aber gewesen sein, nie, eine Kredenz.

Angebracht war in der Mitte der Bekrönung ein Konsol mit einem runden Tablett, worauf --- nicht der Adler hatte hier seinen Platz, ein Uhu auch nicht, es war, eine Schwalbe. Standuhr auch in Nuß; und nicht in Eichenholz. Eine blaue Standuhr hatte Johannes noch nie gesehen; die war aber blau und kam Johannes, so passend vor, wie das eine Fenster auf der nichtnirgendwozugewandten Hausseite. Sieben Gewehre hatte der Vogelfreie gezählt, im Gewehrschrank; Lauf himmelzu.

Möglich, daß Johannes auf den alten Todt spöttisch gewirkt hatte, denn der öffnete sehr weit die Augen, zuvor aber war er ein kleinwenig zusammengezuckt und allerweil schaute er ihm, zwischen die Augenbrauen, was hatte Johannes dort, widerstand der Versuchung hinaufgreifen, sich befühlen die Nasenwurzel und schauen, was da oben in seinem Gesicht sich getan haben könnte; als wäre dort etwas Auffälliges. Vielleicht eine Wunde, die fürs erste schrecklicher aussah; einen Riß vielleicht; ihn gepeitscht ein Zweig oder irgendwo angerempelt, aber sagen mochte der Todt zu der möglichen Wunde auch nix.

»Er gestattete sich nur eine Verbindung herzustellen, die ohne seine Hilfe, ohne sein Zutun nicht zustande zu kommen drohte; das war alles. Er dachte nur an das Nächstliegende.«, und nahm in Schutz den Pimpf oder wie?

»Er ist keine Schnattergans, vertraute sich nicht dem erstbesten an, verdächtigen sie den guten Pimpf nicht verkehrt! Ich kenne ihn --- schon etwas länger.«

»Ach.«, sagte Johannes, glaubte kein Wort.

Ein rundes Holzstück war aus der Tür herausgeschnitten worden, in ihm war Glas und obwohl es eine: relativ großer Herausschnitt war, ohne Fensterkreuz, rieb sich die Augen: das Flimmern, es fehlte eh nicht, hier war das Fensterkreuz im kreisrunden Glas, die Stickerei, ein tatsächlich Sternenmuster, ein explodierender Stern, oben war noch einmal Glas, weder ein Kreis noch ––– wirkte wie ein Mensch mit einem Riesen-Kopf, hiezu fehlte der Unterbau nicht bis zur Brust, ein Kopfsteher auf der Tür aus Glas, zugedeckt mit weißer Stickarbeit; auf Brusthöhe abgeschnitten, eher darunter, fast bis zur Hüfte fehlte der Mensch nicht, dann hörte er aber auf, die Tür auch und getrennt war der Kopfsteher von seinem Riesenschädel auch: durch Holz, der Schädel durchkreuzt, auch mit Holz, vertikal, horizontal und in der Mitte, der Mittelpunkt also für sämtliche explodierende Sterne, oder wie. Der Kopfsteher hielt seine Arme ausgestreckt, wahrscheinlich hielt er es so besser, das Gleichgewicht, räusperte sich. Als hätte er einen Knödel im Hals, Kreide gegessen oder irgendetwas, steckte, sodaß es kratzte; mit Sand belegte Brote gegessen, sodaß seine Stimme belegt war – nur sich nicht durcheinanderbringen lassen.

»Wir kommen aus derselben Gegend.«, sagte der alte Todt.

»Das wird's sein.«, erwiderte Johannes;

der Kopf wär fast so breit wie die Arme lang waren und bis zur Hüfte, der Abschnitt hätte im Kopf mehrmals Platz gehabt, disproportioniert. Aber der Eindruck von einem Menschen, der auf dem Kopf stand, hielt sich hartnäckig; explodierender Stern, hier gab es kein Nachdenken, keine Zweifel. Das Pullovermuster war auch ein Sternmotiv, aber ein anderes, also: Nur für den Kopf ––– in anderer Hinsicht ein sehr dankbares Muster für die große Flächen, während Hals, Arme ein Netzmuster hatten, war die Brust sternförmig, wobei hier der Stern eher durch »Blätter« gebildet wurde, nicht abgerundete, nicht eher ein Stern, gebildet aus vielen Drachen, wie sie Kinder steigen ließen, wenn der Wind auf ihrer Seite war.

Und empfand sich betrachtet von einem Mann, dessen charakteristisches Merkmal vor allem war, er wollte in keine Geschichten verwickelet werden; nie. Er wollte ––– und staunte, so viele, hatte der das Erdgeschoß verwandelt ––– überall an den Wänden die ausgestopften Vögel.

»Ach; das ist ein Erbe, nicht einen habe ich ausgestopft, ausgenommen den. Es ist eine Eigenheit meines Schwiegervaters; der sah ––– ein Vogel und. Er hatte sie gerne an den Wänden; deswegen sind sie noch da.«, und wie – als hätte der Todt eine Erklärung nötig – zur Entschuldigung: »Es ist ja sein Haus.«, blickte hinauf, über dem Haustor ––– sagte: »Der ist mein Werk.«, so gar nicht ausgestopft wirkte, ihn anschaute, als wollte er ihn jeden Moment anfliegen, als betrachte er sein Opfer, als wollte der Vogel von dem Vogelfreien wissen, inwiefern der Angriff so oder doch besser anders --- als wäge er ab, was er über sein Opfer denken solle, lebte sehr und war doch tot, nur ausgestopft, eindeutig.

»Keine Sorge; aber gute Arbeit, nicht?«, und schaute aber --- mied regelrecht Blickkreuzungen, kaum aber schaute Johannes nicht an den Todt, Empfindungen in ihm waren, die er immer hatte, fühlte er sich geprüft, angeschaut, konnte schwer sich selbst erklären weshalb, aber es war ihm unheimlich. Es war dem Vogelfreien im Hause des Uhrmachermeisters nicht geheuer. Erklärungen wie »All zu viel Ausgestopftes an den Wänden« --- sicher, er versuchte sich das undefinierbare, das vorläufig nicht benennbare, schwer sich selbst erklären könnende Gefühl von tiefem Unbehagen? Fast Unruhe; Furcht? Wollte es nicht ausgeschlossen haben; nicht unbedingt? Angst nicht, aber es war der Zustand, den Johannes nannte: »Ich bin – auf alles gefaßt, wahrscheinlich nur nicht auf das, was wirklich ist.«, blickte fragend an den Todt, der schaute noch immer, fast ergriffen, Seinen Ausgestopften an.

Rostgelb, dunkel geflammt; die Augen erinnerten ihn eher --- er hatte noch nie eine echte große Raubkatze gesehen; aber es hätte ihn nicht gewundert, so eine Raubkatze ähnlich ihr Opfer in Augenschein nahm, hiebei keinen Laut von sich gab, was gab es da noch zu sagen? Über den Ohren hatte der fesche Uhu Federbüschel.

»Ich hatte ihm gegenüber kein schlechtes Gewissen; er verschluckte, mit Haut und Haar; ja!«

Und Johannes nickte: »Er kann nicht anders.«

»Ich auch nicht.«, sagte der alte Todt und wich ihm das erste Mal nicht aus?

Die Nasenwurzel, der alte Todt verstand irgendetwas in seinem Gesicht nicht?

»Ja; ich habe ihn gehört --- unterwegs. In der Nacht. Ich wußte nie, heult es,

> eine Vorzimmerwand mit zwei Seiten und einem erhöhten Mittelteil; in der Mitte der Wand ein Spiegel und unter dem Spiegel eine einfache Truhe zum Sitzen, zum Weglegen häuslicher Sachen; auf beiden Seiten des Spiegels: Links bitte die Stöcke hineinstellen, rechts bitte die Schirme loswerden? Die Holzfüllungen, links und rechts vom Spiegel, waren mit Stoff überzogen, die nötigen Haken zum Aufhängen über dem grünlichblauen »Mantel« dieser Füllungen angeordnet; fünf links, fünf rechts: zehn Haken zum Aufhängen. Unterhalb der Tuchfelder,

dann wieder dachte ich, jemand kicherte in meiner Nähe und das

Kreischen, dann wieder uhu-hu oder so ähnlich; wütend wirkte er auch.«, Johannes hörte sich erstaunt zu, was erzählte er da dem alten Todt? Es war ja wahr; weder log er noch schmückte er aus; aber trotzdem.
»Dürft tatsächlich also – auf Raubzug
    darunter das Festhalteholz für Schirme und Stöcke und auf beiden Seiten, hatten für ihre Enden eigene Standplätze, fast wie Blumenkisten aus Holz, Erde hinein und Samen und auf die Fensterbretter, warum auch nicht; warum sollten Schirme und Stecken sich nicht rühren können; nicht kleinlich werden, Johannes. Immer schön großzügig bleiben. Unten am Sockel waren Blechbehälter verkleidet mit Holz. Auch war das Festhalteholz nur das »Anziehen« gewissermaßen der metallenen Stange mit den Abteilungen: Selbst Schirme und Stecken konnten so gezwungen werden, aufrecht zu stehen, etwas schräg, aber doch ziemlich gerade, umfielen sie keinesfalls. Ein Tablett für die Hüte sah er weder über dem Spiegel noch unter den Kleiderhaken, auch nicht über ihnen. Aber die Haken waren so, daß sie zum Aufhängen taugten für Hut wie Kleider. Auf dem oberen S-Bogen die Hüte, auf dem unteren S-Bogen die Kleidungsstücke, welche es abzulegen galt,
war der Vogel; ich hörte ihn. Nur ---«
»Es gibt so viele warum gerade ihn?«, blickte ihn an, als wär er, weiß Johannes wer: Ihn verwirrte; es war das richtige Wort. Nicht unheimlich, er kannte einige Zusammenhänge, die ihm vielleicht nicht gleichgültig waren, nicht; deswegen fühlte er sich nicht wohl. Fühlte sich gleich, um einiges wohler. Ausgenommen, daß Johannes sich nicht auskannte, gab es kein Anzeichen von Gefahr.
Der alte Todt lächelte; fast versonnen lächelte er ihn an: »So ein Zufall.« es entzückt sagte, dann wieder selbst eher aus dem Gleichgewicht gebracht wirkte? Nicht auch ein vielgesichtiger Mann, einiges an dem alten Todt stimmte so nicht zusammen, möglich anders, das wollte Johannes gar nicht ausgeschlossen haben.
»Ja, das ist; Sie sehen richtig, den äußeren Vorderzehen ließ ich ihr verwenden zumal es der Wendezehe ist?«, schaute zu ihm auf, blinzelte fast spitzbübisch und schaute dann wieder hinauf zu Seinem Ausgestopften. Der Wendezehe war, nach hinten gestellt, befestigt worden.
Die Baumrinde ähnlich gefärbt wie der Ausgestopfte, aber wirkte alles sehr nach Natur, nach Leben: »Wird Ihnen vor lauter Vögel nicht unheimlich.«
»Weshalb? Auf Menschen sind sie nicht spezialisiert.«
»Aber dem grollen Sie ganz besonders.«, und zeigte hinauf zu dem Vogel über der Tür; war erstaunt. Hatte nicht mit einer Antwort gerechnet, der

Uhrmachermeister sagte tatsächlich, einfach und schlicht: »Ja.«, nickte und wandte sich abrupt ab, kehrte zurück zu dem Fensterchen, schaute hinaus: »Bei mir sind Sie gut aufgehoben.«, sagte der alte Todt.
Und oben, der Abschluß der Vorzimmerwand, etwas Gebrochenes: der Mittelaufsatz rechteckig, eine gerade Verdachung. Und aber die beiden Seitenteile? Begonnenen Spitzverdachungen nicht unähnlich, eine abgebrochene Spitzverdachung, denn hier mußten noch unbedingt ein paar runde Linien zur Geltung kommen, links wie natürlich auch rechts hatte der Mittelaufsatz phantasievolle Holzohrwaschel bekommen, vielleicht wars auch nur eine Schnecke, die sich mühselig aufwärts plagte, aber immerhin schon hineinbiß; es war eine Schnecke mit Schwanenhals und der Schnabel des Schwans bohrte sich ins Holz des Mittelaufsatzes; und hintennach (schleppten schon schwer die Schnecken) das Haus zog. Die Schnecke war nicht ohne Fortsetzung gedacht worden, hinter sich zog sie her ein unvollständiges Holzdreieck, wahrscheinlich hatte sie das gefunden und gedacht, wer weiß, wofür ich dich noch brauche? Wie die Schnecke ihr Dreieck (es hatte auf der einen Seite statt geraden Abschluß einen Haken angebracht, das wars, ein Haken, dessen Rundung einem gekrümmten Rücken nicht unähnlich war, sodaß man auch denken konnte, da hatte sich jemand gestattet, einen Boden aufzuheben, auf daß er da unten etwas suche? Vielleicht aber sollte so nur eine Rutschbahn zustande kommen, hinunter und dann senkrecht, steil, bis zum Fußboden, abgestürzt) da hinaufbrachte? War doch eine steile »Felswand mit überhängenden Felsenabschnitten«, gleich mehreren und wollte aber sichtlich da hinauf, denn oben war die Ebene, da konnte sie ausruhen, schlafen; zuerst ein bisserl keuchen; war doch eine furchtbare Plackerei und aber hat sich die Schnecke nicht trennen wollen von ihrem hölzernen Dreieck. Links und rechts dasselbe, wollten beide hinauf auf diese Ebene ganz oben, die gerade Verdachung des Mittelaufsatzes Treffpunkt werden sollte für zwei Schnecken, die beide ein Dreieck gefunden hatten und es schöne, wunderschöne Holzdreiecke waren mit einem Haken auf einer Seite.
Die kamen aus dem Schauen nicht mehr heraus, wenn sie sahen, sie hatten gleiche Schätze gefunden; wie verhielten sie sich dann? Aber zuerst mußten einige Hindernisse ——— also, so einfach ging das nicht; liebe Schnecken. Strengt euch noch ein bisserl an.
»Irgendwann beginnt das Erwachen auch in ihren Köpfen ———«, und der Todt deutete auf die Schläfe, lachte, strahlte, war fast vergnügt und gerade, daß er nicht sagte: »Doch schön, es ist doch schön, daß es eine Gerechtigkeit gibt.«, irgendwie in diese Richtung? Wundergläubig war

der Mann ja nicht, obzwar, er schaute ihn an, als wäre der Vogelfreie ein Wunder.

Von den Enden der beiden Seitenteile näherten sich punktgroße Maikäfer, auf der linken Seite wie auf der rechten Seite war einer unterwegs, strebten zu dem Mittelaufsatz mit der geraden Verdachung. Näherte sich ein, gerade noch als Punkt sichtbarer Maikäfer höchstens unter Ächzen und Stöhnen, steil aufwärts, keuchte der, und dann: aufgepaßt, lieber Maikäfer! Hier geht's nicht mehr weiter, Abbruch und hingeschaut zur Fortsetzung, dazwischen ein so ein Abgrund, ja allerhand! Sollte er sich hinunterfallen lassen oder hüpfen, etwas überlegen mußte, das was dem Maikäfer der Abgrund, war dem menschlichen Auge Abrundung, ein bisserl Holzschnörkel darfs wohl sein, Herr Maikäfer? Und dann wird's noch senkrecht; nimm Pickel und Seil, aufwärts klettere; ja allerhand, überhängende (Holz)felswand, sodann wieder überhängende (Holz)felswand und wieder kerzengerade die Wand, wieder überhängende Abschnitte, sodann noch einmal senkrecht dem Himmel zu, falls nicht abgestürzt und siehe da: endlich wieder auf der Ebene nur etwas höher oben, krabbelt er da oben. Und wieder?! Die letzte aufrechte Wand, dann schon die fast ewige Ebene (man bedenke, für einen punktgroßen Maikäfer, nicht einmal staubkorngroß, wurde es auf der gerade Verdachung des Mittelaufsatzes --- die ewige Ebene sicher, das Johannes als übertrieben gelten lassen wollte; sogar sehr stark übertrieben?) Wußte nicht wohin schauen, und wandte sich wieder zu der Schwalbe, also, auf dem Gewehrschrank, das war eine ausgestopfte Schwalbe.

Johannes hatte kaum einen fremden Menschen gesehen, erinnerte sich an keinen Menschen, bei dem er derartig viele --- irgendeinen Durcheinander provoziert, ausgelöst hatte, weshalb, allein durch sein Auftauchen?! Der kannte ihn doch gar nicht.

Die Sitztruhe vor der Vorzimmerwand war ein Anziehungspunkt, hingehen, niedersitzen; zwischen Spiegel und Truhe war eine Holzfüllung als Lehne für seinen Rücken eh da, sodaß er unbeschadet ließ den Spiegel, das ging sich ohne weiteres aus; in anderer Hinsicht wollte er nirgends Spuren hinterlassen, auch auf dem Deckel der Sitztruhe nicht.

Wahrscheinlich behandelte ein Vater seinen Sohn nicht anders, kaum anders zumindest vorstellbar war es, daß ein Vater seinen Sohn so behandelte, der ausgezogen aus dem Hause des Vaters im Streit und im Hader mit ihm und der vielleicht sogar schon tot Geglaubte kehrte wieder in das Haus des Vaters, hatte aber gleichzeitig den Vater grau gekränkt und sehr alt. Derartig vielfältige Regungen vermeinte Johannes

--- aber was wußte er schon. Grillenfangen. Sollte das neue Laster nicht werden lassen die Gewohnheit.
Wie auch immer, hier herrschte ein Irrtum vor.
»Sagte der Pimpf ---«
»Daß es besser ist, Sie bleiben bei mir; das sagte er. Ja.«, verschlossener der alte Todt wirkte, fast unfreundlich und barsch.
»Ich werde Sie besuchen, ich vergesse es Ihnen nicht.«
Der alte Todt ihn nicht anhüpfte, eher anschaute mit verletzten Augen. Die Augen eines Menschen, der getötet worden war gerade von dem, von dem er es am allerwenigsten erwartet hatte. So verletzt, nicht eine Spur weniger verletzt, schaute er ihn an. Räusperte sich Johannes – natürlich hätte er den alten Todt gern einiges gefragt, aber doch lieber unter anderen Umständen.
Und hielt ihn fest, als könnte er etwas aufhalten, als müsse er etwas aufhalten, über den Ellenbogen ihn festhielt und überlegte hin und her, wie er sagen konnte, etwas sagen wollte, etwas mitteilen wollte und aber nicht wußte wie? Und der alte Todt schien jede Regung im Gesicht des Vogelfreien zu studieren, allessamt anzuschauen als könnte ihm das weiterhelfen beim Suchen nach Worten, er suchte, wofür brauchte der Todt eine Erklärung, er war bereit den Vogelfreien im Hause aufzunehmen, war es die Scham des alten, einfühlsamen Menschen, der darunter schwer litt, in einem Ort zu leben, wo Selbstverständliches, fast so etwas wie Ausnahme wurde? Fürchtete der Todt das Danke des Vogelfreien, dessen Dankbarkeit, Furcht vielleicht hatte, die Scham könnte ihn in eine Verlegenheit stürzen, aus der herauskommen sehr schwer war, als wäre die Verlegenheit schon eine sehr tiefe Grube, eine Senkgrube oder Wiese, hineingestürzt und wie wieder heraus? Eine Tolpatsch-Leistung, eine Leistung, deren Ursache auch Unwissenheit gewesen sein könnte, sowie Mangel einiger ---
»Was meint Hochwürden, wenn ich Hochwürden frage«, möglich, daß Johannes auf das hin etwas verwirrt wirkte, auch ein Gesichtsfarbenwechsel wäre denkbar, hätte Johannes nicht gewundert, der alte Todt aber nickte nur und sprach weiter, »»kriegt die Schwalbe nicht genug? Insekten frißt sie noch und noch und wird nicht satt? Lebt in Monogamie; gesellig flieht sie nicht den Menschen, zwitschert munter einmal dies dann jenes; im Nesterbau voll Kunsttrieb; ist sie fort? Weiß ich, sie kehrt wieder; kehrt sie wieder? Weiß ich, sie zieht wieder fort. Ich würde diesen, meinen Bericht von der Schwalbe, ablehnen, absolut mit derlei nicht einverstanden sein, mich gefoppt empfinden im erregten Zustand, mich von einem Wahnsinnigen bedroht wähnen im furchtsamen Zustand; wäre nicht, diese merkwürdige Erfahrung in meine Erlebnissumme eingeschrieben worden, gleichsam als Erinnerung, die sich nun

nach außen manifestiert; grad so, als wäre ich ein Ächter jeglicher Ordnung.‹ Stellen Sie sich vor, Vogelfreier. Hatte; er hat es nicht, aber nehmen wir es an.

Hatte der Uhrmacher höchstpersönlich die Wanduhr zurückgebracht: die Tür öffnend war vor Hochwürden ein Mann gestanden, dessen Rocktaschen auf eine Weise ausgebuchtet waren; trotz Windstille die Frisur eher unvorteilhaft, wenn nicht gar ohne Kamm zustande gekommen; auch war die Hose bei den Knien schon etwas sehr ausgebeult; und obwohl das rechte Hosenrohr aufgeschlitzt – bis in Kniehöhe! – sich so gar nicht geschämt; das Nichtgenähte hinterrücks in mehrdimensionale Sprache verwandelt, die Denkwut aufgestachelt und den Menschen doch nur an NEBENsächlichkeiten festgenagelt haben wollen; was sonst.

Wofür wohl menschliche Denkwut Nadel und Zwirn ersonnen? Daß genäht werde, was entzweigerissen; was sonst! Zwar den Namen murmelnd, sodaß er Hochwürden geradezu in die Unhöflichkeit hineingezwungen, ihn nicht beim Namen nennen zu können, wohl aber rückgratsteif an seiner nichtgefragten Ansicht festgehalten und als Denkaufgabe (!) in so großer Zeit behaupten wollen: ›DIESER Hosenstoff hat JENE Zerreißprobe nicht bestanden‹? Rücksichtslos und ohne Hemmung den Gefühlen und Mitmenschen zugekehrt den Hintenwärtsbefindlichen; was sonst!«

»Wer ist wer.«, der Todt hörte die leise Zurechtweisung in der Frage nicht.

»Dagestanden und doch Hochwürdens kostbarstes irdisches Gut festgehalten! Dagestanden, förmlich das Nachschlagewerk wider die wohlgeordnete Vernunft; höhnen wollen die gottgefällige, gottgewollte Ordnung! Nichtssagendes weiß Gott wie? Und so schrei laut in seiner äußeren Erscheinungsform eingeschrieben; so es gewesen; ganz so: dem rechten Hosenrohr eklatant gefehlt die Narbe; aufreizend, ja, geradezu herausfordernd bekrittelt – was nun eigentlich? – die Qualität des Hosenstoffes; die Zerreißprobe? Genäht, und schon ist das Ganze wieder hergestellt, Ordnung, Übersicht; die Denkwut frei für Eigentliches.«

»Es ist bekannt, daß sie den Besuch von Gotteshäusern meiden; es ist mir bekannt.«, murmelte er und spürte diese Übelkeit, plötzlich fiel sie ihn fast fällend an; umfallen, hinfallen, aufstehen nie mehr, liegenbleiben und spüren, wie das Blut ausrann und denken, schrei, auch denken, laufe, und aber liegenso und liegenbleiben und wissen, das Leben rinnt dir aus dem Leib, es kehrt nicht wieder, es rinnt, du rinnst aus wie ein löchriger Topf. War er nicht bleich?! War in seinem Gesicht nicht die Blässe des Blutleeren, die Blässe des schon Toten?

Der alte Todt führte ihn, schob ihn fort von den Ausgestopften,

öffneten sich sämtliche Türen des Hauses, war er in ein Geisterhaus geraten oder öffnete alle Türen der alte Todt; wie auch immer; er wurde in einen anderen Raum ——— etwas wacher, staunte doch als er sich wiederfand in dem Zimmer ohne Fensterkreuz?
Schnellte herum und aber der alte Todt sagte nur: »Beruhigen Sie sich. Sie sollten nicht schwarzsehen; Sie sollen das nicht überbewerten. Sicherlich: Der Hinweis war berechtigt, allerdings sollten Sie auch fragen nach den Ursachen, das hat doch Ursachen wenn derartige Vergiftungserscheinungen ———«, hüstelte, verlegen lächelte und Johannes hatte sich niedergesetzt, auf den Stuhl er gewartet hatte, genau auf den Stuhl und auf keinen anderen.
»Ja; genau so! Er konnte stundenlang hier sitzen und hinausschauen bei dem Fenster. Hinaufschauen zu den Pappeln ———«, drohte der Todt schon wieder zu werden, sich hinzugeben irgendwelchen, was wußte Johannes.
»Die Stätte der Gemeinschaft, kein Arsenal für persönliche Erinnerungsandenken. Das ist das Gotteshaus.«, hatte Johannes im Kopf zumindest geantwortet etwas spitz, dem alten Mann. In Wirklichkeit sagte er nur, hörbar.
»Es ist sicher wahr, daß ich auch Johannes heiße. Das sagt aber nicht viel.«, und pflichtete ihm bei?
Also hatte ihm der Pimpf eingeredet, er sollte sich einen Ersatz-Johannes nicht entgehen lassen oder wie? Irgendwie mußte es bewerkstelligt worden sein: Wie hatte der Pimpf den Uhrmachermeister und warum justament den dazu gebracht, ihn aufzunehmen?
Wenigstens hatte die Blutleere aufgehört: »Die Vorhänge, alles wird wieder.«, brach ab, setzte sich auf das Bett: »Hier läßt es sich auch überleben; sehen Sie. Ich habe nichts zu verlieren ———«, blickte auf und schon wieder der alte Mann zwischen seine Augenbrauen schaute, nicht den Blick lösen konnte.
Johannes wandte sich ab und blickte beim Fenster hinaus, es war auch ein schöner Ort; hier stundenlang sitzen und ——— also, das war nicht schwer. Keine bestimmt keine Strafe.
»Die Denkwut ist frei für Eigentliches ——— dann haben Sie aufgehört.«, sagte Johannes. Und der alte Todt nickte.
»Gut; also ich habe die Uhr selbst zurückgebracht; nehmen wir das einmal an. Es ist nicht so, aber gehen wir hievon aus.
Und gestattete sogar, daß ihm der alte Mann ein Fußschemerl gebracht hatte. Lehnte sich zurück, ein alter schon abgewetzter Samtüberzug und aber saß sehr gut, rundum gepolstert und aber nicht so, protzig nicht, pompöses war nicht am Stuhl, bequeme Lehnen, fühlte sich wohl; das wars.

›...Das Gerät, das die Zeit mißt ...‹, sagte der Uhrmacher und verstummte; abrupt. Den Kopf etwas zurückgeneigt, die Augen fast geschlossen, taxierte der Uhrmacher Hochwürden; maß ihn auf eine Weise; und dann noch dieses nicht unspöttische Lächeln.
  Spielte der Uhrmacher den Gottesmann? Versuchte er sich den
  Priester vorzustellen, was geschähe wenn ––– war es das?
›Hochwürden staunen? Hochwürden haben nicht erwartet, daß der Uhrmacher den die Uhr treibenden Mechanismus so gut kennt? Mögen, Hochwürden vielleicht, die Güte haben, und sich selbst davon überzeugen, daß in diesem Bauch‹,
  blinzelte ihm zu, den Kopf schief geneigt.
  »Ich höre«, sagte Johannes mit geschlossenen Augen, »wenn ich auch nix verstehe. Aber hören tue ich.«
  Der Uhrmacher dürfte genickt haben, setzte fort:
der Uhrmacher klopfte mit dem Knöchel des linken Zeigefingers an die geschliffene Bleiglasscheibe des Uhrenkastens, ›ein präzis laufendes Uhrwerk befindlich?‹, hielt dabei den Kopf etwas schief geneigt, und stand nun leicht vornübergebeugt vor seinem Kunden: förmlich Wurm, der kriecht und doch nicht spricht, ich krieche nicht. Prometheushafter Übermut – wagt es, revoltiert, und schon eingeklemmt in der Trichterbahn der Hybris – sich in Worten ein-und auswickelt, so hin und her, her und hin; redselige Schwatzsucht markiert und voll des Eifers plappert: Hochwürden, schlucke mich; Berufsstolz des Uhrmachers, anderes bin ich nicht; und dies verdaulich doch, nicht Sünde! Hochwürden ließ sich weder einwickeln noch auswickeln; eine Sekunde der verlorenen Selbstbeherrschung hatte den Uhrmacher demaskiert: mit einer Kette an die Kette der Geschäftslogik geketteter Haß, mühsamst maskierter Hohn; was sonst? Die Zeichensprache der Ehrerbietung, Ergebenheit und des Berufsstolzes herabgewürdigt zum Kostüm der Zeit, das – so ausgezogen doch auch blitzschnell wieder angezogen werden konnte; Geschwindigkeit heutzutag keine Hexerei; und sich vor dem erhabensten Beruf dieser Erde entkleidet als nur zeitbedingter Respekt des Uhrmachers vor seinem Kunden!
Weshalb gerade dieser Uhrmacher und kein anderer; was hatte sich der Mesner nur dabei gedacht? Einem, der sicherlich leidenschaftlich gern über die christliche Moral witzelt; einem, dem das Elend des Gottesleugnertums unleugbar als Haß aus den Augen geblitzt; einem unter Umständen gar notorischen Haderlumpen Hochwürdens kostbarstes irdisches Gut zur Reparatur anzuvertrauen?
Und könnte doch einst gewußt haben: Christ mein Taufname, Katholik mein Zuname; wie Hochwürdens leiblichem Vater der einstige Kinderglaube in eine nebelhaft ferne Vorzeit gerückt; vergiftet, irregeführt und in Unordnung gebracht?

Hochwürdens Hände zitterten; eine an sich doch eher leicht einordenbare, überblickbare, ja, alltägliche Situation trieb ihm Wasser in die Augen ---
»Warum.«
zwang ihn an sich halten zu müssen, auf daß er dem Uhrmacher nicht seinen kostbaren Uhrenkasten auf dem Schädel zerschlug.
»Warum.«
›Hochwürden lassen sich nicht begeistern von einer irrigen Ansicht; genau so ich gedacht, Hochwürden. Genau so. Meine anders geordnete Erscheinungsform ist das Werk einer Schwalbe; ja, ja, Hochwürden staunen ganz so wie ich gestaunt, mit Verlaub es als Qual empfunden. Könnten Hochwürden vielleicht die Güte haben und jenes – Die Liebe saget NIE, es ist genug – obwalten lassen, die mein Gemüt allewweil schon an den Menschen, die für den erhabensten Beruf dieser Erde auserwählt, mit einem, wenn ich es bekennen darf, unchristlichen Gefühl gekoppelten Staunen bewundert hat?
Ich würde, diesen meinen Bericht ablehnen, absolut mit derlei nicht einverstanden sein, mich gefoppt empfinden im erregten Zustand, wenn nicht gar von einem Wahnsinnigen mich bedroht wähnen im furchtsamen Zustand; wäre nicht diese MERKwürdige Erfahrung mir selbst, auf dem Weg zu Hochwürden, passiert; und ich, mit Verlaub, wider meinen Willen gezwungen worden, mich eines Besseren belehrt zu empfinden ---‹«
»Waren wir dort nicht schon ---«
»Ja; ich meine wie SIE. Es soll sich nicht wiederholen.«
Schaute auf: »WAS soll sich nicht wiederholen.«
»Mein Sohn.«
»Ach.«, lächelte; schüttelte sich.
»Ich habe nicht die Absicht Priester zu werden.«
»Er ---«
»Ich lebe MEINE Geschichte; ich bin nicht IHR Sohn. IHR Sohn ist tot, Johannes ist tot. Ich bin der Vogelfreie.«, hörte sich, war wieder bei sich selbst angelangt, nickte: »So viele Jahre. Sie fragen noch immer. Warum. Wollen Sie selbst das wissen.«
»Es macht ihn nicht lebendig, es ist mir bekannt. Aber Haß? HIER irren Sie. Ich möchte nur seine Wiederholung nicht.«, was hätte ihm erzählt der junge Todt? Er hatte andere Sorgen, als sich verlieren in Erinnerungen eines alten Mannes, sein »Was wäre wenn« nix anderes als ein subtiler, ganz sublimer Rufmord, vorgenommen am Priester, was sonst! Und wenn nicht, Johannes mußte es wissen, wie das wieder werden: Ruhe, rund-um-ihn sich alle übten in der Sprache der Andeutungen, so das deutbar war und aber auch anders, zum Explodieren; dieses Rund-

herum-Reden und Alles-wie-Nix sagen, es war zum Klettern, hinauf zum Mond. Tausenderlei Rücksichtsnahmen und doch nix anderes war, als Rücksichtslosigkeit, die klug genug war, so nicht zu scheinen, vielmehr zu wirken, besonders rücksichtsvoll, gütig gerade so wie höflich und vor allem einfühlsam und war doch nur die Einfühlsamkeit in dies: Wer sagt mir, daß ich meine Vorurteile wie Vorteile noch so hätscheln kann sowie pflegen, wenn ich's allzu genau wissen will? Natürlich wußte Johannes, daß Zorn wie Erbosung und einiges mehr ihm manchmal Gedankenergebnisse lieferte, die eher die Aufgabe hatten, ihm selbst gut zu tun. Streichelte seinen Groll, streichelte seinen Zorn und war gut zu sich, warum auch nicht, nur war es gut zu wissen, daß es so sein könnte.
Schaute ihm schon wieder zwischen die Augenbrauen; Johannes griff trotzdem justament dort nicht hin; kratzte sich den linken Handrücken.
»Sie fragen sich, weshalb ich Sie zu mir ––– nun gut. Es ist die gute Mutter, ich schätze Sie sehr; im löchrigen Topf.«
War doch überrascht: »Und der Pimpf?«
»Er überbrachte mir ihre Botschaft.«
Nickte: »Dann war er nicht zufällig unterwegs ––– der Reisende mit Prinzipien.«
»Njein. Hier ließ sich einiges zusammenbinden; aber er eilte Ihnen zielstrebig nach.«
»Wo ist er jetzt.«
»Draußen und aber stets in Ihrer Nähe; bleiben Sie nicht bei mir, wird es seine Aufgabe sein, Sie zu überzeugen, daß Sie es doch besser mit ––– immer noch besser ist Sonnenklar; der Mann des Adlers käme für Ihren Schutz auch ––– ja; es gibt einige in Nirgendwo, die sich für Ihr –––«
»Danke. Ich weiß nicht wohin ich will.«
»Der löchrige Topf sendete mir die Botschaft, sei auf der Hut; laß IHN überall hin, nur nicht dort, wo es so viel zu verlieren gibt; also –––«
»Wo ist das denn.«
»Ach, der Pfarrhof kommt auch nur IHNEN ideal vor.«
»Erstens will ich dort nicht hin, zweitens wird der –––«
»Nicht durchsucht?!«
»Ich glaube Sie sind ehrlich; so verstehe ich Sie auch viel besser. Nur, einmal gefragt, es erstaunt mich doch – was haben Sie gegen Hochwürden?«
Verschloß sich sein Gesicht, dann lächelte er verschmitzt: »»Mein anders geordnetes Äußeres ist das Werk einer Schwalbe; ja, ja; Hochwürden staunen ganz so wie ich gestaunt, mit Verlaub, es als Qual empfunden. Braunrot der Vorderkopf und Gurgel, mit langem Gabelschwanz. Hochwürden!
    Hatte die Schwalbe auf dem Gewehrschrank einen braunen Vorder-

kopf? Langen Gabelschwanz? Mußte sie noch einmal etwas genauer anschauen, aber eine Schwalbe war es.
Die stahlblaue Rauchschwalbe ists gewesen. Die, und keine andere! Hochwürden lassen sich doch nicht begeistern von der irrigen Ansicht? Genau so ich gedacht, Hochwürden. Genau so.
»Welche irrige Ansicht.«, drohte das, schon wieder, zu beginnen. Bringt die Kundschaft ihre Uhren dem Uhrmacher, auf daß der sie ruiniert? Reparieren soll er, heilen ihre Wunden; das ich mir gedacht. Genau so!«
»Hielten Sie Ihren Sohn für eine Uhr?!«
Nein, ICH nicht. Ich habe meinen Sohn nie verwechselt mit einer Uhr; nicht einmal! Nie!«, wurde etwas heftig. Sein ganzes Gesicht wirkte wie, in Bewegung gekommen, zitterte alles in diesem Gesicht, ein Schauspiel, wäre es nicht verbunden mit so viel Qual und dies noch immer; nach wieviel Jahren.
Und Johannes erhob sich. Murmelte: »Trotzdem.«, hatte gefällt die Entscheidung, denn er mußte es wissen, es war schon so. Er konnte nicht anders, er mußte das ganz genau wissen, wie das war mit dem Gottesmann. Franz marschierte, Franz also: brennt, sprengt, niederrennt. Und Josef wandte sich dem aufmerksamen Anatomiestudium zu, studierte den Menschen einmal anatomisch? Und der Gottesmann? Johannes nur mehr war: die Entscheidung, ihre Fortsetzung.
Nein, eine andere Lösung gab es nicht. Und Johannes erhob sich. Hatte gefällt die Entscheidung noch einmal. Zuerst erhob er sich im Kopf, dann wirklich. So oft konnte es in ihm gar nicht wühlen, andere Wahl? Es gab nur brennt, sengt, niederrennt oder vogelfrei. Wo war da noch: eine Wahl?!
»Können Sie mir noch genau sagen, wo der Pimpf auf der Lauer liegt.«, und der alte Todt nickte, erhob sich ebenso, sagte: »Ich versuche Sie nicht zu überreden; fürchte, der Vorschlaghammer taugt auch nix.«, das Lächeln des Todt ließ Johannes nicht unberührt; hatte schon wieder den Knödel im Hals.
»Bevor er zu mir ins Haus kam, ließ er den Karren auf der nirgendwoabgewandten Seite – Sie verstehen? Er ist hochbeschäftigt, seine Siebensachen wieder, einzusammeln: Das ist ein Synonym, es paßt zu seiner Existenz, so hat er mir's erklärt. Weshalb er sich hier noch immer umeinandertreibt? Hilfe, er klopfte so voll der Hoffnung irgendein Mensch fände sich bereit, ihm zu helfen, den Karren hochzuziehen – wenn nicht sehr steil, der Jüngste ist er auch nicht mehr.«, Johannes glaubte dem Alten.
»Muß ich unbedingt bei der Tür hinaus?«
»Ich glaube schon.«, sagte es ruhig, »Höchstens Sie wollen einem alten

Mann Gewalt antun.«, zwinkerte. Und öffnete die Tür: »Sie dürften es erraten haben natürlich; es war sein Zimmer.«, nickte.
Und schon wieder hiemit beschäftigt waren, einige Räume durchqueren und der alte Todt wandte sich ihm zu, sagte: »Ich habe noch immer den Uhrenkasten – repariert ist er; und aber ich kam nie dazu!«, natürlich log er. Wollte fördern eines Priesters Bewegungssinn. Johannes vermutete, dem Mesner war passiert diese nicht wieder gutzumachende Sach'? Hätt nie den Uhrenkasten bringen sollen zum Todt; der Mann lächelte und schaute zu ihm: »An dem Tag, an dem ich die Uhr zurücktrage, ja? War ich besonders unruhig; merken Sie sich das?«
»Ich geh nicht – dorthin zu allerletzt.«
»Sie wollen wissen, ob die beiden sich kannten?«
»Wer; ich weiß nicht, wovon Sie sprechen.«, log Johannes. Und kämpfte schon wieder an gegen diese Übelkeit: »Wenn alles vorüber ist, komme ich wieder; so kein Einwand, so Sie nix dagegen haben.«, schloß die Augen. Hatte schon die Hand auf dem Türgriff, ehe ihm irgendein Krächzen passiert war, hatte der Todt, die Hand auf seine Schulter gelegt: »Sie brauchen nix zu sagen.« gesagt und war gegangen, Johannes stand im Vorzimmer, das gleichzeitig so etwas war wie eine Halle, hier wohnten die Ausgestopften, überall an den Wänden, auf dem Gewehrschrank, schaue herauf zu mir, Vogelfreier, Johannes schaute hinauf zum Uhu mit den feschen wunderschönen Federbüscheln, sagte »Grüß Gott.«, was ihn zögern ließ? Schwer, das war kaum zum Sagen, vielleicht war es das Surren in den Ohren, die Übelkeit, das Flimmern, schloß die Augen. Lauschte nach hinten. Irgendwo im Haus war der Todt. Vielleicht in einem, sehr wahrscheinlich, der Nebenräume. Glaubte Hochwürden am besten zu verteidigen, indem er ––– hätte aber trotzdem gerne gefragt, wenn das auch nur Vergangenheit war, höchstens in Form von Erinnerung in ihm eingeschrieben sein konnte, trotzdem. Es war Johannes nicht unwichtig vorgekommen, die Frage bewegte ihn auch: Warum war Johannes Todt nicht älter geworden.
Öffnete die Augen, nichts in ihm wollte Lied werden, alles war stumm, verheerende Leere, was nur war ihm abhanden gekommen.
Und schloß die Tür hinter sich; so leise als möglich. Das Knarren, Raunzen, wie Ächzen konnte er nicht verhindern. Vielleicht konnte er ––– aber erst dann, später dann, unter diesen Umständen nicht.
Und ging schon über den Kies, hörte das Knirschen, wenn der Todt jetzt nicht hinter irgendeinem Fenster stand und ihm nachblickte, war er nicht mehr Johannes.

Der Todt war unverzüglich in seine Werkstätte zurückgekehrt und befand sich also in einem Raum, dessen Fenster nach Süden schauen ließen, die ebenerdigen Fenster hatten auf dieser Seite des Hauses

schwere Eisenläden, auch die Tür, durch die Kundschaft eintrat, die Fenster darüber waren vergittert, weißes Gitter, Nirgendwos Straßensystem diente als Mustervorlage, die konzentrischen Kreise fehlten im Gitter ja nicht; auch die Irgendwoer Straße fehlte im Gitter nicht. Die noch höher gelegene Fensterreihe war nicht vergittert, hatte gewöhnliche Fensterkreuze, auch weiß. Alle vergitterten Fenster ebenso in weiß gehaltene Blumenkistchen hatten, in Quadrate (wobei jedes Quadrat einen eigenen Stern hatte, das waren die Gassen Nirgendwos, die vom Platz des Basilisken weg, bleistiftgerade zur heiligen Barbara führten, wie zum Johannes dem Täufer, der Veronika, wie zum heiligen Matthias, der Magdalena und dem Franz) eingeteilt. Das war eigentlich das äußere Kistchen, in diese hatte der Todt die eigentlichen Blumenkästen gestellt, die waren nicht weiß. Geranien.
Die Eisenläden aber, die ebenerdigen, waren blau. Alle Fenster waren, ausgenommen im Parterre ohne Läden, nur weiß gerahmt, mit weißer Farbe und natürlich: kaisergelb, es war die Grundfarbe der Fassade; unten der Sockel zeigte schon seine nackten Ziegel; brauchte dringend einen neuen Sockel, die Fassade wirkte wie kaisergelber Sand, der gegen die Wand geschmissen so dicht bis er --- das wäre DIE Idee, etwas zum Kleben an die Wände und dann --- ob Sand kleben blieb? Abel fragen; schloß die Augen; murmelte »Johannes.«, wurde es ihr schon wieder schwindlig. Der Todt trat durch den ›Triumphbogen‹ ein. Mußte nicht einmal eine Minute warten; hörte Stuhlrücken von nebenan herüber sofort war er da: Er schüttelte verneinend den Kopf.
Liesi Tatschkerl war die eintretende Kundschaft gewesen.
Und er wäre lieber gewesen der Maikäfer, so groß wie ein Punkt, beschäftigt hiemit, emporzuklettern, die Elemente der Gesimse (Profile) o nein, derlei war es nicht; die erste Hürde, bevor kam die Bekrönung, bevor kam das Abschlußgesimse, war das Haus der Schnecke, alsodann gewagt der Sprung über den Abgrund, gelandet etwas tiefer unten, gelandet, ja allerhand, wirklich auf dem Schneckenhaus, alsodann entlang dem Häuschen, dorthin, wo die Schnecke wurde Schwan,
alsodann entlang dem Schwanenhals, entlang dem Schwanenkopf, alsodann die senkrechte Wand (wer sagte, es sei ›nur die Platte‹),
alsodann mutig weiter (was wäre, auf dem Kopf gestellt, die Treppe abwärts, mit verschieden hohen Stufen und verschieden die profiliert, war aufwärts überhängende Wand, wer sagte es sei ›nur ein Plättchen‹),
alsodann, das sei ›eine Rinnleiste‹ o nein, es war die nächste überhängende Wand, denn er war ja nur ein Punkt,
alsodann wieder senkrecht aufwärts, so steil, niemals war es ›nur das

Plättchen‹, und alsodann wieder überhängende Wand, die aber gerade? Wieder wähnen, ›nur ein Plättchen‹, das hieß, zwei mal irren, denn war es abwärts, der Todesfall, hinauf war es gefährliche, steile, kerzengerade Felswand, wenn auch nicht so lange, wie es gewesen wäre eine angeblich ›nur Platte‹,

und alsodann die nächste überhängende Wand, wer sagte, dies sei ›ein umgekehrter Karnies‹? Es war die überhängende Wand und ihr sich anschloß alsogleich, so war es, die nächste überhängende Wand, Hohlkehlen, Stäbchen, Plättchen wie Platten und Viertelstab, auch eine verdrückte Hohlkehle, wem Verdrücktes Schmerzen verursacht und Unbehagen, konnte sich auch denken statt verdrückte, doppelte Hohlkehle, wie auch immer; die Gliederung der Bekrönung des Mittelaufsatzes einer Vorzimmerwand wurde für den Punkt eine abenteuerliche Reise, denn er hatte zwar scheinbar Flügel und aber die taugten, für keinen Flug, das war ihr Nachteil. Das war nämlich die Besonderheit des punktförmigen Maikäfers, seine Flügel taugten nicht zum Flug, ein Absturz, hiefür war er nicht gebaut; Gott sagte ihm, stürz nicht ab, dann geschieht dir nix. Dies hatte Franz festgestellt und alsodann er gefragt (denn es war nur die Einleitung) kannten seine Brüder und deren Freunde schon das Märchen vom punktförmigen Maikäfer, das kannten sie noch gar nicht! Das mußte er ihnen aber dann schleunigst erzählen.

»Es war einmal ...«, das war dann die Fortsetzung der Abenteuer eines Maikäfers, an dessen Einleitung (mit kleinen Abweichungen von der ursprünglichen Einleitung des Märchenerzählers Franz Null) sich erinnert hatte, der Vogelfreie, der dunkel ein wenig verschwommen, sich noch erinnerte an einen Johannes, dessen Bruder ein Märchenerzähler war und er hieß Franz.

Eine überhängende Felswand zerfiel in viele Glieder und oder wurde zusammengesetzt aus vielen Gliedern; befaßte sich der Vogelfreie für den kletternden Punkt mit den Profilierungen --- über dem Spiegel einer Vorzimmerwand --- den Mann im Spiegel erkannte er nicht, der punktförmige Maikäfer kam ihm bekannter vor, war ihm vertraut, irgendwanneinmal sicher gewesen, Franz also: brennt, sengt, niederrennt.

Und ging wieder, weiter, entlang die Pappel-Allee; den Pimpf sah er nicht, wissend den Pimpf in ansprechender, sein Leben schützender Entfernung nicht, hoffte es aber, daß dem so sein könnte, auch wenn der Uhrmachermeister es so nicht gewußt hatte, vielmehr anders, genau umgekehrt. Hatte es nicht gerne, wenn der Mann so nahe war, die waren ihm zu schießwütig, diesen Sicherheitsmännern stellte der Vogelfreie nur Noten aus vernichtender --- waren, ein Sicherheitsrisiko, bedenkenlos sie alle zusammenfaßte als das, was sie waren, Mörder, skrupellose Mörder, im Namen natürlich des Adlers, für Gott, Kaiser und Vaterland waren sie Mörder, gaben sie her ihren gattungsspezifischen Ehrennamen Mensch, gebärdeten sie sich wie Raubtiere. Rissen, zerfetzten, zerfleischten und --- blieb stehen. Der ihm entlang der Allee, entgegenrannte, das war doch der Pimpf, die Hände so nach oben, als wollte er »Halt!« rufen, »Nicht weiter!« brüllen, der Mann hatte ein verzerrtes Gesicht, das linke Ohr blutete, Johannes aber hatte noch nie seinen Namen so gehört.

L
Sie waren aber aufeinander zugegangen

»Johannes!«, der Ruf war ihm, als wäre er zum Stehen gekommen, irgendwie geraten in den Stromkreis, als hätte ein Blitz rund-um-ihn all die Möglichkeiten zum Einschlagen, zum Durchqueren verschmäht, nicht aber den Vogelfreien. Und erst etwas half ihm weiter, der zweite Anruf befahl ihm, laß mir dies, nicht umsonst geschehen sein, Vogelfreier, laß mich dich, nicht umsonst gewarnt haben. Der den Vogelfreien ein zweites Mal anrief: »Johannes!«, das ist der Pimpf gewesen. Den geöffneten Augen nach zu schließen, den so weit geöffneten Augen nach zu vermuten, es war auch das Mund auf, das Mund zu, hatte der Pimpf es ein drittes Mal probiert.

Die Arme auseinander, weit auseinander, war der Pimpf auf ihn zugegangen, im linken Ohrläppchen hatte er einen goldenen (es war Imitation, nicht Kronen kostendes Gold) Ohrring, dort blutete er, ging weiter, als wüßte er, wenn er vornüber gefallen war, stand der Reisende mit Prinzipien nie mehr auf; der Pimpf dürfte es auch gewußt haben, dem Gesichtsausdruck nach, hatte er es sehr tief empfunden und aber die Bitte, das Flehen war auch im Gesicht, in den Augen, den weit geöffneten, die aufgerissen, noch weiter; Mund auf, Mund zu; ging er zu auf den Vogelfreien, gehe nicht weiter, renne Vogelfreier, denn du rennst um dein Leben, renne endlich, erbarme dich meiner, rette dich. Nicht umsonst! Laß mir doch um des Menschen Willen nicht umsonst dies alles geschehen sein.

Entgegengerannt war ihm der Pimpf nicht sehr lange, denn das war schlagartig etwas anderes geworden, war mehr ein ruckartiges Näherkommen gewesen, als ziehe ihn hinten jemand, in die entgegengesetzte Richtung, als hätten sie in den Rücken des alten Mannes Haken hineingeschlagen, eine Schlaufe in die Schnüre und auf die Haken aufgehängt, auf die Rückenhaken die Schnüre und nun laufe, alter Mann, laufe, denn du läufst um dein Leben, sobald er aber lief, zogen sie an den Schnüren, er aber lief, nun war also der Pimpf, vogelleicht. Er wußte sich nicht mehr.

Trotzdem, laß dich umarmen, Erde, laß dich ein letztes Mal liebkosen, wurde der Reisende mit Prinzipien ein weißer Vogel, nichts anderes flog auf den Vogelfreien zu als ein weißer Vogel, was vornüberfiel, nicht mehr aufstand, bald sich nicht mehr rührte, das ist dann gewesen der Pimpf.

Und die verlassen hatte --- hinausgerannt war auf die Gasse und hinaufrannte, denn die Augen des alten Uhrmachermeisters hatten es ihr bestätigt, auch er hatte es gehört, war stehengeblieben, ehe sie aber wieder werden konnte Bewegung und Stimme, hatte sie eingeholt der alte Todt?!

»Laß mich!«, fauchte sie; dann schrie sie und wollte nicht still werden.

»Kind, du bringst dich in Gefahr; hilfst niemand, wenn du ---«, biß ihn das Kind in die Hand? Kratzte ihn, wehrte sich und begann ziehen, wollte nicht loslassen das Haar, beutelte den alten Todt, wand sich, schlug zu und schonte den alten Mann nicht, schlug um sich und balgte sich ein alter Mann mit einer jungen Frau? Schrie, immer lauter schrie sie, hörte nicht auf schreien und niemand verstand, was sie schrie, aber es war eine schreckliche Lautfolge, es waren Schreie, die gehört werden mußten, alle Fenster mußten sich öffnen, alles mußte schauen nach Norden, Zeuge werden, schrie nach den vielen Augen, Ohren. Und rief nach den Menschen, die Zeugen werden konnten, die Irgendwoer Straße brauchte Zeugen, Augen, kaum mehr zu zählen, Ohren, nicht mehr zu zählen und Stimmen, viele, so viele Stimmen; schrie und hörte nicht auf schreien.

Der eine und er hatte im linken Ohr einen Ohrring war zugegangen auf den inneren konzentrischen Kreis, eine Heilige aus Stein rührte sich auf dem Platz nicht vom Fleck, denn sie stand auf einem Sockel, es war die heilige Barbara. Der Vogelfreie war zugegangen? Auf den äußeren konzentrischen Kreis, ein Heiliger aus Stein rührte sich, dort auch nicht vom Fleck, er stand auf einem Sockel, der nicht war der Johannes des Evangeliums, denn der stand im Norden und der Vogelfreie ging auf den Steinheiligen zu, er hatte nordöstlich von der Barbara seinen Platz.

Und Liesi lauschte, schaute um sich, dann schrie sie wieder; geballt die Hände, hockerlte sich nieder, schrie sich krebsrot und ihre Augäpfel traten sehr stark, sehr weit hervor. Hörte nicht auf schreien.

Einer ist dann nicht mehr weitergegangen, der fiel um, auf der Irgendwoer Straße lag einer von den beiden, sie waren aber aufeinander zugegangen?! Und wenn sie aneinander vorbeigekommen wären, wäre der eine gekommen, zur heiligen Barbara, aber dort ist

er nicht angekommen, er ist nirgendwo hingekommen, er ist geblieben.
Und Liesi schaute, suchte die Fensterreihen ab, dann schrie sie wieder so mit geballten Händen und beutelte wieder den alten Mann, der sie festhalten hat wollen und beruhigen, die junge Frau. Und die junge Frau ist dann hinaufgerannt, zu auf den Pimpf, der gelegen ist auf der Irgendwoer Straße. Er war gar nicht tot, er sagte etwas, sie hörte es, irgendetwas krächzte, schaute um sich, suchte Raben und wandte sich wieder zu dem Pimpf, nun war er tot.
»Meine unsterbliche Geliebte.«, sagte der alte Todt, der auch schon angekommen war, wieder da war und verteidigte sich gegen die junge Frau, sie war so wild und so zornig und begann ihn schon wieder beuteln und schrie schon wieder so laut, beugte sich über den Toten, legte ihr Ohr auf seine Brust und also war, sehr verwirrt und wußte nicht so recht, was tun. Also schrie sie.
Liesi Tatschkerl hat eines gewiß, mit ihrem Schreien, wieder den Bewegungssinn angeregt von dem Vogelfreien.
Und irgendwann, hatte sie verstanden, das sollte sie ausrichten der Prinz: »Meine unsterbliche Geliebte.« Es war das, was der Pimpf nicht mehr mitteilen hat können der Prinz selbst.
Dann saß die junge Frau neben dem Toten auf der Irgendwoer Straße, wollte von ihm nicht weggehen, nickte in einem zu, zwischendurch schrie sie, wieder so, als hätte sie nur stillgehalten, auf daß sie für den nächsten, sowie den übernächsten Schrei noch mehr Kraft in sich habe und Stimme. Eine Zeugin hatte der Vogelfreie auf jeden Fall. Sie konnte es bezeugen, zuerst war der Pimpf gerannt und dann, das waren aber gewesen die Sicherheitsmänner und der Null konnte keine Waffe wegwerfen, denn er hatte gar keine Waffe; weder einen Prügel noch einen Stein, weder einen Säbel noch ein Gewehr. Nix hatte er bei sich, gerade, daß er nicht nackt wahr; aber selbst die Hose war aufgeschlitzt und aussah er, als hätte er schon lange nicht mehr geschlafen. Aber Waffe! So etwas trug er nicht. Und hat mißtrauisch hinschauen doch müssen zum Todt, bist du ein Zeuge? Das dürften gefragt haben den alten Mann die Augen der jungen Frau: »Ja.«, sagte er, »Natürlich.«; hatte es wieder mit dem Nicken, dann schrie sie; das tat sie noch oft.
Und das Leben, es ist langsam herausgeronnen, rot färbte sich die Straße, langsam ist er verblutet, der Pimpf. Und sie waren nicht gut zu dem alten Mann, müssen ihn gequält haben und müssen von ihm etwas wollen haben, das sah auch der alte Uhrmachermeister; der goldene Ohrring fehlte dem Pimpf.
Der Pimpf war vornübergefallen, so, als hätte er gemeint, er ginge auf der

Irgendwoer Straße und dann war da aber ein Abgrund, er sah ihn zu spät, er fiel, schlug auf, war angekommen und schwamm nicht im Wasser nach einem Köpfler, der geworden ein harter Aufprall, denn er war nicht mit dem Kopf voraus angekommen untergetaucht, alsodann wieder herauf und geschwommen, das war er nicht, hatte das Bilderkarussell vor seinen Augen, das Flimmern, als wolle das Leben aus seinem Leib auch rinnen und – rannte. Die Krallen des Adlers, hörte ihn kreischen: »Haben! Haben! Den Vogelfreien! Mehr; her! Herda! Totsein, folge mir und laß dich! He!He! Haben!«

Die Krallen des Adlers, hatte er gedacht, die so geschrien, das ist sie gewesen, die Liesi hat so geschrien, hatte er gedacht und wollte so weit, weit fort, als nur irgendmöglich, denn er fürchtete auch um ihr Leben, hat aber den Todt in ihrer Nähe, der paßt auf sie auf, der hält sie zurück, hatte er gedacht und in alles, was er sich gedacht hatte und noch dachte, schob sich immer zwischenhinein der fallende Pimpf, die weit geöffneten Augen des Reisenden mit Prinzipien, das Mund auf, das Mund zu. Und die weit ausgebreiteten Arme, weiße Schwingen wurden die Arme des Pimpf, sich forthob der weiße Vogel vom Boden und auf ihn, auf den Vogelfreien zugeflogen ist, dann aber hat sie geschrien, eine Nirgendwoer Lichtfrau hat geschrien.

Und der Adler alterswirr, tränenblind, es nicht fassend, dirigierte seine, für tauglich befundenen (wie war ihm das nur geschehen?!) Adlerbeschützer dorthin, wo der Vogelfreie nicht lief. Wollten sich nähern auf der nirgendwoabgewandten Seite der Erhebung, aufeinmal umstellt haben wollten den Vogelfreien, aufstehen rund-um-ihn, wie gewachsen aus dem Boden, und aber, der Adler war, nicht zufrieden, denn die Tölpel konnten, nichteinmal einen dahergelaufenen Pimpf einbauen in das Einfangen einen Vogelfreien.

M
Weder Wild noch Samen

Sieben Mann hörten den Adler kreischen, hörten den Adler ihnen den Weg weisen und rannten schon, hintennach dem Vogelfreien, doch wo – aja, dort lief er; und rannten auf der Allee, der Pappel-Allee, die der Vogelfreie?

»Weiter!Weiter!«, kreischte der Adler: »Auf der anderen Seite; natürlich; weiter, schlaf nicht!«, und peckte mit dem Schnabel gegen den langsamen Sicherheitsmann: »Mit euch fang ich den Vogelfreien nie! Nie!«, und die Adlerschwingen ausbreitete, rollten aus den Augen des Adlers Tränen, plärrte wie ein kleines Kind, tobte, alsodann kreischte und überall wo er war begann er leben, funkeln, altersschwacher Tölpel wurde der eine getadelt, der andere hieß anders und keine guten Worte hatte der Adler für seine Sicherheitsmänner: »Ihr seid mein Untergang!«, und steckte den Vogelschädel zwischen die Flügel und kreischte, brüllte und schrill wurde seine Stimme und dann wieder krächzte er nur mehr, sich heiser gebrüllt hatte?! War, das möglich, gerade war der Vogelfreie noch da, denn der Adler irrte nie, niemals.

»Wo! Wo ist er!«, und waren schon vorbei an dem steinernen Heiligen, liefen alsodann zu auf den steinernen Heiligen. Er war der nicht ausradierte Punkt, auf dem inneren konzentrischen Kreis: Johannes, der Täufer --- es war ja wahr, vom Johannes weg hatte der Vogelfreie nicht mehr weit zu der kleinen Pforte, ein Tritt und offen war sie, so er nicht irrte. Ein möglicher Weg, hatte er gedacht, es ist meiner, und aber kam er bis zum Täufer-Johannes, eher nicht, warf sich seitwärts, ließ sich hinabkollern, rollte über die Wiese und hechtete sich hinter den Schotterhaufen, verschwand hinter dem Brunnen und hatte also, die Irgendwoer Straße schon verlassen ehe aufgehört die Pappel-Allee, ehe begonnen hatte die Wilde Kastanie, auf beiden Seiten der Irgendwoer Straße ihre Kronen zeigen; wäre er gerannt bis ans Ende der Pappel-Allee, hätte er, möglich war es, bis sehr wahrscheinlich, in seinem Nachruf nicht vergessen, die mächtigen, beiderseits der Straße riesige Kugeln mit schon verblühten Kerzen, die aber noch aufrecht standen, zählte vielleicht noch fünf oder sieben grüne Finger, hatte gedacht noch, das ist eine grüne Hand, die darf im Nachruf nicht fehlen, jede, ausnahmslos jede dieser Kugeln hat viele, viele, weshalb sollte er sie zählen, grüne Hände, denn es war ja die Wilde Kastanie im August, auch des Vierzehner Jahres, auch könnte er noch gedacht haben, daß die bitteren Samen verwendet werden (es im Nachruf nicht vergessen hätte sein sollen) zur Wildfütterung. Er aber weder Wild gewesen sei noch Samen. Vielleicht aber hätte er nur gedacht, bis zum Täufer bist du nicht gekommen, vielleicht wäre ihm auch aufgefallen, daß man sehr lange schon rennen konnte auf der Irgendwoer Straße und schon auf dieser Seite, wo sie war eh schon nicht mehr die Pappel-Allee, trotzdem kam der nicht ausradierte Punkt nicht und nicht näher, raste zu auf den inneren konzentrischen Kreis, meinte, geschwind zu sein und nicht zum Treffen, so geschwind, selbst nicht mehr einzuholen von den Pfeilen, die im Rücken wurden das Feuer und trotzdem wurde er eingeholt, sodaß er nicht einmal mehr den steinernen Täufer auf dem Sockel sah, nicht einmal den dürfte er gesehen haben. Schuld aber war nicht die Länge der Irgendwoer Straße, explodierende Sterne, Flimmern vor den Augen und die pechschwarze Nacht, sowie anderes mehr nahm die Möglichkeit weg, einiges noch zum Sehen bis nichts mehr gesehen wurde, nichteinmal mehr die Nacht. Vielleicht aber hätte er sich erinnert an eine Umfassungsmauer, eine graugrüne Sandsteinmauer: in Kreuzform umschloß sie den Pfarrhof, grenzte ihn ab gegen das übrige Nirgendwo. Und oder er hätte gesehen eine Augustsonne, eine aufgehende Sonne auf grünem Hintergrund, in der Farbe des vollreifen Roggens, darunter zwei --- auch Kieswege waren auf der Tür. Und in all diesen Bildern ging auf ihn zu, der Pimpf, wurde der weiße Vogel und flog zu auf den, er sollte nicht sterben, er sollte geschützt sein, weit geöffnet die Augen, auch das Kreischen des Adlers, nichts ging verloren, alles blieb in ihm, er könnte sich erinnern auch haben, daß er geirrt hatte.

Ein explosives Gefühlsgemisch den Ulrich an den Vater binden dürfte, möglich bis sehr wahrscheinlich war sein Gefühlsgemisch gegen den Gottesmann weniger explosiv kaum, halt schon ein sehr vielgesichtiger Gottesmann; nicht einheitlich, zum Werden verrückt und aber --- eben. Nicht einheitlich. Derlei hätte er kaum mehr derdenken können. Vielleicht das noch.

»Denn ich liebe dich.« Johannes sagte es nie.

Anders, zusammengefaßt, während er auf der Flucht war, starb er auch, auf der Irgendwoer Straße und wurde sich so sublimer Zuspruch, denn er war ja noch auf der Flucht; es hätte --- hätte waren viele in ihm, die Gegend ihm nur mehr zerfiel in Deckung und nächste Deckung; sah alles nur mehr mit den Augen dessen, der auf der Suche war nach brauchbaren Flächen; hinter denen er verschwinden konnte; Mauervorsprüngen, Hausdurchgängen wie Arkaden und Gebüsch, selbst einen Kinderwagen sah man ihn schieben, von weit weg sah es aus, als wäre eine Frau unterwegs, woanders wurde er wieder ein Mann und aber dem angestrebten Ziel, näherte er sich nur sehr vorsichtig. Dort wünschte er sich angekommen, von niemandem gesehen so wie von niemandem gehört.

N
»Du verwechselst mich mit jemand?«

Dunkles Blau, es wurde schon schwarz, selbst wenn er die Beeren --- nach mehreren Frösten erst zugriff, war noch immer sehr sauer sein Fruchtfleisch, Johannes spuckte ihn aus trotzdem nicht. Es dauerte noch bis er. Die kugeligen, fast schwarzen blau bereiften Steinfrüchte ausgereift hatte, schon über zwei Meter hoch, hängengeblieben, nicht nur einmal in seinen Dornenästen, wenn er sich zurückzog, auf daß weitergehe der Priester allein, entlang dem Gehsteig, gehört wurden Schritte, es waren, nicht die eigenen, und es war Nacht.

»Ich erinnere mich noch sehr gut; nicht nur du, nicht nur du. Zuerst hast du mich gemieden, nicht einmal in meine Nähe wolltest du kommen, nichts wolltest du mit mir zu tun haben; mich nicht einmal berühren, geschweige, dich von mir umarmen lassen.«, war es der Wind, war es der Schlehdorn; wer flüsterte, schäkerte mit ihm; gab sich hin Erinnerungen, die damals anders waren.

»Beide; Vogelfreier. Wir waren beide hier.«, und wirkten vergnügt.

»Ich hatte nichts gegen dich, guter Schlehdorn; nur deine Dornäste, die mochte ich nicht.«

»Sie gehören aber zu mir; sie sind ein Teil meines Lebens.«, klagte der also, ablehne der Vogelfreie einen Teil seines Lebens. Im übrigen wirkte der Schlehdorn wie der Wind; eher vergnügt.

»Aberja; du hast geflucht. Natürlich! Wofür hab ich etwas zum Stechen? Siehst du, damit ich mich wehren kann! Meinst du, weil der Schlehdorn flügellos – aber er ist – ist, und keinen Kopf hat und keine Füße hat und einiges ihm fehlt, was du hast. Bedenke, was ich sonst alles habe und für mich sorgt Gott, du aber angeblich hast du so viel? Wer sorgt für dich? Wer ist in größerer Gefahr? Du oder ich.«, kokett; er meinte es nicht so, der gute Schlehdorn.

»Was ich meine oder nicht. Was dir behagt, sagst du, meine ich. Was dir aber mißfällt, sagst du, das kann ich doch nicht meinen. Ach Vogelfreier; ich bin ein größerer Spitzbube als du dir denkst!«, und ein Ast, war angekommen, hängengeblieben, auch sofort wieder.

»Schon gut«, murmelte der Vogelfreie, »guter Schlehdorn; ich sehe dich ja. Keine Bange, ich sehe dich.«, und war bemüht, den Schlehdornzweig zu trennen, ein bißchen Distanz konnte doch nicht die Freundschaft beenden.

»Ich freue mich, daß du wieder da bist.«

»Du fehltest mir auch.«, log Johannes. Raffte sich auf, wurde ehrlicher, kleidete in Worte: höflich fragte den Schlehdorn ein Vogelfreier.

»Einer von uns beiden muß sich verändert haben, bist es du oder bin ich es?«

»Wahrscheinlich bist es du.«, und der Vogelfreie nickte, daß er es vergaß, immer wieder sich verwechselte mit Johannes Null.

»Meine Beeren; ich ließ dich kosten. Weißt du es noch?«

»Das war im Oktober.«, murmelte der Vogelfreie, nickte: »Oder im November. Möglich, daß es so war.«

»Und im Mai, weißt du noch, wir zwei.«

»April, guter Schlehdorn. Es war im April.«

»Nicht auch im Mai?«, raunte der Wind und es war schwierig, sich lösen, einmal umarmt vom Schlehdorn, vielleicht war er auch zu vorsichtig, wollte meiden fast ängstlich die Berührung mit den Dornästen des Schlehdorns.

»Ich gefiel dir sehr; ich war sehr schön – gestehe. Ganz weiß, meine Blüten ach! Meine Blüten kommen wieder; wieder werden sie mich kleiden. Wie ist das mit dir! Kommst du auch wieder?«
»Warum bist du auf einmal so geschwätzig, damals warst du nur, ich sah dich und aber du schwiegst.«, murmelte der Vogelfreie.
»Damals warst du ein anderer; du wärst dir viel zu gut gewesen, mit dem Gewächs reden, still! Lüg nicht! Mehr waren wir für dich nicht.«
»Ich hörte dich nicht, guter Schlehdorn. Ich hörte dich nicht.«
»Und heute? Kaum fehlen dir die Menschen, redest du mit uns. Was sagst du dazu.«
»Sie fehlen mir nicht.«, murmelte der Vogelfreie.
»Ach; jetzt lügt er! Wind, höre, er lügt den guten Schlehdorn an, hilf mir!«, und hatte ihn schon, den Vogelfreien. Der blieb auch sofort, sehr artig, stehen. Sich lösen mußte, griff dauernd nach ihm und aber in seiner Nähe war es gut, konnte in ihm verschwinden, unter Umständen schmerzten Dornäste kaum und er ließ sich gerne verletzen von ihnen. Guter Schlehdorn, du bist nicht mehr, was du mir einmal warst; trugst du weiß, ich erinnere mich daran noch sehr gut, deine Blüten nur einmal in Worte fassen, ganz so, wie ich dich sah, guter Schlehdorn, mir bist du nicht mehr, was du einmal warst.
Und hatte sich gelöst aus der Umarmung.
War es im April, möglich, auch im Mai könnte es gewesen sein; aber im Juni, guter Schlehdorn, willst du sagen, im Juni des Vierzehner Jahres wäre es auch noch denkbar gewesen? Das willst du nicht lügen, o nein, das willst du nicht.
»Du bist ein Leichtfuß.«, murmelte der Vogelfreie.
»Du weißt sehr wohl, wir hätten dich im Juni auch noch umarmt.«
»Ja. Ich verdächtige dich, guter Schlehdorn.«
»Leichtfuß bin ich aber nicht, denn Füße habe ich nicht. Du verwechselst mich mit jemand?«
»Laß ihn.«, flüsterte der Wind, »Siehst du nicht, brennt, sengt, niederrennt und du bist wie immer, als wäre nichts geschehen; guter Schlehdorn, das trennt, denn das – – –«
»Brennen, sengen, niederrennen; bin ich etwa weniger bedroht als er? Wind! Bist du auf seiner Seite; das ist nicht möglich! Er ist doch ein Mensch!«
»Aber einer, den du doch liebst, guter Schlehdorn; es ist der Vogelfreie. Leugne es nicht. Sein Schicksal ist dir nicht gleichgültig.«
Und Wind und Schlehdorn, selbst beflügelte kleine Tierchen, entlang der Mauer es wogte, sich bewegte, lebte, flog und flüsterte und es waren andere Sprachen, nur eine fehlte, es war die Sprache des Menschen, die verstanden weder Wind noch die kleinen beflügelten Wesen noch der

Schlehdorn. Und der Vogelfreie war ihr Dolmetscher, wollte es nicht leugnen, er war der denkbar schlechteste Dolmetscher, des guten Schlehdorns, bedachte er, wie wehrlos der war, nie Einspruch erheben, wirkliche Gegenwehr werden konnte, alles was er dem guten Schlehdorn zubilligte, war doch nichts anderes als die Sprache, die noch in seiner eigenen Seele war, wobei dem Vogelfreien auffiel, aus ihr kam nicht mehr viel Sprache und was aus ihr kam, brachte nichts in ihm zum Klingen. Als wäre aus seiner Seele ausgezogen jedes Leben, vielleicht hatte es sich zurückgezogen, verkrochen in einem hintersten, vergessen gehofften Winkel.

O
Das vergessene Eingangstürchen

Zwölf Mauern, seine Mauer aber war die Mauer nicht; ging noch vorüber an Himbeersträuchern, auch Brombeer wuchs außerhalb der Mauern, Himbeer wie Brombeer waren schon der Anziehungspunkt für Sonnenklarer Kinder geworden, Nirgendwo sah es gerne, doch Hochwürden wurde gesichtet nicht nur einmal, mitten unter den Sonnenklarer Gfrastern, was sollte man da noch sagen? Mehr, als schlucken und sehr lächeln, war nicht möglich; auch ein ehrerbietiges Hochwürden Grüßen und unverzüglich wegschauen in Gedanken versinken, (ein Nichtsehen die Sonnenklarer auf Raubzug, wenn ihn Hochwürden genehmigte), auch das war möglich.

Und hatte auch schon überlegt, inwieferne es nicht günstig sei, für das Leben eines vielleicht Unwissenden oder Leichtfußes, der da meinte unbedingt greifen hinauf und die Früchte kosten, das war doch ein Kirschbaum? Außerdem konnte er den Geruch der Blüten nicht leiden, nannte ihn schlicht ekelhaft: »Wenn sie blüht so rieche ich sie, selbst über der Mauer noch, wähne ich ihren ekelhaften Geruch in die Nase ---«, beutelte sich, sogar ein »Brrr!«, die Tollkirsche mochte er nicht. Aber dazu war er noch nicht gekommen, hier wuchs sie noch und außer viele Verfluchungen mit Worten war ihr noch nichts geschehen. Spätestens, wenn das erste Nirgendwoer Kind zu spät verstand, es könnte sterben müssen an den Kirschen, war gekommen ihr Ende; der Weißdorn war ihm nicht weniger ekelhaft: »Als würde man Aas rund um meine Mauern aufschichten und warten bis die Geier kommen, gar die Hyäne! Was hat sich mein Vorgänger nur gedacht!«, sicher nicht, daß sein Nachfolger sich derartig ereifern konnte, über das und jenes, was ihm hinterlassen als Erbe gewissermaßen sein Vorgänger. Spätestens, wenn der Weißdorn wieder blühte, hier blühte er schon im Mai, wurden die weißen Blüten sehr feindlich betrachtet, ging er, notgedrungen vorüber an ihnen (denn stehenbleiben mußte er trotzdem, sich giften) so auch beschnuppert (ging er, innerhalb der Mauern) und die Nasenflügel mußten sehr zittern dürfen?

Mehr noch; er konnte sich sehr giften, er war ein ausgesprochen temperamentvoller Gottesmann, wirkte aber anders, wenn man weniger mit ihm zu tun hatte und wenn er als Hochwürden auftrat, als Amtsperson und eben als Diener Gottes, als Hirte, war er Rechten-Pflichten-Würden-Mann, dann kehrte er den Gelassenen hervor, unterwarf gefühlsmäßige Strömungen in ihm einer Betrachtungsweise, daß man sich den über jenes oder dieses sich sehr Aufregenden und Empörenden, wie Beleidigten und Gekränkten gar nicht vorzustellen vermochte.

Was er allein schon alles unternommen hatte, auf daß endlich ausgezogen sei, wirklich verstorben sei und tot, so tot als möglich, sein Vorgänger. Und Ikarus ahnte gar nicht, daß er dem alten Hochwürden den großartigen Auftrag seiner noch jungen Laufbahn als Malermeister zu danken hatte. Dem alten Hochwürden, der schon so lange auf dem Nirgendwoer Friedhof lag und trotzdem war der Gottesmann noch immer in den Köpfen der meisten Nirgendwoer, der neue Priester. Der noch junge Pfarrer und was noch alles; werkte aber und wirkte hier doch schon einige Jahre. Fünf Nullsöhne aber waren noch gegangen durch die Schule des alten Hochwürden. Fünf Nullsöhne hatten den neuen Gottesmann sehr spät zur Kenntnis genommen. Vielleicht, war dies nur zu lesen unmittelbar im Zusammenhang mit dem alten Hochwürden.

Der Auszug des alten Hochwürden aus dem Pfarrhof und Hinübertransport in sein neues und letztes Domizil, ins Grab, geschah gewissermaßen etappenweise: »Heuer geht der Kerl endgültig; heuer zieht er endgültig aus.«, grimmig nickte, Anfang war es erst, des Vierzehner Jahres. Dasselbe hatte er schon gesagt Anfang des Dreizehner Jahres und aber im Vierzehner Jahr wurde es wirklich wahr. Johannes hatte Widerrede nicht probiert, es gehört, weder genickt noch sonst irgendetwas hiezu ——— etwa anderes ihm einfallen hätte können, als ›einmal sehen‹, den er doch kannte, wußte, wie sehr der Mann Gottes voll der guten Vorsätze und guten Absichten war, es wollte gewiß, er hatte es im Dreizehner Jahr ja auch gewollt, nicht weniger es wollte, hatte aber, bei seinen guten Vorsätzen und Absichten, häufig ein nicht zu bewältigendes Problem, etwas kam ihm in die Quere, durchkreuzt wurden seine guten besten Absichten halt oft; sehr oft. Aber es gab auch Ausnahmen, Aufschwünge; nichts als verheerende Leere, was nur war ihm abhanden gekommen.

Ulrich wußte sicher noch nicht, daß sein Vater nie mehr nach Sonnenklar kam, sollte er doch ——— man müßte es dem Mäuschen sagen: »Dein

Väterchen wird deine Mutter nie mehr«, murmelte der Vogelfreie, schüttelte den Kopf verneinend, so nicht, besser so: »Meine unsterbliche Geliebte, das sagt er niemand mehr.« Vielleicht konnte man es so sagen. Blieb stehen, schloß die Augen, besser so: »Ein wunderschöner, so dem Unterrock die Spitzen fehlen, die wurden weggeschnitten; dafür kann dein Väterchen nix.«, ging weiter, schüttelte verneinend den Kopf, so es sagen, das war kein brauchbarer Anfang. Nach Sonnenklar, nein; obzwar. Sicher, einiges sprach für eine andere Lösung. Selbst der löchrige Topf käme in Frage, nicht zu vergessen der alte Todt; neinein, so nahe, während alles weiterlebte als wäre nichts geschehen, brüllte jemand in der Nähe? Wahrscheinlich war es still, unheimlich wie still, was war das nur für eine Stille? Wandte sich um, war es nicht doch seltsam gewesen, hatte ihn niemand gesehen; war niemand auf dem Friedhof gewesen, nicht ein Mensch war anwesend als der Vogelfreie durchquerte den Friedhof, rückblickend gesehen, kam gerade das ihm nicht als Glück vor, vielmehr als Bedrohung. Er, der sich näherte, sein Eingang war im Norden; er, der sich seinem Ziel näherte vom Süden her, östlich von der Kirche war der Friedhof besonders günstig, so voll Baumbestand, daß er selbst von der Allee (weder der Irgendwoer Straße noch der Nirgendwoer Straße) nicht gesichtet werden konnte, wer auf der Erhebung oben irgendwo war, eher Augenauskugeln probieren konnte und das erfolgreich, ehe er sichtete den, der immer im Kopf sich behalten hatte, das Wissen, wer mich in den Gassen Nirgendwos nicht sehen kann, könnte mich sehen von den Alleen her, mied also gerade diese leicht überschaubaren Plätze, auch wenn der Sucher und Schauer woanders Stehender oder Gehender war als der Vogelfreie; er, der sich im Osten befand des Nirgendwoer Pfarrhofes, entlangging den fünf Ostmauern, hier die Trauerweiden lieber nicht seine fortgesetzten Dächer werden ließ, wer sagte nicht, daß akkurat, wenn er auf dem breiten Weg ging, jemand ihm entgegenkam? So nah den Dornen er zwar etwas langsamer vorwärts kam, blieb immer wieder hängen, und aber, was hätte er ——— viele hätte waren in ihm. Er dürfte sich zwischen den Trauerweiden nicht mehr sicher gefühlt haben und das war das ganze Geheimnis, er fühlte sich, nicht geborgen genug, nicht besser es war, hinaus. »Nix wie hinaus«, das trieb ihn zur Seite, nach links, näher zur Umfassungsmauer, jenseits den Trauerweiden und nicht diesseits, setzte sich das Friedhofsareal fort, breitete sich aus, es war ein sehr großer Friedhof, im Süden und Osten vom Pfarrhof begrub Nirgendwo seine Toten.

Fürchtete er (vom Süden her kommend) das südliche Ende des östlichst gelegenen Mauerabschnittes, fürchtete er am Ende des östlichsten Mauerabschnittes angekommen, bis hierher war er tatsächlich schon gekommen, das östliche Ende der nördlichen Mauer (auf das ging er zu)

War unbehelligt entlanggegangen der nördlichen »Querbalken«-Mauer, ging entlang der östlichen »Pfahl«-Mauer (bedachte er die Kreuzform der Abgrenzung) und dann brauchte er nur mehr, nicht vergessen, daß die nördlichste Mauer, die nördliche »Pfahl«-Mauer im Westen aufhörte und dort wurde (ums Eck) die westliche »Pfahl«-Mauer.
Also von dorther konnte noch plötzlich jemand, natürlich. Das Ziel so nah, nahm zu das Flimmern, explodierten die Sterne vor seinen Augen, die Schwindelgefühle nahmen zu und er wähnte, der Adler habe seine Krallen schon geschlagen in seine Eingeweide, wühle dort
und oder peckte er gegen die Leber,
in der Gall-und Leber-Gegend des Vogelfreien war ein Schmerz, er blieb trotzdem nicht stehen; nur jetzt, jetzt verlieren das Beherrschen, das Unterdrücken, das Reglementieren über das, was inwendig klopfte, raste, verrückt spielte und nicht gehorchen wollte demjenigen, der befahl, dauernd befahl, ruhig, bleibe ruhig, alles ruhig; geschehen kann nichts; mehr als alles umsonst kann nichts gewesen, das könnte schlimmsten Falles alles gewesen sein. Umsonst, alles umsonst. Und summte in Abwandlung ein Abellied: »Bleib auf dem Boden, Johannes. Das Laufen wird dich verändern, raten kannst du, Johannes. Wer wird dich wieder erkennen. Geh nicht schneller, das Gehen wird dich verändern, niemand wird dich wieder erkennen, wenn du zu schnell gegangen bist.«, und steckte seine Hände trotzdem nicht in die Hosentaschen so viel Gemütlichkeit wagte der Vogelfreie nicht.

P
Hätte im Nachruf nie fehlen dürfen

Graugrüne Sandsteinmauer. Hauptsächlich stumpfwinkelige Bruchsteine, größere, vieleckige Bruchsteine, unregelmäßig begrenzte Bruchsteine: die Umfassungsmauer des Nirgendwoer Pfarrhofes. Bruchsteinmauerwerk zeigte ihm an die rettende Grenze: zeigte ihm, das Bishierher-dann-nichtmehr-Weiter; das Dornengestrüpp mit den blaßrosaroten Blüten, noch nicht verblüht. Blattstiele, hakenartig gekrümmt ihre Stacheln, zählte fünf Teilblätter, zählte sieben Teilblätter, der Rand der Blätter war scharf gesägt; Duft der Blüten eher schwach, auseinanderzwang die dornigen, bogenförmig überhängenden Zweige der mehreren Meter hohen Hundsrose und sehr nahe (hörte das Kläffen der Hunde) fluchte, ein Tritt, und offen war das vergessene Eingangstürchen.
In seinem Kopf ging auf ihn zu, der Pimpf, weit ausgebreitet die Arme, der Johannes gerufen hatte, bezahlte es mit dem Leben und das ist gewesen der Pimpf, dann das Mund auf und das Mund zu, er wollte ein

drittes Mal rufen, der Pimpf hätte ein drittes Mal gerufen, trotzdem, immer wieder hätte er gerufen, hätte im Nachruf nie fehlen dürfen, das war einzubauen, unerläßlich, das »Johannes!« des Pimpf, sie schrie sehr laut, der Pimpf aber war vornübergefallen, weißer Vogel, breite deine Flügel aus.
Links von ihm der Lebensbaum, rechts von ihm der Lebensbaum, er war innerhalb, er war nicht mehr draußen. Sie kamen vom Westen her, von der Sternstraße also kamen sie her; schloß die Augen.
Vor jeder Blume eine Tafel in den Boden gesteckt worden, auf der Tafel stand geschrieben der Name der Blume im Kauderwelsch für Fachleute, in Klammer die Namen, die Johannes kannte, teils teils. Mitten in der Hölle ein kleines bißchen Paradies, Ruhe, Frieden, Farbenpracht und Duft, nichts hier schreit.
»Hetschepetsch; er wird sich versteckt haben in der Hetschepetsch!«, der bekam eine Antwort: »Ich seh keine Hetschepetsch!«
»Du bist eine scharfsinnige Intelligenzbestie!«
Hunde wurden zurück gepfiffen, hörte, in einiger Entfernung Stimmen, Befehlsempfänger bekamen ihre: Noten, entnommen aus dem Tierreich, so Johannes richtig gehört hatte, war der Führer der Sicherheitsmänner, nicht einverstanden mit einer Straße, einem Gehsteig, einer Mauer und die so hoch, das Gestrüpp undurchdringlich und abweisend, teilte eifrig Noten aus, so Johannes es richtig verstanden hatte, wollten sie dem Pfarrhof-Herrn einen Besuch abstatten, die Hunde hatten ihn gewittert, aber gehorchten; es waren gut erzogene Hunde, dressierte Hunde. Und aber gebärdeten sich als wäre ihnen begegnet der Affe Gottes höchstpersönlich. Ihrem Hundewissen diametral entgegenstand die Logik und das Wissen ihrer Verwender; Johannes war ob dieser Meinungsverschiedenheit zwischen vierfüßigen Verfolgern und zweifüßigen Verfolgern sehr dankbar.
Und am großen Tor im Westen des Pfarrhofes, der Sternstraße zugewandt, war angebracht ein großes Schild: »Hunde draußen bleiben!«, auf daß ein Befehl wie »Hunde verboten« nicht schrecke Nirgendwoer Hundebesitzer.
Und also brauchten sie vorerst einmal seine Genehmigung, mußten ihn hievon fürs erste überzeugen, daß Hunde sein Grundstück beschnüffeln dürfen. Johannes öffnete die Augen; lachte leise und ging auf ihn zu, der Pimpf, breitete aus, wieder, seine weißen Flügel: »Schon gut. Schon gut.«, murmelte der Vogelfreie, und spürte Scham in sich, noch immer Lachen in ihm war? Doch nicht; doch nicht. Reisender mit Prinzipien, vergib; o vergib. Es bat in seinem Kopf, atmete ein den verführerischen Duft, vor ihm, wie links und rechts es wurde, wuchs, spielte ›hasche mich‹ mit einem sanften Wind; nicht zu wild, nicht zu stürmisch wollte

er hier zwischen den Blättern hindurch, nur etwas tanzen, kreiseln, wenden und sich drehen, hinauf und hinunter, Schleifen ziehen sehen, mehr wollte er ja nicht; so es raunte der Wind.
»Alter Schurke.«, murmelte der Vogelfreie.
»Aberja, natürlich, selbstverständlich.«, raunte die Antwort der Wind: »Du also bist bisher gekommen; laß dich etwas streifen, dir sagen, Guten Abend.«

5
»*Rußgeschwärzt das Gesicht: soll mich das schrecken?!*«

A
Wenn sie kamen

Und Hochwürden kam schon entgegen den Sicherheitsmännern, Hunde kläffen (er hörte im Garten etwas Krachen und wollte nach dem Rechten sehen. Richtungswechsel) eilte Hochwürden zu auf den Eingang für die Nirgendwoer Herde, eilte, denn dies Gekläffe sollte, mußte draußen bleiben, duldete er nicht auf seinem Grund, auch dies war der eigentliche Grund, weswegen er besonders, ja sehr lächelte und liebenswürdiger kaum denkbar war.
Zählte, es waren neun, Hochwürden wollte wissen, womit er denn dienen könne, er wurde informiert über den neuesten Stand der Dinge. Ein Mann erschossen, das also war wirklich eine Neuigkeit, wo denn? Auf der Irgendwoer Straße; aja. Zupfte sich am rechten Ohr, das ist ja fürchterlich, das ist ja bedauerlich. Wie konnte so Schreckliches geschehen? Wußte man schon, wer so Gräßliches verbrochen? Hatte jemand erschossen – – – ach, wie hieß der? Null. Einer von den fünf Söhnen der Barbara Null. Fünf Namen, welcher war es denn? In Frage hiefür? Nur mehr kamen, drei. Ein Franz, ein Josef und ein Johannes standen hiefür zur Verfügung. August, der kam hiefür nicht in Frage. Matthias, der auch nicht. Erfuhr, das war also Johannes; wie das fassen? Nicht zum Fassen. Wer hätte das gedacht, konnte man das glauben? Zeugen hiefür gab es – – – Ein eindeutiger Fall; Deserteur und hat bevor er verließ das Haus des Adlers, die Gefangenen entlassen. Ja allerhand! Und konnte man das fassen? Man konnte. Hochwürden noch schüttelte den Kopf, er brauchte etwas länger, denn für ihn war es eine Neuigkeit, eine sehr, sehr große sonderbare Neuigkeit.
Es wäre fast geworden ein Plauscherl, wäre der Inhalt nicht so furchtbar, ja grauenhaft, ja gräßlich. Nicht faßbar, nicht zum Fassen.
Und womit – konnte ER nun dienlich werden?

Und die Sicherheitsmänner wurden von Hochwürden aufgeklärt: »Hier kann er nicht eingedrungen sein, die Tür ist immer geschlossen, sicher ein ortsunkundiger...«, und prüfender Betrachtung unterzogen wurde der Patrouillführer, »wie gesagt, eine Festung«, und Hochwürden zeigte Richtung Mauer, »Wollen Sie die Mauer einmal von oben betrachten, absolut uneinnehmbar...«
Und die Hunde kläfften, sprangen hoch und Hochwürden aber duldete das Eindringen der Hunde nicht in seinen wunderschönen Garten.
»Hinter dem Haus, hinter dem Teich, sehr nahe der Nordwand. Dort wächst sie, die Wunderblume. Wachhunde und je besser erzogen, je besser abgerichtet, ein Phänomen, das schon die Wissenschafter beschäftigt, reagieren allergisch auf die Wunderblume, namens, Hoffnung. Ja; ein seltsames Kraut, eine seltsame Blume. Ich muß Sie bitten, die beunruhigten Herren auf vier Beinen zurückzuhalten.«, Hochwürden hob bedauernd die Hände, hieß wohl, »Bitte, versuchen Sie mich nicht, zu überzeugen von etwas ganz Unmöglichem. Ich gebe mein Bestes aber wenn möglich, stürzen Sie mich nicht in noch größere Verlegenheit. Jedes Nein, jede Zurückweisung ist mir tiefer Schmerz, denn ich wäre gerne Ihr ergebenster Diener.«
Und so es geschah, gingen zur Mauer und aber; die Hunde, die mußten draußen, bedauerte, die mußten draußen bleiben.
»Sehen Sie, von der Sternstraße kann er nicht gekommen sein, denn von dort, sah ich richtig? Kamen ja ---«, und deutete eine Verbeugung an. Der Sicherheitsmann nickte; so war es. Von hier nicht.
»Wir vermuten, Hochwürden, von der südlichen Mauer nicht; eher von Norden her?«
»Aber bitte, warum sagen Sie das nicht gleich? Ich führe Sie zur südlichen Mauer und Sie aber wollen nach Norden; achGott, ich bin schon ganz durcheinander!«, und war Zerknirschung und wies den Männern den Weg nach Norden und bat Sie aber auch zu bewundern das Werk des braven Ikarus, wo er nun wohl war? Und seine Gesellen, irgendwo draußen, tapfer starben mit Gott, für Kaiser und das bedrängte Vaterland. Der Sternenmann stutzte, stockte im Schritt, dann seufzte er, sagten ihm gute Erziehung in Verbindung mit Respekt als Lichtmann vor dem Diener Gottes: »Irgendetwas sehr Weises hat Hochwürden gesagt, ich aber verstand es wahrscheinlich nicht richtig.«, laut und hörbar, für Hochwürden auch, sagte er: »Irgendwo hier im Norden wächst die Hetschepetsch.«
»Richtig.«, zupfte sich am rechten Ohr, »Noch aber ist sie die Hundsrose, jadann also auf zur ---«, hüstelte und schaute hinauf: »Es will Abend werden.«, Hochwürden sagte, der Sternenmann pflichtete bei: »Ja, bald wird es Nacht.«, nickte eifrig und Hochwürden bat den Mann,

doch kurz zu verweilen, in der Nähe des Teiches blieben sie stehen und Hochwürden deutete hinauf, schon auf der Nordseite seiner Heimat, schon nördlich vom Haus: »Sehen Sie unseren guten Johannes, den Täufer? Den Knauf, das Kreuz; Sonne und Mond. Sehen Sie?«, der Sternenmann nickte, denn er sah, Hochwürden wollte die Gelegenheit nutzen und mit ihm ein bisserl plauderlich werden; auf daß etwas gesagt sei, erwiderte er: »Ein schmiedeeisernes Kreuz, ich sehe es.«, nickte. Er nickte sehr ernst. Und Hochwürden hatte auch, eine Weile, voll der Gedanken hinaufgeblickt, wirkte sehr nachdenklich, wirkte so versonnen, hatte gezählt bis fünfundzwanzig, dann wieder vierundzwanzig, und so zurück bis zur Null; erst dann er wieder gesucht nach dem Anknüpfungssatz. Hochwürden deutete hinauf zur Spitze des Kirchturmes: »Sehen Sie, wer wähnt, was dieser Turm einer Mutter für Tränen gekostet hat; und August, wer hätte das von ihm gedacht. Wer.«, schüttelte den Kopf, seufzte, warf noch einen so ganz besonders versonnenen Blick auf den Wasserspiegel und gingen dann nebeneinander zur Nordwand. Hiebei zog es Hochwürden mehr, zum westlich gelegenen nördlichen »Querbalkenarm des Kreuzes«, so wurde er ständig durch diese auch andere Äußerungen Mahnung an die Sicherheitsmänner, sie bewegten sich, nicht irgendwo, vielmehr auf Gottesgrund.

»Ich habe nur einen Hagebuttenstreifen auf Gottesgrund; der wäre uns entzogen durch die Mauer, dahinter.«, und standen am westlichen Ende der nördlichsten Mauer. Hochwürden war sehr verlegen, doch er mußte darauf bestehen, beharren.

»Weiter möchte ich Sie bitten, nicht zu gehen, bedaure. Sie riechen zu viel nach Hund.«, räusperte sich: »Es ist mir peinlich aber bei meinen Blumen drüben, eine Blume macht mir besonders Sorge. Selbst, wenn draußen, ja? Ein Hund vorübergeht, wird meine Blume nervös; läßt ihren Blumenkopf hängen, ich fürchte – sie richtet – – – ein naturwissenschaftliches Phänomen, wenn Sie einmal mehr Zeit haben und Interesse für Botanik, bin ich gerne bereit...«, Hochwürden lächelte und erinnerte den Sternenmann an seine Pflicht, indem Hochwürden, hinaufblickte, zum Mauerende.

»Aussichtsturm bauen!«, befahl der Anführer der Patrouille.
Zwei Soldaten wurden ausgewählt.
»Jawohl Aussichtsturm bauen!«
Einer lehnte sich mit dem Rücken an die graugrüne Sandsteinmauer, steckte die gabelförmig gefalteten Hände ineinander. Der andere zögerte, die Stiefel waren lehmverschmiert, Ackererde überzog sie und anderes mehr.
»Schneller!«
»Jawohl schneller!«, stand auf den Händen.

»Höher!«
»Jawohl höher!«, stand auf den Schultern. Die Mauer schien zu wachsen.
»Noch höher!«
»Jawohl noch höher!«, stieg auf den Kopf; stand auf dem Kopf, die Kappe zusammendrückend. Der Aussichtsturm bemühte sich sehr, dazustehen, hiebei zu zeigen, keine Regung im Gesicht; es glückte ihm nicht.
»Melde gehorsamst Glasscherben, Flaschenböden, absolut unüberwindbares Hindernis.«
»Abtreten!«
»Jawohl abtreten!«, zerschnitt sich die Finger an Scherben. Aussichtsturm blickte nicht ohne Genugtuung zum Aussichtsposten. In der Freizeit mußte nicht er die Uniform putzen.
Und die Sicherheitsmänner durften vorausmarschieren zu den Hunden; die gebärdeten gerade wohlerzogen sich nicht; kläfften und waren voll der Gebärden: »Laßt uns packen, laßt uns fassen, ohne unsere Nasen seid ihr nichts. Laßt uns verraten, wo der Vogelfreie ist. Packen, fassen, schnüffeln, finden werdet ihr ohne uns, ihn nicht. Laßt uns zeigen unser Gebiß, zuschnappen, halten und wenn Ruhe nicht im Vogelfreien ist, zerreißen; wir zerreißen für euch, laßt uns doch endlich packen, laßt uns fassen, ohne unsere Fähigkeiten seid ihr nichts.«, kratzten am Tor und wollten auch hinein dürfen: »Friedlich sind Sie ja gerade nicht. Wie ich es Ihnen prophezeit habe; es ist ein ungeklärtes Phänomen. Ich sage ---
apropos Wunderblume Hoffnung, lieben Sie Blumen?«
Das durfte der Sternenmann feststellen, er verstand, wie man werden konnte eine Blumen liebende Seele.
»Dann hören Sie auf mich; ich rate Ihnen. Legen Sie sich nie zu, die Wunderblume Hoffnung. Sie glauben gar nicht, was die einem bringt; Scherereien noch und noch; hiebei ist sie nur ein Unkraut. Stellen Sie sich vor, wie man sich zum Narren machen läßt von einem Unkraut.«, und hatte gemeint eigentlich »FÜR ein Unkraut.«
»Sie brauchen sich nicht entschuldigen, Hochwürden.«
»Ihr Verständnis macht mich glücklich, andererseits bedrückt es mich. Gerade den Menschen muß man oft nein sagen, gerade ---«, der Sternenmann verstand auch Hochwürden ohne Fortsetzung des begonnenen Satzes, denn er war überzeugt, daß gerade so wie er selbst, Hochwürden von ihm nur haben konnte den besten Eindruck, er eine Erscheinung war, die sich mehrfach durch viele Qualitäten auszeichnete, diese konnten Hochwürden selbstverständlich nicht entgangen sein.
Und Hochwürden ließ es sich nicht nehmen, den Sternenmann persönlich zu geleiten zum Ausgangstor; es wurde eine sehr herzliche Verabschiedung und Bedauern auf jener Seite wie auf der anderen Seite des Tores, daß man einander nicht unter anderen Umständen begegnet war.

Und blickte nach den Sicherheitsmännern, bis selbst der letzte, außerhalb seiner Sichtweite war. Gingen nach Süden, wahrscheinlich, wollten sie nach Sonnenklar?

B
»Wo! Wo ist er!«

Sich umgedreht, blieb er stehen, der Sternstraße den Rücken zugedreht, er dachte nach. Furchtbar die Vermutung in ihm war, was, wenn er wirklich ist, nach Sonnenklar? War er verrückt, war Johannes verrückt? Mußte doch bedenken, wieviele in Sonnenklar lebten, deren ursprüngliche Heimat gewesen das Land des Chen und Lein, mußten doch schlußfolgern, jeder von diesen war verdächtig von vornehrein, könnte ein heimlicher Sympathisant der Erdfarbenen sein und ein Feind Gottes, Kaisers und des Vaterlandes, also ein Freund des Vogelfreien, ihn verstecken, beherbergen, bei sich aufnehmen, achGott! Dachte Johannes daran nicht? Was, wenn er nun nicht bedacht hatte – ob so oder so, in Sonnenklar wird Wehklagen sein und Schreien, so auch die Stille, die es den Sicherheitsmännern schwor: »Auch das, auch das, dreht nur um, alles dreht um und wendet es und trampelt herum, wir vergessen euch nicht, wir vergessen eure Sünden wider uns? Da kommt uns das Lachen.«, und ernst schwiegen sie, fast feierlich, denn in ihnen war der Schwur, eingebrannt im Urmark auch ihrer Seele, die Erinnerung, daß sie als Menschen geboren worden sind.

»Wir werden noch reif, seid versichert, unser Schweigen, unser Schauen und unser Dulden, ewig verwechseln Menschen, wähnen wollen, wir seien die Tiere? Nur euer Vieh seien wir, ewig verwechselt ihr uns nicht mit Tieren, auf daß ihr uns gegenüber auftreten dürft als das stärkere Tier.«, auch dieses Schweigen schaute zu, wenn sie kamen und fragten: »Wo! Wo ist er!«, und traten mit den Füßen gegen Türen, wo jemand nicht schnell genug geöffnet hatte.

»Was sich heute duckt, steht morgen aufrecht, was sich heute in Schweigen zurückzieht wird morgen Stimme, mächtige und nicht mehr duldende Stimme.«, auch dieses Schweigen schaute zu, wenn sie kamen und sich selbst über eine Wiege neigen, herausnehmen ein Bündel und es drücken der Mutter nicht sanft genug in die Hand und wühlen, er nicht in der Wiege Unterschlupf fand: »Weib, wenn dies alles ist; für uns hast du nicht mehr Bericht? Weib; wenn dies alles ist.«, und nichts als ein Strohsack, das Stroh fiel heraus, der Sack war zerrissen, der Vogelfreie aber wo war er! Und weiter, weiter. Es gab noch so viel, was verbergen, entziehen könnte den Vogelfreien.

»Der Aufruhr ist in uns, er bereitet sich vor und die ihr den Aufruhr gejagt, geknüpft auf den Baum, gesperrt in die Zelle und in seiner Wohnung mißachtet seine kleinen Schätze, wartet nur, denn wir können warten, bis unsere Stunde gekommen sein wird, ihr jagt den Aufruhr? Ihr jagt den Menschen und seine Würde, so sollen wir bleiben euer Vieh, deswegen mißtraut ihr uns und nur deswegen, denn ihr ahnt sehr wohl, in eurer Seele ist es eingeschrieben, im Urmark eurer Seele steht es geschrieben nicht auslöschbar: Auch wenn wir wünschten, es sei nur Vieh, so haben wir geschlagen, getreten und in Wohnungen gewühlt von Menschen; selbst in Wiegen, Schachteln suchten wir den Vogelfreien.«
Und neun Männer marschierten nach Sonnenklar, was wußten sie? Sie wußten: »Falls er nicht dort ist, ist er nirgends; er muß sein in Sonnenklar.«, das wußten, neun Männer, das waren zusammengezählt achtzehn Stiefel, achtzehn Augen, neun Nasen sowie achtzehn Ohren und achtzehn Greifarme, ausgerüstet mit Stech-wie anderem Werkzeug, stets bereit aus Notwehr geschossen zu haben, auch getroffen. Nicht beim Zusammenzählen vergessen die Hunde.
Was wußten sie noch?
»Was schweigt, es ist verdächtig. Was wimmert, wehklagt und seufzt oder schreit, es ist nur Vieh. Selbst in Wiegen, Schachteln könnte er sein; denn wir haben es zu tun mit einem verschlagenen Volk.«, mit diesem Wissen eilten neun Sicherheitsmänner nach Sonnenklar.

C
Auf Versehgang

Der Gottesmann hatte es nie vergessen (auf einem Versehgang) war er gekommen in das Sonnenklarer Haus und also, die Gebete der Frauen, er war, sehr erschrocken. Was klagte, seufzte und sprach zum Christengott hinauf? Hörte, die Gebete der Sonnenklarer Frauen und wußte, in ihnen, das war ja schon der Aufruhr, dem vertrauten sie noch, dem Christengott, aber wie lange noch, wie lange noch, hatte gedacht der Gottesmann. Und es nie vergessen; die Gebete der Sonnenklarer Frauen.

D
Auch getroffen

Ihn niemand sah, es wußte, zwar tiefer Aufruhr in ihm war, aber gleichzeitig fühlte er sich erleichtert.
Sie suchten ihn noch, er lebte also noch, gefunden hatten sie den Vogelfreien also nicht. Daß er niemals war der Mörder des Pimpf, war Hochwürden sofort, ja, unverzüglich klar. Hiezu hätte sich erst gar nicht eine Liesi Tatschkerl aufraffen müssen, zu eilen zum Pfarrhof und mitzuteilen dem Gottesmann: »Johannes, war der Mörder nicht. Ich kann es bezeugen.«, und die Hand erheben, zum Schwur. Ihn also anblickte mit weit geöffneten Augen, in ihnen noch das Grauen und Lüge war in ihren Augen nicht, sagte dann noch: »Ich muß weiter, nach Sonnenklar.« Sodaß aufgeklärt er schon gewesen war und voll der inneren Unruhe, auch getroffen, daß also draußen irgendwo unterwegs war Johannes und nicht zu ihm gekommen, nicht dorthin gekommen, wo er am sichersten war; gab es ein besseres Versteck als den Pfarrhof zu Nirgendwo? Den Ort gab es nicht.
Und hatte, wollte es sich selbst nicht verschweigen, und nahm schon Platz auf jener Bank, die rundum, den Nußbaum gewissermaßen einzäunte. Über sich die Nußbaum-Krone, blickte hinauf und merkte wie scheinbar alles in seinem Gesicht zu zittern begann, er schämte sich nicht. Niemand sah den weinenden Gottesmann.
Diesen unverfrorenen Lügnern nicht anders begegnen als so; diesen Heuchlern und achGott, sie nicht schlagen dürfen und waren Lichtmänner, solche Lichtmänner?! Schnappte nach Luft, spürte das Asthma, eine ururalte Geschicht: »Johannes.« er sagte, es murmelte: »Ich bete für dich.«
»Denn ich liebe dich.« Pepi Fröschl sagte es nie.
Und es war gut, so sitzen unter dem Nußbaum, nicht aufstehen, denn er wähnte, er könnte so, weit nicht gehen. Nicht betreten den leeren Pfarrhof, während draußen irgendwo umeinander irrte Johannes Null als der Vogelfreie.
»AchGott, wie bist du doch verraten, der du fürs Töten nicht geboren bist. Hast es nicht vergessen, du hast es nicht vergessen.«, schloß die Augen und es war – als ginge auf ihn zu Johannes Null. Daß er das war, was man nannte, einen schönen Mann, war Zufall, aber daß er zu allem hin noch hatte eine Seele, die sich bekannt zu – – – achGott, war es denn möglich nicht lieben Johannes Null. Auf ihn schießen, Gewehrlauf auf ihn richten und ihm wünschen den Tod?
Der Priester, er starrte fassungslos und war voll des Staunens, zur Eingangstür. Eine Sternentür. Sie war geöffnet, wie die Fenster zu seinem

Amtszimmer auf der südlichen sowie der östlichen Seite des Pfarrhofes, denn er wollte hören, jedes Geräusch, selbst den Wind, wenn er kaum die Äste und Zweige streift, sodaß sie Bewegung waren, nur, so man sehr genau schaute und hatte sehr gute Augen. Alles wollte er sehen, alles wollte er hören und riechen, spüren seine Nähe, auf daß er beginne von sich selbst einmal einen besseren Eindruck gewinnen als einen schlechten, es mußte doch ausnahmsweise möglich sein, da es doch denkbar war, begehe keinen Fehler, ihm werde allein durch Geistesgegenwart Rettung. Sprungbereit, saß er in seinem Pfarrhof und konnte sich auf nichts konzentrieren, das war gewesen seine Zeit, ehe gekommen waren die Sicherheitsmänner und ihm bestätigten, der Vogelfreie, er war noch frei, er lebte, o Gott, er lebte.

E
Abendmahl

Und der öffnete, aufmachte die Sternentür, blieb eine Weile stehen in der großen Halle. Lauschte nach oben, lauschte überallhin. Es war sehr still. Betrat den Raum rechts, stand in seinem Amtszimmer. Den Lichtschalter suchte er nicht, ging durch das Dunkel, schloß das Fenster.
Alle Fenster im Parterre, waren geöffnet, auf daß er schnell ins Haus steigen könnte, falls und im Haus kannte er sich aus; fand sicher einen Schlupfwinkel, spürte das richtige Plätzchen für sich auf, wo er findbar nicht mehr war, für hintennach eilende Sicherheitsmänner.
»Menschenjäger! Mörderbande!«, knirschte mit den Zähnen, ballte die Hände, der Priester war sehr zornig, zitterte am ganzen Leibe: »Diebe, Heuchler, Mörder! Was seid ihr nur für Schurken hinter euren Masken des Biedermannes!«, verdrehte die Augäpfel, »Und was das Bedenklichste ist, ihr merkt es nichteinmal; nichteinmal merken, das ist zuviel! Zu viel!«, und war in jener Aufregung, mit der man wieder wurde Bewegung, stand in der Halle, begann Tür aufreißen, Tür wieder schließen, überall hoffte er, er möge sein, wie ein Wunder aber doch, heimgekehrt, unversehrt, unverletzt und aber unterdrückte dieses Herrische in ihm, das schreien wollte, in einem fort und brüllen: »Johannes!«, und also was tun, durchquerte die Halle

*

Und fand sich wieder in der Küche: Blickte um sich, hier hielt er Licht für angebracht. Ratlos war Pepi Fröschl nicht. Was nun, Pepi Fröschl entschied sich, fürs einmal Nixtun, nur schauen, einmal schauen und nachdenken, was er noch tun könnte, was er unterlassen haben könnte, ihm nicht begegnet war, das wußte er; was wußte er noch.

Auf einer Seite der Bank ein Matrose und er blickte Richtung Meer, auf dem ein Schiff an oder ablegte, auf der anderen Seite der Bank eine Frau und sie blickte Richtung Land, ein Haus und ein paar Bäume und Blumen, sich mit einem großen Taschentuch trocknete die Tränen. Beide wandten sich ab, blickten in verschiedene Richtungen. Meer, Bank, Land auf allen vier Seiten der Küche. Die Wände verschönerte weißer Kalkanstrich. Ein blaues Fries war die einzige Verzierung der weißen Wände. Warum nicht gleich den ewig blühenden Weißdorn rundum und der befähigt zu duften, einfach umwerfend, zu allem hin, nicht auszurupfen; so einen Weißdorn hätte er sich noch gewünscht zu diesem Fries, dann wäre er noch begeisterter gewesen.

Das man also hier nicht sagen konnte, ein kobaltblaues Wasserwogenband war die einzige Verzierung der Wände. Was tat er im Speisezimmer? Dachte nach, getrieben, ihn irgendetwas getrieben von der Küche ins Speisezimmer, was war es, hatte er etwas gehört? Nein; kehrte zurück in die Küche, gehört hatte er, dürfte aber niemand anderer gewesen sein, als er selbst, dessen Hand sich einmal mehr überzeugte, alles war in seiner Küche anders geworden; nickte grimmig. Nur der, dessen Läden er begonnen herauszuziehen, auf daß er hineingaffe, hierauf konnte er sich gestatten, geistesgegenwärtig zu meinen, er habe etwas gehört, am allerehesten vom Speisezimmer her; natürlich. Er war ein alter Meister im Hoffnungen sich selbst gebären, hiefür brauchte er nicht einmal mehr ein Weib, das ihm Helferin werden konnte. Seine Hoffnungen gebar er sich selbst. So sahen sie dementsprechend aus. Zeugen und befruchten in einem, wer konnte das, selbst austragen. Das tat er auch noch selbst; nickte. Es war ja nicht so, daß er zu nichts, vielmehr war es so, er zu allerhand taugte. Wäre er nicht glatzköpfig könnte er seine Haare raufen, wäre er ein Affe, könnte er die Wände emporklettern, wäre Hochwürden eine Spinne, könnte er flinker sein Netz weben, eifriger spinnen, hinein in irgendein Kücheneck ein Heimchen für sich zimmern. Dort hocken, lauern, fleißig schauen, noch etwas wachsamer sein, denn das war doch nicht möglich, ideale Heimlage und aber die Beute ließ sich nicht finden, verirrte sich nichts in das Eck; liebe Spinne nein, in der Küche, ist der Priester dein Feind. Hier ——— und der Vogelfreie ging entlang der Holzlege; draußen und sehr nah an der Wand/Mauer; blieb immer wieder stehen, lauschte, ging weiter; näherte sich dem Küchenfenster, denn er wollte sehen, ob der Gottesmann allein in der Küche war, allein im Pfarrhof und ob er noch jemand erwartete; und hätte er gewandt den Kopf, hätte er gesehen den Nußbaum, der für den Gottesmann sehr oft und häufig, eher in der Regel; sehr selten, es war die Ausnahme schon, etwas anderes als; die Eiche war. ——— und war schon mit dem Besen dort, wo sie seßhaft geworden: »Sei woanders daheim, du Biest; he!

Dageblieben!«, und hielt es schon fest, zwischen Daumen und Zeigefinger eingeklemmt, noch einmal Fenster geöffnet, hinaus, wieder zu. Es sich bestätigt hatte erfolgreich, es gab immer etwas zu tun. Und war schon wieder beschäftigt, Laden herausziehen, hineingaffen, nichts Neues, wieder zu. Nächstes Knöpfchen umfassen, ziehen, gaffen. Gewürzkasten aus Nußholz, emaillierte Schildchen, mit gotischen Buchstaben den Inhalt nennend, kleine Porzellanknöpfchen an den 123 Laden gefestigt. Viele der Gewürze, nichteinmal dem Namen nach bekannt, befähigten den Vorgänger die raffiniertesten wenn nicht höllischsten Mischungen zustandezubringen. Er muß gewesen sein ein Meister des Würzens, Pepi Fröschl nahm mit ein paar bekannten Gewürzen vorlieb. Dem Gewürzkasten hatte Johannes ein biblisches Alter prophezeit, diese Prophezeiung war ausgekommen ohne Worte, hiefür hatte er dieses spöttische, den Priester allweil denunzierende Lächeln. AchGott, und die steilen Unmutsfalten sofort zwischen den Augenbrauen, nur weil gewagt der Priester, dem Gewürzkasten zu erzählen? Er kam auch noch dran? Er kam noch an die Reihe; es dauerte? Ersatz, die Frage war noch nicht geklärt. Was sollte an seiner Stelle in der Küche Platz beschlagnahmen dürfen? Hiebei mußte Johannes doch sehen, die Fortschritte. Wenn er nur daran dachte. Eine dicke klebrige Fettschichte überzog Wände, Möbel, sowie alles nicht in Kästen Verschlossene. Der alte Hochwürden war kein Reinlichkeitsfanatiker, Pepi Fröschl hatte mit dem Reinigen begonnen, nach einem hart geführten Kampf mit dem klebrigen Element, den Kampf aufgegeben und sich gewundert, was ein Mensch alles aushält ohne Lebensmittelvergiftungen zu bekommen. Dabei war dem alten Hochwürden ein beinahe biblisches Alter beschieden worden und die Todesursache dürfte auch gewesen sein, es war Zeit für die Himmelfahrt. Ikarus brachte, das heißt, ließ wieder Sauberkeit einziehen und der Lehrling reinigte für ein Trinkgeld die verbleibenden Gegenstände. Hochwürden stand raumabgewandt, vollkommene Hingabe war an das Ladeheraus, Ladehinein, Ladeheraus, Ladehinein, hiefür boten sich an 123 Laden. Über dem Gewürzschrank war auf Regalen kupfernes Kochgeschirr, in der gegenüberliegenden Wand das Fenster.

*

Von draußen nach drinnen blickend, im Hof. Vor dem Fenster stand Johannes, und sah der Mann in Soutane beschäftigt war, zu ergründen, was es dieses Mal für ein Abendmahl gab.

*

Und betrachtete mit Befremden den glattgeschliffenen Terrazzobelag. Was tat Pepi Fröschl hier eigentlich? Fürchtete er einen Stock höher zu gehen, ahnte er, was er auch anging, an diesem Abend wollte ihm nichts glücken. Abendmahl, hatte keine Freude daran. Vor der gegenüberliegenden Wand stand Johannes, unvermeidliche Angewohnheit, die Hände in den Hosentaschen, lehnte sich an das Fensterkreuz, spürte, einige Fragen waren im Null, auch wenn er schwieg, schaute zu dem Mann in Soutane, der suchte eifrig im Gewürzschrank, wiederfinden, was er verloren, nur nicht sich umdrehen, nicht Zeugnis hievon werden, auch der Priester konnte manchmal verlieren jenes Gleichgewicht, mit dem er zu begegnen hatte, auch dem einen Sohn der Barbara Null, war es Johannes, oder ein anderer, Vorlieben gestattete der Mann Gottes sich nicht. Er konnte der Stille in der Küche hiedurch entkommen, indem er sich auf die Stirn schlug, zur nächstbesten Tür stürzte, hinauseilte, entsetzt rief: »Das habe ich ja ganz vergessen!«, die Halle durchquerte und sich im Amtszimmer wiederfinden übte.

In den Ordnern nach einem richtigen Beleg suchte, den finden, wahrhaftig ein Wunder, zumindest ein wahres Kunststück; konnte sich also ewig aufhalten und herausziehen einen Ordner nach dem anderen, bis er wieder angelangt war bei einer auch von ihm akzeptierten, brauchbaren Verfassung.

Und als Mann, der in jeder Situation, in der Lage war (und wenn nicht, sich in die Lage brachte) über die Friedhofsmauern des Nurgeschichtlichen hinauszuschauen, zurückkehren konnte in die Küche und im Gesicht ein liebenswürdiges Lächeln: »Vergeben Sie Herr Null, das passiert mir manchmal; zu viel im Kopf, dann geht nichts mehr hinein. Wenn der, einmal ist so vollgestopft, werde ich ---«, abbrechen, den Kopf schütteln, Arme ausbreiten, sodann Hände sinken lassen und »Was soll man da machen.«, murmeln, Achselzucken und sicher nach längerer Zeit woanders gewesen sein andere Stimmung in der Küche war und auch in ihm ein neuer Zustand, mehr Gelassenheit, mehr achGott. Schloß die Augen, wann war das nur, lagen nicht schon Jahre dazwischen? Sonderbare Gegenwart längst vergangene merkwürdige Gegenwart, als wäre es dieser Abend, gerade dieser Abend. Wollte es nicht leugnen, rückblickend, die Erleuchtung, stürzen aus dem Raum war ihm damals nicht geschehen in der Weise, daß sie ihre Fortsetzung fand, ihre heilsame Fortsetzung in einem Priester, der ihr auch Folge leistete, Gott sprach, willst du ewig fliehen, auf der Flucht sein, bleibe stehen, widerstehe der Versuchung, fürchtest du, erkennbar zu werden, erkennbar zu sein als Gottesmann, dem nicht fremd sind Versuchungen und widerstehe, zeige mir, du bist älter geworden, auch klüger. Widerstehe der Versuchung, erkennbar zu sein. Dieses Widerstehe war ein Rad gewissermaßen, das sich drehen ließ in einem fort, sehr lange; in seinem Kopf ging es rund um dieses Rad herum, das sich drehte, immer schneller, das ging sich aus, ohne besondere Schwierigkeiten, ja, ohne weiteres hatte er sich selbst hiemit --- das war er aber auch, und der sich erinnernde Priester nickte bejahend; das war er auch, er durfte sich bestätigen, die Fähigkeit zur Selbsttäuschung hielt allzu lange niemals an, war bei ihm etwas Vorübergehendes, dann schaute er sich also, wieder einmal, im erwachten Zustand an. Etwas nüchterner, sachlicher, kam sich also früher oder später immer selbst auf die Spur; dürfte es aber gebracht (im Laufe der Jahre) haben zur wahren Meisterschaft, sich selbst: aufs Kreuz legte, bei Gott! Es war dem Gottesmann bekannt.

»Möcht Hochwürden neben dem Gewürzschrank einschlafen?«, fragte Johannes Null, etwas war auch in seiner Stimme anders. Gefragt; eigentlich; hatte er nicht, insofern er sich richtig erinnerte, stellte er die Frage eher fest als eine Tatsache. Antwort war ihm nicht möglich, denn er dachte, er könnte haben etwas Eigenartiges im Hals, das auf die Stimme rückwirken könnte. Dem wollte er: vorbeugen, deswegen überging er die Frage, bis Johannes unverschämt genug war, sich setzte auf den Sparherd, sodaß er sein Profil auf jeden Fall sah, nicht nur hatte, zur Ansicht den Rücken und den Hinterkopf. Fuhr über die weißen Fliesen; ihm nichts anderes einfiel als zu sagen: »Aja, schützten schon manche Wand, hinter dem Küchenherd, ich sage; eine vortreffliche Erfindung.«, und als Johannes (das wohl seine Antwort war) noch begann mit der Schaufel schlagen gegen den Kohlenkübel war er derartig zusammengezuckt, es fehlte noch, daß er hinaufgriff, neben dem Herd in der Mauernische war eine Schachtel Streichhölzer, sie verbrennen sehen, eines nach dem anderen anzünden, zuschauen, wie es verbrannte, sodann das nächste (hiemit verschonte er ihn) und aber dann entdeckte er, links, näher war also schon der Tellerwärmer, mit der Kohlenschaufel auf den Tellerwärmer klopfen, es waren dann aber nur die Finger seiner linken Hand, während er in der anderen Hand auch etwas hatte, die Kohlenschaufel hielt er fest, drehte sie und wendete sie; lieber war ihm noch das Klopfen auf den Tellerwärmer, aber Johannes begann wieder schlagen den Kohlenkübel mit der Schaufel, hiebei summte er ein Lied, es war eine damals dem Priester unbekannte Melodie. Gewöhnt hatte er sich an jenes wie dieses nicht, sodaß er mehrmals derartig zusammengezuckt.
Blickte erschrocken auf, sah unglücklicher Weise, eine Blickbegegnung ließ sich nicht vermeiden, senkte aber wieder sofort den Blick, murmelte irgendetwas: »Es war mir, als hörte ich das Ticken der Uhr nicht.«, so ähnlich dumm oder noch um einiges dümmer versuchte er, sich zu rechtfertigen, die Frage war nur, wofür? Und Johannes schaute an, die Küchenuhr, im Eck war sie, rechts von ihm, unfern eher: »Sie geht.«, stellte er fest.

»Sie geht so laut, daß es lauter nicht mehr möglich ist, aja; das meinte ich.

Genau das.«, nickte sofort bestätigend; dann aber ihm doch vorkam, es könnte ein Widerspruch findbar werden in seinen Bemerkungen über die Küchenuhr. Der Widerspruch war ihm auch aufgefallen, nicht nur dem Gottesmann, als reite ihn der Teufel, war nicht höflich genug, ihn schweigend zu übergehen: »Hochwürden widerspricht sich; warum.«, fragte der Kerl frechdreist.
Was darauf sagen?
»Weil ich woanders bin.«, murmelte Hochwürden, begann zählen die Laden: »Jetzt weiß ich nicht, wo ich stehengeblieben bin.«
»Von vorn anfangen.«, und schlug, schon wieder gegen den Kohlenkübel; der aber stand auf der anderen Seite des Herdes, sodaß Hochwürden Schwierigkeiten hatte, durch Sehen zumindest den Effekt des sich Einstellens auf einen im nächsten Moment wohl erfolgenden Schlag gegen den Kübel für sich auszunützen, es war Hochwürden versagt, zuckte auch prompt, wieder, zusammen. Den Blick faßte Johannes auf, als Tadel für sein »Von vorn anfangen.«, es war der Abend der Mißverständnisse, wie sollte man anders umschreiben die kommende Nacht, benennen, sie gar fassen, war wohl schwer möglich, empfand es auch als unangebracht.
»Den Eiskasten könnten S' auch noch aufmachen.«, sagte Johannes.
»Ich suche nichts.«
»Ich sag ja; Hochwürden möcht neben dem Gewürzschrank einschlafen.« Eine unzweideutig eindeutig daneben geratene Bemerkung, hüstelte, räusperte sich, alsodann irgendetwas mußte ihm stecken im Hals? Zog es vor, die Frage erst gar nicht zu versuchen, ob Johannes die Liebenswürdigkeit haben könnte, die Kohlenschaufel in Ruhe zu lassen und falls dies nicht möglich sei, wenigstens den nächsten Angriff gegen den Kübel im voraus anzukündigen?
Sprang vom Herd, begann seinem Priester noch den Rücken klopfen. Eine Nähe, die nicht angebracht war. Wich weiteren Berührungen aus: »Ich geb's auf.«, erläuterte er sein Bemühen, der Nähe zu entkommen, »Der Gewürzschrank bleibt mir nicht der Dorn im Auge; das bleibt er nicht.«, murmelte er, und ging, vorüber an der Tür, die Gelegenheit kam ihm nicht günstig genug vor, fürs Verlassen die Küche strebte er an den günstigeren, stimmigeren Augenblick, blieb stehen (neben der Tür) vor der Küchenwaage und betrachtete sie, befestigt war sie an der Wand solid, das störende Moment: seinem Vorgänger dürfte sich dasselbe Bild dargeboten haben, wenn es nicht dessen Anordnung war, er hatte mit ihr so gelebt, kam also herein von der Halle her, hatte er gleich links, wußte es sicher mit geschlossenen Augen, Küchenwaage an Wand befestigt. Er wiederum hätte es liebend gerne gesehen, sein Vorgänger betrat die Küche und fand sich in ihr nicht mehr zurecht. War das noch SEINE Küche? Das war sie nicht. Diesen Effekt; für den Vorgänger; war schon

einige Zeit hiemit befaßt, sich den (ihn zufrieden stimmenden Effekt) zu erarbeiten. Hiebei hatte er Schwierigkeiten, besonders in der Küche, wie die Küche fremd gestalten für den alten Hochwürden. Irgendwann mußte sich der doch sagen, ich bin im Himmel, eine schönere Heimat gibt es nicht; bei der schwierigen Übersiedlung unterstützte ihn sein Nachfolger tatkräftig. Von Hinauswerfen sprechen, war nicht angebracht, der war selbst ausgezogen, er unterstützte ihn nur. Tatkräftig genug? So er (manchmal) Zweifel hegte, dürften sie nicht unberechtigt gewesen sein, auch immer wieder; wiederkehren, solange bis; was anfangen mit Greiforganen, spielte den Zufriedenen, hatte Staub auf ihr gesucht mit seiner Hand (wohin mit dem anderen Greiforgan?) aber auf ihr war kein bißchen Staub, nickte und ging weiter, die Hände auf dem Rücken, das war die Lage nicht, fuhr einigen Linien nach, der Viktualienschrank war ein unbegrenztes Betätigungsfeld fürs Angreifen, darüberfahren, gerade, daß er nicht auch hier mit dem Aufmachen begann, wofür öffnen, mußte dann doch wieder alles zumachen, schließen, verräumen, konnte sich den Aufwand sparen.

»Schwer greifbar, verborgen. Das wär die Salzbüchse im Viktualienschrank.«, anderes fiel ihm nicht ein; war das nicht etwas spitz? Sagte es aber eher sanft, so sprach man mit einem Priester nicht. Unterdrückte irgendwelche Spitzen an den andauernd die verkehrten und unbrauchbarsten Anknüpfungspunkte Findenden.

Johannes stand zwischen Sparherd und Gewürzschrank, vor der Durchreiche, dahinter das Speisezimmer, lehnte sich an und schaute ihm zu, wie er zuvor gestanden, angelehnt an der Fensterwand, achGott, wie sollte das enden, auseinander gingen, dies sollte nicht sein, so auseinandergehen, das war etwas Unfertiges, unvollkommenere Trennung er nicht denken konnte, was anders geworden war, mußten wieder zurückkehren, das rückgängig machen, unerträgliche Gegenwart des anderen und gleichzeitige Furcht, sie könnte aufhören, das war ein unzumutbarer Zustand, so wollten sie voneinander niemals, nie – so kehrte Johannes nicht zurück; legte sich ins Bett, wie der Priester, schlief man so ein? So blieb man schlaflos, wälzte sich; ließ sich sicher finden, ein, den Abend runder gestaltender Eindruck: der fehlte ihnen noch.

»Könnt Hochwürden suchen die Salzdose, finden tät er sie erst nach ewig langem, so längerem Kramen.«, was hatte der nur dauernd mit der Salzdose im Viktualienschrank, es war ja wahr, daß er hiezu neigte, sie suchen zu müssen; aber war das ein brauchbares Thema? Drehte sich Johannes zu, mit etwas Verspätung, höflich antwortete er: »Das war gut bemerkt, gut beobachtet; mit der Dose hab ich so meine Probleme.«, lächelte etwas verlegen, es war doch angebracht? Nicht angebracht war der Blick des Kerls; schaute man so einen Priester an. Unglücklich war er

deswegen nicht; das wäre übertrieben. Trotzdem, es gehörte sich nicht. Mehr an Tadel als sich wieder, Zuwenden den Gegenständen, die entlang der Mauer in manchmal nicht ansprechender Entfernung ihren Platz gefunden hatten, den unverrückbaren Standort, zumal sie, schon ewig lang so standen. Entfernung im Sinne von Entfernung voneinander, denn kaum näher zur Wand geschoben worden sein könnten oder an ihr befestigt, alles rundum, an die Wand »gedrückt«, sodaß im Raum selbst nur einer zu herrschen, beherrschen, einfach dazusein schien, das war er, der quadratische Tisch, weiß lackiert, rundum jede Seite (jede Seite, das war wohl richtiger als rundum, Kreis war an ihm, dem Tisch, nichts, selbst seine vier Füße eher weiß lackierte Pfosten; den fand er sympathisch, den Tisch mochte er, es war zwar ein Erbstück aber Johannes hatte ihn weiß lackiert) hatte einen Stuhl, Würmer seien sämtliche aus den Stühlen ausgezogen wie aus dem Tisch, behauptete Johannes, ob es wahr war? Manchmal hegte Hochwürden Zweifel: »Was noch drinnen lebt, kann nicht mehr heraus; ist grausam, möglich.«, vielleicht hatte er erschrocken angeblickt den, der hiemit beschäftigt war den Tisch werden zu lassen seinen Tisch, mit einigen kleinen Manipulationen sei das möglich, hatte Johannes gesagt, seinen Zweifeln geantwortet, indem er begann die Manipulationen selbst vorzunehmen: »Bevor so ein solides Möbel auf den Müllhalden landet, möcht ich's doch probiert haben.«, hiemit er erklärte, hatte einige Bedenken gegen den Auszug des Tisches aus der Küche, wobei Hochwürden es nicht leugnen wollte, er selbst hatte dieselben Bedenken zuvor Johannes gegenüber nicht verschwiegen. Die eingesperrten Würmer, die nicht mehr herauskamen, sofort der Kerl wieder etwas wußte: »Hätten S' mir schon sagen müssen, daß Sie ein heimlicher Sympathisant von Würmern sind, würmerfreundlichere Lösung, das müssen SIE sich einfallen lassen, ich bin nicht ihr Freund.«, wäre aber großzügig gewesen? Aberja, natürlich, selbstverständlich! Empfand das als Spitze gegen sich, wollte aber nichts Unfreundliches sagen, freute ihn doch, wie der Tisch immer mehr sein Tisch wurde, den erkannte der alte Hochwürden bald nicht mehr: »Wo ist meiner?«, das konnte er fragen und sein Nachfolger durfte antworten: »Bedaure, der ist den Weg gegangen alles Irdischen. Werden, Vergehen, Veränderung.«, dann noch schauen, wie tief verletzt der Alte in der Küche stand: »Den hab ich besonders gemocht gerade den.«, drehte sich um, abrupt, verließ die Küche, sehr beleidigt. Es gab beglückende Imaginationen mit dem alten Hochwürden auch, das war so eine, man ganz anders einschlief, wenn man sich das so vorstellte.
Und stand noch immer vor der Durchreiche, während er versank, sich hingab Erinnerungen (vor dem Abwaschschaff, hinter sich den großen Tisch) bis ihm wieder unerträglich war die Stille, griff nach dem Fleisch-

hammer, wendete ihn, selbst einen Knochensäger hatte der alte Hochwürden unterzubringen gewußt, auch zu verwenden: Legte die Knochensäge zurück, sich auf den Fleischstock setzen, wagte er dann – obwohl er es erwog – nicht. Über dem Fleischstock Wachsleinwand gespannt, stand hier, blickte hinab auf das Wachsleinwand, auch er hatte sich schon seiner bedient oft und oft und immer wieder; dahinter ungefähr auf selber Höhe das WC. Konnte einem Koch passieren, in der Hand den Fleischhammer und hinter der Wand wähnte er, den alten Hochwürden, sitzend auf seiner Klomuschel, schon war ihm einiges verdorben an Vorfreude; was tat der auf seiner Klomuschel? So lebend wie Tote manchmal in Räumen sein konnten, grauenvoll. Man merkte, er hatte sehr lange --- sodaß geworden Pfarrhof und alter Hochwürden nichts anderes als Synonyme für ein und dasselbe.

Vor dem in der Fortsetzung auf dieser Wandseite befindlichen emaillierten gußeisernen Abguß mit hoher Rückwand, darunter das Mistkästchen, war er nicht, zu lange stehengeblieben, stierte an die Rückwand, gaffte hinunter zum Mistkästchen, schüttelte den Kopf (schräg hinab er geschielt, bis neun gezählt, langte es ihm) Fleischstock links (schräg hinüber, er geschielt zur anderen Wand) denn auf dieser Seite bot sich zum Betrachten nichts mehr an, höchstens sich noch hineinstellen konnte ins Winkerl.

Ums Eck, die Fensterflügel geschlossen waren, konnte sie öffnen, etwas frische Nachtluft atmen. Hinüberschauen, einen Riesen von Nußbaum bewundern, ihn begaffen, das war nur natürlich, wenn Hochwürden nach einem anstrengenden Wochentag, sich am Abend oder in der Nacht ihm zuwandte? Er war ein befreiender, ruhiger stimmender Anblick, dort könnte er sich aufhalten, etwas länger, ohne daß Fehlinterpretationen gefördert wurden.

Die Fensterflügel öffnen, das ließ er dann doch bleiben, stand davor, wurde also jetzt auf dieser Seite, der gegenüberliegenden Seite, Rückansicht. Hilfloseres Betragen, verrückteres und sonderbareres Betragen fiel weder dem Kerl noch dem Priester ein, wobei Hochwürden mehr mit sich selbst haderte, nicht ganz zu Unrecht, das wollte er selbst rückblickend besonders festgehalten haben. Johannes war, achGott, der Fall war klar, der Fall war eindeutig. Vorwürfe richtete er am allerbesten wider sich, denn das war die einzig richtige Adresse.

»Möcht Hochwürden vielleicht noch den Eiskasten aufmachen.«, fragte es herüber von der gegenüberliegenden Wand.

»Warum.«, drehte sich hiebei nicht um; ob er nicht doch die Fensterflügel, den Spalt wenigstens öffnete. Luftschnappen konnte nicht schaden.

»Weil er den Eiskasten noch nicht aufgemacht hat; ich wollt nur erinnern, heut hat er ihn nicht aufgemacht – man weiß ja nie, vielleicht fühlt der sich beleidigt, vernachlässigt oder was weiß ich.«

»Ich wähne, er fühlt nichts.«
»Das nimmt ihm Hochwürden ab, wird ihn freuen.«
»Wen freut was?«, eine kurze Kopfwendung, stand noch immer dort, lag gewissermaßen auf dem Bett, aufrecht, ein aufrecht gestelltes Bett; konnte man mit dem Blick einen Menschen entkleiden? Der Mann in Soutane wollte nicht in jeder Situation darauf beharren, es sei nicht möglich. Wandte sich doch lieber, wieder, seinem unproblematischeren Nußbaum zu.
»Ich wähne, ich kenne den Inhalt des Eiskastens auswendig; was soll ich in ihm suchen? Also sage ich mir, laß ihn zu. Nichts Neues.«
»Wenn S' was Neues wollen, müssen S' das dem Eiskasten nicht vorwerfen, tät sagen, fürs Neue sind schon Sie verantwortlich, nicht der Eiskasten.«
»Ach.«, eine Kopfwendung passierte ihm nicht mehr allzu leichtfertig, leichten Sinnes wollte er nicht werden, immer schön vorsichtig bleiben, Gottesmann. Der Kerl ist dir doch bekannt, für seine eigene Logik, die er nicht nur im Kopf behält. Es ist dir doch nicht neu, Gottesmann, daß der vieles nicht im Kopf, vernünftig zurückhält, gewissermaßen anbindet, anders sich erinnert, er hatte sich gut zugeredet, er möge nicht, allzu leichtsinnig eine Erleichterungsreaktion anstreben, die sich dann, hintennach herausstellen könnte als genau der verkehrte Versuch. Anders sich erinnert, Johannes mochte sagen, was er wollte, alles wirkte zweideutig, mehrdeutig oder wie immer, auf jeden Fall, anders.
»Bin ich denn schon für alles verantwortlich.«
»Die Frage werd ich mir merken, wunderschön. Frag mich hinkünftig, bin ich denn für alles verantwortlich und schlußfolgere messerscharf, ich bin für nichts verantwortlich. Alles und nichts, gehört das nicht zusammen?«
»Kennen Sie, wenn die Uhr geht nach dem Mond, kennen Sie den?«, war ihm ein intelligenteres Ausweichen nicht eingefallen?
»Gekostet; ja. Ich hab ihn gekostet.«
»Ach.«, war doch verdutzt, wollte es nicht leugnen, er hatte ihn nicht, in keiner Weise überrascht?
»Wenn Ihnen der Eiskasten nicht zusagen kann; vielleicht hilft Ihnen der Küchenkasten weiter.«
»Wie?«, daß er die Augen geschlossen hielt, ließ sich schwer behaupten als Meinung, die erleichterte den Mann in Soutane. Blickte ihn an, unverwandt, im übrigen sagte er nichts, seine Frage ignorierte er. Hochwürden übte sich im Betrachten etwas kühler einen Menschen, dem er offenbaren wollte, keinesfalls zudecken, verschweigen, in sich verbergen, guter Mann, etwas mehr Distanz ist doch da als Sie wähnen, guter Mann, zwischen uns ist mehr als Nirgendwo, zwischen uns, sind die Meere wie

Gebirge, Eis wie Schnee und Feuer, alles ist zwischen uns, werden Sie etwas vorsichtiger, ja? Wobei dies, werden Sie etwas zurückhaltender, ja? Durchaus den Charakter hatte eines scharfen Befehls, der Widerrede nicht duldet, auch wenn er liebenswürdig kühl formuliert worden war. Höfliche, in Distanz seiende Neugierde, wollte er verkörpern, ob es ihm gelang? Vielleicht, Frage aber wurde er nie, ist es mir gelungen, sodaß es auch denkbar war, er war voll jener guten Absichten und Vorsätzen, die nur einen Nachteil hatten? Irgendein Hindernis ließ sie in ihrem unvollendeten Zustand, sie blieben Absichten, sie blieben Vorsätze. Einen Nußbaum mit Gleichmut betrachten, war unter Umständen einfacher, als einen Kerl, der einen so unverschämt anschaute, nicht einmal den Blick senkte, ja auch ausweichen hätte können, noch einfacher, Augenzu, fiel ihm aber leider nicht ein. So, wie ihn Johannes angeblickt hatte, schaute der Gottesmann an, höchstens den Weißdorn, wenn er blühte; oder wenn er sich wieder vergegenwärtigte, wohl oder übel, es zur Kenntnis nehmen mußte: in seiner Nähe wuchs die Tollkirsche, der einzige Trost, außerhalb der Mauern. Natürlich war das, eine Diffamierung, nichts anderes als eine Lüge, hielt sie aber für brauchbar, angemessen, ein bißchen Feindseligkeit war unter Umständen, um einiges besser, ja, gesünder. Natürlich.

»Soll ich mich mit dem Küchenkasten befassen.«
»Wenn Sie möchten, selbstverständlich! Alles an seinem Platz wie immer. Fühlen Sie sich wie zuhause.«
»Natürlich. Ich hab ja nicht gesagt, daß irgendetwas anders ist. Das habe ich nicht gesagt.«
»Neben der Kaffeemühle, die Kaffeebüchse stand; neben der Kaffeebüchse das Kaffeemaß wie immer, auch die Kaffeemaschine neben dem Kaffeemaß.«, sagte Hochwürden stand und meinte aber steht.
»Das ist noch immer so.«, prompt die Antwort kam.
»Hiefür braucht sich Hochwürden nicht einmal umdrehen, daß er das weiß, wie alles; an seinem Platz ist.«
»Wie soll ich das verstehen?«
»Daß Hochwürden etwas vergessen hat.«
»Nicht doch.«, dachte doch gleich, Johannes meinte es anders.
»Nein, Hochwürden hat wirklich etwas vergessen.«
»Was denn?«, drehte sich nicht um. Hörte aber seine Schritte, Johannes ging.
»Und am anderen Ende die Brotdose mit Fliegengitter!«, hörte ihn rumoren, begann der allen Ernstes: »Aber bitte, für mich nicht!«
»Sie mögen« – Johannes staunte sichtlich, ohne Rücksicht staunte er dem Mann Gottes ins Gesicht – »keinen Kaffee?«
»Nein, nicht eigentlich. Vielen Dank; nicht eigentlich.«, zupfte sich am Ohr.

Waren Sie hinübergewachsen wieder in einen anderen, den üblichen, den brauchbaren Zustand, wo man miteinander wieder reden konnte normal und nicht alles derartig ——— schaute hinein in die Kaffeebüchse, schnupperte und sagte, Johannes hatte wirklich einen sechsten Sinn für unangebrachte, verändernde, den Habitus umgestaltende Sätze: »Der Kaffee riecht wie immer.«, wirkte hiebei fast erstaunt.

»Was riecht denn nicht wie immer.«, fast Fauchen wurde, gereizt; das war Hochwürden, gereizt; blickte auf, schaute ihn an, wie lange noch.

»Ich bin ja kein Vieh; ich kenn mich, bei den verschiedenen Gerüchen nicht so aus.«, hiebei war bekannt, daß der Kerl eine Nase hatte, mit der leben, schon wieder ein Problem wurde.

»Wenn Sie so weitermachen, werden Sie nie zu Ihrem Kaffee kommen; fürchte ich.«, versuchte es einmal scherzhaft.

»Ich mag auch keinen.«, stellte die Büchse wieder auf den Küchenkasten, steckte die Hände in die Hosentaschen. Stand vor dem Küchenkasten, schaute zum Priester, als wäre es an ihm, etwas zu sagen, warum sollte stets er Brücken bauen, war es dieses Schauen? Die steilen Unmutsfalten, wollte gehen konnte nicht, konnte gehen wollte nicht, Hochwürden zog es vor, sich zu erinnern, er konnte wieder werden Rückansicht, blickte hinaus in die Nacht; lauschend nach rückwärts. Wurzeln schlug, nun vor dem Küchenkasten stehend oder wie? War ihm gewissermaßen, doch entgegengekommen, ungefähr die Hälfte der Strecke zurückgelegt, was aber sollte der Priester da drüben tun, er wußte nicht, ihm fiel nichts ein, was ihn führen könnte zum Küchenkasten. Ausgenommen dem Küchenkasten boten sich auf dieser Seite an, nur mehr zwei Türgriffe. Hineingehen in die Speise (links) hineingehen in die Kammer (rechts) mit welcher Begründung? Er brauchte doch einen Grund? Johannes hatte einen Grund, er wollte Kaffee zubereiten, welchen Grund aber hatte sein Gottesmann? Mochte es drehen und wenden wie er wollte, verließ er den endlich ergatterten Platz vor dem Fenster, war er verloren, wohin sollte er sich wenden, drehen? Was tun? Ihm fiel nichts anderes ein als stehenbleiben und zuwarten, hoffend, es fiel ihm irgendwanneinmal doch etwas anderes ein. Ging er in die Kammer, mußte er notgedrungen an ihm vorüber, ging er in die Speise, mußte er zwar nicht an ihm unmittelbar vorübergehen, konnte vorher schon abzweigen, hinein in den Nebenraum ja was dann. Mit irgendetwas mußte er wieder herauskommen, irgendetwas mußte ihn, in die Speise geführt haben. Für alles brauchte man einen Grund, den tieferen, wenigstens nachvollziehbaren, plausiblen und vor allem die Lage normalisierenden Grund. Ihm fehlte das neutralisierende Ereignis, er war nicht in der Lage es zu schaffen, hiefür seinen Beitrag zu leisten, als könnte ihm der Kerl nicht helfen, fiel auch sonst nicht in der Weise auf, daß man meinen hätte können, der Null sei zu oft gefallen auf den Kopf, es tat ihm nicht gut. Das konnte man nun dem Kerl nicht nachsagen. Hatten aber beide an diesem Abend, ein Glück. Ihnen half ein Kurzer, waren wahrscheinlich darüber beide nicht unglücklich als sie aufeinmal, vollkommen unerwartet im Dunkel standen. Zweifellos, sicher, sicher; an der Decke war, nicht nur befestigt, ein Honigfliegenfänger, sehr nahe sogar der Lampe. Die elektrische Lampe war höflich genug, Kurzschluß. Möglich, daß sie etwas länger schwiegen, ratlos auch waren, nicht nur erleichtert.

Wer zuerst die Stimme wurde, wer zuerst den Mut aufbrachte, seine Stimme hineinzuschicken in die Finsternis, wenn man bedachte, wie gut man doch hörte, wenn es so dunkel war, viel besser. Er zog vor, das stand fest, regungslos zu verharren. Das Risiko nahm auf sich Johannes; selbst schuld, schon sauber selber schuld.

»Was würde jemand denken, der draußen steht, hereinschaut.«, achGott! Das war seine Stimme, seine eigene Stimme. Er war gewesen der Leichtfuß, schlug sich auf die Stirn. Sich gnädig einiges umgruppierte, aber genauer nachgedacht, nicht Johannes war es gewesen, der Priester selbst.

»Wir haben ein Problem.«, das war Johannes; wußte es wieder. Ganz genau. Als wäre es Gegenwart, als geschähe es jetzt und selbst der Zustand, in dem er sich damals befand, er kehrte wieder, war wiederherstellbar, so, als wäre es nicht längst Vergangenheit, unwiderruflich und verschollen er selbst, sich auflösen, wenn Er nicht kam, wiederkehrte, dann war es das Beste. Nie gewesen, nie gefehlt.

»Das würde man sich denken. Die beiden haben ein Problem und wissen nicht, wie es zu lösen sei; daß es aber gelöst sein muß, wissen Sie auch. Ungefähr so, täte ich denken, wenn ich von draußen nach drinnen – also, wenn ich hineinschauen täte, käme es mir so vor.«

»Was muß gelöst sein.«, wurde bockig; auch das noch. Fiel ihm nichts anderes ein.

»Gelöst werden muß ein Problem und beide haben den Eindruck, als wäre es zum Werden verrückt. Das ist es, einiges kommt ihnen verrückt vor, sie wissen aber eher nicht, wie sie das wieder zurechtrücken sollen, halt – wieder in Ordnung bringen. Stehen umeinander und kommen darum nicht herum, vorweg, weil ich draußen steh ja, weiß ich nicht, was das ist, hab aber den Eindruck als wärs etwas Fürchterliches, Entsetzliches und als wärs der Weltuntergang. So tun die beiden, denkbar ist das auch. Es ist eher etwas Harmloses und aber niemand soll's wissen, wie es verheimlichen.«, sagte es sehr ruhig, redete hinein ins Dunkel, wußte Johannes überhaupt, was er sagte? Geschweige das Wie. Sprach man so mit dem Diener Gottes? War das ein brauchbarer, angebrachter, angemessener Ton?

»Wär ich draußen, die beiden drinnen, momentan sehe ich vielleicht gar nix? Das ist eher wahrscheinlich. Wir haben ja einen Kurzen.«

»Den unterbrochenen Stromkreislauf wieder schließen, achGott! Eine Birne auswechseln, wird wohl möglich sein!«, war willig sich durch das Dunkel zu tapsen, dies war es, nicht voll Mondhelle. Sehr dunkel. Rempelte gleich am Tisch an, spürte?
»Das bin ich.«
»Ja.«
»Deswegen müssen S' nicht so zusammenzucken, ich beiß ja nicht.«
»Ich wollt eine Kerze das wollt ich.«
»Man sollt wahrscheinlich immer zu verschiedenen Zeiten dasselbe wollen.«, lachte leise; war trotzdem zusammengezuckt. Wie meinte er das wieder?
»Damit die Zusammenstöße ausbleiben, ja unglaublich. Was war das?«, es schepperte, kollerte und hatten den Durcheinander in der Speise bewerkstelligt.
»Achtung!«
Fluchen sagte es ihm, achGott, trotzdem; insofern er vergaß, daß allessamt Teil ihrer Nichtgeschichte war, er wollte diesen Abend, diese Nacht nicht missen. Pepi Fröschl stand noch immer, die Hände auf dem Rücken, das Ladeheraus Ladehinein hatte er aufgegeben, starrte an das kupferne Kochgeschirr, auf den Regalen war es wie immer, der kleine Unterschied, er merkte, daß er das Kochgeschirr anstarrte, schüttelte verärgert den Kopf, manchmal in ihm Regungen waren, die Bestätigungen für alles Mögliche waren, unter anderem auch hiefür, daß er nicht immer gleichmäßig begabt war sich durchzusetzen als jener, der in letzter Instanz, in der Lage war, über die Friedhofsmauern des Nurgeschichtlichen hinauszuschauen und sich anders aufzuführen, nicht als einer, der ungläubig, fassungslos vor der Möglichkeit ein Wurm wird, voll des Jammers und wußte Satan was noch alles, es nicht ertragen wollend, wähnend, es sei nicht zu ertragen, es sei unmöglich, daß dies alles, nur mehr Erinnerung war, längst Verschollenes, wie nie gewesen, nie gefehlt. Johannes kam nicht mehr. Schlimmer noch. War nun zu allem hin noch vogelfrei. Aber er dürfte leben, er mußte leben.
Das Warten auf den Kurzschluß gab er auf; damals hatten sie nicht gewartet auf einen Kurzen, der kam von selbst. Kaum aber wartete der Priester, kam er nicht. So war es (mit dem Kurzschluß wie mit Johannes) ärgerte sich, wußte, daß die Gleichsetzung nicht stimmte, sie gefiel ihm, paßte zu seinem übrigen Befinden. Das war der Grund, weshalb er, Beharrender wurde, es sei so und nicht anders. Es vertiefte sein Unbehagen; nichts sah, nichts ihm Anregung wurde, es gab nichts, war das möglich, daß es nichts gab, was nicht sein Unbehagen vertiefte. Wandte sich raumzu; betrachtete mit Befremden den alten Kasten mit Marmorplatte und Laden; es immer noch derselbe Viktualienschrank war; der

hatte sich nicht verändert. Sollten sich etwa ihm zuliebe die Schöpfer verändern, hingen wie immer auf der Messingstange über dem Herd, die Fliesen vertrugen eine Reinigung nicht? Konnte werden Aufräumer, Putzer, selbst Abwäscher und Koch. Stattdessen durchquerte er die Küche, schob einen Stuhl näher zum Tisch, rückte die Kaffeemaschine einen Zentimeter ungefähr nach rechts, sodaß alles den gleichen Abstand voneinander hatte alsodann wurde er mutig, raffte sich auf, wurde unglaubliche Aktivität und drückte die Türklinke zur Holzlege nach unten, ging entlang den Gang, die Tür war geöffnet, drehte den Schlüssel zwei Mal; blieb stehen und schaute hinüber zum Riesen von Nußbaum, eine mächtige Krone. Konnte sich, nach einigem Zögern hatte er den Eindruck, es sei zu viel des Aufwandes, nicht aufraffen, noch einmal aufsperren, hinausgehen und sich niedersetzen, über sich die Krone und einmal draußen sitzen. Irgendwo draußen irrte er umher, wo war Johannes, irgendwo in Nirgendwo; dies zumindest dürfte er annehmen ohne allzusehr fehlzugehen? Nicht einmal das war ––– wo war Johannes. Vorgehen bis ans andere Ende des Ganges, vorgehen bis zur Waschküche, was tat er in der Waschküche; kehrte doch lieber um und ging zurück, also in der Küche hatte er nichts zu suchen. Den Wunsch nach Abendmahl gab er auf, so auch den Wunsch hineinzuschauen in die Speise, vorüber am Kredenzkasten, hineinschauen in die dunkle Kammer, ums Eck, vielleicht noch etwas anstieren die ewige Ticktacktacktick-Dame im Eck, wenn das ein Zufall war, daß die Uhr weiblichen Geschlechtes, fraß Hochwürden Fliesen einmal zur Abwechslung, warum immer Besen in sich hineinstopfen, wieviele Besen hatte er sich schon vorgenommen, hiebei eines gewiß wahr, jeder Besen durfte ihn als sehr besenfreundlich in der Praxis einstufen, gefressen hatte er sie ja nur mit Worten; konnten sich nicht beklagen. Allesamt nicht; und war schon vorüber am Herd, die Tür in dieser Wand ignorierte der Gottesmann ohne Zögern, an ihr ging er vorüber ohne Stocken, erwog es nicht, was tat er in dem Raum, in dem einst vielleicht eine Haushälterin Hochwürden betrachtet mehr von seinen leiblichen, irdischen Problemen her; wenn es klopfte akkurat, wenn sie ihre wohlverdiente Freistunde hatte und der Kerl wähnte, er sei verloren im Reich der Küche ohne seine beiden Hände, die sich aber befanden im Nebenraum? Und er aber wollte unbedingt seinen Pudding essen mit der wundervollen Himbeersauce; wo war er denn, der Pudding? Nickte grimmig; war selbst einmal Zeuge geworden eines solchen werten Kollegen; rundgestaltet der, daß es runder kaum mehr denkbar war, höchstens im Krankenhaus zum Entfetten.

Schon die Hand auf der Klinke, stockte er, drehte sich um. Und schloß die Durchreiche. Es schaute aus als wäre ein viereckiges Loch neben dem

Herd, in der Mauer. Holz! Das war die Lösung. Gleich anders alles wirkte, freundlicher, ja, wunderschön, kein Vergleich, ja ganz etwas anderes! Und fand, dies sei übertrieben. Holz etwas anderes? Schon draußen, die Tür noch nicht geschlossen, kehrte er um, auf daß geöffnet wieder sei die Durchreiche. Etwas Luft ins Speisezimmer, konnte nie schaden.
Zog sich (wie hatte er das bewältigt, es war fast unglaubhaft, staunte auch, dementsprechend) zurück aus der Küche, schloß die Tür leise, Ruhe werden, mehr als Warten konnte er nicht sein.

*

Stand draußen in der Halle, sollte er noch etwas arbeiten, ins Amtszimmer, hatte doch noch einigen Bürokram, sei es nur, Ordnung wiederherstellen, den Durcheinander auf seinem Tisch, es war unmöglich gewesen; fand nicht, was er suchte, wagte auch nicht einzuordnen, fürchtend, was er in solchem Zustande verräumte, fand er nie wieder. Hinauf, sich zurückziehen. Es gab sehr viele Möglichkeiten, stattdessen fiel ihm ein, er könnte sich selbst einmal in dem Warteraum niederlassen und sitzenbleiben, warten, bis die Tür zum Amtszimmer aufging und der Amtsraum frei war auch für ihn. Einmal sich selbst amten sehen und kommen als Nirgendwoer Schaf zum Hirten. Hiefür hatte er also eine patriotischen Belangen gewidmete Feier gemieden? Hiefür hatte er also, sich geweigert, sein Scherflein beizutragen, als Diener Gottes, zur vaterländischen Begeisterung? Die gnädige Bagage sollte einmal sich selbst begeistern, wofür brauchten sie ihn, der gar nicht begeisterter war als unbegeistert?! Durfte man so lügen, heucheln, das ging nicht. Zu viele Sachen auf einmal, sollte man selbst von einem Leutpriester nicht verlangen, Pepi Fröschl, wer war er schon? Daraus ihm drehen den Strick, an dem er hing, es denkbar war, daß dies Kunststück sie noch fertigbrachten, seine lieben Lichtmänner. Als könnte sein Bischof nicht auf wenigstens einen Begeisterer verzichten! AchGott, der hatte doch genug, die ihm fraßen aus der Hand, selbst noch die eigene Mutter vertilgten, so es auf der Tagesordnung stand. Neinein, kein Grund, derlei allzu ernstzunehmen. Einmal war keinmal, außerdem war Hochwürden krank, dies war doch ein solider Grund. Krankenstand in seiner Freizeit, das durfte wohl ausnahmsweise nicht zu viel verlangt sein?! In anderer Hinsicht, war der neue also, der Dechant war nicht sein Vorgänger. Der Dechant war ein Mann des Bischofs, war genauso als hätte er es mit seinem Bischof selbst zu tun. Furchtbar, aber so war es einmal.
Hochwürden wußte kaum, wie er in diesem Zustande die Abendmesse lesen sollte, er mußte bedaulicher Weise absagen; hiefür brauchte er, nicht einmal den Amtsraum verlassen. Eine bedenkliche Verkühlung,

man sollte sich nicht ausführen, er wollte niemanden anstecken, fürchtete, es sei etwas Ansteckendes. Man bedauerte sehr und es war auch glaubhaft: Fehlte der patriotische Beitrag zur patriotischen Dulliäh-Begeisterung, hiezu addiert, wer war alles da, Hochwürden durfte nicht, fehlen, es wäre ja gerade als fehlte in Nirgendwo Gott. AchGott! Wahrscheinlich es sowieso nur möglich war mit Dulliähstimmung Kriegshetze betreiben, da blieb der Fröschl lieber Fadian und Schnupfen, verschnupft war er, bei Gott; mehr als nur verschnupft. In Fetzen bald, wenn das so weiterging.

Und saß auf der Bank in der Halle, hinter sich wußte er die beiden Treppenarme, gegenüber die Tür zu seinem Amtszimmer, Hände falten und einmal warten, was geschah, wann der Fröschl so nett war, auch sich anzunehmen dieses schwarzen verlorenen Schafes.

Irgendwann, nachdem er sich lang genug, kreuz und quer gehadert, im Kopfe seine Watschen ausgeteilt, der Empörung genug Raum gewidmet, fand er, es könnte einen Ortswechsel vertragen einer, dem nichts anderes mehr einfiel als sinnlos, keine grundlegende Veränderung der Lage herbeiführend, nicht einmal einleitend, herumzusitzen in der Halle und warten auf seine eigene Ankunft oder wie? Anders die Lage rekapituliert, Pepi Fröschl lebte mit sich im tiefsten Unfrieden, dauernde Entdeckung nur mehr war, ihm fiel nichts anderes ein als ratlos sein. War diese Tatsache aufbauend? Möglich; durchaus. Ihn schmetterte sie aber nieder, niederschmetternd, nicht im Sinne von schmettern sondern zerschmettern. Natürlich, anders dachte er gar nicht. Als änderte er hiemit etwas; nichts Neues. Alles sich gleichgeblieben, nachdem er lange genug gewartet hatte, durfte er feststellen? Mutig wie er war, begab er sich hinauf, Wändeklettern, hiefür taugte er weniger, fürs Stufen nehmen, hiefür war er gebaut.

F
Wer schweigt mit dir

Im ersten Stock stand er dann, stieren wollte er sein Schauen nicht nennen, denn er sah Gewohntes, den Gang, die dritte Tür auf der rechten Gangseite strebte er an, so weit kam er gewiß, denn im Teich schwimmen, blieb doch lieber in seiner Badewanne sitzen, so lange bis das Wasser kalt war. Vielleicht schlief er in ihr ein; auch ein passabler Schluß. Annehmbar. Sich selbst beseitigen? AchGott, ein zweiter Türgriff bot sich auch an, nur das mußte er noch tun, in Bewegung kommen, nickte; und also, hier war er, angekommen.

Durchquerte seinen Zurückziehungsraum, der ihm allein gehörte, sein

Gemach, sein kleines engeres Reich, das Licht blendete ihn, zu viel Licht vertrug er nicht, am liebsten ihm nach einem solchen Tag alles im Dunkel blieb, Schatten, Umrisse, war hell genug und tätschelte die Wange des hölzernen Josef: »Mach die Augen zu; sein solltest du einmal in deinem Leben anständiger, ja? Wegschauen!«, sagte es strenger als beabsichtigt. Tätschelte dem lebensgroßen Holzheiligen die Schulter: »Reg dich nicht auf; nix für ungut. Ich bin dir prinzipiell wohlgesonnen. Vergiß diese Grundfrage nicht, ja?«, und ging vorüber am hölzernen Josef; stand noch eine Weile im Erker; starrte hinaus, stierte hinaus und höher als die Mauer waren wie das immer war, die Trauerweiden, dahinter wußte er die Gemeinde der Toten: »Wenn ich mich ausziehe, guter Josef, mach die Augen zu. Nackte Leut solltest du nicht, ja, das gehört sich nicht, da schaut man weg; nichts ist so ---«, der Monolog mit Josef, der schwieg vornehm, wie immer schwieg er; es war dem nicht so, aber es paßte zu seiner Verfassung, daß er dem hölzernen Josef einige Grobheiten sagte. Er dauerte, der Monolog, denn es dauerte, bis er entkleidet war und endlich schlüpfen konnte unter seine Decke und dort weiterhadern; falls er noch Lust hiezu mobilisieren konnte, Pepi Fröschl stellte fest, er konnte.

Die Kleider, die Pepi Fröschl auszog, durfte Josef anziehen, denn es gab in diesem Raum drei Ausgaben Josef. Die lebensgroße Heiligenfigur Josef aus Holz, den Kleiderständer Josef ebenso aus Holz, der dritte Josef, das war er, Pepi; unverrückbar war der Holzheilige in der Weise, daß man für seine Verrückung stets einen brauchte, der Helfer wurde. Er war sehr schwer zum Verrücken. Mit Helfer Josef nachgiebiger wurde. Der Kleiderständer Josef, einmal stand er da, einmal woanders, dann wieder dort: ein Wanderer im Raum. Und Pepi, war er nicht schlaflose Wanderratte, so beschimpfte er sich selbst manchmal, lag er in seinem wundervoll geräumigen Bett, in dem hätten Josef, der Kleiderständer, sowie Josef, der Holzheilige, leicht nebeneinander schlafen können, allerdings wäre er dann ganz gewiß ausgezogen, hätte sich einen anderen Ruheplatz gesucht; mit den beiden also schlief Pepi nicht, die mußten wach bleiben, falls sie es nicht taten im Stehen schlafen. Anders es zusammengefaßt, es war wie immer, alles war sich gleich geblieben, nix war anders: der Kleiderständer war angezogen, Pepi war ausgezogen und der Heilige ging nicht nackt. Angezogen war er Tag und Nacht: ein Privileg? Möglich; vielleicht auch Strafe. Je nachdem neigte Pepi dieser oder jener Auffassung zu. Es kam auf die Umstände an, die übrigen Umstände. In dieser Nacht deutete er dies als Strafe, furchtbare Strafe, die er dem hölzernen Josef, aufrichtig gönnte: »Du merkwürdiger Schutzpatron.«, auch das hatte der Hölzerne sich mitteilen lassen müssen vom sich auskleidenden Pepi, war aber noch nicht »In Fahrt« gekommen, einmal in Fahrt, war

Pepi schwer zu bremsen, im Finden die besonders, Josef kränken müssenden Grobheiten, zumal sie immer präziser wurde, konkreter, ein fast Zerlegen den Hölzernen in seine Bestandteile.
Und schlief ein, früher als gehofft, das faßte er später nicht, als Pepi Fröschl aufgewacht, es war noch Nacht; hörte Geräusche; saß aufrecht. Geräusche, die der Gottesmann nicht kannte.
Johannes, hatte er gedacht, auch es gefragt; als ein fremder Schatten stand, vor seinem Bett, am Fußende stand jemand. Der war stumm. Rieb sich die Augen, sah er, es war niemand, der dort stand, aber beim Josef, irgendetwas tat sich beim Josef, wollte ihm jemand stehlen justament den Josef? Der sollte einmal seinen Leichnam mitnehmen, ohne den bekam er nicht seinen Josef. Stierte zum Holzheiligen, wendete sich rasch, hier! Vor Hochwürdens Medizinschrank, dort stand der Kerl, dachte nach, erinnerte sich, das könnte sein? Er stand dort: Josef, der Kleiderständer. Und aber es war jemand im Raum, hiefür stellte er sich nackt ins Feuer. Und schnappte nach Luft; diese Frechheit! Wer wagte das? Wer war so tollkühn?! Wie? Das war nackter Wahnwitz! Daß er sich fürchtete, hiefür war die Empörung zu groß. Endlich eine Nacht, man stelle sich vor, selig schlafen durfte, träumen Wunderschönes, Gott vergab ihm seine Träume sicher, kam der Kerl, holte ihn in diese grauenhafte Wirklichkeit zurück. Da sich noch; fürchten? Hoffte der, er könnt ja allerhand! Mörder, Räuber alles in einem sein, war der größenwahnsinnig?
Das war doch leichtsinnig, einfach fragen, Johannes? In anderer Hinsicht, auch sein Laubfrosch hieß Johannes. Der konnte ins Wasser gesprungen sein, die Frage war wohl erlaubt, Johannes schläfst du oder badest du? Stellte die Frage mit etwas Verspätung, wer auch immer im Raume war, denn daß mit ihm, jemand im Raume? Ob so oder anders, rieb sich die Augen, entfernte den Sand aus den Augenwinkeln: »Johannes, was ist.«, er quakte?! Er quakte. Jeder, der mit ihm im Raume weilte, mußte es hören. Gab es einen eindeutigeren Beweis, daß der Gottesmann selbst mit Fröschen, bei seinem Namen fast eine natürliche Verpflichtung, was sonst, sprach. Und sie antworteten ihm sogar.
Zufrieden, nach langer Zeit er wieder mit dem Frosch im Frieden war. Das hatte er gut gemacht; sehr brav, sehr artig war das.
Wie einen Schweiger zum Sprechen bringen? Der stellte sich nicht anwesend, das gewiß, doch Hochwürden täuschte sich nicht. Hier atmete noch jemand; knarrender Boden, nun stand der Kerl still, wahrscheinlich sich zurückgezogen --- rieb sich die Augen. Faßte es nicht, der war nicht zum Fassen, wagte es, kam tatsächlich hervor, wollte der. Es denkbar war, Johannes aber war es nicht. Das hoffen ihm nur passierte in dem Schreckmoment, noch nicht da nicht mehr im Schlaf, passierten solche Hoffnungen leicht.

Gestanden war er hinter dem hölzernen Josef, das dürfte feststehend sein. Hervorgekommen der Nichtanwesende, hatte verlassen seinen Standort, vorzustellen seine körperliche Existenz gedachte er, wie stand es mit seinen Interessen? Sollte er die nur fühlen oder war der bereit, mit ihm zu verhandeln? Der Vorstellung, die Stimme leihen, der gute Einfall war, dem Fremden noch nicht passiert, das gedachte er nachzuholen; wann?

»Ihr Josef ist wertlos; ich wünsche mir den Uhrenkasten.«, eine rechnerische Aufgabe, vom Standpunkt des Diebes aus, vernünftig gelöst. Der war wertvoller, das war richtig.

»Ausgenommen ihr Leben, gedenke ich nichts mitzunehmen.«, die Bescheidenheit war verdächtig; ein Verrückter.

»Ihre Qual ist mir die Lust, deswegen kam ich.«, in so einem Fall mußte eine kluge, sehr listige Lösung angestrebt werden; die kam schon noch. Einmal ratlos sein, hieß nicht, daß er früh genug nicht mehr ratlos war.

»Dieb, das ist mein Beruf. Ich wollte Sie nicht wecken. Da Sie nun einmal erwacht sind, gedenke ich vorzubeugen. Beteuern Sie erst gar nicht, mein Verräter werden Sie nicht. Ich möchte Situationen aus der Welt geschafft haben ohne langes Hin und Her, Her und Hin, in der mir ein Verräter möglich wird. Es ist einfach. Die Situation kann ich nicht mehr töten, aber Sie. Ich werde Ihnen helfen, daß Sie erst gar nicht mein Verräter werden können.«, ein sicher denkbarer Standpunkt; oft genug Wirklichkeit geworden. Der Nachteil, er äußerte sich nicht, inwiefern es sein Standpunkt war, inwiefern der Eindringling bereit war, sich in Verhandlungen zu stürzen, die ein Risiko fürchterlich leichtsinnig weiterleben ließen, in anderer Hinsicht, vielleicht Dieb er lieber blieb, wegen einem Uhrenkasten Mörder werden, war das rentabel? Wurde nicht schon wegen noch weniger gemeuchelt? Auch wieder wahr. Hiefür gab es Belege noch und noch; wenn der sich nur äußern mochte, waren diesem Fakten wichtiger als Worte? Was, wenn der, nur sprach, indem er Tatsachen schuf, fürchtend, die Wahrheit auszusprechen, könnte der Priester beginnen kämpfen wie ein starkes, kräftiges Tier und windig werden wie wendig, auch zuschlagen, sich das nicht gefallen lassen. Schwieg er deshalb? Wollte er gewahrt wissen den Vorteil des Wissenden gegenüber dem Unwissenden? Fürchtete er, geteilt mit ihm das Wissen, das in ihm war, könnte der nicht zart gebaute Priester strikt beharren: »Bruder nein, so nicht!«

Und wenn er schlicht stumm war? Vielleicht auch dachte, der Priester, versteht meine Sprache nicht?

»So ohne Hemmung, rücksichtslos den Gefühlen und Interessen der Mitmenschen zugekehrt den Hintenwärtsbefindlichen?«, der Satz hatte sich auch einmal, in einer Predigt sehr gut gemacht; war ihm schon mehrmals im rechten Augenblick eingefallen, ein sehr dankbarer, ein sehr brauchbarer Satz, da wie dort, dort wie da verwendbar und handlich und man brauchte einfach ein, gesichertes Reservoir an solchen leicht einsetzbaren Sätzen, ohne derlei Vorrat war man allzu häufig verloren. Die Frage war nur, kam der Satz bei dem da an, kam er so weiter, einmal probieren? Alles brauchte seine Probe, achGott, kein Grund zur Aufregung.

»Und das in so großer Zeit, wo selbst der Schwache! ruft: ein Held bin ich«, eine passable Einleitung, hielt ihn zumindest fest, näher kam er nicht, »gehorsam ist, schwört, marschiert!«, das war nun wirklich wahr.

»In Reih und Glied; wohlgeordnet, stramm und gottesfürchtig wie noch nie!«, den einmal lehren, wie überholt er schon war.

»Marschiert, marschiert, marschiert: in den Osten, nach Norden, in den Süden, nach Westen; marschiert, marschiert, marschiert: in die Wälder, über die Steppen, in die Felder, über den Fluß, in die Sümpfe, über die Wiesen; in die Dörfer, über die Hügel, in die Städte über die Brücke, in die Festung, über den Friedhof, in den Schützengraben, über den Gebirgskamm, in die Nacht, über die Weiden; brennt, sprengt, niederrennt! Ja, ja! Das wär halt schon: das Meisterstück, ha!«, der Kerl ließ sich nicht bewegen, sich zu äußern, irgendetwas er doch auch einmal sagen mußte.

»Ich will dich nicht kränken, Höllenbube! Wahrlich nicht. Doch du bist ins abseits geraten; was ist Hochwürdens kostbarstes irdisches Gut: ich sage es dir, rundheraus, es ist der Uhrenkasten. Schau hin; er hängt nicht dort; der Uhrmacher hat ihn. Muß Herr Dieb schon dort sich holen, ha! Und mein Leben? Ist das nicht wenig.«, hiezu äußerte er sich auch nicht. Als wär der meinungslos, übten sich Spitzbuben schon darin, ihre Opfer anzuhören und erst hierauf?

»Auch nicht heldenhaft, nicht opfermutig; feig nur, hier; draußen aber: auf dem Feld! Da wird derselbe Mord groß, riesengroß, heldenhaft und DU bist: ein Held. Kannst töten unbegrenzt, ja, ja! Meucheln, das Leben stehlen, nicht nur einem! Ist das kein akzeptabler Tausch?« ––– schwieg. Was, wenn der sich spezialisiert hatte, abnorm war, einzeln und im Hinterland harmlos im Bett liegende Priester bevorzugte? Was dann? Der Massenmord, den er nicht mehr überschauen konnte? Vielleicht freute ihn der gar nicht. Wenn der lieber eine Schlagzeile hatte in den Zeitungen, endlich einmal stehen wollte auch in der Zeitung. Was dann? Es denkbar, ihn nicht einmal sein Opfer bewegte, vielmehr die Reflexionen, die seine Tat in die Zeitungen spie. AchGott, wenn der sich nur äußern wollte, endlich einmal selbst Stellungnahme werden zu seiner Erscheinung.

»Archaischer Mörderbube, altmodischer Kerl, unzeitgemäßes Krepierl von Dieb?!«, zeigte sich nicht bewegt, weder beleidigt noch geschmeichelt?

»Mit so etwas muß ich mich herumschlagen. Feig nur, ein zitterndes Bündel Elend. Das bist du und wenn du noch so großartig am Ende meines Bettes stehst, spielst den Herrn über Leben und Tod. Wähnst, einmal sein der große Schweiger Tod; entschädigt dich hiefür, daß du bist in letzter Instanz immer nur der, der verlieren wird. Denn du bist und du bleibst nur ein Mensch. Und siehst nicht die Größe, die darin liegt, nur das zu sein. AchGott, du dauerst mich.«, konstatierte besser nicht, der Kerl kam ihm entgegen; denn das wäre übertrieben. Nichts regte sich an dem, bewegungslos stand er. Schwer glaubhaft war, das war sein Ziel, Sinn und Zweck sich hiemit erfüllt hat.

»Möchtest du den Beweis antreten, daß ich etwas versäumt habe?«, antwortete? Nein.

»Ach. Ist nun auch dieses Werkzeug der Hölle schon ersonnen, gibt es nun dieses Werkzeug oder nicht, das es dem mordlustigen (?) vielleicht in letzter Instanz doch stets nur von Raubgier (?) getriebenen Kerl gestatten könnte, das Handwerk Luzifers auf Erden nicht nur auszuüben, vielmehr es zur Kunst steigern, ha! Und nicht irgendwo, vielmehr justament in dem für den Schlaf Hochwürdens bestimmten Raum, der auch Bibliothek, Kleiderschrank und Schreibstube«, sicher, sicher, das wollte Hochwürden nicht bestreiten, »doch ganz sicher nicht der Ort für: Höllenlehrlinge! Justament mein winziges inneres Territorium, justament mein Leben?«, denkbar war es, durchaus möglich, justament sein Leben sich erwählen als Gesellenstück? Wußte nicht, sollte er lachen, sollte er weinen, beides nicht, brüllen, schreien, toben, Zornanfall werden? Hatte er es zu tun mit einem Verrückten oder einem Normalen, wenn er nur wüßte, wo hier die Grenzen waren. AchGott, was war verrückt, was normal? Gesprächiger mußte er den Kerl stimmen, die Frage war nur wie? Einmal Redender, war alles halb so --- wenn der nur sagen es wollte, was er wollte, dann konnte man verhandeln. Was aber, wenn er es nicht wußte, selbst noch zögernd war? Konnte sich dann der Unkundige nicht reden um sein Leben? Unwissend genug konnte er sich vorstellen, ja, ohne weiteres! Redete, hiebei nicht einmal merkte, daß er sich den Kopf fortredete und den Kragen; Strick sich selbst wurde. Grotesk, Johannes kam zurück, las in der Zeitung --- traurig, dagegen war nichts einzuwenden, aber das war grotesk. Einen solchen Tod konnte Pepi Fröschl für sich nicht dulden. Und faltete die Hände, einmal sehen, nackt, das war er, fast; nichtsdestotrotz.

Selbst er Gegenwehr werden konnte, einmal sehen ob hier nur mehr rohe Kraft gegen rohe Kraft gemessen werden sollte. So sehr er rohe Kraft verabscheute, derlei: ihm graute vor dieser, Menschen beleidigenden Methode, Konflikte zu bewältigen; sicher, sicher.

Das Staunen war es (vergangen war sehr schnell der Zorn, das Grauen rasch verflogen, die Ohrmuscheln brannten, so auch die Wangen, es war vorüber, der Eindruck, er habe eine schallende Ohrfeige empfangen, war sehr flüchtig) kurbelte seine Denkwut an, schleuderte ihn geradezu gesetzmäßig auf die Trichterbahn der Hybris, er entkam sich nicht, wenn er nicht prophetisch dachte, wenn er nicht hohepriesterlich amtshandelte, wenn er nicht königlich empfinden durfte, war er nur mehr Sklave seines Zorns, Sklave, nicht mehr Diener seines Herrn; Hochwürden knirschte mit den Zähnen; wie nur entkam er sich selbst, wie nur konnte er sein loses Maul beherrschen lernen, es war nicht die rechte Sprache, für diese brauchte er stets wohlgeordnete, überblickbare ––– im täglichen Einerlei ersticktes Ich; dieses Ich, dieser alte Pepi Fröschl, wie ihn abschütteln, wie ihn bezwingen, wie ihn töten, auf daß Gott in ihm throne, regiere, schalte, walte! Als könnte seinem Schicksal er entkommen, falls Gott es nicht wünschte, gab es ein Entkommen nicht. Ein Priester, so sehr an seinem Leben hängend, wie sah das aus? Konnte, ja, sollte es vielleicht einmal doch probieren als Priester, der über sein eigenes Leben hinwegstieg wie über eine Leiche; diese Gelassenheit, vielleicht gerade dies den Schweiger überzeugte, es könnte besser sein, er werde, wenn übliche Stimme nicht, zumindest Tat.
»Weißt du, Schurke, wo du eingedrungen bist?«, neigte leicht den Kopf, der hörte ihm zu oder wie? Stand am Fußende, schaute zu ihm her. Nein, das war dieser eine, justament der war es nicht.
Hatte er wirklich zu hoffen gewagt, Johannes sei so vernünftig, werde mehr sein Leben bedenken, wie er es am besten schützen könnte, weniger gehorchen dem Nein, das ihm empfahl ein kindisch närrischer Stolz? Denkbar es war, wollte es nicht leugnen, kokettiert sehr lange mit der Möglichkeit, es könnte Johannes sein, Johannes konnte gar nicht anders, als zu ihm kommen. Warum sollte Johannes anders nicht können? Weil es dem Priester gefiel, weil es dem Priester anders absolut nicht hineinwollte in den Kopf?
»Wenn dich die Nacht küßt und du traurig bist, wer tröstet dich. Wenn du wachliegst, nicht schlafen kannst, wen bewegst du. Stirbst du, wer weint um dich. Lachst du, wer lacht mit dir. Kämpfst du, wer kämpft mit dir. Geht mit dir, den gleichen Schritt und ist doch nicht du.«, sang Johannes und der Priester tanzte mit dem Null, denn so hatten es gewünscht die Sonnenklarer Frauen, er durfte nicht abseits stehen, durfte bei ihrem Fest als Tänzer nicht fehlen? Er durfte nicht.
Und tanzte mit Johannes, wohin.
»Wenn es regnet, hast du einen Regenschirm. Wenn es schneit, hast du einen warmen Mantel. Wenn es zudeckt draußen die Natur, du bist zuhause: hast du Feuer. Wärme in deiner Stube: welche Wärme noch.

Wer schweigt mit dir, wer spricht mit dir, wer ist die Hand; kennt dich eine Hand. Wenn du spüren möchtest, spüren: du bist nicht nur Arbeit, bist Fleisch und Sinne auch: wer sagt es dir, wer zieht sich mit dir zurück, bis ans Ende der Welt. Wer flieht mit dir, in die Schwerelosigkeit, kehrt wieder zurück mit dir ins Schwerefeld. Wer ist da, wenn es regnet, hast du einen Regenmantel. Wenn es schneit, hast du warme Socken auf den Füßen und Löcher sind in deinen Schuhen nicht...«, es sang Johannes und die Sonnenklarer Frauen waren sehr glücklich, denn der Priester verschmähte ihre kleinen großen Freuden nicht, nahm an ihrem Fest Anteil, indem er tanzte mit Johannes Null. Kam nicht nur als Dienst, kam nicht nur ihresgleichen taufen, begraben, vor dem Traualtar zusammenführen, auf daß gesegnet war die Liebe von Gott.

Saß in seinem Bett, aufrecht, achGott, wie ihm der fremde Schatten doch gleichgültig war. Ob er jetzt zuschlug oder stehenblieb, ob er stahl den Uhrenkasten oder nicht, ob er Sprechender wurde oder Schweiger blieb, es berührte den Priester nicht; tanzte doch lieber mit dem Sohn des Höllenbuben und der nie, nicht einmal vorübergehend, geworden war ein Lichtmann, immer geblieben einer von so vielen Schattenmännern. Und Johannes sang.

»Wenn es regnet, hast du einen Regenmantel. Wenn es schneit, hast du warme Schuh. Wenn es Nacht wird, du gehst nachhause: hört dir jemand zu. Wenn du zuhause dein Essen ißt, ist jemand da? Wenn du hungrig bist, hast du zu essen. Wenn du wandern möchtest, nicht allein: wer geht mit dir denselben Weg.«, mit dir, werden ein anderer, mutiges Nein gegen diesen Krieg. Mit dir, werden Bekenntnis, mit dir durchqueren die und jede Nacht. Mit dir, tragen die Adlerklagen und Adlerdrohungen wie hintreten vor den Bischof und sprechen: »Keinen Vater gibt es und keine Mutter, die dich geboren hat, auf daß du wirst nichts anderes als im mildesten Fall Pontius Pilatus, als im wahrhaftigsten Fall der Verräter des Menschensohns.«, mit dir werden der Nackte, finden die Ruhestätte nirgends. Auf der Flucht oder hinter Gittern, gehetzt oder eingesperrt. Und Johannes im Glas, sein Frosch quakte ohne Unterlaß. Falls er jemals Zorn in sich verspürt, war nur die ungeklärte Frage, wie war das möglich? Hörte einmal quaken, ein Dieb oder Mörder vielleicht auch beides, seinen Johannes, den hörte, nicht mehr den Priester. Wie kam er dazu, sich die Seele aus dem Leibe herauszureden, während der bemüht war, ihn regelrecht totzuschweigen. Der konnte einmal selbst Überlegender werden, was er zu tun gedachte. Wie kam der Priester in die Hebammenrolle, dem gerade schon alles abzunehmen. Dem Eindringling entgegenkommen, ja, bis wohin denn?

Der konnte ihm gestohlen bleiben oder nicht, der konnte Purzelbäume versuchen, den Priester rührte es nicht, der konnte seinen Medizin-

schrank leeren und alsodann durch den Pfarrhof torkeln, den Priester bewegte es nicht, der konnte spezialisiert auf jenes oder wußte Satan was sein, den Priester erregte es nicht. Wagte selbst die Augen zu schließen, war nur mehr Ohr, Johannes quakte und der Priester tanzte mit dem, der kein Frosch war, absolut kein Frosch war, tanzten wohin.
Hatte fast den Eindruck, als könne auch der Eindringling nicht anders als zuhören dem Quakquak seines Frosches im Glas. Voll der Klage war der Frosch, keine Freude schien sich dem lebenslustigen Quakbalg erfüllt zu haben. So wie er Klage war, klagte nur die, schon sehr beleidigte, wie sehr gekränkte laubfröschliche Natur. Er kannte seine Klagegesänge sehr gut, aber in dieser Nacht er klagte, wie ihn selbst Pepi Fröschl noch nie gehört hatte. Und als Johannes im Glas nicht mehr quakte, erschrak er, fürchtete fast, er könnte an dieser Trauer --- gerade lebensliebende Geschöpfe waren besonders gefährdet --- was hatte er nur, was hatte sein Frosch? Lauschte, nichts wurde hörbar; quakte nicht mehr. Wollte der nacheifern dem Schweiger, oder wie.
Pepi Fröschl staunte die dunkle Gestalt an, die nicht Gesicht wurde, nicht die menschliche Stimme lieh irgendwelchen Worten, nicht näher kam, nicht ging, einfach da war. Entschied, bis hundert zu zählen und wieder zurück bis null, wenn er dann noch immer nichts Neues erlebte, erlebte der etwas anderes, das war gewiß. Pepi Fröschl zählte, hiebei den Steher nicht den Bruchteil eines Momentes unangeschaut ließ.
Verstehen nicht ein Wort, was, wenn er der neutschen Sprache, gar nicht mächtig war? Ein armer Sonnenklarer Teufel war? Was machte Hochwürden dann, es durchaus, denkbar, möglich wäre es. Schaute an den Fremden, der schwieg, wie lange noch und wenn er nicht mehr schwieg, was tat er dann? Einmal es versuchen sollte, wenigstens einmal noch. Ihm Stachel sein bis er explodierte, es aushielt niemand ewig, auch der nicht. Diese Frechheit!
»Muß ich dich, Höllenbube, lehren, hat Luzifer versäumt, dich aufzuklären? Von Besitzgier und Habsucht leergebeuteltes Hirn, Hirnleere, was sonst; soll das erschrecken, mich! Zu lausig, zu schäbig, zu winzig; nun, was ist; komm, stich zu, schlag zu! Totschläger, was ist? Bist du taub; stumm; blind; gelähmt? Wie; wähnst du etwa, du schleppst mir hier etwas ohne weiteres hinaus und Hochwürden schaut friedlich zu, das hast du dir fein ausgedacht! Sehr fein! Ich sag dir, nein. Ja? Ohne meine Leiche geht das nicht. Ich unterstütze niemals einen Dieb. Ja? Ich habe nämlich Prinzipien.«, schnappte nach Luft.
»Guter Junge, höre mir einmal gut zu. Stell dir vor, du sitzt wie ich, ja, in deinem Bett, steht vor dir ein Mann. Das bist du doch?«, er nickte. Also ihn verstand. Schon ein brauchbarer Anhaltspunkt.
»Gut. Nun weiter. Was denkst du von ihm?«, er schwieg. Hiezu dachte der Kerl nichts? Das war nicht glaubhaft.

»Zählen wir zusammen, einige nicht unbedeutende Fakten, ja? Ich beginne. Einverstanden?«, er nickte bejahend.

»Eingedrungen nicht irgendwo, vielmehr justament im Pfarrhof zu Nirgendwo.«, hielt den Daumen fest, »Nicht irgendwie, vielmehr heimlich«, hielt den Zeigefinger fest, »lautlos«, hielt den Finger der Mitte fest, »und nachts.«, hielt den Ringfinger fest. Es fehlte noch der kleine Finger. Der Bube bestätigte, es hatte mit dem Kopfnicken, anders wurde der nicht gesprächig? Stumm! Er hatte es eindeutig zu tun mit einem Stummen! Verstand jedes Wort und aber war derartig geschlagene Existenz, einem Stummen Gift und Galle entgegenspuckte.

»Ich schäme, ich will es gar nicht leugnen. Ich schäme mich sehr.«, sagte er.

»Warum.«, lauschte nach der Stimme, es war das erste Wort von dem Unbekannten.

»Siehst du, ich wollte mit dir, fremder Schatten, an meinem Bettende stehst du, ich wollte mit dir verhandeln um mein Leben.«, und schnappte nach Luft.

»Dämon, Spukgestalt; rußgeschwärzt das Gesicht, was sonst; soll mich das schrecken?«, und war mit einem Satz aus dem Bett, die Decke weg und ging auf den Kerl zu, der ihn vollends aus dem Gleichgewicht brachte. Begann ihn schütteln, wehrte sich der, o nein; er wehrte sich nicht einmal?

»Wer bist du, was willst du, es interessiert mich nicht; beim Fenster herein, wie; durch die Tür? Willst du mich foppen!«, und schüttelte den holzklotzartigen Kerl, »Hast du über deine Pläne ausführlich genug nachgedacht; hast du dir vorher genau ---«

»Ja.«, antwortete er; lauschte. Nein, den kannte er nicht.

»Weißt du was, mich interessiert nicht, wer du bist. Ja? Du verläßt jetzt meinen Pfarrhof so wie du gekommen bist; genau denselben Weg nimmst du. Mitnimmst du, es sei deine Strafe, nichts. Hiemit sei es dir vergeben. Und jetzt, sei gut, geh. Es ist Nacht, ich bin müde; möchte schlafen.«, stieg wieder in sein Bett, blieb doch lieber auf dem Rücken liegen. Man wußte nie.

Der ging?

Drehte sich um und ging.

»Halt!«, saß aufrecht im Bett, »Bleib!«, deutete mit dem Zeigefinger, er möge an das Bettende einen Stuhl rücken, sich äußern, zu seiner Lebenslage. Da stimmte einiges nicht: »Wie kann ich dir auf vernünftiger Grundlage dienlich werden. Siehst du, natürlich! Aus den absurdesten Lebensläufen heraus ---«, und redete mit einem wie er wähnte kleinen Paragraphenschänder.

»Kommst du zu spät; möchtest du deine Seele erleichtern? Ist sie belastet

mit einer Blutspur, überall wo du hinkamst, hintennach die Blutspur? Willst du den finden, wenn schon nicht mit den Menschen, den Frieden mit Gott?«, lauschte, wartete.
»Weshalb in Schlammpackung.«
»Das ließ sich nicht vermeiden.«
»Du deuchst mich müde? Möchtest du schlafen, mir auch am Tag begegnen? Wagst du es. Willst du es. Kannst du es verantworten? Badewanne. Wie wärs hiemit?«, vielleicht saß ein Mann auf dem Stuhl, der fünfzig Jahre älter war als er. Vielleicht saß ein Mann auf dem Stuhl, der sein Bruder sein könnte.
»Bist du ein Feind des Wassers? Wer bist du.«, zuckte mit den Achseln.
»Unterwegs ich mich verlor.«
»Das klingt gut, ist nicht glaubhaft. Das hast du dir angelesen, Spitzbube.«, sagte es zärtlich, rücksichtsvoll. Ein Gestrauchelter, mehr nicht. Brauchte einen Freund, Wärme, Licht und warmes Wasser; sonst nichts. Hatte ihm sein sechster Sinn empfohlen, Gottesmann, verschiebe dein Abendmahl auf später. Vortrefflich, wie sich das fügte. Vielleicht war ihm ein Gottesmann als Koch noch gar nicht begegnet, das mußte anders werden.
Erhob sich: »Ich geh doch wieder.«, ging zur Tür, schloß sie. Und war schon an seiner Seite: »Nicht so eilig; wohin. In der Nacht. Das hat doch Zeit, bis wieder kommt der Tag. Draußen sollen Sie in der Nacht nicht unterwegs sein, informieren möchte ich Sie, falls Sie es noch nicht gehört haben. Bei uns wird wirklich geschossen, scharf geschossen. Sie suchen fieberhaft nach dem Vogelfreien. Den nicht fassen, sie fassen es schwer. Das macht sie nervös, fiebrig und aber auch gefährlich, da sollten ungeklärte Existenzen, ungesicherte Menschen, die keine Heimat haben, nicht draußen sein.«
»Gute Nacht.«, die Stimme, lauschte ihr nach.
Und packte ihn; begann ribbeln in dem Gesicht; achGott, erkannte ihn nicht! War dies möglich. Nicht rußgeschwärzt, getrockneter Schlamm. Wie auch immer das zustande kam, er sagte nur mehr: »Es ist gut, daß du gekommen bist. Ich warte mir schon das Hirn leer.«, bißchen Vorwurf mußte erlaubt sein.

WER HÖRTE MICH DENN; WENN ICH RIEFE

ERSTER TEIL:
Der Kopffüßer oder die Quadratur des Kreises

Und hatte man geöffnet die Tür, ein Raum,
dessen steinerne Wände,
die schwitzten und es roch im Raum feucht
auch muffig und schimmelig.
Und hatte man geöffnet die Tür, hineingeschaut in den Raum
gezögert,
wohin sich wenden,
wohin weitergehen
und also geöffnet die erstbeste Öffnung,
hineingeschaut und sah
einen Gang,
schier ohne Ende
und mit vielen Abzweigungen,
kaum beleuchtet
und die Fackeln
an den Wänden des Ganges waren Fackeln und spürten den Zug,
flackerten
und warfen ihre Schatten in den Gang,
es war keine Arkade, erinnerte aber an
einen Arkadengang, den entlanggehen,
wohin kam man dann.
Ging man entlang, dann kam man an eine Wand, dort war keine Öffnung,
kehrte um,
ging zurück
und stand wieder in dem Raum.
Gezögert.

ERSTES KAPITEL:

Die Friedhofsmauern des Nurgeschichtlichen

Sich verkriechen wie ein Tier im Gebüsch; nie gewesen, nie gefehlt, die Zeit stand nicht still; sich verkriechen wie die Sonne hinter den Wolken. Jahwe Gott aber rief dem Menschen zu und sprach zu ihm: Wo bist du? Er antwortete: Ich vernahm deine Schritte im Garten; da fürchtete ich mich, weil ich nackt bin, und verbarg mich. Darauf sprach Jahwe Gott: Wer hat dir kundgetan, daß du nackt bist? Hast du von dem Baum gegessen, von dem zu essen ich dir verboten habe?
Pepi Fröschl zuckte zusammen, sein Kopf schnellte – ein kleinwenig nach links geneigt – rückwärts und die Hände abwehrend nach vorn.
»Nicht doch!«, hauchte Pepi Fröschl; »Das mag er sicher nicht.«
Eigentlich hatte Johannes Null nur gefragt: »Wie alt ist der Frosch?«, und mit dem Knöchel des linken Zeigefingers an das Glas geklopft.
Der Laubfrosch Johannes gab Klagelaute von sich, die nicht und nicht verstummten; wäre Pepi Fröschl nicht von Natur aus sanftmütig, er hätte das Glas, in dem Johannes hockte, zerschellt. Pepi Fröschl war kein lebhafter, temperamentvoller Hitzkopf mit gelegentlichen elegischen Anfällen; vielmehr war Pepi Fröschl ein wohlgeordneter Charakter, der Klagelieder und Wehgesänge von künstlerischem Werte sehr wohl vom Quaken eines Laubfrosches zu unterscheiden wußte; und vor allem: alles zu seiner Zeit. Pepi Fröschl kam nicht umhin, bei aller Nachsicht und Milde wider die Kreatur Gottes, eine gewisse Gefühlsaufwallung wider den Quakbalg, wenn nicht zu verleugnen so doch zu ignorieren.
»Insofern ich mich richtig erinnere, habe ich sein Alter vergessen.«
Pepi Fröschl lächelte sein liebenswürdigstes Lächeln, wissend, daß dies mit größter Wahrscheinlichkeit das verkehrtest Gewählte war, tätschte den Glatzkopf und rieb sich die Nase: »Mein Gedächtnis ist etwas löchrig geworden.«
»Rufen Sie ihn manchmal?«, und Johannes Null deutete mit dem linken Zeigefinger auf das Glas. Diese Rücksichtslosigkeit des Wachsamen, der mit den Formeln der Höflichkeit nicht operieren konnte, und dessen Augen die Sprache offenkundig ohne Scham sprechen konnten, die auf der Suche war nach seiner Seele. Pepi Fröschl zwang Daumen und

Zeigefinger der rechten Hand, die Augenlider geschlossen zu halten, auf daß der Vorhang seiner Augen sich, ganz bestimmt, nicht wider seinen Willen öffnen konnte.

»Insofern ICH mich richtig erinnere, spricht der Frosch eine andere Sprache als SIE und ICH: er quakt. Wie zwingen Sie den Frosch, Ihre Sprache zu verstehen? Wie kann der Frosch SIE zwingen, SEINE Sprache zu verstehen?«

Das, was Johannes Null in letzter Instanz zum Mann in Soutane trieb, hatte schon den Zögling des Instituts, Johannes Todt, in den Tod getrieben: aufgeknüpft auf einen Baum, so nackt, wie Gott ihn einst geschaffen hatte. Pepi Fröschl wischte den Schweiß von Stirn, Nacken und Glatzkopf. Wie nur mit seiner eng begrenzten, von Denkwut zerfleischten, von nicht mehr zählbaren Irrtümern zerfressenen theologischen Gelehrsamkeit die nicht gebändigte Natur des Johannes Null gottgefällig umgestalten; er war doch nicht der Spiritual des Instituts; Leutpriester nur der kleinen Marktgemeinde Nirgendwo. Pepi Fröschl zupfte sich am rechten Ohr.

»Mein lieber Johannes – einseitige, nur scheinbar einseitige, nichtkooperative, nur scheinbar nichtkooperative Übermittlung von Botschaften hat so ihren Vorteil, den du nicht unterschätzen solltest und nicht mißachten. Diese ungewöhnliche Art, mit anderen und mit sich selbst zu sprechen, ist so wenig ungewöhnlich wie – der Sündenfall, lieber Johannes; ist so wenig ungewöhnlich wie Tag und Nacht. Und die offenkundig zweiseitige, die offenkundig kooperative Übermittlung von Botschaften gilt in letzter Instanz eigentlich nur für Gesprächspartner, die sich gegenseitig beeinflussen sollen, wollen; weil – sie müssen. Aber lassen wir das.«

Zweifellos; Johannes Null hatte sich rücksichtslos in die Haut einer Spottdrossel geflüchtet; trommelte mit den Gliedern des linken Greiforgans den Takt zu jenem Lied, das er nur dann summte oder sang, wenn er voll des Grolls und wohl auch des Neides, seine Gedanken; die sehr wohl in der Lage waren, auch in großer Zeit über die Friedhofsmauern des Nurgeschichtlichen hinauszuschauen; gleichsam zu Gulaschfleisch zerschneiden wollte.

»Es geht bei gedämpften Trommelklang. Wie weit
noch die Strecke; der Weg wie
lang.
Ach wärs doch vorüber und alles –
vorbei.
Ich glaube: es bricht mir
das Herz entzwei.
Ich glaube: es bricht
mir das Herz entzwei.«

Johannes Null trommelte und sang sehr leise, wenn auch wirklich kaum hörbar, wenn auch mit einer im Kirchenchor geschulten Stimme, daß es zum Explodieren war: dieses Entgegenkommen sollte dieser unmögliche Dickhäuter nicht erleben, dieses Mal nicht; auch die Großzügigkeit eines Pepi Fröschl hatte ihre Grenzen.
»Ich hab auf der Welt nur ihn
   geliebt,
     nur ihn, dem man jetzt den Tod dort
   gibt; Er floh
Aus dem Krieg, doch er –
   holte ihn ein.
Drum muß er nach
Standrecht
   erschossen sein.
Drum muß er
   nach Standrecht erschossen
  Sein.«
Pepi Fröschl lächelte sein liebenswürdigstes Lächeln.
»Wichtiger scheint mir aber der Umstand, daß der Frosch jenes Tier, von dem man dasselbe sagen muß, wie vom Hasen: Alles, alles will ihn fressen; – ICH nicht. Es ist doch eine altbekannte Tatsache, daß rohe, unwissende Menschen ihn totschlagen, wo sie ihn finden, gleichsam als wollten sie sich auf eine Stufe stellen mit dem – Storch!«
Aufrecht sitzen, von Ewigkeit zu Ewigkeit, und in die Nacht Löcher bohren; die Zeit stand nicht still.
»Das, Hochwürden, hätten Sie der Formel der Schüchternheit und Ängstlichkeit erklären müssen, die hätte – geschluchzt!«
Pepi Fröschl schnappte nach Luft, preßte die rechte Hand wider das Herz, auf daß dies wundersamst konstruierte Greiforgan sofort rebellische, wider sein irdisches Walten schlagende Tendenzen spüre, und er die, zumindest relative Kontrolle über das; doch nicht; wirklich zur Desertion neigende Herz gewährleistet wähnen durfte. Kontrolle hin, Kontrolle her. Pepi Fröschl empfahl sich selbst nachdrücklichst, es nun doch einmal wirklich mit Bewegung zu versuchen; der Raum war schon lange voll-Mond-dunkel geworden; erhob sich, ging zum Fenster, öffnete die Fensterflügel weit. Die frische Nachtluft war ihm der Fächer, der seinen etwas doch sehr erhitzten Kopf angenehm kühlte.
Es war eine sternenklare und vollMondhelle Nacht wie damals; ballte die Hände, drehte sich langsam um, zählte bis dreißig, das Brevier hatte er schon wieder nicht –, hielt den Atem an und hatte schon entschieden, den Umständen entsprechend, sehr leise nichtsdestotrotz eindeutig, Johannes Null nicht beizupflichten.

»Du darfst deine Brüder nicht zu Formeln degradieren, nicht einen. Hörst du. Nicht einen! Auch deinen ältesten Bruder nicht, den schon gar nicht. Und tust es doch, immer wieder! Deine Art und Weise der Namensgebung ist mir zutiefst zuwider, ist unchristlich; ich kann es nicht – dulden. Johannes! DU verformelst deine Brüder; diffamierst vor allem aber den Franz; reduzierst ihn zu einer – Unperson; du bist unmöglich!«

Johannes Null hatte sich erhoben; stand ihm gegenüber, so nah, daß er seinen Atem spürte. Dieses nicht unspöttische Lächeln und die steilen Unmutsfalten der Revolte zwischen den Augenbrauen – nicht einmal mehr Erinnerung – Sprache nur; hineingedichtet in eine Wirklichkeit, die schon längst verschollen in nebelhaft ferner Vorzeit. Aufrecht stehen, von Ewigkeit zu Ewigkeit; die Zeit stand nicht still.

»Er ist in die große Stadt gegangen; Er hat sich dort endgültig verformeln lassen; hat eine geschlagene Stunde gebraucht, um mir zu erklären, warum Er trotz alledem noch lebt; als müßte Er sich dafür tausendmal entschuldigen! Es war zum den Verstand verlieren. Ich habe ihn gerüttelt und angebrüllt; gefleht und gewinselt; gespottet, gehöhnt. Bitte, bitte. Formel der Schüchternheit und Ängstlichkeit. Sei doch wieder der, der du einmal gewesen bist. Du hast DEINE Träume in MEINE Seele geschrieben; du kannst sie nicht mehr ausradieren, als wären sie nur ein Rechtschreibfehler oder eine falsch gelöste Rechenaufgabe! Nur, weil Kanzel, Kaiser und Vaterland UNSERE Träume strikt verboten hat! Wie kannst du in der Seele deines Bruders Träume nähren und selbst klug sein mit Dummheit? Sprich nicht mit der Aloe; die versteht dich doch gar nicht. Sprich mit mir; ich bin doch dein kleiner Bruder, ICH, der JOHANNES! Gib mir meinen Schlaf zurück, komm mit. Versteck dich mit mir bis die große Zeit vorüber ist: die Zeit steht nicht still! Beim Namen aber – konnte ich ihn nicht nennen. Hochwürden, ich habe gewußt, DICH werde ich nie wieder sehen; wissen Sie, was Er gesagt hat: und ich habe ihn doch ins Gesicht geschlagen, mehrmals; mit bloßer Hand!«

Äffte Johannes Null seine Brüder nach, vor allem aber den Franz, dann pflegte er die dozierende und altkluge Redeweise eines Kindes nachzuahmen, das einerseits irgendwie noch glaubt, die Großen könnten sich, bei Gott ist alles möglich, belehren lassen; andererseits, zweifellos schon ein bißchen vorsichtig gestimmt, bedenkt, bei Gott ist alles möglich, und es könnte vielleicht die Großen milder stimmen, so es früh genug, Unverständliches irgendwie doch verstehen-lernen zu üben beginnt: Es war jene Sünde, die Johannes Null im Beichtstuhl teils zerknirscht teils im Das-versteht-nur-Gott-Tonfall Gott gestand: »Ich habe verformeln gespielt, auf daß sich meine Brüder Tränen in die Augen ärgern; vor allem

aber die Formel der Schüchternheit und Ängstlichkeit habe ich auf diese Weise, mit mir selbst nicht erklärbarer Ausdauer – verfolgt. Ja, es ist schon zum Himmel hinaufschreiende Sünde geworden. Wie oft? Auswendig merke ich mir das nicht, aber mein Tagebuch weiß es noch: Ich werde es nachrechnen, heute noch.«
Bei allen teils teils, einerseits andererseits, aber, wenn, dawider, dafür – als Richter und Seelenarzt des Johannes Null, kam Pepi Fröschl nicht umhin, in dieser Angelegenheit, die Besserungsfähigkeit seines Beichtkindes als äußerst unwahrscheinlich, wenn nicht gerade als absolut unmöglich zu bezweifeln; insofern er nicht berücksichtigte, daß bei Gott alles möglich ist. Dieser schon zum Laster ausgewucherten Sünde konnte Pepi Fröschl eigentlich nicht mit der nötigen Entschiedenheit entgegentreten. Spott und Zorn, Hohn und Trauer, Ironie und Grauen des Johannes Null –
Pepi Fröschl rieb sich die Augen, seine Hände zitterten kaum merklich. Genaugenommen war Johannes Null so humorlos, wie nur Kinder sind, die wissen, daß sie sterben sollen.
»Ich mag diese Vertraulichkeit nicht, Johannes. Ich bin nun einmal der Einzelgänger; im Gemüt ganz so wie im philosophischen Bereich. Ich bin nicht die Formel der Schüchternheit und Ängstlichkeit, Johannes. Bin ich eine Formel, so eine, die du nicht fassen kannst. Und die Aloe – ist die Blume des Schmerzes und der Bitterkeit, sprich nicht so verächtlich von ihr; du kennst sie nicht.
Du trauerst um einen Franz Null, den es – ganz bestimmt! – nicht gibt. Du trauerst um einen Bruder, Johannes, den es eigentlich gar nie gegeben hat. Du bist ein unverbesserlicher Träumer; das ist ein Problem; ich weiß das.
Ich habe auch viele Jahre gebraucht bis ich mir das abgewöhnt habe. Du bist so lebenshungrig, das ist ungesund, Johannes; du wirst so nicht alt: Wenn du dich versteckst, wird es dich suchen, und wenn es dich sucht? Wird es dich finden: Gott, Kaiser und Vaterland hat viele Augen, du – nur zwei.
Du kannst Gott, Kaiser und Vaterland nicht begeistern mit der Idee, daß es ein vorsintflutliches Monster ist. Das wird es dir nie glauben wollen: Es wäre doch SEIN Todesurteil, Johannes. Es weiß doch: Sauriere sind ausgestorben; es will aber nicht sterben, Johannes; es will leben!«
Alles Fleisch altert wie ein Kleid, und das uralte Gesetz heißt: sterben, sterben. Pepi Fröschl schnappte nach Luft. Auch wenn Johannes Null das Lied lieber im Keller sang und wenn er wähnte, es gäbe keinen Horcher an der Kellertür, so war es in seinem Ohr, sehr deutlich hörbar: das Lied des Johannes Null.
Der Mann in Soutane staunte in die Augen seines Beichtkindes als könnte

es das Rätsel seines Lebens lösen: »Es säuft das Meer aus, frißt den Mond, verschluckt die Sonne und die Sterne; und wird nicht satt und wird nicht satt; es frißt die Kinder wie die Greise, die Weiber wie die Männer, die Knaben wie die Mädchen; und wird nicht satt und wird nicht satt; es frißt den Rumpf vom Pferd wie vom Menschen und vom Hund, frißt Köpfe wie die Gerste, Augen wie den Klee, frißt Hafer, Weizen, Rinder, Schwein und Huhn, frißt den Vogel wie den Fisch, schluckt das Dorf, verschluckt die Stadt; und wird nicht satt und wird nicht satt; frißt Wälder wie Gedärme, die Hand, den Fuß, frißt Herzen, säuft am liebsten Blut; und wird nicht satt und wird nicht satt.«

Und es hatte abgelöst ihr Lied, »Wenn es regnet, hast du einen Regenmantel...«, hatte es gehört; schon ewig nicht mehr.

Standen sich gegenüber, Windabnahme und Windzunahme, möglich daß es nur das war. Lauschten beide nach draußen und schauten sich an.

Und also geöffnet die zweitbeste Öffnung,
hineingeschaut und sah
einen Gang,
schier ohne Ende
und mit vielen Abzweigungen,
kaum beleuchtet und auch hier
an den Wänden die Fackeln
und Wände bewachsen mit Moos,
auf ihnen wuchs Gestrüpp und das Gestrüpp wollte gelangen
von einem Ende des Ganges hinüber
zum anderen Ende des Ganges,
als sollte zugewachsen werden
der Gang,
kam kaum weiter,
gab es auf,
kehrte um
und wurde festgehalten, drehte sich um, sah:
es waren nur die Dornen, die hatten zerrissen
seine Soutane;
mehr war es nicht.
Floh
zurück
und stand wieder in dem Raum.

ZWEITES KAPITEL:

Nackte Tatbestände einkleiden

In jener Nacht waren die Lieder der großen Zeit bis in den Pfarrhof der Marktgemeinde Nirgendwo gedrungen.
Und als der Priester die Fensterflügel geschlossen, als nächste Maßnahme, den Kopfpolster auf den Kopf gepreßt, explodierten regelrecht, die Dur-und Molltöne der Lieder der großen Zeit, in seinem Ohr; klangen wie die Schläge nicht mehr zählbarer Hämmer auf zu Platten verschiedener Dicke ausgewalzten Metalls; klangen, als wären Stahl-wie Aluminiumblech, Kupfer-wie Messingblech, Zink wie Silber-und Goldblech hinterrücks Musikinstrumente geworden, die (offenkundig ohne weiteres) den Aufstand wagten (proklamieren konnten) gegen Dur und Moll;

Allmächtiger, wer das ersonnen, wer das gewollt, und wer, das auch gewagt? Ein seelenloses Geisterwerk, was sonst.

waren das Hinauf und Hinunter der schrillen und noch nie gehörten Töne geworden, als hätte sie ein, selbst noch die Lichtgeschwindigkeit (als Schneckentempo) höhnender Wirbelsturm zu begeistern vermocht (begeistert) mit seinem

Allwissender Gott, wenn er nicht sprengt: menschliches Fassungsvermögen, was dann; wenn er nicht überschreitet die Grenzen menschlichen Fassungsvermögens, welche Grenzen, was dann?

Allgütiger. Gott, er hält sich nicht mehr an das gewohnte Maß, an die gewohnte Form: wenn er nicht sprengt, den Rahmen menschlichen Fassungsvermögens, welchen Rahmen, was dann; allwissender Gott!

allesamt und allessamt spottenden Macht-und Spieltrieb, um sie in letzter Instanz (seelenlos getrieben),

Allmächtiger Gott, du bist nicht in nebelhaft ferner Vorzeit verschollen, du bist ohne Anfang und ohne Ende; du läßt dich: nicht ungestraft denken, als, ganz bestimmt brauchbarer Hanswurst, geschweige verwenden; niemand darf dich ungestraft äffen, All-Mächtiger, niemand darf: dich maskieren, als grausamen, seelenlosen Tyrannen, niemand darf dich verwechseln, mit einem vorsintflutli-

chen Monster, mit dem sich eigentlich ganz gemütlich Schach spielen läßt, allmächtiger Gott! Du hängst nicht, niemals hängst du: an der Kittelfalte, des Kaisers. Und auch nicht des Vaterlandes, du nicht! Du bist kein abstrakter Philosophengott, du nicht!
seelenlos durcheinanderzuwirbeln, zu zerfetzen und sie dahin zu treiben und dorthin, dorthin (zu jagen) und dahin, und sie wieder zu sammeln, aber so, daß sie heftig aufeinanderprallen mußten, und infolge der Zentrifugalkraft dieses
Gott, gabst du dem Menschen wirklich nur fünf Sinne mit, nicht einen mehr.
Zusammenstoßes, wieder und wieder, zerrissen und aufgelöst in tausend und abertausend, (im strengen Sinne) doch gar nicht mehr wirklich zählbaren Bestandteilen, auseinandergewirbelt, neue, unbekannte, nie gehörte Töne geworden; und doch, wieder und wieder
All-Mächtiger, hast Du etwa den Menschen wirklich geschaffen, ihn etwa geplant: den Menschen, der diese Geschwindigkeit noch fassen kann; der ist doch nur ein abstraktes Hirngespinst! In Köpfen von Größenwahn seelenlos geklopfter Menschen aber lebt? Dort wackelt der hin und her? Diese Geschwindigkeit berechnen, gar kontrollieren. Allmächtiger, donnerst Du nicht, schweigst Du zu diesem Dich höhnenden Märchen das die Ammen der Neuzeit erzählen, warnst denn Du nicht mehr diese größenwahnsinnigen Tölpel!
Willst Du sie geschlagen haben Allmächtiger mit Blindheit? Diese Antwort ist es Deine Antwort auf den Größenwahn seelenlos geklopfter Menschen; allgütiger Gott! Wer könnte das, auch noch wirklich in seine fünf Sinne einschreiben, ohne daß es, seine Vorstellungskraft sprengen müßte, vielmehr noch: sein ganzes seelisches Gebäude? Im strengen Sinne doch nur ein seelenloses Wesen, das seelenlos getrieben, seelenlos treibt.
aufeinanderprallten, durcheinanderwirbelten, daß es ein Explodieren war ohne Ende.
War nicht seine Aufmerksamkeit stets (eine) die nicht unwesentliche Bedingung zu jedem deutlichen Hören gewesen; vielmehr noch: war nicht erst durch seine Aufmerksamkeit die (ganz bestimmt) wundervolle Fähigkeit des Menschen möglich geworden, sich auch wirklich zu offenbaren, diese merkwürdige nicht nur aber auch von Schlaflosigkeit befreiende Fähigkeit, unter vielen Tönen einen allein, unter vielen Stimmen, eine bestimmte, wenn oft auch schwächere, kaum hörbare, zu hören? Insofern er sich richtig erinnerte, hatte doch gerade der Zögling des Instituts, Pepi Fröschl, als der für den erhabensten Beruf dieser Erde auserwählte Knabe, dieses Unterscheidungsvermögen: diese Fähigkeit, die Aufmerksamkeit zu steuern, zur Kunst emporläutern müssen. Und er

stolperte sich doch nicht, gleich selbst, auf die Trichterbahn der Hybris, insofern er sich, irgendwie doch den Tatsachen Rechnung tragen müssend, als jenen Pepi Fröschl wiedererkannte, der zweifellos eine Art Meister in Verweigerung der Aufmerksamkeit geworden: verweigerte, erfolgreich der Selbstdisziplin(ierung) unterworfene Aufmerksamkeit hatte es ihm doch erst ermöglicht, vielen Tönen, den Gehörsinn erst gar nicht zur Verfügung zu stellen. Diese Fähigkeit hatte er doch, insofern er nicht irrte, nicht nur kultiviert, auch stets den Umständen anzupassen vermocht? Auch die Gewohnheit hatte ihm doch, in letzter Instanz, niemals (wirklich) die Unterstützung (versagt) verweigert, vielmehr noch (im Gegenteil): offenkundig tatkräftig(st) geholfen, endlich selbst und gerade das aufdringlichste Geräusch und gerade den aufdringlichsten Ton nicht mehr zu hören. Hörte etwa der Müller noch das Geräusch der Räder? Schreckte er nicht erst dann: aus seinem (dem) tiefsten Schlummer empor, wenn die Räder still standen und Ruhe eintrat?
Sah etwa der Tiefsinnige und hörte er denn, was um ihn vorging? Zweifellos, in jener Nacht hatten die Lieder der großen Zeit, auch seine Ohren mit ihren Klängen verstopft, daß es zum Himmel hinaufschrie: zweifellos, einerseits müdgewälzt, andererseits hellwach.
Duldete denn die Wunderblume Hoffnung, daß der Jenseitskundige von Rücken-in Bauchlage, von Bauchlage in Seitenlage, von der linken auf die rechte Seite, und wieder in Rückenlage rollte, von Ewigkeit zu Ewigkeit? Zweifellos: Die Wunderblume Hoffnung hatte ihn aufgerichtet: er saß im Bett, aufrecht; von Ewigkeit zu Ewigkeit, die Zeit stand nicht still; und hatte schon entschieden, das Löcher in die Nacht bohren zu erkennen als das, was es war, ist und ewig sein wird: das Unmögliche; und wenn nicht wahnwitzig so doch sinnlos, und wenn nicht sinnlos so doch kindisch, im wahrhaftigen Falle aber, weder kindisch noch sinnlos, geschweige wahnwitzig: Was waren so freundliche und so milde Ausdeutungen wie kindisch und sinnlos und wahnwitzig und derlei Vokabeln mehr? Doch nichts anderes als eine Art Kleider, die gewissermaßen nackte Tatbestände einkleiden sollten: maskieren, was sonst; denn genaugenommen war es ein frevelhaftes, fluchbeladenes Unternehmen, das gerade ein so wohlgeordneter Charakter wie er, in letzter Instanz, ganz bestimmt nicht wirklich wagte, was sonst. Insofern er sich korrekt erinnerte, war er doch niemals wirklich willens geworden, für nur irgendeine seiltänzerische, geschweige für eine geradezu selbstmörderische Entscheidung, in seinem wohlgeordneten Seelengebäude, regelrecht nach Sprengstoff zu suchen: als wollte er jemals, auch nur ein Gramm von diesem heftigen, es auch wirklich Wollen finden. Ein solches Mißgeschick, ja, zum Himmel schreiendes Unglück konnte auch nur einem von Suchwut infizierten Charakter passieren: Er war nicht Johannes Todt,

Gott sei es gedankt, er nicht; und staunte, Blickrichtung Johannes im Glas, als sei er willens geworden, wenn schon nicht das Unmögliche zu wollen, geschweige wirklich zu wagen, so doch in das Glas seines Frosches Löcher zu bohren, wiederholte seine Drohung, die Lieder der großen Zeit zum Gegenstand ihrer Debatten zu erhöhen, mehrmals; doch der Frosch quakte nicht; sodaß er, mit schon die Grenzen des Eifers überschreitender Ausdauer die kaum verschleierte Drohung, wieder und wieder, im doch, den Umständen entsprechend, energischen Ton, dem Frosch im Glas, zu bedenken gab: »Jetzt tun mir aber wirklich Helden werden, dschängderängtängtäng!«
»Johannes!«, Pepi Fröschl schnappte nach Luft, »Himmelherrgottsakradreimalverfluchter Quakbalg!«, wischte den Schweiß von der Stirn, schüttelte den Kopf und schneuzte sich.
»Mein lieber Johannes – insofern ich mich naturkundlich richtig erinnere, bist du ein Froschlurch? Und Froschlurche lebenslustige Tiere, die sich ihnen wohltuenden Empfindungen, zweifellos mit Behagen hingeben, und dieses Behagen geradezu mit frenetischem Eifer offenbaren, durch, von ihrem Standpunkt aus, zweifellos Gesang?«
Pepi Fröschl äugte einerseits mißtrauisch, zur Tür, andererseits wehmütig gestimmt, zum Tisch. Der Frosch: gehorchte, nicht und nicht seiner Natur, schwieg, daß es zum Himmel hinaufschrie.
»Es singt doch jeder einzelne seine, nur ihm eigene Weise? Als wär er eine Heuschrecke, so zirpt der eine, scheinbar fremdartig: die Vogelstimme, sind es doch die nächtlichen Laute des anderen; knarrt dumpf wie die Saite einer Baßgeige die Stimme des einen, so bellt der andere als wär er: ein Hund und etwas heiser; quakt jener so hell wie ein Dudelsack, brüllt der andere, als wär er ein Rind; in einzelnen abgebrochenen Tönen freut sich die Unke, wechselvolle Lieder, das ist der Teichfrosch; äfft der eine: die Schläge, eines Hammers auf Blech, wimmert seltsam ein anderer? Wenn nicht: weit, weit entfernt klagende Stimmchen seufzender Menschenkinder so vielleicht ganz, ganz nah, Zikadenklang; als fließe Wasser aus einer Flasche? Mit engem Hals, so hell gluckst der andere, das muntere Kerlchen freut sich noch närrisch; ein im tiefsten Baß ausgestoßener Triller, das ist die Kröte, und jener? Offenbart: in vereinzelten Paukenschlägen, daß es ihm doch wieder einmal sehr gefällt, dieses, sein Leben. So ist es, so ist es. Du brauchst nur deine Kehlhaut zu einer großen Blasenkugel aufblähen, und schon: quakst du, lieber Johannes; bimmel Glöckchen, tu schön bimmeln, das hört doch dein Pepi so gern.«
Es ließ sich nicht leugnen: die Hoffnung, das Quak Quak seines Laubfrosches erlöse ihn, rette ihn endlich: hinüber, in heilsamen Schlaf, war nicht ohne Achillesferse: Johannes quakte nicht. Hybris war es, da noch anders meinen. Pepi Fröschl staunte in das Dunkel der Nacht. Aufrecht sitzen,

von Ewigkeit zu Ewigkeit, als wär er sich selbst nur mehr Erinnerung, hineingedichtet in eine Wirklichkeit, die schon längst verschollen in nebelhaft ferner Vorzeit; nie gewesen, nie gefehlt. Pepi Fröschl bewegte die Zehen, rutschte unter die Bettdecke, kratzte sich am rechten großen Zehen und wälzte sich irgendwie doch in akzeptable Lage.
Wenn der Null-Besitz, immerhin 2 1/2 Joch, einerseits die Landarbeiterin nach Nirgendwo getrieben, so hatte hemmungslose Gier andererseits das Weib zum Mann getrieben: hatte sie einst nicht Habsucht nach Nirgendwo getrieben, so doch die nackte Fleischeslust, was sonst! Diese ungeordneten Verhältnisse hatte sein Vorgänger erfolgreich in geordnete Bahnen gelenkt, ins Haus der Null war christliches Brauchtum und christliche Lebensordnung eingekehrt; sicher, sicher.
Pepi Fröschl wischte den Schweiß von der Stirn, schneuzte sich, schüttelte den Kopf und wälzte sich auf die andere Seite.
Mamma Null konnte weder lesen noch schreiben noch aufrecht gehen. Die sich von Sonnenaufgang bis Sonnenuntergang auf den Feldern krümmte und bückte, daß es eine Freude war, für die Bauern der Marktgemeinde Nirgendwo und Umgebung, dabei wirklich nur ganz nebenbei fünfmal Mutter geworden, und alt; schenkte dem einen Sohn bei der Mahd das Leben, gebar den anderen beim Unkrautjäten, einen beim Heuen und einen beim die Erde lockern, auch beim Strohbänderdrehen wollte einer aus ihrem Bauch heraus; wer kannte sie noch? Wenn sich die fünf Söhne der Mamma Null anders entwickelt hätten, so wären auch, zumindest die Bauern der Marktgemeinde Nirgendwo und Umgebung nicht so gewesen, und hätten auch ohne weiteres, und wirklich zu jeder Tages-und Nachtzeit, Mamma Null das beste Leumundszeugnis ausgestellt; sicher, sicher. Unmöglich: Justament mit diesem unglückseligen Unkrautsohn der Mamma Null über das weitere Schicksal seines Bruders einen wirklichen Meinungsaustausch führen geschweige so verhandeln, daß er christlichen Lösungsvorschlägen nicht gleich seine Watschen androhte: die Quadratur des Kreises, was sonst. Das konnte Gott nicht wirklich wollen: drei Mal, das war genau um das eine Mal zuviel. Die eine Hand wider das linke Ohr, die andere Hand wider das rechte Ohr gepreßt; Pepi Fröschl knirschte mit den Zähnen.
Und wenn er doch ein drittes Mal den Weg suchte zum verlorensten aller verlorenen Söhne der Mamma Null? Der zu allem hin auch noch: Josef hieß! Und den Mamma Null, bezeichnenderweise geboren, beim Unkrautjäten; dem diese so: verfluchte wie hartnäckig fixe Idee einerseits seinen Gott und seinen Glauben aus dem Herzen gestohlen, Proletarier aller Länder, wenn er nur daran dachte, andererseits im strengen Sinne erst wirklich gefügig gemacht für Empörung bis zur offenen Revolte, und, in letzter Instanz: Revolution, was sonst. Zweifellos: der wahre

Proletarier, und nicht der echte Proletarier wie Johannes, bei dem sich, Gott sei es gedankt, die Armut des Leibes noch auf gesündeste Weise mit der Armut des Geistes verband: Aber auch nur dann, wenn er die anderen vier Söhne der Mamma Null als Maßstab für Messungen seelischer und charakterlicher Möglichkeiten gelten ließ.

Und also geöffnet die drittbeste Öffnung,
hineingeschaut und sah
einen Gang,
wann und wo
hörte der auf
und seine Abzweigungen,
aus seinen Abzweigungen kamen Flammenzungen
und entwickelten Rauch,
hier starb er höchstens, den Tod
mangelnden Sauerstoffes, Stickstoffatmen wollte er;
auch wieder nicht
und hustete
und stolperte sich
zurück
wieder in den Raum.

DRITTES KAPITEL:

Johannes kam nicht mehr

»Hochwürden, werden Sie so lügen wie verordnet?«
Wäre es nicht Johannes Null gewesen, Pepi Fröschl hätte den Spötter und Frevler aus dem Beichtstuhl, ja, aus der Kirche gejagt. Es war gut so, daß die Öffnung gegen den Pönitenten zu mit einem Gitter geschlossen war: Der Skrupulant auf der anderen Seite des Gitters brauchte nicht, alles zu wissen.
Und schon gar nicht, wie wackelig eigentlich der Stuhl seines Seelenarztes und Richters war: Warum nicht endlich einen Sitz, der nach rückwärts zum Aufklappen ging, und bei dieser Gelegenheit gleich eine Vertiefung ausgraben lassen, auf daß er sich hineinstellen, und auf diese Weise sein Kopf ohne weiteres die nämliche Höhe wie beim Sitzen halten konnte. Es war doch wirklich einerlei, ob er nun die Beicht stehend oder sitzend abnahm. Zweifellos, der Stuhl berücksichtigte nicht im geringsten, daß ein Pepi Fröschl, gerade beim Beichthören, nicht allweil auf das Schmerzlichste an seinen körperlichen Organismus erinnert werden durfte, wollte er seine Aufmerksamkeit und Denkkapazität für den Pönitenten nicht geradezu selbst ruinieren: ein Marterstuhl, was sonst. Den noch ein paar Jahre, und seine Glieder waren endgültig vermurkst, und er gezwungen, eine wirklich kostspielige und vor allem, zeitraubende Badekur zu gebrauchen, welche ihm obendrein nicht einmal die Gesundheit zurückgab. Wie hatte sein Vorgänger auf diesem Stuhl ausharren können, von Ewigkeit zu Ewigkeit; eine gewisse verschwenderische, doch nur scheinbar verschwenderische Großzügigkeit gegen den eigenen körperlichen Organismus hätte doch auch dem nicht geschadet, wäre doch, in letzter Instanz, die sparsamste Lösung gewesen. Mußte der arme Teufel denn wirklich sich selbst so sinnlos foltern? Ökonomisch denken, zweifellos, das war sicher nicht die Stärke seines Vorgängers. Geschweige wie der gute Hirte erst seine Schäfchen betrachtete, geradezu blindgeschlagen und taub, um nicht zu sagen: fühllos, hinterließ ihm Berichte zum Zerfetzen, was sonst. Nur ein Schafskopf wie er brauchte ein geschlagenes Jahr, um die gesammelten Erkenntnisse seines Vorgängers über die Nirgendwoer Seelen zu entziffern als das, was sie waren:

Geistiges katzbuckeln vor den Notabilitäten der Marktgemeinde Nirgendwo, im übrigen hatte.
Dem Gusti schon bei der Erstkommunion der künftige Massenmörder August Null aus den Augen geschaut.
Und daß aus dem Matthias ein Selbstmörder werden wird, irgendwie hatte Er das schon immer geahnt.
So wie mit größter Wahrscheinlichkeit aus dem Josef ein kopfkrankes Monster und
Aus dem Johannes ein Säufer und Totschläger herauswachsen wird, was sonst!
Und was den Franz anbelangt, ein Einzelgänger mit Neigung zu Ziegen, Schafen und derlei Verirrungen mehr.
Der Brief des Märtyrerbischofs Ignatius an Polykarp aber – war für den selbstverständlich nicht bindend: Sicher, sicher, »Suche alle beim Namen«, ein urchristliches Wort, aber wie sollte der seinen: verlorenen Schafen nachgehen, sie suchen und sie retten, wenn Luzifer hinter allen Ecken und Enden lauerte, einmal dort hervorlugte, ein andermal da, sodaß Er sich wohl hüten durfte und, vorbeugen ist besser als heilen, seinen Pfarrhof regelrecht zu einer Festung ausbaute, deren Zweck es war, vor allem einmal ihn selbst zu schützen vor dem Erzfeind des Menschen, diesem wahrhaftigen Verwandlungskünstler!
»Insofern ich nicht irre, ist niemand im Gotteshaus?«
»Nein, ich bin der Letzte.«
»Ich habe heute Nacht von dir geträumt, Johannes. Du siehst: Gott hat deinem Priester dein Kommen angekündigt. Du warst etwas eigenwillig gekleidet: Um den Hals eine rote Kuhglocke, auf dem Kopf ein rotes Vogelnest, der Vogel aber schneeweiß und eine Taube; in der rechten Hand eine Posaune, in die eine Zahl eingestanzt, insofern ich mich im Traume nicht geirrt, dürfte es die Sieben gewesen sein; in der linken Hand eine Buchrolle, innen und auch auf der Rückseite beschrieben, aber versiegelt mit sieben Siegeln. Du weintest sehr, Johannes. Erkanntest du dich als nicht würdig, die Buchrolle zu öffnen und sie einzusehen?«
»Hochwürden, werden Sie so lügen wie verordnet?«
Obwohl der Kopf ein Schafskopf wußte er im Traume: Das ist Johannes. Wer konnte auch in einem Marterkasten anders träumen als verrückt? Nachts lag er wach und im Beichtstuhl schlief er ein, träumte nicht Denkbares: Nackt wie Gott ihn einst geschaffen hatte, bis zu den Schultern zweifellos Mensch, stand Johannes Null vor dem Altar Gottes. Die Ränder besetzt mit zarten Goldfransen, die Form eines vollständigen Kreises, kreisrund die Öffnung in der Mitte; ganz so wie immer und aus weißer Seide; verziert mit feinsten Stickereien, aber weich, legte sich wie von selbst in schöne Falten; zweifellos, das Ciboriummäntelchen be-

deckte den Kopf des Johannes Null, denn der steckte im Ciborium. Wie konnte er nur so närrisch sein, und dem Blöklaut nachgehen, den Deckel heben, das Ciboriummäntelchen und sich: nicht hellwach schrecken, sehr wohl aber blind, sodaß er weiter träumte.
Der Schafskopf auf dem Menschenleib sprach, und der wirkliche Kopf im Ciborium blökte?
Derlei Verrücktheiten doch eher Detailtreue, die nix mehr mit Wahrheitsfindung im Sinne hat, sich eher verliert in Nebensächlichkeiten, was sonst. Sollte der Beichtvater sich etwa in diesen Details verlieren: ein Irrgarten, was sonst.
»Hätte Gott mir im Traume nicht befohlen, auf dich zu warten, der Beichtstuhl wäre jetzt eigentlich schon leer, Johannes. Weshalb kommst du erst jetzt; ich habe auf dich gewartet, schon so lange. Wenn nicht du – Johannes; wer könnte mir helfen, des Rätsels Lösung; auch wirklich zu finden? Das Schnäbelchen der schneeweißen Taube war so rot, Johannes? Wenn nicht blutrot, so – feuerrot?«
Wenn das noch sein eigener Traum war, und nicht der Traum des Affen Gottes, war er nicht mehr der leibliche Sohn des alten Brüllbären, Pepi Fröschl zu Transion, nicht mehr der leibliche Sohn der Hausfrau, Rosa Fröschl, geborene Hase, auch bruderlos, im übrigen gar nie geboren worden, was sonst; insofern er nicht berücksichtigte, bei Gott: ist alles möglich, daß er ja auch ein anderer sein könnte.
»Hochwürden, werden Sie so lügen wie verordnet?«
Als wär der Affe Gottes in der Ausübung seiner Gewalt souverän, und nicht dem Willen Gottes unterstellt. Einmal zur Kenntnis genommen, daß der kein Antigott, war er doch ganz brauchbar, um nicht zu sagen: eine äußerst sinnreiche und nicht zu verachtende Kraft im Dienste Gottes. Und wenn Luzifer schon so unbedingt in seinem Seelengebäude nach Resten heidnischen Aberglaubens suchen wollte, konnte er ihm doch nur dankbar sein.
»Ob dieses Rot oder jenes Rot, das Täubchen öffnete den Schnabel nicht; und hätte doch so gerne geschnabelt, wie? Noch im Traume, Johannes, mußte ich mir die Augen reiben, und siehe, bei mehrmaligem, näheren und immer näheren Hinsehen konnte ich das Schweigen des Täubchens teils teils selbst enträtseln: eindeutig, der Schnabel war mit einer roten Schnur zugebunden. Seit wann binden sich schneeweiße Tauben selbst den Schnabel zu?
Irgendeiner muß das doch getan haben; wie soll ich das deuten?
Dich verdächtigte ich, nichteinmal im Traume. Oder fliehst du zuerst deinen Priester, um als nächstes schneeweißen Tauben, das Schnabeln abzugewöhnen?«
Irgendetwas wollte in seinem Kopf von einer Seite nach der anderen, von

vorne nach hinten; eine Bleikugel war nicht in seinem Kopf, ganz bestimmt nicht.
»Es war nur wegen – dem Gusti und der Wilhelmine; ich wollte nicht neben dem Bürgermeister auf dem Gehsteig stehen müssen; deshalb und nur deshalb hab ich – den Gehsteig gewechselt!«
Als könnte das Gehirn die Augen aus ihren Höhlen zwingen, und selbst aus den Augenhöhlen herausquellen.
»Insofern ich mich richtig erinnere, mein lieber – Johannes, hast du nicht den Gehsteig gewechselt, bist aber sehr wohl, wie von Furien gehetzt, in entgegengesetzter Richtung...!«
»Da war aber Hochwürden ...!«
»Doch nicht allein, Johannes: Gott war mit deinem Priester, Gott.«

Die Zeit der Eiskristalle, draußen nicht und schon gar nicht drinnen, das Leintuch über Matratzen gespannt, nicht ein in drei Teile zerschnittener Eisblock die Unterlage, so auch die Decke weich und mit Daunen gefüllt, nicht zugedeckt mit Eiseskälte; Erstickungstod, nein, es roch nicht nach Rauch; das Bett brannte nicht, so auch nicht der Polster; Stille, nicht das Kommando: »Feuer« des Exekutionskommandanten.
Und wälzte sich: so lange, bis er sich entschieden hatte, es war doch!
Noch am ehesten die vertretbare Lage die Rückenlage.
Sehr bald wieder vorzog zu liegen auf dem Bauch. Etwas höher vielleicht, tätschte einen unschuldigen Polster und saß halb, lag halb und gefaltet die Hände, so. Diese Lage war ideal: bald schlief, sehr bald.

»Ich werd' mir wohl noch denken dürfen, was denken die Leut' von Hochwürden, wenn er mit MIR redet. Das ist es, genau das!«

Natürlich, selbstverständlich aberja; genau das war es nicht.
Pepi Fröschl wischte den Schweiß von der Stirn, schneuzte sich und wälzte sich von Bauch-in Rückenlage.

»Insofern ich mich richtig erinnere; Johannes, hast du mich im Traume drei Mal gefragt: Ist es – der erste Sonntag nach dem Frühlingsvollmond? – Ich habe es dir drei Mal bestätigt. Ich habe dir drei Mal geantwortet du aber hörtest mein Ja nicht: du weintest sehr, Johannes.«
Es war doch der erste Sonntag nach dem Frühlingsvollmond; zweifellos, er hatte im Traume geirrt, nicht sein kostbarstes weißes Meßgewand getragen, auch brannte auf dem Altar keine Kerze, das ewige Licht war ausgelöscht.
Er selbst in schwarzem Meßgewande und vor der Kommunionbank knieten die Kreuzritter des Zwanzigsten Jahrhunderts: Männer mit Ge-

wehren, und seine Bibel in Fetzen, ihre einzelnen Seiten aufgespießt auf ihren Bajonetten.
»Hätte Gott mir im Traume nicht befohlen, offenbare deinen Traum Johannes, ich wollte dich damit nicht belästigen. Du wolltest wissen, ob jedes Tier bewaffnet sei?
Zweifellos, Johannes. So ist es, so ist es: naturkundlich betrachtet.
Der Igel hat sein Stachelkleid, in das er sich einrollt. Der Frosch? Hört den Fußtritt im Gras und hüpft in den Teich. Die Alpenkühe wittern den heranschleichenden Bären; sie brüllen, rasseln mit den Ketten und der Hirte erwacht. Murmeltiere stellen Wachen aus; ertönt der Warnungspfiff, fliehen sie. Der Tiger springt: zunächst, nach dem Rüssel des Elefanten, welchen der Dickhäuter aber auf's sorgfältigste dem Tiger zu entziehen trachtet; der Kluge, nicht wahr? Um ihn zu rechter Zeit desto kräftiger zu gebrauchen. Hüten sich nicht auch die Haustiere? SIE fressen nicht giftiges Kraut: SIE kennen genau das ihnen zusagende Futter. Hast du dieses Lied einmal wirklich gesungen, oder hörte ich es nur im Traume?

> Dampf dampf dampf
> der Stier hat sein Horn
> Spinn spinn spinn
> das Pferd hat den Huf
> Web web web
> das Raubtier wie es Zähne hat,
> so auch Klauen?

Wer hörte mich, wenn ich rief: Johannes? Wer hörte mich denn, wenn ich riefe?«
Zweifellos, Aloysius Graf Transion hatte.
Seinem leiblichen Vater mitgeteilt, er habe, nach Erwägung aller näheren Umstände den Entschluß gefaßt, sämtliche Kosten für die weitere Erziehung seines ältesten Sohns zu tragen; selbstverständlich ohne Gegenleistungen.
Und der alte Brüllbär von Hitzkopf hatte als ersten bescheidenen Schritt Aloysius Graf Transion gleich ohne Umschweif, absurderweise verdächtigt, er könnte zu tun haben nichts Wichtigeres als justament dem Fröschl zu Transion; der – niemals! – zufällig das Licht der Welt erblickt hat im Stiermonat: im ochsenbrüllenden April; dem Leitstern wie Leithammel der sich auflehnenden Kraft, dem Wegbereiter der nackten Materialisten, falls nicht dem, wem sonst, das Herz aus dem Brustkorb, wenn nicht herauszureißen, so doch: herauszuschneiden.
Derlei Verleumdungen, obwohl eindeutig Aloysius Graf Transion vom Schloß herabgestiegen, und den, für ihn doch beschwerlichen Weg ins Dorf gewählt und nicht umgekehrt, den Schattenmann Fröschl zu sich

hatte rufen lassen. Es war nicht leicht gewesen, den alten Brüllbären zu bändigen.
Sie hatten ihm Hände und Füße regelrecht fesseln müssen, den Mund mit einem: Taschentuch, gestopft, auch geknebelt, auf daß er endlich zum Schweigen und Stillstand gebracht, die Ohren geöffnet für einen Meinungsaustausch wie er sich gehört zwischen, zumindest zivilisierten Menschen, und endlich die wirklich sanften und von tiefinnerlicher christlicher Nachsicht und Milde geläuterten Worte des Aloysius Graf Transion gehört, der wahrhaftig: sämtliche Beleidigungen, den unerträglichen Undank des Pepi Fröschl senior, und selbst noch: seiner Nur-Erinnerung an längst, in doch regelrecht verschollener Zeit, nebelhaft entrückter Schmach und Schande, nicht zuträglichen Verdächtigungen und Beschimpfungen mit bewunderungswürdiger, um nicht zu denken: gottähnlicher Konzilianz erduldet hatte.
»Ich.«
Zweifellos, der Mann der irdischen Tatsachen hatte um sich geschlagen, als wähne er einen unsichtbaren Dämon anwesend, der sich akkurat sein Herz auserwählt, der Größenwahnsinnige; und wäre bei diesem, zum Himmel hinaufschreienden Mißverständnis, um nicht zu denken: Verfolgungswahn, fast zum Grafenmörder geworden, was sonst.
»Na und: nix Generalstreik, nix Proletarier aller Länder ...? Dafür die große Zeit zu klein, wie?!«
Was hatte der alte Brüllbär damals eigentlich wirklich gebrüllt? Pepi Fröschl brauchte nicht, umständlich den Kopf zu drehen, um irgendwann doch, ein bißchen neugierig durch das Gitter zu äugen, er wußte es ganz bestimmt: Johannes Null war auf wundervolle Weise selbst erblindet für die Tränen seines Seelenarztes und Richters.
»Ja, unter den Erdäpfelsäcken waren unsere Flugblätter, auch die roten Fahnen, und unsere Transparente: wir waren bereit.«
»Ich bin nicht mehr der Pepi, wenn der Wir nicht der Josef war.«
Hatte er es gemurmelt, war es nicht das stimmlose Zwiegespräch mit sich selbst geblieben, wenn nicht die Frage des Seelenarztes und Richters an seinen höchsten Ratgeber: Gott?
So oder so, Johannes Null hatte es gehört. Im strengen Sinne war es doch unmöglich, daß justament der Pönitent unmöglich lernen konnte, eindeutig nicht für seine Ohren bestimmte Zwischenbetrachtungen des Beichtvaters, höflich weg zu hören: zweifellos, sein verlorenes Schäfchen mit Luchsohren kniete wieder im Beichtstuhl.
Doch die Saat des Josef war in diesem Schafskopf von Johannes emporgewuchert, und das in kürzester Zeit.
Immerhin, etwas wußte der Seelenarzt und Richter, Pepi Fröschl: Johannes Null stand vor dem Kriegsgericht, und das in kürzester Zeit, wenn

Gott es sich nicht radikal anders überlegte, und unmittelbar eingriff mit Hilfe des Heiligen Geistes: Jetzt die pädagogischen Fähigkeiten des Spirituals und das Ganze kein Problem; sicher, sicher; eines war gewiß korrekt wie regelrecht, so auch folgerichtig gedacht: der Spiritual des Instituts war er nicht.

»Nein, Hochwürden. Alles ist mir vom Vater übergeben. Niemand kennt, wer der Sohn ist als nur der Vater. Und niemand, wer der Vater ist, als nur der Sohn. Und wem der Sohn es offenbaren will. Das gilt vor allem für den, der das: Lebenswerk des Vaters am besten kennt, und weiß, wie er gestorben ist; und das ist nun einmal Josef. Es gilt aber auch für mich: Wenn ich spreche, spricht aus mir der Vater: Ich bin die Antwort auf meinen Vater. Hochwürden, ich bin der verlorene Sohn, der in sein Vaterhaus zurückgekehrt ist: Es ist ein großes Vaterhaus, kennt keine vaterländischen Grenzen, ist überall dort, wo Proletarier sind.«

Der Schafskopf, ganz und gar Josefsche Bibellesung, was sonst.

Und also öffnete die viertbeste Öffnung,
hineingeschaut und sah,
hier kam er nicht
sehr weit,
in der Mitte des Ganges
ein Würfel
und sämtliche Seiten des Würfels waren aus
Glas, und zu diesem Würfel ...
hier gab es Leben, und aber es war kriechendes
Leben, auf dem Boden sich schlängelnd vorwärts
bewegendes Leben,
Kriechtiere und Spinnen, voran dieses Tier, das war –
und hatte sich schon umgewandt –
die Vogelspinne, hinter ihm her allzuviel
Gift; Skorpione wie Schlangen;
und sah hin,
sie strömten zu
dem Würfel und der Würfel war nicht
leer, in ihm war
Wasser
und der Kopffüßer hatte eine Stimme und die sanft
heranlockte
alles was kriechen konnte
und auf der Suche war,
wonach.
»Kommt her; hierher, alle; ihr lieben Kinder, kommt, ich bin
hungrig und werde schwer satt.«
Und kehrte um, unglaublich flink
und fand den Weg
da wieder hinaus
mit der schlafwandlerischen Sicherheit des Verfolgten, der
nicht erkannt, nicht gesehen und nicht gewußt
wollte werden als auch
in diesem Gang.
Und stand wieder in diesem Raum.

VIERTES KAPITEL:
Weder lesen noch schreiben noch aufrecht gehen

Im letzten Beichtgespräch mit Mamma Null bekam er das erste Mal Josefsche Bibellesung zum Schlucken. Akkurat Mamma Null mußte es passieren, und der alte Josef, endlich glücklich begraben, wieder: auferstehen, in diesem dreimalverfluchten Unkrautsohn.
Wissen ohne Gewissen ist der Seele Ruin, sicher, sicher; doch es war wie verhext: ausgerechnet der Basilisk von Unkrautsohn, regelrecht nicht totzuschlagen.
»Als erster der Gusti, dann der Matthias, daß der Franz nimmermehr weiß, wo er daheim ist, was passiert dem Franz, der Josef sowieso: das möcht ich ihm noch sagen dürfen, Hochwürden. Wenn er das wüßt, wär für ihn die Höll – der Himmel, aber nur fast: weil büßen, das muß er. Unsereins muß immer büßen. Und jetzt: der Johannes.«
Akkurat jener Sohn, den Mamma Null geboren beim: die Erde lockern, akkurat der Matthias hatte zerstörend in den Heilsplan Gottes eingegriffen, gewagt das schrecklichste Verbrechen: einerseits den frevelnden Eingriff in das Majestätsrecht Gottes, des Herrn über Leben und Tod, andererseits die absolute Aufkündigung des ihm schuldigen Dienstes, akkurat der Matthias hatte die größte Sünde wider die Selbstliebe gewagt, sich jeder Möglichkeit beraubt, sein Lebensziel zu erreichen, sich selbst die Pforte des Heiles verschlossen: in der Tat Gott als den höchsten Herrn geleugnet, in der Tat die Behauptung gewagt von der Selbstherrlichkeit des Menschen, aber ausgerechnet: dem Ebenbild des alten Josef passierte der naturgemäße Abschluß eines verlorenen Lebens nicht. Zweifellos, es war wie verhext.
Er mußte sein Beichtohr mit der Hand bedecken, nach Luft schnappen dürfen: Es riß und stach, klopfte und zerrte, bald spürte er es in der Stirn, bald im Hinterkopf, bald in den Schläfen, bald im ganzen Kopf.
»Hat mir der Herrgott alle fünfe denknarrisch schlagen müssen? Wenn er die Denknarrischen doch nicht mag?«
Mamma Null mißtraute Gott: diesen Umstand nicht berücksichtigen, mit einer Mahnung zur Geduld einsetzen und an die unabänderliche Anordnung Gottes appellieren?

»Nein, Hochwürden, das ist es, genau das: Der Herrgott mag mich nicht und meine Söhne, die mag er schon gar nicht. Ihn hat er auch nie mögen. Das ist es: er mag uns nicht, Hochwürden. Mir sind dem Herrgott nicht sympathisch.«

Die Parabel vom reichen Prasser und dem armen Lazarus, daß der Arme nicht rechtlos ist, sondern daß er einen gütigen Helfer im Himmel habe, der sich seiner annimmt und ihm zu seinem Rechte verhilft?

»Was soll ich beichten: was tu ich im Himmel, wenn mir allesamt in der Höll unten sitzen und brennen? Hochwürden, alle kommen in die Höll, er ist: eh schon drunten und der – Matthias, was tu ich dann im Himmel?«

Aufrecht sitzen, von Ewigkeit zu Ewigkeit, die Zeit stand nicht still; ein Marterstuhl, was sonst.

»Ich möcht auch in die Höll hinunter dürfen, da oben paß ich nicht hin: das sind nicht meine Leut, die droben sitzen.

Und wenn mir zwei dann unten brennen: der Josef und ich, und der – Matthias, und später die anderen Buben nachkommen, dann ist die Ewigkeit halb so schlimm; halten uns bei der Hand; die Ewigkeit muß ja ewig lang sein? Macht auch nix, Hochwürden; irgendwie ist das alles zum Tragen, wenn mir nur wieder wirklich beisammen sind.«

War Mamma Null nun in religiöser Hinsicht beim nackten Materialismus des Josef angelangt? Doch nicht wirklich. Lektüre schlechter Bücher und Zeitungen verbieten? Zweifellos, ein so altehrwürdiges wie wundervoll bewährtes Rezept, nur: Mamma Null konnte nicht lesen. Das vermochte auch nur seinen Vorgänger zu beruhigen. Den Umgang mit glaubens-und sittenlosen Menschen verbieten? Sicher, sicher, eine das Seelengebäude ungemein stabilisierende Empfehlung, aber auch nur, wenn zuerst einmal ganz bestimmte Umstände und Verhältnisse, die ja Gott nicht vom Himmel herabfallen lassen konnte, zumindest die Sehnsucht nach Seelenhaut geschaffen hatten, auf die gestützt, die Vorschriften der Hochschule der ewigen Wahrheiten und des ewigen Rechtes, ihre Gebote und ihre Verbote erst wirklich wirksam werden konnten. Was nützte es im strengen Sinne, wenn er als Seelenarzt und Richter die Quelle und Ursache ihrer Seelenkrankheit erkannte, sie aber nicht wirklich beseitigen konnte, geschweige durfte? Der Standpunkt des Richters, zweifellos allesamt mißraten, der Standpunkt des Seelenarztes, zweifellos allesamt die Seelenhaut in Fetzen.

Sollte er etwa betonen, daß dieser zum Himmel hinaufschreiende Plan ihr den Frieden des Gewissens rauben und Zerrissenheit und Unzufriedenheit in ihre Seele hineintragen werde? Mamma Null doch selbst am besten wisse, daß sie genauso heute wie gestern der milden Vergebung bedürftig sei? Sollte er etwa durch gezielt eingesetzte Redekunst Mamma Null noch mehr verwirren, sie anregen zu zumindest erheuchelter Bußfertigkeit, sodaß sie sich die Lossprechung erschlich, kaum aber das Gotteshaus verlassen, zum alten Standpunkt zurückkehrte und nur willens geworden, diesen hinkünftig zu sichern und zu diesem Zwecke ein für allemal, den Priester zu fliehen?

»Nur, Hochwürden, in den Himmel hinauf will ich nicht. Da müßt ich mich grad noch genieren: meine Leut in der Höll und ich im Himmel, mit die Bauern, dem Bürgermeister, dem Kaiser und dem Papst, dem Herrn Doktor. Und dann erst die Heiligen, die Bischöfe und die Kardinäle! Und wie die alle heißen, die Gottsöbersten und Hochmächtigen? Ich im Himmel und schauen: wie alle, selig sind. Und meine Leut in der Höll brennen: Hochwürden, ich mag nicht narrisch werden. Das muß der Herrgott irgendwie schlucken: ich g'hör in die Höll.«

Zweifellos, Mamma Null war infiziert von dieser nicht berechenbaren Denkwut, diesem Höllenfeuer der Neuzeit, dieser grauenhaften, schier nicht zu beherrschenden Denkwut: in letzter Instanz bewegte Mamma Null die soziale Frage, was sonst.

»Nix Hochwürden, da noch verhandeln und vielleicht doch ins Fegefeuer hinaufrutschen? Auch das hab ich mir im Kopf genau nachgerechnet: da brenn ich dann zwischen Höll und Himmel, muß erstens irgendwann hinauf, dorthin also, wohin ich ja nicht will, zweitens: Was tu ich im Fegefeuer? Deswegen sitzen ja meine Leut noch immer in der Höll! Das ist es, genau das: eine Übergangslösung, die das Grundproblem zwar hinausschiebt, aber nicht wirklich löst. Auch wenn der Johannes mein Bub ist, wo er recht hat, hat er recht, Hochwürden: Ein radikaler Schnitt tut oft weniger weh als das ewige Wühlen und Murksen, und dann ist es einem bei der ganzen Wühlerei und Murkserei hinterrücks passiert: nur anders, als man es eigentlich möcht. Ich hab mir das reiflich überlegt, ich will dorthin, wo meine Leut sitzen: meine Leut – Hochwürden.«

»Da wird sich ja auch – der Johannes sehr freuen?«

»Der glaubt mir das erst, wenn ich – ja, das hab ich jetzt vergessen, aber – daß ich nicht vergeß, dann brennt auch er nimmermehr so allanig und der Matthias: miteinander brennen, wenn mir schon alleweil brennen müssen, nur nicht: so allanig. Das ist nix. Hochwürden, er kann doch in der Höll den Matthias eh nimmermehr erschlagen? Wie ist das jetzt wirklich in der Höll? Er ist ja so rabiat.«

»Insofern ich mich richtig erinnere, ja. Zweifellos – das habe ich jetzt vergessen.«

»Aha. Also, wenn ich mich richtig erinnern tu, so meint der Johannes, das... Saurier von Pfaff, ich wollt es eh vergessen, Hochwürden, aber Sie lassen mich ja nicht, das Saurier von Pfaff wird dich bußfertig schwätzen und du kommst heimmarschiert wie ein frischgeschorenes Lamperl und

schneeweiß. Mamma, bleib bei uns. Ja, das meint der Johannes. Ich steh dann wieder da, ohne Sünden: Du Depp! Wie soll ich, wenn ich meine Sünden hergib und nicht selber sammel, in die Höll?«
An den Marterstuhl gekettet, nix aufstehen und schon gar nicht gehen. Pepi Fröschl, den Rücken etwas gekrümmt, war emporgeschnellt, und in rückgratsteifer Sitzhaltung erstarrt, seine Lippen so geöffnet, als wäre ihm das O in der Kehle stecken geblieben und zu einem langgezogenen stimmlosen E geworden.
Irgendjemand hatte seinen Kopf regelrecht beschlagnahmt, in den Schraubstock gezwungen: ein eindeutig fühlloses, vorsintflutliches Monster, dem er lieber nicht, nicht so unbedingt zweckorientierte Denkfähigkeit und Grausamkeit zubilligte, wer weiß, konnte es Gedanken lesen, bediente den Schraubstock, sodaß sein Kopf zweifellos nach und nach birnenförmige Gestalt annahm: er halluzinierte, was sonst.
»Hochwürden, wenn ich noch einmal – mich erinnern darf an das Saurier von Pfaff: der Josef hat dem Johannes entschiedenst widersprochen. Wenn schon, dann ein Säbelzahntiger, und der ist schon etliche Jahrtausende vor Christus ausgestorben, und dem Saurier vorwerfen, daß es ein Saurier war, ist genauso ein Blödsinn wie einem Säbelzahntiger vorwerfen, daß er ein Säbelzahntiger war. So ist das.«
Kopfschmerzen, die ihn nicht, weiß Gott wie, erschüttern mußten, ob diese Variation oder jene Variation, allen diesen Kopfempfindungen war doch das Eigentliche eher irgendwie als Konstante beigegeben: sie quälten. Der Seelenarzt und Richter streichelte seinen Glatzkopf, suchte sein Taschentuch, trocknete die Handflächen und schneuzte sich: Sicher, sicher; hatten aber letztendlich doch nie wirklich seinen Gehirntod eingeleitet: irgendwie und irgendwann könnte er es sich wirklich erlauben, Pepi Fröschl schnappte nach Luft, und sich diese erfreuliche Tatsachenerfahrung auch wirklich merken: Er saß doch noch immer ganz munter in diesem Marterkasten, in keiner Weise wirklich bedroht. Der Richter und Seelenarzt zupfte sich am rechten Ohr, räusperte sich und schneuzte sich: frühlingsverschnupft, Jahr für Jahr, ein Kreuz.
»Ich bin kein Experte in Höllenfragen, Mamma Null. Aber die Frage kann ich glücklicherweise von der Seele der lieben Mamma Null fortwälzen: Die Hölle wird ihre Bewohner nicht irdisch quälen.«
»Aha. Erschlagen kann er ihn nicht, das ist schon ein großer Fortschritt. Dem hab ich schon ewig lang nachstudiert, deswegen bin ich ja auch da. Ich hab den Matthias ja nicht geboren, damit er ihn mir erschlagt. Hochwürden, der wird schauen, wenn ich zu ihm ins Höllenfeuer rutsch.«
In letzter Instanz war die Respektlosigkeit einer Mamma Null vor der Hölle das Resultat der Staatskunst und der hohen Politik, die ohne

Religion, auszukommen sucht. Es ließ sich nicht leugnen: auch Mamma Null, war das Opfer der Kultur ohne Gott, der Bildung ohne Christus geworden, was sonst.
»Hochwürden – darf ich mir etwas Verbotenes laut denken?«
Der Seelenarzt und Richter tupfte behutsam Nasenrücken, Stirn, wie Kinn und Nacken trocken.
»Liebe Mamma Null: Es besteht doch in Wahrheit eine – unüberbrückbare Kluft, zwischen der Aufrichtigkeit und der Heuchelei.«
»So? Ich mein nur – Sie waren ja auch einmal: so ein kleines, nackertes Wuzerl und haben ja auch – erst einmal: irgendwie und irgendwann, krabbeln anfangen müssen und Mohnschnuller undsoweiterundsofort?«
»Mamma Null bewegt die Zölibatsfrage?«
»Ich studier eigentlich mehr die Höllenangelegenheiten. Und da der Josef nun einmal so neugierig ist, hat er auskundschaften müssen, was Sie – eigentlich für einer sind. Ich hab es ihm gleich gesagt: Hochwürden, wer sonst. Der Fall ist ja eher eindeutig?
Und da liest mir der Josef einen Brief vor:
Ich hab es ihm eh nicht geglaubt, es wär ja zum narrisch werden, wenn das so wär, da müßt ja ihr Kopf explodieren, das ist ja in einem Kopf gar nicht drinnen, daß er das aushalten könnt: Der Josef meint, sowas laßt sich ohne weiteres wegstudieren, der Depp. Und dann erst, so eine verlorene Mutter: die müßt sich ja die Seel aus dem Leib weinen. Es wär ja schier zum aus der Haut müssen. Hochwürden, ich mein nur – es ist eh nicht wahr:
Die Rosa Fröschl zu Transion, eine geborene Hase aus dem Dorfe Sorgo, da hab ich gleich an meine eigenen Hasen im Stall denken müssen, ist doch nicht wirklich identisch mit Ihrer Frau Mutter? Dann wär ja der Josef Fröschl zu Transion Ihr Herr Vater, und das ist doch wirklich unmöglich. Ich mein nur – Ihre Frau Mutter ist doch nicht, genauso gut wie ich, so eine halt, die es nicht gelernt hat: das Lesen und Schreiben?«
»Meine Mutter ist blind, liebe Mamma Null: blind.«
»OGott!OGott!OGott! Blind?«
Mamma Null hielt sich den Kopf fest, bekreuzigte sich drei Mal, murmelte:
»Heilige Maria Mutter Gottes!«, und schwieg.
Vielleicht entsprach die Blindheit seiner Mutter nicht ganz der Vorstellungswelt einer Mamma Null, vom seelenärztlichen Standpunkt aus konnte er die Art und Weise seiner Antwort aber: durchaus als Einleitung eines psychologischen Prozesses gutheißen, der langfristig Mamma Null wieder in ein gottgefälliges Schäfchen Gottes umwandelte und sicher auch seine Rückwirkungen auf den Rückfallstäter Johannes zeitigen mußte.

Wahrhaftig, der in seinem Unglauben abergläubisch geschlagene Kobold des Satans höhnte nicht mehr lange die rechtmäßige kirchliche Autorität, klammerte sich nicht mehr lange mit der Zähigkeit des von Neid, Hybris und Habgier zerfressenen Menschenherzens an seine Wahnvorstellungen, dieses wilde Schlinggewächs Unglauben: der Aberglaube der Neuzeit, was sonst! Wahrhaftig, den nicht anathematisieren, das war die himmelschreiende Sünde, der mußte verflucht sein auf ewig, dem göttlichen Strafgericht preisgegeben, dieser Hetzer zum Klassenkampf! Ewig dir die Verdammnis, Josef! Ewig! Dein Name wird nicht im Buche des Lebens verzeichnet sein. Anathemo esto! Du wirst noch braten, wart nur.

Pepi Fröschl stülpte die Unterlippe über die Oberlippe, neigte den Kopf ein wenig nach rechts und zupfte sich am rechten Ohr, neigte den Kopf ein wenig nach links und zupfte sich am linken Ohr, schnappte nach Luft und bedeckte sein Antlitz mit den Händen, schüttelte den Kopf, seufzte, und hatte sich schon entschieden für das stumme Zwiegespräch mit Gott: den Kopf etwas nach rückwärts geneigt, blickte er empor, war endlich wieder: ganz Körpersprache, die Mamma Null, den Umständen entsprechend, zweifellos kritische aber wohlmeinende seelenärztliche und richterliche Würde, aber auch Bürde zu bedenken gab.

Das Christentum als die Geschichte des religiösen Wahnsinns und Aberglaubens darstellen wollen: im strengen Sinne war die letzte Wurzel der Gottesleugnung eines Josef Null zu suchen – zweifellos in den wilden Leidenschaften, die das Joch: Vernunft, abschütteln wollten. Wahrhaftig, so eine: Verirrung, des Menschenherzens, ein Intrigant von den Zehennägeln bis hinauf zu den Haarspitzen! Eine der Vernunft widerstreitende Schöpfung verfolgte den Priester, regelrecht hellsichtig geschlagen für seine Wunden, wühlte in seiner Familienchronik, auf daß er: wenn nicht so, dann vielleicht doch auf andere Weise den einzig wahren Gottesglauben im Hause der Null ausrotten konnte als wäre der, der Hausschwamm, und nicht: er!

In seinem Haß wider den Priester der Marktgemeinde Nirgendwo im besonderen, die Diener Gottes im allgemeinen, in seinem ungebändigten Willen, die Brandfackel Gottes auszulöschen, es ließ sich nicht leugnen, scheute der nicht einmal den Rufmord: Ihn denunzieren wollen als einen, der um jeden Preis im Himmel thronen wollte, ihn denunzieren wollen als einen Säbelzahntiger, schlimmer noch: ein denkfähiges Ungeheuer, was sonst. Ihn denunzieren wollen als seelenlosen Sohn, dem es von untergeordneter Bedeutung, wenn nicht gar im strengen Sinne unerheblich sein konnte, ob jetzt seine Mutter und sein Vater und seine Brüder in der Hölle brannten, während er die ewige Seligkeit genoß.

Auf dem Boden des Beichtstuhls kollerte eine Vater-unser-Perle: zweifellos, die Bindeschnur des Rosenkranzes war gerissen.

Pepi Fröschl bewegte sich nicht, den Blick Richtung Boden wagte er nicht. Das Fehlen der Vater-unser-Perle hatten die Fingerspitzen ertastet.
»Und wenn jetzt der Josef und der Matthias im Himmel sind?«
Was wußte der Lümmel von Selbstbeherrschung und Selbstverleugnung, von Selbstdisziplinierung und seinen Nächten? Nix, aber auch gar nix.
Pepi Fröschl schnappte nach Luft.
»Auch das hab ich mir im Kopf nachgerechnet: das ist unmöglich, Hochwürden. Erstens werden die Diener Gottes bewahrt, das hat mir der Johannes ganz eindeutig bestätigt, nicht der Josef: auf den ist ja kein Verlaß, der tut sich ja täuschen! Der liest mir nix mehr vor, nur mehr der Johannes. Ach was, solche Gfraster.«
Der Richter und Seelenarzt der Mamma Null äugte einerseits mißtrauisch, andererseits wehmütig gestimmt durch das Beichtgitter.
Mamma Null war ein kleines und zartes Weiblein. Ein kleinwenig affenartig verbuckelt: zumindest in der Körpersprache einem Gorilla-Weibchen eher, nicht unähnlich, kurzum: ihr Körper erzählte ihre Lebensgeschichte, um nicht zu sagen Leidensgeschichte, in ihr eingepflanzt aber: die Wunderblume Hoffnung, wenn schon nicht im Diesseits, so doch im Jenseits, den eigenen Namen im Buche des Lebens eingeschrieben zu finden: diese tröstliche Hoffnung, die eigentliche Wunderblume Hoffnung wollte der Barbar der Neuzeit, das in seiner Proletarität verkommene Subjekt von Josef aus dem Herzen der lieben Mamma Null rupfen, die schaffromme Mutter regelrecht: brennen sehen, auf dem Scheiterhaufen des Klassenhasses.
Mamma Null bedeckte ihr Gesichtchen, das einem verschrumpelten Äpfelchen glich, um nicht zu sagen, so fatal an einen Erdapfel mit seinen Einbuchtungen und Ausbuchtungen erinnerte. Insofern der alte Hexenmeister Natur an diesem Weiblein nicht grausamst experimentierte, so doch hintersinnig, auf keinen Fall aber in Dimensionen, die von Gewöhnung und Bereitschaft Zeugnis gaben, bei seinen Experimenten, den doch eher bedenkenswert, um nicht zu sagen beängstigend niedrigen Entwicklungsstand des Zauberlehrlings Mensch zu berücksichtigen:
Die Nase.
Mußte akkurat an der Spitze zu einem Erdapfelaug' aufquellen, als genügte nicht das rücksichtslose Vorwärtsdrängen derselben der Länge nach, vorbei an jedem Schönheitsmaß, das der so bedauerlich, um nicht zu sagen abergläubisch, beklagenswert abergläubisch, wirkliche Phantasie fürchtende Zauberlehrling Mensch seinem Hexenmeister zubilligte. Während das Kinn nach links drängte, drängte die Nase etwas sehr nach rechts, und der linke wie der rechte Augapfel der Nasenwurzel zu. Mamma Null schielte nicht immer; aber häufig. Kam ein Mensch in die Nähe ward ihr das Schielen zum ehernen Gesetz. Auch das Kinn allzuarg

vorwärtsstrebend gerichtet und deutlich sichtbar, gleich einem Vorposten an der Kinnspitze, die Warze mit drei Haaren. Die Haare brennrot und struppig.
Die Nirgendwoer.
Und auch sein Vorgänger kannten eine Barbara Null nicht eigentlich, nur: das Erdäpfelchen. Dafür aber kannten die Nirgendwoer ganz bestimmt die Weibsperson in-und auswendig, die seinen Vorgänger hirnleer studiert haben dürfte, um nicht zu sagen abergläubisch: Magdalena Null.
Im Jahre 76 des 19. Jahrhunderts, in einer langen Winternacht, kam der Affe Gottes in seiner hohen Person in das Kirchdorf Nirgendwo, um besagte Weibsperson abzuholen, und höchstpersönlich, in die Hölle zu geleiten, auf daß Magdalena Null nicht, weiß Gott wie, bereute: ihre Bettgeschichte mit dem Teufel, nicht mehr zu seinem Erzfeind, dem Priester, fliehen und der auf keinen Fall, weiß Gott wie, sach-und fachkundigst die entsprechenden Gegenmaßnahmen ergreifen konnte, zumal er sie zweifellos bußfertig gemahnt, um nicht zu sagen, aufgeklärt: »Meine Tochter, du bist verloren.« Eine geschlagene Stunde opferte sein Vorgänger für die Verlorene im Beichtstuhl, sie aber blieb verloren: in der folgenden Winternacht blitzte es und donnerte es, regnete es Hagel und regnete es Schnee, ganz so, wie es sich gehörte: am nächsten Tag war Nirgendwo um eine Seele ärmer.
So manche um das Seelenheil ihrer Tochter, um nicht zu denken das eigene Seelenheil bangende Mutter, rüttelte ihr widerspenstiges Töchterchen mit dem Mahnruf: »Magdalena!«, um nicht zu sagen: »Niemand wagt den Beischlaf mit dem Affen Gottes ungestraft!«, wieder fromm.
»Und wenn ich: auf meine alten Täg hin, grad akkurat, noch lesen möcht, lernen. Wer kann denn das wirklich kontrollieren, was die mir da so vorlesen?
Zweitens hab ich meiner lebtaglang gehört, wer in den Himmel kommt und wer in die Höll kommt.
Drittens, wissen Sie: ganz genau, Hochwürden, daß meine Leut ... halt so sind, wie sie geworden sind.«
Der Richter und Seelenarzt der Mamma Null schlug mit den Handflächen mehrmals gegen das Beichtgitter, den Aufprall des Rosenkranzes auf dem Boden des Beichtstuhls hörte er nicht: »Mamma Null! Mamma Null!«, niemals hatte Mamma Null so den Auszug aus dem Beichtstuhl vollzogen, doch eher im stillen Nachdenken die Fortsetzung des Meinungsaustausches angestrebt. Pepi Fröschl schluckte.
War ihm ein Nickerchen passiert, doch nicht wirklich.
Im Gotteshaus war es still, totenstill: es war gut so. Nicht eine bußfertige Seele der Marktgemeinde Nirgendwo hatte seine Rufe gehört, ausge-

zeichnet: Mamma Null war die Letzte im Beichtstuhl gewesen; wie immer. Kein Füßescharren, kein Hüsteln, kein Räuspern, kein Tuscheln und kein Murmeln, seelenleer. Im übrigen fühlte er sich nicht dem ausgestorbenen Säbelzahntiger zugehörig, eher den lebenden Repräsentanten der Ordnung der Rüsseltiere. Gerade dieser einen, ganz bestimmten Art von Dickhäuter, die sich zwar in der Gefangenschaft äußerst selten fortpflanzen, aber alt werden, sehr alt, und die: einmal gezähmt, doch äußerst nützliche Zug-und Lasttiere sind, was sonst.
Wieviele Beichtgespräche waren es gewesen, ehe Mamma Null kam? Pepi Fröschl befühlte sich das Beichtohr: (es war) brennheiß, brannte aber zweifellos nicht, im übrigen die übliche Form, weder angeschwollen noch sonst in irgendeiner Art und Weise befremdlich, auf keinen Fall elefantös: unzweideutig eindeutig ein Fall von Wunder, Gott hatte ihm das Elefantenohrwaschel regelrecht vermenschlicht.
»Pepi, die Vater-unser-Perle.«, befahl sich Pepi Fröschl, der Seelenarzt und Richter, Leutpriester der Marktgemeinde Nirgendwo und tröstete und richtete und spendete und segnete, taufte begrub: jedem irdischen Schritt der Nirgendwoer folgend mit Fluch und Segen; Seeleneroberer und Agitator der Hochschule der ewigen Wahrheiten und des ewigen Rechtes, der lebendige Wegweiser: wissend den Weg zu Himmel, Hölle und Fegefeuer, die politische Instanz Gottes zu Nirgendwo; einst Zögling des Instituts, der sich den erhabensten Beruf dieser Erde erwählt. Zweifellos, möglich, durchaus möglich, bei Gott ist alles möglich und bückte sich nicht.
»O Gott, die Denkwut im Zickzack auf der Trichterbahn der Hybris und du schlugst zurück; alleweil und alleweil.«
Saß rückgratsteif auf seinem Stuhl: es war gut so sitzen, von Ewigkeit zu Ewigkeit wenn das Fieber steigt am Abend am liebsten nachts: das war weiters nicht verwunderlich, durchaus üblich, in keiner Weise unüblich, tastete nach dem Rosenkranz, und hatte schon entschieden, den Blick Richtung Boden, lieber nicht zu wagen: sollte er etwa den Rücken mit Beugeübungen noch mehr strapazieren, brenne nur, du große Fleischwunde, Gott läßt Säure, Pech und Schwefel regnen.
»Pepi, wer seine Zunge im Zaume hält, wie soll der noch lügen, verleumden, ein Ohrenbläser sein? Schau mich an und schau dich an: Wer von uns beiden lügt mehr, du oder ich?«
Pepi Fröschl lauschte nach nebenan, jetzt Löcher: in das Holz des Marterkastens bohren, saß beichtgitterzugewandt auf seinem Marterstuhl, jetzt nur eines nicht: niederknien und weinen.
»Johannes, bist du es?«